LES AUDACIEUSES

RICHARD KIRSHENBAUM

LES AUDACIEUSES

Traduit de l'anglais (États-Unis)
par Isabelle Rouault-Röhlich

Michel LAFON

Titre original : *Rouge*

Ce livre est une œuvre de fiction. Toute ressemblance avec des personnes, entreprises ou événements existants ou ayant existé est purement fortuite.

Première publication en langue originale
par St. Martin's Press, New York en 2019.

118, avenue Achille-Peretti – CS 70024
92521 Neuilly-sur-Seine Cedex

www.lire-en-serie.com

Pour Dana, ma Zelda

Le rouge disposait de son essence propre. Un statut à part lui était réservé, à l'écart des pâtes, poudres et autres onguents de l'époque. Le rouge était lourd d'une signification profonde, s'inspirant de l'apparence d'une femme sollicitant le contact, osant la provocation. Le rouge était la couleur de l'invitation, de l'excitation, des préambules et de la langueur érotiques. C'est pourquoi l'application de fard – rouge profond, rose ou simple voile sur les joues – était à l'origine réservée aux filles de mauvaise vie.

PROLOGUE

New York, 1983

Le ciel du matin était voilé et d'un gris morne. Cette teinte était parfaitement indiquée, Dieu semblant être dans la confidence, conscient que l'étoile qui brillait dans ma vie s'était éteinte. Ne pouvant plus compter sur son œil critique, le ciel avait baissé la garde et nous abandonnait à l'ennui, n'offrant plus que sa nuance la plus terne.

*Madame**[1] avait toujours détesté le gris. « Ce n'est ni blanc ni noir, et je hais l'indécision au plus haut point », disait-elle toujours. Elle prononçait le mot « indécision » avec sa verve habituelle, l'appuyant d'un haussement de ses sourcils parfaitement dessinés. Aussi aurait-elle très certainement manifesté son mécontentement. J'espérai quant à moi que le temps se rétablît en temps et en heure pour la cérémonie.

J'avalai un Xanax avant de prendre ma branche de mimosa, non pour m'aider à surmonter un soudain accès de chagrin, mais simplement parce que *Madame** n'était plus de ce monde. Il était inconcevable pour moi qu'elle eût émis son dernier souffle. « Kaput ! », c'était ainsi qu'elle s'exclamait lorsqu'elle lisait dans la rubrique

1. Les mots en italique suivis d'un astérisque sont en français dans le texte original. (Toutes les notes sont de la traductrice.)

nécrologique des journaux la disparition d'un ami ou d'une connaissance, faisant sonner son énorme émeraude en cabochon sur le plateau en marbre de son guéridon.

Dès le moment où je l'avais rencontrée, lorsque je n'étais qu'un jeune homme de vingt-sept ans, elle avait été pour moi une figure invincible. Invincible, mais aussi indestructible, immortelle et gigantesque. À mes yeux, cette petite femme d'un mètre cinquante seulement était une géante, sa chevelure noire plaquée en chignon faisant ressortir ses yeux tempête et son nez aquilin exprimant sa détermination.

Sa beauté était saisissante, même lorsqu'elle avait quatre-vingts ans. Curieusement, je la vois toujours de profil dans mes souvenirs, sa silhouette parfaitement dramatique. Je ne pouvais me résoudre à envisager la vie sans elle, ses coups de gueule, ses exigences, ses interminables listes de priorités, comprenant détails importants et secondaires et, de temps à autre, ses attentions appréciables, qu'elle distribuait alors que j'aurais juré ne plus pouvoir la supporter une seconde de plus. Ses caresses étaient presque toujours brusques, mais ses gentillesses venaient tout droit du cœur et débordaient de générosité. Elles pouvaient se révéler tout aussi embarrassantes – des boutons de manchette décorés d'émaux représentant une gravure animalière de David Webb aux sous-vêtements Calvin Klein lorsqu'elle savait que je convoitais un nouvel homme.

« Babisiu », disait-elle dans sa langue natale, le polonais. « Bébé, apporte-moi une tasse de thé, le *Times* et les magazines. » Lorsqu'elle se sentait mélancolique, elle caressait mon visage. « Tu me rappelles mon premier mari, qu'il brûle en enfer », disait-elle.

Puis elle parcourait avidement la presse pour savoir s'il figurait sur les photos des soirées mondaines et se mettait à caqueter sur ses propres publicités sur papier glacé.

Je m'appelle Bobby De Vries. Cela n'a pas toujours été le cas. Mon nom de naissance est Joe Bob Devereaux et je suis un homme du Sud, un moins-que-rien issu d'un trou perdu marécageux de Louisiane. Mais à l'aide du charme que j'ai à revendre, de ma juvénile beauté masculine, d'atouts cachés et de quelques « faveurs » obtenues au fil du temps, je me suis hissé du bayou jusqu'à New York. J'avais répondu à une annonce passée par une agence spécialisée dans les emplois domestiques et fus embauché dans la *maison** de Josephine. On me précisa qu'elle n'employait que « des jeunes gens bien de leur personne, sans famille et sans vie ». J'avais le profil idéal.

Une fois installé à mon poste *chez Josephine**, j'eus l'insigne honneur de suivre les cours de l'université de *Madame** Josephine Herz pour passer une maîtrise en affaires et commerce et talents pour la vie. C'est ainsi que Josephine me prépara pour l'avenir. Tout à la fois général impitoyable et professeur au ton acrimonieux, elle me déchira en mille morceaux et me reconstruisit mille fois. Une nuit, alors que je m'occupais de remettre son légendaire collier *Zip* Van Cleef dans son écrin pour le déposer dans son coffre mural et qu'elle était allongée sur son lit sur ses coussins de satin dans une tenue griffée Mainbocher, ses yeux noirs rivés en l'air, elle me rebaptisa Bobby De Vries.

– Dis-leur que tu fais partie de la famille De Vries de Charleston, annonça-t-elle. Comme cela, on te respectera davantage.

– Qui sont les De Vries de Charleston ? demandai-je.

– Comment veux-tu que je le sache ! railla-t-elle.

Elle se délectait en prononçant mon nouveau nom encore et encore, accentuant notamment la particule.

« Bobby De Vries, apporte-moi une tasse de thé, avec un morceau de sucre, si tu veux bien », demandait-elle. Ou encore : « Bobby De Vries, mon *babisiu*, apporte-moi ma boîte à bijoux. J'ai besoin des émeraudes. »

Je fus totalement sous le charme dès lors que je fis mes débuts à son service en tant que majordome pour finalement devenir, ayant prouvé mon indéfectible loyauté durant de nombreuses années, son assistant personnel.

La veille, j'avais fourni aux pompes funèbres son ensemble bouclé noir Chanel et sa broche en diamants favorite. Je m'étais assis un moment avec sa famille dans l'antichambre. Jonny Herz, son petit-fils, semblait toujours me détester, mais sa dernière femme, Charlene, possédait suffisamment de sagacité pour comprendre que je connaissais la majorité des secrets de Josephine, plus précieux que le contenu de son coffre-fort. C'est pourquoi elle me fit réserver un des meilleurs sièges dans une limousine du cortège et une place à l'avant dans le Temple Emanu-El. Les instructions du testament jouèrent aussi leur rôle, mes vingt années de bons et loyaux services m'ayant aussi valu d'être cité au rang des mandataires. Nombre des instructions et des souhaits de *Madame** m'étaient déjà connus, et je les avais mis en œuvre sur-le-champ. Ainsi que *Madame** le disait sur un ton quelque peu sarcastique : « Lorsqu'il y a un testament, l'héritier n'est pas loin ! »

La longue limousine noire s'arrêta devant l'imposante façade en pierre de taille du temple, dépassant une rangée de photographes campés de toutes parts, investis de la mission de graver pour la postérité les allées et venues des riches et des moins riches. Après tout, *Madame** Josephine Herz, née Josiah Herzenstein, ultérieurement princesse Orlove lorsqu'elle se remaria dans les années 1940, était à elle seule une étoile et une sensation de la haute société internationale. À quatre-vingt-trois ans, elle était plus puissante que jamais. Sa mort avait causé une onde de choc dans la presse mondaine et des affaires. LA BEAUTÉ EST MORTE, avaient-ils écrit. UNE ÉTOILE REJOINT LE FIRMAMENT. Josephine s'était vu attribuer l'invention du secteur de la beauté et était devenue à son tour une self-made-woman et la femme d'affaires la plus riche du monde tel que nous le connaissons. Il s'était agi d'une prouesse d'autant plus grande que, ainsi que Josephine se plaisait à me le rappeler, c'était une époque où on ne prêtait pas aux femmes. Dans ses accès d'enthousiasme ou de colère, elle ne manquait jamais de frapper la table de sa bague surmontée d'une émeraude en cabochon ou d'un rubis birman, pour donner plus de poids à son histoire.

Lunettes de soleil Chanel et fleurs étaient présentes à profusion dans cette synagogue qui se dressait vers le ciel, ainsi que tous les types de fourrure imaginables, chinchilla, vison, zibeline. Le public était assemblé pour tenter d'apercevoir la première vague d'invités importants : Barbra, Frank, Sue et Pamela. Ces personnages-là n'avaient aucun besoin d'être présentés à la presse, ni les uns aux autres. L'incroyable hauteur de la voûte était peut-être la seule chose qui pouvait dépasser tous ces ego surdimensionnés. Le reste du temple était peuplé par ceux que j'appellerais les « professionnels du deuil » ou individus en quête d'ascension sociale, présents à cet enterrement dans le seul but d'être vus. Il s'agissait indéniablement de l'événement le plus important de l'agenda mondain new-yorkais de la saison et, bien évidemment, d'une opportunité absolument unique dans une vie de développer son réseau.

« Il n'existe rien de tel qu'un bon enterrement », disait la grande comédienne Alice Stark. Cette dernière relatait souvent à sa bonne amie Josephine les contacts professionnels qu'elle avait obtenus lorsque quelqu'un de connu nous avait quittés. Ce serait donc la même chose aujourd'hui. Ils seraient tous présents. Amis, collègues, famille éloignée et proche, rivaux et ennemis. Nombre de ces individus avaient vécu au premier rang durant le siècle de *Madame**. L'entourage proche de *Madame** vint me présenter personnellement des condoléances. La plupart passèrent outre la famille, laquelle avait toujours été sous tous rapports un peu distante. Le privilège d'être au rang de ses enfants et petits-enfants était visible. Désormais grands, riches, confiants, instruits, supérieurs, ils étaient le produit final que l'on obtient à l'aide d'une immense richesse et possédaient cette arrogance subtile et tenace caractéristique, aussi puissante que les parfums signatures de *Madame**. Je présentai quelques personnes à Charlene qui, en tant que troisième épouse et adepte de l'ascenseur social, souhaitait faire la connaissance de Nan ou de Pat, les seules doyennes de cet univers qui avaient de l'importance désormais. Puis, pour clore cet impressionnant catalogue d'invités, cette armada de joyaux, les autres acteurs pionniers de la cosmétique étaient venus faire leurs adieux : Mickey Heron de Heron Cosmetics et celle qui, selon la rumeur, était sa maîtresse de longue date, CeeCee Lopez, fondatrice du Queen CeeCee's Hair Relaxer, l'entrepreneure afro-américaine la plus riche du monde.

La cérémonie avait tout d'un enterrement de dignitaire de l'État. Il faut dire que cela faisait des années que *Madame** en peaufinait les détails avec moi. Elle avait choisi le sénateur Lautenberg, qui reprendrait l'histoire fascinante et dramatique de sa vie et son désir irrépressible de réussite. Fille de colporteurs juifs qui avaient eu le courage de s'affronter à de nouveaux continents pour construire la plus grande entreprise de beauté au monde – les effectifs de l'entreprise Herz s'élevaient aujourd'hui à six mille employés à l'échelle mondiale, pour des milliards de chiffre d'affaires –, elle détenait des biens immobiliers, des œuvres d'art et plusieurs fondations, qu'elle avait achetés puis revendus et rachetés pour quelques dollars en période de guerre et de crise. Son histoire s'égrenait tel un roman ou une fable. Son fils, Miles, désormais quinquagénaire, se tamponnait les yeux pour l'effet dramatique, se souvenant de sa mère bravant les nazis, ainsi que la société anglaise et française de l'époque. Seul Picasso n'avait apparemment pas succombé à ses charmes, daignant seulement faire son portrait en dessin et non en peinture, et resterait le seul artiste du XXe siècle à résister à ses dollars et à sa détermination implacable. Puis ce fut au tour de sa divine petite-fille Jennifer qui, sortant de son sac à main l'iconique mascara Lashmatic rose et vert, déclara au milieu des rires que si sa grand-mère avait inventé la lentille de contact, cela n'aurait pas eu le même impact sur les yeux des femmes – ni non plus sur leur vie.

Enfin, vers la fin de la messe et après avoir entendu les propos de trois rabbins, d'un archevêque en visite et de la femme du vice-président des États-Unis, chacun présentant sa propre eulogie dithyrambique, le public retint soudain son souffle.

Elle était là.

Tous l'attendaient. Elle arriva couverte de zibeline et de diamants, resplendissante, confiante et supérieure. Elle jouait le rôle du vainqueur, blonde et glaciale sur toute sa hauteur, davantage à sa place dans la Locust Valley que dans cette citadelle dédiée à la prière hébraïque.

Elle s'installa à un endroit discret mais visible, exactement comme Josephine l'avait prévu, provoquant plusieurs ondes de choc audibles dans la foule. Constance Gardiner était bel et bien présente, savourant son triomphe sur Josephine. Constance, la matrone de la haute société, éleveuse de chevaux et *belle** du Tout-New York, tenait son rang d'*autre* pionnière de la beauté. Leur rivalité était légendaire, voire scandaleuse. Et Constance avait survécu à Josephine ! Elle avait triomphé cette fois… lui faisant concurrence jusque sur le terrain de la longévité.

Personnellement, j'ai toujours trouvé Constance un peu trop masculine, et aussi *inquiétante*. Je savais qu'elle s'adresserait à moi pour jouer son va-tout et anticipais la scène avec une anxiété légèrement assoupie par le Xanax. Je tapais le sol de mes brogues anglais et regardai l'heure sur ma Patek en or rose, offerte par *Madame** à l'occasion de mon quarantième anniversaire, faisant le constat que, chez un homme comme moi, les produits cosmétiques n'avaient aucun effet sur l'âge.

Le rabbin récita les prières et informa l'assistance que la famille recevrait, à l'issue de la mise en terre, à l'adresse prestigieuse et illustre de Josephine, son duplex de la 5e Avenue, où les visiteurs étaient toujours bouche bée face aux pièces gigantesques, à la hauteur sous plafond et aux peintures murales réalisées par Dubuffet. On aimait également à répéter qu'après avoir été éconduite pour l'achat des lieux par les administrateurs très WASP dans les années 1930, Josephine avait tout simplement acheté l'immeuble du sol au plafond en passant par le prête-nom d'une société. Après avoir divorcé de son premier mari, elle s'y était installée avec son prince russe, plus jeune qu'elle, et avait pris le Tout-New York par surprise. D'aucuns avaient dit que leur union était une opération marketing lorsqu'elle lança la gamme de rouges à lèvres, fards à joues et parfum Princess Orlove. Mais c'était Constance qui lui avait survécu ! Cet enterrement fut l'une des rares occasions qui lui fut donnée de se trouver dans une pièce au même moment que Josephine, et elle sembla ravie de pouvoir faire l'inventaire des joyaux de la vie de sa rivale et, plus encore, de constater son trépas.

Après la messe, je me tenais debout, tirant sur le col de mon manteau en cachemire bleu marine, rassuré par la sensation moelleuse. C'est à ce moment qu'elle se tailla un chemin à travers la foule. Constance avait toujours fait montre d'une assurance inébranlable. En un battement de cils, elle était là devant moi, ses perles des mers du Sud, chacune de la taille d'une bille, me lançant une sorte de provocation. Elle était encore belle, en partie grâce à la chirurgie esthétique. Mais elle conservait son look de toujours à la Kate Hepburn, portant la confiance aussi naturellement que ses pantalons décontractés.

Elle prit quelques instants pour saluer les notables et toutes les personnes lui offrant leurs condoléances, comme si les deux pionnières de la beauté étaient aussi des compagnes d'armes, leur demi-siècle de luttes intestines ne comptant plus pour rien. Puis elle s'adressa enfin à moi, sur un ton strident.

– Je suis vraiment navrée, Robert, dit-elle, m'appelant par mon nom officiel. Je sais à quel point vous lui étiez dévoué. Cela doit être dur de savoir qu'elle est partie… et qu'elle ne reviendra pas, continua-t-elle dans un anglais international, particulièrement tranché.

– Oui, nous l'admirions tous énormément, lui répondis-je. Elle était la femme qui a inventé la beauté.

Cette dernière réflexion avait été maintes fois répétée en présence de *Madame** et je lui avais promis de la délivrer, comme un cadeau d'adieu. J'avais tenu ma promesse.

– C'est discutable, cela dépend de la personne à laquelle vous vous adressez et de qui paie votre salaire. Alors, allez-vous venir travailler pour moi, maintenant ? Je doublerai votre paie, bien sûr, précisa-t-elle.

– *Madame** m'a permis de devenir suffisamment riche pour être indépendant, rétorquai-je. Et je ne travaillerai que pour une maison prestigieuse, ajoutai-je, cette dernière estocade semblant involontairement presque modeste.

– Je vois, je vois, s'esclaffa-t-elle, la vieille bique vous a appris deux ou trois choses.

– Voyons, Constance aujourd'hui est le jour de son enterrement, repris-je, mon aplomb étant de retour.

– Parfait.

Elle fouilla dans son sac Hermès en crocodile noir.

– Ne rendons pas les choses plus difficiles qu'elles ne le sont déjà. J'ai pensé qu'il fallait que vous voyiez ceci. Maintenant que la vieille bique a rendu son dernier soupir, je lui fais un procès pour usurpation de brevet, lança-t-elle, en me tendant des papiers avec véhémence.

Le vieux dossier était de nouveau sur la table. Il renfermait la bataille la plus acrimonieuse de tous les différends qui avaient opposé les deux femmes.

– Vous ne pourrez jamais revenir sur le brevet, dis-je.

– Elle m'a volé le Lashmatic il y a de nombreuses années, mais je suis prête à me battre encore aujourd'hui, répondit Constance.

Fou de rage de sa présence, Miles, le fils de Josephine, s'avança en compagnie de Jonny et s'invita dans la conversation. Très vite, Charlene vint grossir cet attroupement.

– Constance, dit Miles, ne pensez-vous pas que vous auriez pu attendre que le cadavre soit froid avant de lui tourner autour comme un vautour ?

– J'aurais tout de même pensé que les écoles privées et les privilèges réservés à votre famille vous auraient octroyé un minimum de vernis, mais il semblerait que vous êtes aussi direct et abrupt que feu votre mère, puisse-t-elle reposer en paix. En ce qui me concerne, je suis là uniquement pour demander que l'on me restitue ce qui me revient de plein droit.

– Je pense qu'il est grand temps que vous partiez, dit Charlene, adoptant une posture presque régalienne.

– Il me fallait juste une occasion pour vous délivrer ces documents, eu égard aux remparts qui vous protègent. J'aurais préféré ne pas devoir le faire au cours d'un enterrement, mais... je n'ai pas eu le choix.

Elle me regarda, comme pour me signifier que ses excuses s'arrêtaient là.

– Constance, est-ce que vous vous imaginez vraiment que Josephine ne s'attendait pas à cette démarche de votre part ?

En prononçant ces mots, je sortis de ma poche une autre enveloppe impeccablement cachetée et la lui tendis.

– Nous vous contre-attaquons. Naturellement, vous savez que si nous gagnons, c'est vous qui paierez nos frais de justice.

– Eh bien, nous allons voir qui paiera qui.

Elle était visiblement prise au dépourvu par cette riposte, merveilleusement élaborée et parfaitement exécutée.

– Constance, savez-vous que si vous décidez de mener cette action en justice, nous serons obligés d'appeler CeeCee à la barre ? précisai-je, avançant mon dernier pion.

Échec et mat.

Elle rougit.

– Que savez-vous de CeeCee ?

– Tout, dis-je.

C'était là la dernière carte distribuée par Josephine. C'était ma corde de traction. Je l'avais utilisée.

– On peut toujours compter sur Josephine pour les coups bas, jusque dans la tombe.

– Vous avez tort. Ses affaires sont parfaitement transparentes et sa famille n'a jamais été aussi vivante.

– Miles, dit Constance en posant ses yeux sur le fils de Josephine puis sur Jonny, son charmant petit-fils.

– Oui ? dit Miles.

– J'ai peut-être détesté votre mère, mais je sais reconnaître qu'elle a été une rivale de grand talent.

La voix de Constance s'enroua, puis elle fit demi-tour sur ses escarpins-sandales Chanel, avant de disparaître dans la foule des pleureuses et des courtisans.

– Bobby, vous avez été exemplaire, dit Miles en me donnant une tape amicale dans le dos.

Jonny souriait lui aussi. Nous échangeâmes un regard, notre étrange petite tribu resserrant ses rangs, puis chacun se tourna vers la longue file des amis et partenaires d'affaires qui attendaient pour nous adresser leurs condoléances.

Un peu plus tard, lorsque je sortis et dépassai le crépitement des flashs des appareils photo en direction des voitures, je levai les yeux vers le ciel de ses adieux. Le soleil avait transpercé les nuages gris, projetant un rayon rosé unique. Du rose, quoi d'autre ?! Exactement la teinte de l'emballage du Lashmatic. Je souris, rasséréné de savoir que *Madame**, comme chaque fois, avait trouvé un moyen de se frayer un chemin.

Et, comme toujours, en inventant son propre itinéraire.

1

RÊVES DE HOLLYWOOD

New York, 1932

Nous étions début mai, mais déjà un ciel en Technicolor surplombait la ville. Parfois, New York aussi savait créer la surprise. Dans leur parure de printemps, les poiriers auraient tout aussi bien pu troquer leurs mille fleurs pour des feuilles de palmiers. Ce jour-là, tout le monde autour d'elle semblait tout droit sorti d'un film à la Garbo, et Josephine Herz, née Josiah Herzenstein, ne serait pour rien au monde passée à côté de ce vent de folie sans en tirer parti.

Une pimpante jeune femme fut la première à entrer dans son salon éponyme, ouvert tout récemment le long de la 5e Avenue. Un effet cranté dans ses cheveux blonds peroxydés, la poitrine avantageuse et une bouche comme fraîchement sculptée, sa nouvelle cliente possédait toute la panoplie propre à s'attirer les faveurs d'un homme de cette ville, à puiser sans restriction dans son porte-monnaie, et à assurer ainsi la fortune de son esthéticienne, Herz Beauty en l'occurrence. Tel un papillon se posant sur une branche, elle alla s'asseoir dans le fauteuil Chesterfield, et exécuta un battement de cils, lequel sembla laisser éclore un autre papillon.

– Je veux plus d'épaisseur, ordonna-t-elle avec un accent de Brooklyn qui aurait sur-le-champ éliminé toutes ses chances de décrocher un rôle, à l'heure où le cinéma abandonnait le muet.

Josephine fit un signe de tête et fouilla dans son arsenal pour se procurer l'hydratant Herz qu'elle préconisait pour un effet teint de pêche. Elle dévissa le couvercle du pot et se pencha sur le visage de sa cliente pour en appliquer le contenu sur ses pommettes, en légers mouvements circulaires.

– Non, fit la cliente, lui claquant la main comme pour se débarrasser d'une indésirable bestiole. Pas ma peau. Mes cils.

– Oh, dit Josephine, retirant sa main et la maintenant en suspension au-dessus du visage de la cliente, telle une cuillère prête à plonger dans une marmite en ébullition.

– Je veux des cils plus épais, lui intima la blonde. Comme Gloria.

– Gloria ? demanda Josephine, perplexe.

– Swanson ! répondit la cliente, secouant la tête, agacée par tant d'incompréhension.

– Je vois.

Josephine replaça le pot en verre dans son sac multipoche et se munit d'une autre valisette à fermeture Éclair.

– Pour le style faux cils, expliqua-t-elle, vous avez deux possibilités : la teinture ou l'application.

Elle sortit de son nécessaire un petit pain de mascara et une brosse humide pour appliquer le pigment, puis une boîte en plastique contenant des cils ressemblant à des araignées, qu'elle disposa devant elle, comme s'il s'agissait des joyaux de la Couronne. Le tube de gomme adhésive vint compléter le nécessaire.

La blonde écarquilla les yeux. Elle secoua la tête et se redressa sur son siège, telle une convalescente postléthargique.

– Ne me dites pas que vous allez les coller, quand même !

Josephine inspira profondément.

– Comment croyez-vous que les autres femmes s'y prennent ? répondit-elle. S'il y avait une boisson pour faire pousser les faux cils, je vous assure que je serais la première à *fous* en informer, dit-elle, son anglais trahissant une pointe d'accent polonais.

– Je pensais juste que… répondit la blonde.

Vexée, elle sortit d'un carnet de notes une coupure de magazine, qu'elle déplia pour faire apparaître une photo resplendissante, bien que froissée, de Gloria Swanson, la sensation glamour de Hollywood, tirée de la dernière édition de *Motion Picture*. Une moue de princesse désabusée se dessinait sur ses lèvres pulpeuses. Elle avait les sourcils, ainsi que le grain de beauté, d'une déesse de l'Égypte ancienne, et les cils d'une figure féline de la savane.

– Comme ça, observa-t-elle, pointant son doigt au niveau des yeux. Je veux ressembler à ça pour une fête ce soir.

Les ongles vernis à la perfection de Josephine frôlèrent la couverture chiffonnée du magazine. Elle étudia le visage fabuleux de Gloria, ses sourcils, ses cils, ses lèvres.

– Il vous faut une application, déclara-t-elle, lui rendant la photographie.

– Fichtre ! lança la cliente. On aurait pensé que vous, les professionnels, vous aviez autre chose que ça à proposer.

Désormais, Josephine se faisait un devoir de tolérer les piques et les rebuffades de cette nature. Puis une idée lui vint, alors qu'elle exécutait la préparation des cils et procédait au chauffage et à l'application de la colle. Cette dame avait raison. Être à l'écoute du client. C'est bien pour cela qu'elle travaillait souvent sur le terrain. Et maintenant qu'elle se trouvait à New York, elle ne savait que trop bien qu'il lui faudrait toujours être à l'écoute des désirs des vraies Américaines. Elle acceuillit donc l'observation de cette femme avec le plus grand respect, d'autant que rien n'était davantage lié à ses ventes à venir que les besoins de ses clientes. Blanche, ou Betty, quel que fût son nom, avait raison. Il était grand temps que l'on inventât une méthode mieux adaptée. Josephine était d'ailleurs la personne idéale pour mener cette tâche à bien. Le seul bémol, c'était qu'à l'autre bout de la ville une femme du nom de Constance Gardiner était déjà occupée à faire exactement la même chose.

Josephine Herz ne fut certes pas la première à inventer le mascara. Mais elle en inventa une version facile à appliquer, et sans coulures, et la fit découvrir à Madame Tout-le-monde. Déjà dans l'Égypte ancienne, les femmes disposaient de soins du visage. Partie intégrante de la toilette quotidienne de chaque homme et de chaque femme, le khôl associait la galène et le sulfure de plomb ou encore le cuivre et la cire d'abeille, et s'appliquait sur les paupières, les sourcils et les cils pour éloigner les esprits et protéger les yeux du soleil. Les hiéroglyphes se retrouvent autant sur les visages des Égyptiens que sur les murs des pyramides. Certes, ces lignes noires au tracé franc sur les visages féminins ont cessé d'être en vogue au fil des siècles, en particulier plus récemment, à l'époque victorienne par exemple, lorsque les femmes bannirent tout ce qui pouvait donner de la couleur à leur visage. Mais très vite, ces dames appelèrent de leurs vœux une nouvelle sorte de parure pour les yeux, que les pharmaciens fabriquèrent. Charbon, miel, cire d'abeille, tous les ingrédients traditionnels durent être testés et éprouvés. Josephine savait, quant à elle, flairer un succès commercial à des kilomètres à la ronde. C'est ainsi qu'elle pressentit un tournant dans le maquillage des yeux. De Los Angeles à Larchmont, les femmes réclamaient à cor et à cri de nouvelles astuces pour ressembler aux stars du grand écran, de nouvelles façons de s'habiller et de se parer, avides d'endosser leur rôle en constante évolution de femmes modernes. Il leur fallait une formule magique pour ressembler à et se sentir comme Garbo ou Swanson, mais quelque chose de plus simple, de plus propre et de plus rapide que des applications de faux cils toutes les six à huit semaines : un produit bon marché sans entretien et moins salissant que l'ancienne pâte de charbon qui, dans certains cas extrêmes, rendait aveugle.

2

UNE NOUVELLE FRONTIÈRE

Sydney, Australie, 1922

La chaleur était suffocante, constante, piquante, et semblait vouloir mettre sa peau à rude épreuve. Quelle ironie de constater à quel point le voyage lui avait paru brutal, sachant que l'objectif était précisément de fuir une autre brutalité, celle de l'ennemi qui sévissait dans son pays. Alors qu'elle agrippa le bastingage du navire, l'expression préférée de sa mère lui revint à l'esprit : « Où que tu te trouves, maintenant tu y es. » Si sa chère mère avait été là aujourd'hui, elle lui aurait dit de protéger sa peau du soleil en mettant son chapeau. Mais au lieu de se couvrir la tête, dans une sorte d'élan de rébellion, Josiah se mit à fixer le soleil comme si ce dernier était son ennemi et qu'elle pouvait remporter ce face-à-face si elle ne laissait pas transparaître sa peur.

Oy vey iz mer[1]. Elle ne pouvait effacer cette expression de lamentation de son esprit, pensant à la distance qui l'éloignait de sa mère aimante. Cette distance augmentait à chaque seconde, tout comme la douleur dans son cœur. Elle pouvait presque sentir l'odeur de sa mère : sucrée, terreuse, pareille au kasha et aux oignons blancs doux qui mijotaient sur le feu, le confort chaleureux et immédiat de ses bras accueillants et de sa voix mélodieuse. Nul

1. Cette expression yiddish signifie approximativement : « Ô douleur, le malheur est sur moi. »

besoin de fermer les yeux pour revoir les contours de son foyer : une ville médiévale entourée d'eau presque de toutes parts, dont les fortifications en briques rouges servaient autant à protéger les habitants qu'à décourager toute tentative de départ. Josiah y avait passé une enfance certes confinée, mais en sécurité. Sa maison n'était pas idéale, loin de là, mais le confort de ce qui est familier est un puissant rempart face à la nouveauté. Elle haussa les épaules, se demandant pourquoi elle était partie.

Bien sûr qu'elle savait pourquoi.

La raison, c'étaient ces histoires terrifiantes qu'ils avaient entendues, et sa mère et son père refusant de vivre dans la peur. Des histoires de pogroms, de soldats ivres faisant irruption la nuit, forçant les tiroirs secrets, pillant bijoux, livres et objets personnels. Des soldats terrorisant les pères et les fils, les frappant et, selon les pires récits, enfermant les filles pour leur faire faire des choses inavouables ; le rire des soldats, les gémissements et les cris des filles à travers les portes. On avait rapporté à ses parents ces histoires de source sûre. C'étaient d'abord les femmes au marché, devant une foule rassemblée autour du boucher, oubliant la file d'attente pour le lait. Puis leur rabbin qu'ils aimaient tant les avait à son tour entendues de la bouche des hommes eux-mêmes.

Ces atrocités avaient eu lieu à Lvov, une ville qui n'était ni vraiment près ni vraiment loin. Mais la menace était trop présente. Elle commença à envahir leur quotidien. L'angoisse de Josiah était palpable si d'aventure des paysans polonais avinés la lorgnaient, et le malaise s'intensifia telle une marmite en ébullition, jusqu'à l'accompagner à chaque instant – lorsqu'elle marchait dans les rues de la ville, rédigeait une lettre à sa tante, jusque dans son bain le soir. Constamment, l'ombre de cet invité invisible planait derrière elle, sans bruit. On décida donc, au terme d'innombrables repas et réunions de famille, qu'elle irait s'installer dans un endroit épargné par les menaces, accompagnée de ses sœurs assez âgées pour quitter le pays. L'Australie, ce continent lointain, était un choix comme un autre. Il aurait tout aussi bien pu s'agir d'une autre planète, tant ce pays différait en tout point de ce qu'elle connaissait ici, dans sa Pologne natale.

Bien sûr, d'autres étaient partis avant elle. Son oncle Salomon et sa tante avaient envoyé de bonnes nouvelles de leur existence de pionniers. Néanmoins, elle avait du mal à s'imaginer l'Australie comme la prochaine étape de sa vie. Cette île gigantesque, couverte de montagnes, de prairies et de moutons lui paraissait si lointaine. Sans parler de cet océan sans fond, cette force insondable, une planète à lui seul. D'ailleurs, Josiah n'avait nagé que quelques rares fois dans sa vie, dans un lac à la campagne proche de chez elle. Mais le projet était déjà élaboré : elle serait hébergée et employée par son oncle et sa tante. Elle travaillerait au comptoir de leur boutique Tout à Cinq et Dix Cents, vivrait chez eux et les aiderait à s'occuper de ses neveux et nièces le soir, jusqu'à ce qu'elle ait les moyens de vivre seule. Elle apprendrait l'anglais qu'elle avait toujours rêvé d'étudier – elle s'efforçait de retenir des mots qu'elle lisait dans les journaux empilés sur le bureau de son père. C'était une nouvelle vie qui l'attendait sur cette planète chaude et colorée, une vie meilleure qu'elle devrait elle-même se créer. Elle faisait confiance à sa mère. Elle voulait cette vie. Mais pour l'heure, il lui était impossible de percevoir cet avenir radieux, tant la lumière du soleil l'éblouissait.

D'une beauté atypique, petite mais impressionnante, Josiah avait de la prestance. Son teint pâle et ses cheveux noirs, ses grands yeux d'onyx ovales, son nez franc, élégant et aquilin lui donnaient un air royal, peut-être un brin sévère. Son principal atout était dans ses yeux. Grâce à eux, elle sondait les motivations des autres sans rien trahir de ses impressions. Son apparence s'était révélée à la fois un point fort et un point faible, lui attirant les confidences de ses sœurs et de ses amies, mais éloignant en général les garçons de son âge, comme résignés d'avance face à ses critiques. Son intuition et son intelligence avaient néanmoins prévalu et lui avaient assuré l'adoration de ses sœurs, de ses amies et, plus récemment, de quelques garçons plus vieux qu'elle. Mais à l'instant, cette même intuition lui soufflait une seule chose : retourner là-bas.

Mais il était bien trop tard pour cela. Elle était arrivée ici avec une vague, la première vague des immigrants polonais, qui allait rapidement se transformer en raz-de-marée. Un raz-de-marée de femmes en quête de sécurité, de familles désireuses d'exprimer librement leurs croyances, d'individus assoiffés de nouvelles richesses, brûlant de l'envie d'accéder à une nouvelle vie, fuyant une menace profonde et terrifiante. Toutes ces promesses ne manquaient pas de susciter un intérêt. La menace, quant à elle, était telle qu'il était urgent de décider. C'était cette menace qui poussait les gens à quitter leur maison, et donnait corps aux promesses. C'était cette menace qui poussait une jeune fille de vingt-deux ans à laisser derrière elle tout ce qu'elle avait toujours connu et aimé pour s'aventurer seule en territoire inconnu, sur cet étrange navire gigantesque et couvert de rouille. À cause de cette menace, elle voguait vers cette terre étrangère, séparée de son pays par deux océans et autant de continents, dans une cabine minuscule partagée avec deux autres filles, l'air marin masquant à peine les odeurs corporelles que tant de promiscuité rendait inévitables.

Effarouchée, Josiah jeta un coup d'œil de l'autre côté du pont vers une vaste colline recouverte de nuages, luxuriante et blanche. Puis la colline devint verte et se tacha de points blancs. Pourquoi ce changement de couleur ? Elle ne tarda pas à le comprendre. Ces points blancs, ce n'étaient pas des nuages mais des moutons.

– Mais qu'est-ce que je fais là ? murmura-t-elle.

– Au pire, on pourra toujours faire du tricot.

C'était une autre passagère, une fille de son âge du nom de Sonjya, avec qui elle avait partagé ses repas durant la traversée, qui répondait à sa question.

Josiah sourit, confortée par ce semblant de camaraderie. L'instant suivant, des cris et des pas précipités la propulsaient à l'avant du navire. Elle agrippa sa pauvre valise et son chapeau de paille crème serti d'un ruban bleu et blanc – sur le moment, il avait fait tellement cosmopolite ! – et, plissant les yeux à cause du soleil, se laissa emporter par la foule en direction du quai.

3

UN NOUVEAU MONDE

Greenwich Village, 1922

Constance Gardener montait d'un pas lourd les marches d'un escalier poussiéreux. La peinture marron qui s'en décollait par endroits lui prêtait un certain charme, un peu comme s'il s'était agi d'une marque de bronzage.

Elle se moquait de ce détail. L'endroit était exactement tel qu'elle l'avait imaginé. Nous étions loin de la cage dorée de l'hôtel Martha Washington ou de toute autre résidence pour les dames. Ici, elle se trouvait au cœur du vrai New York. Et si elle résidait désormais sur le canapé du studio avec alcôve de son frère ? Techniquement, Jimmy était son demi-frère. Sa mère s'était remariée à M. McCalister, le père de James, lorsque son propre père était parti pour rejoindre une riche veuve plus âgée que lui, abandonnant mère et fille. Certes, James et elle avaient grandi avec des noms de famille différents mais sous le même toit, et ainsi n'avaient-ils pas vu la différence. C'était James, le plus sensible des deux, qui s'était occupé de sa téméraire sœur cadette. Mais au fil du temps, le contraire était devenu vrai.

De couleur marron lui aussi, ce canapé acheté d'occasion était plutôt massif et son tissu laineux rugueux se délitait par endroits. Mais peu importait. Elle pourrait s'y endormir en écoutant le ronronnement de Washington Square Park, la musique de Greenwich Village un vendredi soir, les cris, les rires, les notes d'un saxophone, tout cela venant déranger les criquets qui le reste de la semaine s'adonnaient à leurs cricris. Elle serait ainsi témoin des artistes inventant leur art, tintinnabulant, harmonieux. Puis elle s'éveillerait, partie intégrante d'une nouvelle génération laborieuse. Elle se rendrait à pied à son travail, en compagnie d'hommes et de femmes endossant chacun un rôle, le vent ébouriffant leurs costumes et leurs jupes sur mesure alors qu'ils avançaient, déterminés à venir grossir les rangs d'une armée au service de la productivité. Telle était sa mission. Les sons produits par la ville de New York et ses habitants étaient une mélodie à ses oreilles.

En quelques minutes, elle avait transformé la pièce. Une femme est capable de créer une ambiance avec trois fois rien : une étole de soie fixée sur un mur pour la décoration – la sienne représentait un classique motif floral lavande ou peut-être bleu pastel de chez Poiret, un vase rose orné de fleurs fraîchement coupées, une agréable fragrance instillée par quelques bâtons d'encens ou encore un soupçon de son parfum Jean Patou préféré. C'est avec le même sens artistique qu'elle transformerait son nom, convaincue que « Gardener » véhiculait trop d'obséquiosité, l'associant à l'entretien des pelouses. En revanche, « Gardiner » avec un « i » semblait fleurer bon la jeunesse dorée de la côte, les bals des débutantes et les garden-parties, et l'associait ainsi à la haute société qui contrôlait Gardiner's Island, cédée en 1639 par décret royal à la famille éponyme. C'est à la vie des Gardiner qu'elle aspirait. C'est ainsi qu'elle se transforma elle-même, à l'instar de cet appartement. Avant même que son frère ait eu le temps de réchauffer le potage au chou qu'il lui avait gardé, le studio du célibataire s'était mué en un boudoir chic de deux pièces. Elle passerait le week-end à s'installer, à flâner dans son nouveau quartier, à la recherche de l'« attirail » nécessaire pour débuter sa vie de femme active à New York.

« Attirail » ! Ce mot à lui seul lui faisait un effet renversant.

Beauté androgyne et sculpturale aux cheveux blond vénitien, arborant un sourire satisfait teinté de rébellion, Constance avait tout du caméléon. Anglaise élevée au Canada, elle était désormais canadienne à New York. Le visage adouci par ses mèches blondes, aujourd'hui un peu moins naturelles que lorsqu'elle était enfant, elle était devenue une belle jeune femme, suffisamment séduisante pour s'attirer les faveurs d'un étudiant de l'Ivy League et se dispenser d'une vie laborieuse. Mais une vie de loisirs ne l'intéressait pas. Elle était membre d'une nouvelle génération de jeunes femmes de style garçonne qui avait fait des études et qui, par choix et non par nécessité, aspirait à davantage qu'à la simple félicité maritale. Elle avait donc posé sa candidature et décroché un travail respectable à New York, en tant que secrétaire pour Dr Osborne's Health and Vitality, Inc., une entreprise pharmaceutique sur le bas de la 5e Avenue dont les bureaux rutilants étaient aussi invitants que le nom de la société.

Son nouveau style était parfaitement adapté à son nouveau travail : une coupe à la garçonne sur ses cheveux blond doré, comme ceux de Marilyn Miller, sa star de vaudevilles préférée. Certes, il fallait un certain temps pour chauffer et mettre en œuvre le fer à friser, puis réaliser et placer les boucles une à une et l'épingle exactement au bon endroit pour mettre en valeur son visage angélique. Mais ce n'était pas du temps perdu. En particulier en combinaison avec la nouvelle teinte de rouge qu'elle avait « empruntée » à son amie plus vieille qu'elle, Lisette, et enfin, l'application de la ligne franche et sombre qu'elle avait appris à dessiner au-dessus de ses yeux tard le soir en étudiant religieusement les sourcils de Marilyn sur un cliché tiré de *Photoplay*. Tant pis si cela lui enlevait une heure de sommeil. Ce n'était rien si le résultat était un visage à la plastique parfaitement étudiée, donnant à peine un coup de pouce à une nature généreuse.

Elle repensa au contraste saisissant entre sa vie passée et présente. Elle avait quitté le Canada, un pays qu'elle adorait, au terme d'une enfance passée à courir dans des prairies verdoyantes sous des ciels pommelés. Puis elle s'était transplantée sur les vertes collines d'un campus des Seven Sisters[1]. Depuis l'enfance, son corps athlétique et élancé lui avait valu le surnom de « garçon manqué ». Ses vingt ans étaient arrivés sans crier gare, et sa nature joyeuse ne l'avait pas quittée. Elle avait laissé le Canada derrière elle avec regret, voyant néanmoins ce pays comme un trou perdu où sa véritable quête et ses ambitions ne pouvaient prendre corps. Depuis l'âge de cinq ou six ans, elle savait que ce qu'elle voulait, c'était une vie urbaine, et mener grand train. Elle voulait être comme ces gens qu'elle avait vus lorsque ses parents l'avaient emmenée à Montréal, statues modernes déambulant fièrement dans les rues. Cela, elle l'avait su sur-le-champ. Elle voulait cette vie-là. Son enfance de prairies et de soleil radieux lui servit en quelque sorte de tremplin, lui instillant non seulement une résistance à toute épreuve, mais aussi un profond attachement à la nature.

Elle n'était donc pas faite pour suivre des cours d'infirmière et vivre une vie paisible en twin-set de cachemire et collier de perles. Non par manque d'intérêt mais parce que, d'une certaine façon, elle était trop ambitieuse pour cette carrière. Sa détermination était telle qu'elle avait choisi le sang, les blessés et les cadavres plutôt que de rester dans l'ombre d'un chirurgien à tenir servilement le scalpel. Une année dans un hôpital militaire lui avait appris tout ce qu'il fallait savoir. Des individus avaient besoin d'aide, et elle avait les facultés pour la leur prodiguer. Bien évidemment, ses parents auraient préféré que leur fille chérie fût animée par une vocation plus

1. Seven Sisters est le nom donné à un réseau d'instituts d'enseignement supérieur des arts libéraux (*colleges*) très sélectifs et prestigieux dans le nord-est des États-Unis, traditionnellement réservés aux jeunes femmes : Barnard College, Bryn Mawr College, Mount Holyoke College, Smith College, Wellesley College, Vassar College et Radcliffe College. Les cinq premières institutions continuent de proposer des programmes pré-doctorat réservés aux femmes.

classique, mais Constance était aussi obstinée qu'elle était persuasive. En dépit de leurs souhaits, elle avait posé sa candidature pour ce poste de secrétaire et abandonné l'école d'infirmières le jour où elle reçut son admission. Car quitte à passer des années à se former dans un laboratoire, elle préférait devenir pharmacienne plutôt que cuisinière.

Décidée à célébrer son intérêt pour la chimie en s'offrant un verre bien mérité, une fois avalée la soupe que son frère lui avait réchauffée, elle insista pour qu'ils fêtent la bonne nouvelle. Elle l'entraîna dans la cage d'escalier branlante à la peinture défraîchie jusqu'à un bar clandestin en bas de la rue dont elle avait entendu parler.

– Tu es la parfaite garçonne moderne, fit James, sur un ton mêlant l'admiration et la réprimande, remarquant son chapeau cloche rouge pivoine. Comment as-tu trouvé cet endroit ?

– Ce n'est pas parce qu'on parle de prohibition qu'on n'a pas le droit de boire un verre. Si tu veux tout savoir, j'aime aussi danser et il se trouve que j'adore le jazz. Mais je ne te demande pas ce que tu aimes, n'aie crainte, petit frère, dit-elle, moqueuse.

Mais à peine eut-elle prononcé ces mots du bout de ses lèvres maquillées qu'elle vit son regard triste. Elle était allée trop loin, faisant allusion à ses sorties nocturnes pour rencontrer des hommes plus vieux et parfois aussi plus jeunes que lui.

– Aucun souci, reprit-elle, tapotant sa main.

– Nous avons les goûts que nous avons.

Après cette discussion, ce fut comme s'il existait entre eux un accord tacite d'éviter toute discussion sur leurs inclinations personnelles. Une discrétion à la canadienne leur conviendrait désormais.

Elle jeta un œil autour du bar alors que son frère buvait sa première gorgée de gin de contrebande. Son odeur âcre, dans la lumière de l'après-midi sur fond de conservations animées. C'était comme s'ils avaient inhalé la même drogue puissante, simplement en poussant la porte de ce lieu.

– C'est toujours aussi fabuleux ? murmura-t-elle.

Promenant son regard autour de lui, il haussa les épaules en guise de réponse.

Elle leva son verre et l'invita à trinquer.

– À la vie ! s'esclaffa-t-elle. Ma nouvelle vie.

Il lui sourit. Son enthousiasme avait un effet contagieux.

– Tu vas avoir besoin de nouveaux vêtements, lui dit-il en lui tapotant l'épaule fraternellement.

– Ah bon ?

– Les jeunes femmes professionnelles s'habillent pour aller au travail, expliqua-t-il.

Elle prit une inspiration, puis examina sa jupe longue, sa taille ceinturée, son corselet apprêté et ses boutons remontant sur son cou. Une tenue certes correcte, mais loin d'être chic.

– J'imagine que je vais devoir faire un peu de shopping, alors.

– Je viendrai avec toi, dit-il. On m'a dit que Lord and Taylor faisait des choses ravissantes.

4

ÉCOUTER : TOUT UN ART

Melbourne, 1923

Vendeuse au comptoir. Il y avait bien pire, sachant que cette activité combinait en réalité deux des passe-temps favoris de Josiah : regarder les gens et leur parler. Mais le plus intéressant, c'était encore de les écouter. Elle pouvait ainsi travailler à améliorer son anglais, tout en se distrayant de sa Pologne natale qui lui manquait terriblement. Elle voyait aussi comme une sorte de récompense le fait de sortir de l'arrière-boutique dans laquelle se trouvaient en permanence ses cousins et son oncle durant la journée, rangeant et empilant les stocks sur des étagères déjà bien remplies. Elle passait ainsi des heures à conseiller les clients sur le produit qui les intéressait, finissant néanmoins chaque fois par parler d'un tout autre sujet que celui de leur visite. *Eux-mêmes.* Elle en faisait presque un jeu, s'amusant à prédire ce qu'ils avaient à l'esprit, laissant toujours le temps nécessaire à l'échange des platitudes habituelles. Elle faisait en général preuve d'une excellente intuition, s'agissant de deviner leurs malheurs et préoccupations.

La vie auprès de son oncle et de sa tante ne parvenait pas à remplacer la chaleur de sa propre famille. Son oncle Salomon était dur et anxieux et sa femme, Masha, très encline à la critique et aux mesquineries. Malgré cela, le magasin restait un endroit agréable à vivre, où deux ambiances coexistaient : à l'avant, un point de rencontre des ouvriers de Melbourne, et à l'arrière, un entrepôt pour les médicaments et pommades. Chacune de ces ambiances représentait pour Josiah une forme de thérapie. Pouvoir parler était le baume au cœur par excellence.

Les étés et les hivers australiens étaient indifférenciés, et dans les deux cas il fallait s'armer de courage face à la rudesse du climat. Cette année, il y avait eu des inondations bibliques et une fois que les eaux s'étaient retirées, c'était une vague de chaleur d'une force et d'une durée incroyables qui avait pris leur place, mettant les nerfs de tous à rude épreuve, les femmes ayant néanmoins la possibilité de se dévêtir pour ne porter que leurs dessous en dentelle. Ce climat extrême était monnaie courante à Melbourne et suivait son rythme propre.

Un afflux continu d'étrangers et une communauté agricole en plein essor faisaient de Melbourne une ville de grande importance, surnommée par certains de ses résidents « le Paris du Sud-Ouest ». Le magasin offrait à Josiah deux habitats très différents : d'une part un lieu où il fallait travailler sans relâche à des tâches requérant de la concentration à toutes les heures de la journée, et d'autre part un afflux de clients et sa cohorte de distractions : les problèmes des gens. Dans les deux cas, sa curiosité était satisfaite. Dans l'arrière-boutique, son penchant pour l'investigation était contenté par l'apprentissage des principes de base du commerce de détail avec le stockage, l'étiquetage et la gestion des stocks, et à l'avant du magasin, elle s'adonnait à un passe-temps moins professionnel en apparence : parfaire son talent naturel pour l'écoute des malheurs des gens. C'est ainsi à cet endroit qu'elle apprit le rôle du service client et comprit comment déchiffrer les véritables besoins de la clientèle par opposition à leur prétendue recherche.

Chez les femmes, elle retrouvait toujours une version ou une autre de la même complainte : un mari aux yeux baladeurs, et toujours trop de femmes vers qui les laisser voguer, nombre d'entre elles ne portant davantage que les derniers modèles de costumes de bain pour mieux supporter la chaleur torride. Cela rendait le calvaire des épouses doublement intenable, leur peau cuisant à petit feu sous le soleil australien, et leur âme s'étiolant face à une concurrence totalement déloyale.

Une femme entra dans le magasin, soufflant lourdement, ses cheveux gris ramassés sommairement en un chignon approximatif. Elle s'approcha du comptoir et sembla occupée à examiner le présentoir des lunettes. Immédiatement, Josiah se rendit compte qu'elle ne fixait pas les lunettes, mais les bras nus et le visage rougi par la chaleur de Josiah.

– Tu as de la chance, dit la dame. Ta peau dégage une lumière naturelle. Et elle est tellement uniforme et pâle.

– Pas du tout, répondit Josiah feignant un sourire, se faisant de l'air sur le visage. C'est cette fichue chaleur qui me fait luire.

La dame soupira et acquiesça.

– Mais vous avez raison, reprit Josiah. On n'obtient rien sans effort.

La dame posa ses provisions, étudiant Josiah.

– J'ai quelque chose pour vous, dit Josiah.

Elle chercha dans le tiroir du bas dans lequel elle conservait un pot de crème qu'elle avait apporté de son pays, un peu en souvenir, un trésor qui lui rappelait sa mère. Le fluide crémeux comme du lait étincelait comme une perle. Elle plaça quelques noisettes de l'élixir dans un pot de pharmacie.

– Appliquez cela après le bain. En petits mouvements doux et circulaires, fit-elle en mimant le geste. Sans appuyer. Pour ne pas agresser la peau. Il est important d'hydrater et de stimuler.

La dame l'observait, totalement bouche bée.

Josiah aurait tout aussi bien pu vendre de l'opium, tant la promesse contenue dans cette potion était sans limites.

– Attendez une ou deux semaines, précisa-t-elle.

Sa cliente sourit et prit le présent de Josiah, avec un air de gratitude incommensurable.

Lorsque, la semaine suivante, cette dernière refit irruption dans le magasin pour renouveler le traitement et insista pour la dédommager, Josiah accepta une somme modique.

– C'est normal que je te paie. Cette crème pourrait sauver mon couple, précisa la cliente, glissant un dollar dans la main de Josiah.

Josiah lui sourit, émue du soulagement de cette femme. Elle mit la pièce dans sa poche et résolut de faire part à son oncle de cette transaction. Au moment opportun.

5

LEÇONS DE VENTE

New York, 1923

Le bureau n'était pas le centre névralgique de l'activité commerciale que Constance avait imaginé lorsqu'elle avait candidaté. Le premier jour, on lui donna un poste sur une chaise pivotante dans un petit bureau à l'arrière, équidistant de l'entrée et du laboratoire. Elle partageait son bureau avec une réceptionniste expérimentée au style démodé, dont la voix sifflait lorsqu'elle parlait, et une machine à écrire qui faisait un bruit de raclements à chaque lettre qu'elle tapait. Les inconvénients étaient difficiles à ignorer, mais elle s'efforçait de garder à l'esprit tous les avantages. Ce travail lui apportait tout ce qui comptait : un salaire à la fin du mois et un appartement à New York. De plus, peut-être pourrait-elle obtenir de l'avancement au sein de l'entreprise une fois qu'elle aurait gagné la confiance du Dr Osborne.

Au déjeuner elle mena un interrogatoire déguisé de sa collègue de bureau.

– Les secrétaires sont-elles autorisées dans le labo ? lui demanda Constance.

L'autre lui répondit par la négative d'un haussement d'épaules.

– Mais alors qui a le droit d'y aller ?

– Uniquement le personnel autorisé.

Constance hocha la tête. La porte du laboratoire s'ouvrit brièvement et ce qu'elle aperçut l'intrigua. Elle résolut de mettre tous les moyens en œuvre pour obtenir ses entrées. Cela ne lui prendrait en réalité qu'un mois.

Le laboratoire aurait tout aussi bien pu être une confiserie, tant il était plein à craquer de tubes et de pots de toutes les couleurs. Dans chacun d'eux bouillonnait une préparation différente. Sur l'un des murs, un réseau de tubes interconnectés formait un labyrinthe, laissant circuler un liquide rouge. Plus loin, une amphore remplie de liquide marron mijotait sous un couvercle. Dans la pièce voisine, une odeur puissante vous accueillait dès la porte d'entrée. Accrochés au mur du fond, des pots de poudre, empilés sur toute la hauteur, lui firent penser à une épicerie persane à Montréal dans laquelle elle était entrée lorsqu'elle était encore enfant. Rouges, blancs et noirs, des bocaux de poudre fine formaient une sorte d'échiquier d'équilibriste, du sol au plafond.

Il y a des moments dans la vie où les rêves s'invitent dans la réalité, où des idées, espoirs et projets disparates acquièrent soudain un sens. Constance voguait dans cette trame, en pleine conscience du spectre des possibilités.

– Ici, c'est l'aspirine, notre plus grosse vente, expliqua le Dr Osborne, faisant un geste pour indiquer l'un des murs. C'est le remède pour les rhumes. Très demandé. Nous nous en portons très bien. (Il s'arrêta devant une amphore de saindoux en ébullition, de couleur marron avec un aspect doré.) Ça, c'est la Crème de beauté.

– La Crème de beauté ? reprit Constance, réprimant son enthousiasme.

Elle se pencha et renifla l'odeur putride de citron et de graisse de porc. Le produit miracle que le Dr Osborne offrait à ses fidèles clientes était-il donc ici ?

– Et ça ? demanda-t-elle en montrant du doigt les poudres.

– Oh, ça… Nous n'avons pas encore décidé de ce que nous allons faire de ça, répondit-il.

– Pourquoi donc ? s'enquit Constance.

– Nous faisons des expériences sur différentes senteurs pour la Crème de beauté pour dames, mais en ce moment je tourne un peu en rond.

– Pour quelle raison ?

– Je l'ignore, répondit le Dr Osborne. Peut-être parce que je ne connais aucune belle femme.

– Je vois, dit Constance.

Penchée sur l'un des comptoirs, elle se rendit compte que le docteur s'était rapproché d'elle.

– Peut-être que vous pourriez m'apprendre quelque chose sur ce sujet.

– Sur quel sujet ? demanda Constance.

– La beauté.

– Oh, je ne sais pas, dit-elle, faisant instinctivement un pas en arrière.

– Vous êtes terriblement belle, reprit-il en se rapprochant encore.

Elle exécuta un nouveau pas en arrière, mais il s'empara de son bras.

– Êtes-vous disposée à m'apprendre la beauté ? demanda-t-il.

– Euh… marmonna Constance.

Puis, le regardant droit dans les yeux, elle s'enhardit :

– Cela dépend. De ce que vous êtes disposé à m'apprendre sur les affaires.

C'est ainsi que Constance signa sa première transaction commerciale, négociant des séances d'apprentissage en laboratoire en échange d'une contribution à la fabrication de la Crème de beauté pour dames du Dr Osborne et d'autres diverses faveurs. C'était la première fois qu'elle avait usé de son physique à des fins carriéristes. À vingt-deux ans, les avances des jeunes hommes ne lui étaient pas étrangères. Mais elle avait appris à en mitiger les effets. Certains sacrifices paraissaient incontournables pour parvenir à ses fins. Même s'il s'agissait d'un ignorant. Et d'un homme d'âge mûr, qui plus est.

6

TRAVAIL AU COMPTOIR

Melbourne, 1923

Josiah s'examinait dans le miroir, insistant sur ses yeux. Une femme possède un ressenti instinctif des vérités universelles. Il convient d'attirer l'attention sur les atouts. D'estomper les défauts. Cela faisait longtemps qu'elle mettait en œuvre une telle stratégie concernant son apparence physique. Elle ne faisait pas partie des femmes que l'on qualifiait de beautés naturelles. En revanche, elle était dotée de la prestance d'une reine. De petite stature, elle était étonnamment imposante. L'ovale noir de ses grands yeux slaves était pénétrant et occupait une grande partie de l'arrondi de son visage pâle. Au fil du temps, elle allait prouver la véracité de l'axiome selon lequel la beauté vient de l'intérieur, et est avant tout une question de confiance. En réalité, elle n'aurait pas de temps à consacrer au rituel de beauté qu'elle préconisait. La principale difficulté qu'elle rencontrerait serait de surmonter les longues heures de travail et le manque de sommeil. Toutes les crèmes et potions de beauté de Josiah ne suffiraient pas à les dissimuler.

En Pologne, les filles en compagnie desquelles elle avait grandi appartenaient à deux catégories : les beautés préraphaélites, dotées d'un long visage triste orné d'yeux clairs et d'une peau teintée de rose, pareille à celle des anges des voûtes des églises italiennes, et les jeunes femmes à la peau plus sombre, au visage plus anguleux et orné de cheveux et de sourcils noirs, qui en prenant de l'âge ressemblaient aux vieux tsars de Russie. Josiah appartenait à la seconde catégorie, celle des beautés juives. Dans sa communauté, d'une consanguinité parfois trop poussée pouvait parfois résulter une pâleur extrême et une proéminence des maxillaires supérieurs, un teint transparent donnant à penser que la moindre maladie pouvait vous emporter. Les véritables beautés étaient le fruit d'une glorieuse alchimie unique entre leur passé séfarade et les magnifiques apports de l'Europe de l'Est. Malgré cela, Josiah n'aimait pas toujours le reflet que lui renvoyait le miroir. Elle y voyait les extrêmes, la proéminence des yeux, les pommettes qu'elle trouvait trop hautes, trop affûtées. Elle voyait ce teint démesurément pâle qui lui avait valu auprès de sa mère le surnom de *zwłoki,* « cadavre » en polonais. Dans le même temps, elle observait la façon dont, au fil des années, son apparence physique lui assurait un certain pouvoir – comme son visage avait changé, inimitable lorsqu'elle était enfant, saisissant à l'adolescence, puis finalement sublime à sa maturité. Il était de ceux qui attirent le regard. À l'ère du cinéma muet, son physique était celui d'une femme fatale à la Theda Bara. Cette actrice, déjà la préférée de Josiah, devint son idole absolue lorsqu'elle découvrit qu'elle était née Theodosia Goodman, et la fille d'un tailleur juif polonais.

Seule devant le miroir, elle s'efforçait de comprendre : qu'y avait-il à propos de son visage peu ordinaire qui attirait tant l'attention des autres ? Elle travaillait dur. C'était indéniable. Et elle prenait soin des autres. Elle vouait un intérêt certain aux femmes qui poussaient la porte de la boutique de son oncle et se tenaient au comptoir le regard flou, prétendant être à la recherche d'un produit tout en la questionnant pour obtenir son conseil. Elle ressentait une estime réciproque pour ces personnes. Elle savait ce qu'elles souhaitaient vraiment, et ce qu'elles voulaient entendre. Le leur prodiguer ne lui demandait aucun effort et son interprétation de leurs besoins était profitable.

« Que me conseillez-vous pour les douleurs d'estomac ? » signifiait : « Pensez-vous que mon mari me trompe ? »

« Avez-vous quelque chose pour les gerçures ? » signifiait : « Mon mari m'a quittée. »

« Que puis-je faire contre les mains sèches ? » signifiait : « Je suis morte d'inquiétude. »

Elle avait un incroyable talent, non seulement pour décoder les indices semés de-ci de-là par ses clientes, mais aussi pour calmer leur nervosité, pour dire les mots qu'il fallait afin qu'elles repartent rassérénées. Elle savait que l'effet de ses paroles était augmenté par son image. Alors elle commença à prodiguer deux choses à la fois, un produit et un service, une crème pour la peau et des conseils pour l'âme. Elle considérait désormais le baume pour le visage comme bien davantage qu'un traitement de beauté : c'était un talisman de confort et de soutien qu'elle offrait.

Il lui sembla donc de plus en plus naturel de proposer à ces femmes un produit associant une promesse et un enchantement. Elle conservait en cachette quelques objets précieux depuis son voyage à travers l'océan Pacifique : le camée en agate de sa sœur, les vingt marks allemands que son père lui avait donnés la veille de son départ, et quelques roubles conservés au fil des années, regroupés dans un mouchoir en coton défraîchi de sa mère comme s'il s'était agi d'un pot-pourri parfumé. Outre cette aumônière magique, un autre précieux trésor était dissimulé sous deux paires de bas de soie et ses soutiens-gorge en laine : dix-huit pots de crème qui, selon les recommandations insistantes de sa mère, devait être appliquée chaque soir après son bain et juste avant de s'habiller pour la nuit, dans l'humidité chaude de la salle de bains après la toilette, en effectuant de légers mouvements circulaires, sur une peau parfaitement nettoyée dont les pores étaient encore ouverts.

C'est au cours de son premier hiver à Melbourne que Josiah décida de partager cette pommade dans des petits pots en verre « empruntés » dans l'arrière-boutique de son oncle. Les braves dames de Melbourne n'avaient certes pas des besoins aussi pressants que ceux des jeunes filles qui avaient fui la Pologne en bateau avec elle, mais elles avaient leur part de misères. Il leur fallait des encouragements, de l'assurance et de l'amitié. Josiah était capable de fournir tout cela depuis son poste de travail au comptoir du drugstore de son oncle. Et par-dessus le marché, elle pouvait le faire en échange de dix cents l'élixir.

7

LES GARDINER GIRLS

New York, 1925

À défaut d'être nouvelle, l'idée était novatrice et Constance était déterminée à en démontrer l'intérêt. Le concept était le suivant : les femmes étaient particulièrement enclines à acheter des cosmétiques – et ce en abondance – lorsque le produit était recommandé par une amie.

Quelle meilleure façon de stimuler les ventes que de recréer la plus intime des interactions, une conversation entre voisines sur le perron d'une maison ? Le truc était que la vendeuse adopte un air des plus avenants, rien dans son attitude ne pouvant constituer une menace. Il importait aussi qu'elle ait tout l'air d'être l'amie de la propriétaire. Mais pas n'importe quelle amie. Ce qu'il fallait, c'est que la vendeuse ressemble trait pour trait à celle au sein de son quartier pour qui la propriétaire avait véritablement de l'estime. La vendeuse devait être une femme. Exclusivement. Les vendeuses devaient être polies, pomponnées et posées. C'était là la règle des « trois P ». Puis, après deux ans d'élaboration d'une ligne de produits de cosmétiques de base « tout en couleurs » auprès d'un laboratoire local et la création d'une étiquette botanique simple, Constance y apposa la mention « Constance Gardiner Beauty » lorsqu'elle s'estima fin prête. Son frère serait chargé de la vente de cette gamme aux pharmacies, et elle allait inventer la première flotte féminine du porte-à-porte, les Gardiner Girls.

À onze heures, un lundi matin, Constance se tenait à la porte d'une grande maison coloniale de Bronxville. Avec sa façade en planches jaunes et blanches, elle était indéniablement la plus imposante du pâté de maisons.

En ce début du mois de mai, entourée de cerisiers en fleur dont les pétales paraissaient flotter dans l'air, cette maison semblait lui lancer une invitation. Constance lissa sa tenue ornée d'un petit col Claudine par-dessus un corsage ajusté, et sa jupe fluide mais sage, puis appuya sur la sonnette, avant de s'éclaircir la gorge lorsque la porte s'ouvrit. La taille de la maison était quelque peu intimidante, mais Constance se dit que, pour le moins aujourd'hui, elle avait suivi à la lettre le conseil de son père lorsqu'il lui disait : « Il faut toujours viser au plus haut. »

– Puis-je vous aider ? lui demanda une belle femme, visiblement satisfaite de sa demeure seigneuriale.

– Mon nom est Constance Gardiner, répondit Constance, se présentant prestement tout en plaçant son pied dans une position apte à bloquer toute tentative de fermeture de la porte. Je suis ravie de partager avec vous une excellente nouvelle pour toutes les femmes de ce quartier. Quelle journée magnifique aujourd'hui, n'est-ce pas ?

La femme hocha la tête.

– Je n'ai pas pu m'empêcher de remarquer que le rose, si délicat, des fleurs de ce cerisier ferait la plus belle teinte pour un rouge à lèvres. Tout comme le rose de cette orchidée, continua-t-elle en plaçant dans la main de son interlocutrice une petite tige pareille à celle qui décorait le revers de sa veste.

– Pourquoi ? Et merci, répondit la femme, se disant visiblement qu'aucune criminelle ne se présenterait avec des fleurs.

Constance avait mis au point cette dernière tactique après avoir essuyé un certain nombre de rebuffades. La propriétaire examina Constance de haut en bas, évaluant sans complexes la qualité de ses vêtements et chaussures. Elle caressa son orchidée et sourit.

– Il se trouve que je vends des cosmétiques de la collection Constance Gardiner Beauty, et je serais ravie de vous en dire plus sur nos produits si vous avez un moment ce matin, récita Constance en exécutant un mouvement de la tête qui mit en évidence ses boucles blondes, relevant dans le même temps son genou pour bloquer la porte. Vous avez un teint absolument divin. Il évoque les pêches et la crème fraîche, continua Constance, arborant un sourire étudié.

Les compliments, c'était infaillible. Des compliments et des fleurs. Les femmes étaient des cibles tellement faciles.

– Merci beaucoup, répondit l'autre, rougissant malgré elle.

– Cette nuance de rouge à lèvres que je porte, reprit Constance, serait absolument magnifique sur vous. Il faut dire aussi qu'avec votre teint naturellement pulpeux, vous avez à peine besoin de maquillage.

La femme rougit de nouveau.

– Mais si je devais recommander une seule nuance, ce serait celle-ci.

Elle ouvrit son sac et en sortit une palette de démonstration.

– Cette somptueuse note de pêche s'appelle « Un pique-nique un dimanche ». Et puis, je dirais, une petite touche de « Ciel turquoise » sur les yeux pour équilibrer la lumière.

La femme allongea le cou et se pencha vers l'avant comme pour regarder à l'intérieur du sac de Constance.

– Souhaitez-vous en savoir plus sur nos produits ? s'enquit Constance.

– Je n'ai pas vraiment le temps ce matin. Je finis juste de mettre la table et j'ai besoin de préparer le dîner parce que mon mari a invité quelques collègues ce soir. Mais je vous remercie, dit-elle, faisant un mouvement vers la porte.

Cette fois, Constance fut très rapide et interposa son corps entier.

– D'autant plus, fit-elle. Si les collègues de votre mari viennent dîner à la maison ce soir, vous avez peut-être envie d'être en beauté. Votre époux sera si fier de vous.

– C'est vrai ! Peut-être qu'il n'aurait rien contre, si je faisais un petit effort supplémentaire en son nom, ricana la maîtresse de maison.

– Bien sûr qu'il n'aura rien contre. Il devrait même apprécier ! Et je suis sûre qu'il vous renverra l'ascenseur au centuple, observa-t-elle de façon suggestive.

L'espace d'une fraction de seconde, Constance craignit que son sourire n'ait été trop suggestif, mais son hôtesse sembla convaincue.

– Il ne vous aura pas vue aussi belle depuis votre lune de miel !

– Ah oui ? rétorqua-t-elle, les yeux brillants.

– Puis-je entrer quelques minutes ? Ce serait plus facile de vous montrer mes produits à l'abri de ce radieux soleil.

La femme jeta un œil à droite, puis à gauche, comme pour s'assurer que la voie était libre, puis, sur l'insistance de Constance – et donnant libre cours à sa propre tentation –, la fit entrer.

À l'intérieur, Constance profita de tout l'espace disponible sur la table soigneusement cirée de la salle à manger pour étaler ses produits, telle une marchande d'Istanbul. Elle mit en évidence chaque couleur en arc-en-ciel, tel un insecte tropical à la saison des amours. Chaque nuance d'ombre à paupières et de fard à joues était là, différente de la précédente, du rose au magenta, du bleu poudré au bleu ciel, en passant par la lavande et le vert émeraude. Des rouges à lèvres dans toutes les teintes, du rose au rouge éclatant en passant par le corail.

Ainsi naquit le concept des Gardiner Girls, cette force de travail bien particulière dont chaque membre devait allier des talents de vendeuse, de meilleure amie, de matrone et de star du grand écran, pour livrer une offensive commerciale de charme dans le confort de la maison de la cliente. Vendeuse représentante placière par excellence, Constance Gardiner incarnait tout entière son propre produit. Elle en était l'ambassadrice parfaite. Mais pour elle qui cultivait son allure et sa tenue de patricienne blonde, le défi qui se présentait était de savoir séduire les femmes à tous les échelons de la société – non seulement les femmes au foyer propriétaires de belles demeures, mais aussi les travailleuses des arrière-cuisines des maisons et appartements modestes. C'était à ces femmes que la promesse des Gardiner Girls s'adressait le plus. C'étaient ces femmes qui, nourrissant leurs propres rêves de gloire, achèteraient ses produits sans compter. Constance en avait la conviction profonde.

8

LE COTTON

Harlem, 1927

– Tu es magnifique et en plus tu as la peau blanche d'une métisse. Tu devrais aller voir mon ami au Cotton !

CeeCee avait déjà entendu ce genre de boniment de nombreuses fois, maintenant qu'elle était passée du statut d'adolescente dégingandée à celui de superbe jeune femme. Alors, bien qu'elle n'ait eu aucun désir de chanter ni de danser, les plumes et les paillettes ne lui disant rien qui vaille, elle décida néanmoins de faire un essai. Si elle devait ramener son petit cul de « métisse blanche » jusqu'au réputé Cotton Club de New York, elle montrerait ce qu'elle savait faire à la troupe. « Métis blanc » ou « mulâtre blanc » étaient les termes consacrés pour décrire les Noirs métissés ou dont la peau était plus blanche que de coutume. Cela signifiait qu'elle était considérée comme l'élite de la communauté afro-américaine. Mais en réalité, elle errait plutôt dans les limbes entre deux mondes : exclue par les Noirs pour sa peau trop claire, et trop noire au goût des Blancs. Néanmoins, ce n'était pas comme si CeeCee Jones avait le choix. L'alternative classique était claire. Elle pourrait opter pour une vie « à la maison » et se choisir un homme – un homme qui, avec un peu de chance, décrocherait un travail régulier comme bagagiste dans une gare, tout au plus – ; avec lui, elle élèverait une famille nombreuse. L'autre solution, c'était peut-être la scène du Cotton Club. La première option n'étant pas envisageable pour elle, New York lui apporterait au moins quelque chose de plus stimulant que sa bucolique Virginie. Elle qui lisait tous les journaux sur lesquels elle mettait la main avec la même avidité que si elle mangeait un cône de glace – une habitude acquise lorsqu'elle travaillait pour la maison Hewitt – se dit que son heure viendrait, et avec elle la possibilité de faire des études. Là était sa consolation. Elle accepterait donc l'offre de son cousin et ferait un bout d'essai au Cotton Club.

Elle ne manqua pas d'observer que la première chanson qu'elle entendit dans les coulisses était *Creole Love Call*, interprétée par Adelaide Hall et l'orchestre de Duke Ellington. Elle ne se plaignit pas non plus lorsqu'on lui tendit un costume pour le numéro brésilien composé d'une jupe à froufrous, dont l'ourlet inférieur arrivait au niveau de ses sous-vêtements à l'avant et descendait jusqu'au sol à l'arrière, puis un chapeau censé donner l'impression qu'elle avait une coupe de fruits en équilibre sur la tête. La banane en tissu semblait s'être détachée et elle allait devoir la recoudre elle-même. Fille d'une esclave et femme métayère, sa mère avait eu un enfant avec un homme blanc qu'elle n'avait jamais connu. L'ironie de la situation ne lui échappa pas.

– Que fais-tu assise ici, ma fille ? demanda Gladys Potter, une autre ingénue, voyant CeeCee qui cousait dans un recoin entre deux plateaux. C'est à nous dans dix minutes.

Gladys se coiffa de son propre chapeau à fruits.

– Je couds des bananes.

– C'est cet endroit qui a la banane, ma fille ! lança Gladys en allant se placer avec les autres filles pour la répétition de la rumba pour leur numéro « C'est trop à Rio ».

L'arrivée de CeeCee au Cotton Club avait été facilitée par Rudy, son cousin plus âgé qu'elle qui vivait maintenant à New York. Trompettiste de talent, Rudy faisait partie de l'orchestre de Duke Ellington. Ellington était un pionnier de la *jungle music* et jouait devant un public de Blancs qui allaient s'encanailler à Harlem, à la recherche d'exotisme et d'une nouvelle forme d'élégance. Le Cotton Club ignorait toutes les règles de la prohibition et était contrôlé par des mafieux et des représentants de la haute société new-yorkaise, ce qui lui donnait des airs de sophistication urbaine et de rébellion de haut vol. Le cousin de CeeCee évoluait au centre de cette sphère-là. Il jouait maintenant pour le fringant Ellington qui l'avait vu dans un autre club et lui avait proposé une augmentation de cinq dollars la semaine pour le rejoindre.

– Je préférerais jouer *Someone to Watch Over Me* plutôt que les standards de *Shuffle Along*, dit Rudy.

Puis il haussa les épaules, grimaçant au son des préjugés contenus dans les paroles et à la vue des visages noirs projetés sur la scène. Les musiciens ne se prononçaient pas sur les morceaux qu'ils étaient forcés de jouer. Rudy avait conscience de sa chance de recevoir les émoluments réguliers d'un orchestre de renom.

– Tu es vraiment superbe, Cee, lui avait-il dit, la prenant à part un jour où la famille était réunie pour un enterrement dans la bicoque de sa tante en Virginie, visiblement émerveillé de découvrir que l'adolescente dégingandée qu'il avait connue autrefois était devenue une jeune femme d'une incroyable beauté. Il faut que tu ailles voir mon ami au Cotton Club.

– Je n'ai aucune envie d'être danseuse. Ni chanteuse, lui avait-elle dit.

– Ma fille, c'est mieux que de travailler comme domestique pour les Hewitt. Tu es bien trop belle pour passer ton temps à faire l'argenterie.

– Je suis gouvernante et ils me payent des cours de secrétariat pour que je puisse étudier ensuite.

– Ouais, mais pour l'heure tu es toujours en Virginie et tu peux toujours attendre avant d'avoir la chance d'aller à New York.

Il fit mine de souffler dans une trompette imaginaire avec ses élégantes mains de musicien. Il rit, découvrant une rangée de dents surdimensionnées d'un blanc étincelant.

– À Harlem, ça bouge et on ne te prend pas de haut si tu t'habilles comme ça, dit-il en tirant sur les manches amidonnées de sa chemise de coupe française, laissant apparaître des boutons de manchette en or. J'ai hâte d'y retourner.

Certes plutôt satisfaite de sa situation présente, CeeCee était dotée d'une intelligence suffisante pour reconnaître les coups de pouce du destin. En l'espace de quelques jours, elle avait donné son congé aux Hewitt, une famille adorable et progressiste qui fut triste de la voir partir mais lui assura tout son soutien. Ils la conduisirent à la gare où elle dut s'asseoir dans le wagon réservé aux personnes de couleur, et lui donnèrent quarante dollars en guise de bonus pour les quatre ans de travail qu'elle avait réalisés. Elle embrassa tour à tour chacune des filles Hewitt et leur promit de leur écrire lorsqu'elle monta à bord du train. Durant le voyage, elle regarda le paysage, les mains crispées sur sa valise en lambeaux, voyant le sud du pays défiler devant ses yeux. Elle s'agrippait à ses effets personnels et à l'adresse de la pension communiquée par Rudy. L'aventure poignait à l'horizon.

– Ta cousine est vraiment aussi belle que tu me l'as dit, Jonesy...

Herman Stark, le corpulent régisseur du Cotton Club, examinait CeeCee comme une pomme prête à être croquée, puis adressa un sourire à son agent Lou Savarese. Lou avait le meilleur flair dans le show-business pour le recrutement des artistes. Il savait immédiatement repérer l'étoffe d'une star. Ils échangèrent des regards entendus au vu de ses traits gracieux et de sa silhouette tonique.

– D'habitude, elles ressemblent à des sacs à patates quand elles se pointent, mais pas celle-ci, lança Lou, fronçant ses sourcils touffus.

– Je te l'avais dit, renchérit fièrement Rudy.

– Elle n'est même pas mulâtre. Elle serait plutôt métisse blanche, dit Lou.

Seule une touche de léger brun dans son teint indiquait en effet que ses parents étaient de couleurs différentes.

– Eh bien, dis donc, elle a même de longs cheveux raides ! Je n'ai encore jamais vu ça, fit Lou, saisissant une mèche puis tirant d'un coup sec pour vérifier qu'il s'agissait bien des cheveux de CeeCee.

– C'est mon secret, dit CeeCee, s'écartant avec élégance et se levant de toute sa hauteur.

– Ouais ! Qui était ton papa ? ricana Lou. C'est ça, ton secret ! s'esclaffa-t-il.

– Tu sais danser ? demanda Herman.

– Elle sait tout faire. Comme moi. Elle chante, elle danse et elle fait l'argenterie. Mazette, elle sait peut-être aussi jouer du trombone. Les Jones sont une famille de musiciens, dit Ruby, ravi.

– Alors tu dis qu'elle sait comment on souffle… ? ricana Lou.

– Ça suffit, Lou, celle-ci semble un peu mieux éduquée et elle vient tout droit de la ferme. Ne va pas l'écarter du droit chemin dès le premier jour, pérora Herman en secouant la tête. Tu es sûre que tu veux bosser dans ce bar à whisky, gamine ? Tu as l'air un peu plus délicate que les autres petits lots que nous avons en magasin.

– Oh, oui ! J'ai toujours rêvé de danser au Cotton Club, fit CeeCee, leur réservant son sourire le plus ravageur, reconnaissante à Rudy de l'avoir mise au courant de ce qu'il fallait dire.

– Bien sûr. D'accord. Bon, tu es largement assez belle et, comme tu es la cousine de Rudy, nous te prenons à l'essai. Tu gagneras dix dollars la semaine plus les repas. Tu les prendras dans les vestiaires avec les autres filles. Tu devras te maquiller et te coiffer toi-même et tu dois être à l'heure. Et pas de « si » ni de « mais ». Nous ne tolérons aucun retard. Tu peux être la Reine de Saba, au moindre retard, t'es de-hors !

– Bien sûr, je comprends. Merci. C'est parfait, déclara CeeCee.

– Maintenant, écoute. Tu sais que le Cotton Club se produit devant un public de Blancs uniquement. Alors on ne fricote pas avec la clientèle, sauf si un monsieur à l'entrée des artistes veut voir une des filles. Mais ça, c'est à toi de décider, sœurette.

– Elle ne fera jamais ce genre de choses, je m'en porte garant ! s'exclama Rudy.

– Mouais. Attends un peu que les loups l'aient zieutée, celle-là, fit Herman en tourant sa bague à diamant rosé vers elle.

– Poulette, si ton cousin n'était pas collé à toi, tu y serais jusqu'au cou. Comme les autres filles.

– Je ne suis pas comme les autres filles, dit CeeCee dans un sourire.

– Elles disent toutes ça, dit Lou. Jusqu'à la deuxième semaine et leur premier billet de dix dollars. Bon, maintenant, tu n'as plus qu'à aller voir l'habilleuse pour ton costume. Cette semaine, le thème, c'est « Un soir à Rio ».

– Tout le monde veut du style latino, maintenant, et elle passera très bien, déclara Herman sans même une pointe d'ironie, comme s'il faisait un compliment.

Il bâilla et fit tomber les cendres de son cigare.

La deuxième semaine finit par arriver et repartir. Il fut de même des commentaires incessants et des pincements des musiciens qui lui parlaient de leur voix suave, tandis qu'elle se sentait constamment intimidée par les membres de la direction. Un jour, un des batteurs la colla contre la porte des vestiaires. Chaque fois, elle réussit à s'échapper et il ne fallut pas longtemps avant qu'elle fût considérée comme suffisante par les autres filles de la troupe qui l'avaient invitée à des doubles rendez-vous avec les hordes d'hommes blancs bien élevés qui se pressaient à l'entrée des artistes. CeeCee déclinait toutes les offres et rentrait chez elle pour lire. Très vite, elle fut affublée du nom de « Queen CeeCee ». Elle savait très bien qu'il n'y avait là que de la dérision.

« Oh, la voilà qui arrive, avec ses bouquins et son nez en l'air… Queen CeeCee », disaient-ils. Elle faisait son maximum sur scène, mais elle savait qu'elle avait deux pieds gauches. Une fois le cap des deux semaines passé, elle se mit à lire la rubrique des « Petites annonces d'emploi » du *New York Times*. Elle n'était pas faite pour ce travail. Elle savait qu'il lui fallait autre chose. Et vite.

9

ON RECRUTE À TOUT-VA

New York, 1927

Bien qu'ethniquement canadienne – un tiers anglaise, un tiers française et un tiers canadienne –, Constance pouvait largement donner l'impression qu'elle était de haute extraction. Elle ne luttait pas contre les préjugés qui la suivaient lorsqu'elle entrait dans une pièce. Son carré blond, sa silhouette élancée et l'ovale classique de son visage faisaient d'elle l'icône parfaite de la fille du *Mayflower* à New York. Avec une telle allure et un nom trié sur le volet, une femme pouvait obtenir certains luxes, dont un spectre de choix très étendu pour se trouver un mâle, des amis reconnus et glamour détenant leurs entrées dans la haute société, non sans une cohorte d'avantages : des invitations à des soirées, des entrées dans les clubs, les meilleurs lieux de vacances d'été, les vacances aux sports d'hiver, et le reste des passe-temps favoris des gens riches et aussi le ciment de leurs relations – les chevaux, le tennis, les clubs de plage, le ski, les dîners et, plus tard, les jeux de cartes. L'entourage de Constance, de l'East Side de Manhattan aux plus beaux lieux des Hamptons, sans oublier Southampton bien sûr, les endroits privilégiés de la haute société à Palm Beach et les diverses destinations de sports d'hiver favorites, lui assurait de faire partie intégrante pour la vie d'une communauté très fermée. Cette communauté, ce cercle constituait la clé de voûte de sa vie sociale, elle le savait. Mais elle n'avait jamais imaginé que cette même communauté fût aussi l'épine dorsale de son entreprise.

Sans jamais vendre quoi que ce soit directement à ses amis, Constance usait de ses accointances sociales pour soutenir le développement de son activité. Ils étaient ses premiers clients et ses premiers fans. Ils étaient les ambassadeurs de sa marque dans les antichambres et dans la presse, car eux-mêmes éditeurs de magazines et d'organes de presse. Constance savait bien que plus ils étaient riches, plus ils voulaient tout obtenir gratuitement. Elle était assez intelligente pour offrir quelques crèmes hydratantes à une héritière rencontrée à Breakers[1] ou lors d'un dîner dans Park Avenue, ou des échantillons de rouge à lèvres pour leurs femmes et leurs petites amies aux agents de presse qui couvraient les événements auxquels elle s'imposait – pour y être ensuite invitée. Il devint évident pour Constance que ces femmes-là n'allaient pas constituer son cœur de clientèle. Les femmes qui voulaient et – Constance ressentait la situation avec un certain altruisme – qui avaient le plus besoin de ses produits cosmétiques étaient celles qui n'avaient pas accès à un quotidien fait de luxe. Ses produits, en revanche, étaient une porte d'accès au luxe et bien plus encore : ils représentaient pour ces femmes un moyen de le réaliser. Alors que le prestige était issu du réseau social, le profil type de ses clientes était celui de la femme de tous les jours et de la classe moyenne, qui vivait une vie dénuée d'intérêt et souhaitait ou avait besoin de s'évader du train-train quotidien en achetant à prix abordable un morceau de rêve cosmétique, petit mais d'une grande importance.

Le réseau d'influence dont elle faisait partie était une constante de son monde. Mais à ce stade, elle n'avait aucune prescience de ce qu'elle était sur le point de forger, un autre réseau ou un autre club. Non pas une

---

1. Station balnéaire haut de gamme située à Palm Beach en Floride.

clique de dames évoluant tout en haut de l'échelle sociale, ces dernières étant déjà largement pourvues en avantages sélects tout au long de l'année. Au lieu de cela, Constance allait concevoir un nouveau club, duquel elle n'aurait pas daigné être membre elle-même. Les clientes de Gardiner Beauty, dont le nom déposé était désormais Gardiner Cosmetics, avaient bien moins de possessions que les amis présents ou futurs de Constance. Cependant, Constance savait instinctivement que ces femmes simples allaient former la base de sa clientèle et de sa communauté en devenir. Ces femmes sans atours et sans artifices formeraient le tremplin commercial qu'il lui fallait pour réussir. Alors à pas feutrés et mesurés, elle se donna pour objectif d'atteindre cette cible. Mais réussir cela sans pour autant se départir de son réseau initial allait relever de la pure prouesse et constituer l'un de ses plus importants défis. C'est pourquoi elle avait besoin de personnel appartenant à cet univers. Elle embaucha Molly Simpson, une jeune femme blonde qui venait d'une ferme du Minnesota, pour la former et en faire la première Gardiner Girl officielle. Molly avait les pieds sur terre et débordait d'énergie, ce qui plut immédiatement à Constance. Elles étaient entrées en conversation un soir dans un night-club où Molly était préposée à la vente des cigarettes et Constance l'avait immédiatement trouvée vive et avenante. À la fin de la soirée, elle avait pris momentanément congé de ses amis très chics et l'avait embauchée sur-le-champ. Molly était parfaite. Elle était jolie, mais avait ce genre de plastique qui rassure davantage qu'elle n'intimide. Elle avait aussi du bagout. Constance sut tout de suite que quelqu'un comme elle pouvait réussir à entrer bien plus facilement chez Madame Tout-le-monde, car elle était elle aussi issue d'un milieu modeste. Des cheveux blonds et un carré sage, un petit nez retroussé lui donnaient un air rassurant et amical. Elle n'aurait eu aucun mal à rentrer et à ressortir de la salle des coffres chez Tiffany sans attirer la moindre attention. Elle était la candidate parfaite pour le travail qui l'attendait.

Le premier bureau de Constance était des plus modestes. Son chiffre d'affaires était stable, suffisamment pour permettre à James de quitter son travail de comptable et la rejoindre à plein temps. Maintenant, il lui fallait un vrai bureau. Elle faisait partie de ces gens qui estimaient qu'une entreprise ne pouvait jamais se permettre de croître au-delà de ce que son chiffre d'affaires lui permettait. Elle choisit donc ses bureaux en fonction de cette règle d'or. Elle loua une pièce au quinzième étage d'un immeuble respectable situé sur la 5e Avenue, pariant sur le capital prestige d'une telle adresse. Un bâtiment avec un portier et une entrée dallée de marbre, un bel ascenseur aux portes en bronze et une adresse reconnue. Bien que le bâtiment ne fût qu'à quelques pâtés de maisons de Central Park, au croisement de la 77e Rue et de la 5e Avenue, son choix porta sur un bureau sans vue, ou plutôt avec une vue sur la cour intérieure où se trouvait la trappe à ordures de l'immeuble, et contenant une table en bois, une chaise et une machine à écrire. Néanmoins, elle ressentit de la fierté lorsqu'elle apposa sa signature sur le bail, puis elle et James décidèrent de peindre les murs en mauve.

Nul besoin de disposer d'une vue pour impressionner les clients. Elle n'avait pas de clients. Elle avait des acheteurs mais, du moins pour le moment, n'avait pas de clients. Alors tout ce qu'il lui fallait, c'était un espace propre et calme où passer des coups de fil aux diverses boutiques qui achetaient ses produits ou étaient sur le point de le faire, et une pièce pour tester les produits qui revenaient du labo. Molly était presque toujours absente, car elle consacrait le plus clair de son temps à faire du porte-à-porte et à former les futures Gardiner Girls sur le terrain. En somme, Constance avait besoin uniquement d'un comptable et d'un assistant pour pointer les commandes des magasins et participer aux allers-retours à la poste pour les expéditions et la collecte des livraisons. Son premier investissement fut un meuble de classement métallique très professionnel pour l'archivage des bons de commande de la myriade de petites pharmacies que James et elle démarchaient chaque jour. James était chargé des ventes aux pharmacies locales, et plus tard s'occuperait des grands magasins ; Molly était en charge du démarchage à domicile et Constance se consacrait au développement produits. Graduellement, l'activité commençant à décoller, elle fit le constat qu'elle avait besoin d'un assistant hors pair.

Elle passa une petite annonce dans le *New York Times* et le *Daily News* : « Recherche personne travailleuse pour le rôle d'assistante d'une entreprise de cosmétiques en pleine croissance. Maîtrise de la dactylographie impérative et travail en soirée à prévoir. » Quarante-neuf femmes répondirent, et chacune envoya une lettre ciblée et un curriculum vitæ manuscrit avec soin. À l'examen des dossiers, Constance ne put s'empêcher de voir à travers ces impeccables C.V. et lettres de motivation le message pressant qui transpirait : IL ME FAUT UN TRAVAIL. Ces femmes étaient avides, désespérées de trouver un emploi. C'était comme si une révolution se préparait : il existait d'autres femmes comme elle, qui partageaient le désir et le besoin de travailler de longues heures. Chacune de ces femmes aux joues roses était prête à se lancer à corps perdu dans une promesse bâtie sur le besoin et l'envie, chacune d'entre elles était déterminée à s'adonner à quelque chose de nouveau.

La première candidate était une femme d'âge mûr plutôt ronde. Elle semblait agréable, mais n'était peut-être pas l'ambassadrice rêvée pour la marque. La deuxième était petite, récemment divorcée et avait quatre bouches à nourrir. La troisième, la quatrième et la cinquième avaient acquis une expérience de la vente dans le magasin familial ou avaient travaillé comme infirmières durant la guerre et avaient pris goût à une certaine autonomie financière. La plupart des autres possédaient les mêmes éléments que les précédentes, s'agissant de femmes d'âge plus mûr à la tête d'une famille, ou plus jeunes à la recherche d'un revenu avant de se mettre en quête d'un homme, ou encore de femmes ayant fait l'expérience de la liberté durant la Grande Guerre et du pouvoir que pouvaient leur assurer quelques billets supplémentaires en poche.

Mais aucune de ces candidates, selon Constance, ne rassemblait autant de vertus que l'une d'entre elles, CeeCee Jones, une célibataire de vingt et un ans arrivée à New York après avoir travaillé en tant que domestique pour une riche famille de Virginie. CeeCee n'avait pas fait d'études, mais elle avait suivi des cours et n'avait pas renoncé à étudier. Elle avait mentionné qu'elle avait lu les textes médicaux qu'elle avait pu trouver, afin de se préparer pour son objectif final, entrer à l'école de médecine. À l'instant même où elle entra dans la pièce, Constance sut que cette jeune femme sortait du lot et qu'il lui fallait l'avoir à ses côtés pour côtoyer la réussite. CeeCee était une beauté exotique à la peau basanée et semblait répondre à la même motivation et force intérieure que Constance. C'était comme si deux papillons de nuit se trouvaient à danser autour de la même flamme.

En réalité, CeeCee Jones était une femme issue de parents de couleurs différentes mais à la peau pâle. Son curriculum disait qu'elle avait travaillé comme gouvernante pour la famille Hewitt. Fille d'une esclave émancipée et d'un père blanc qu'elle n'avait jamais connu, elle avait au fil des années beaucoup appris sur le commerce et la vie d'un ménage. Elle savait tenir une cuisine, commander dix personnes et obtenir un régime de travail impeccable. Elle savait entretenir et reconnaître de la porcelaine de qualité, dresser une table et l'argenterie pour tout type de menu. Elle connaissait les tâches de blanchisserie et de repassage et maîtrisait le pliage et l'entretien des vêtements. Elle avait suivi des cours de sténographie aux frais de M. Hewitt pour l'aider au niveau de sa facturation. Les Hewitt étaient une famille progressiste et d'une grande bonté, et estimaient que chacun devait pouvoir accomplir son destin grâce à l'éducation et au travail assidu, et CeeCee tira parti de la chance de bénéficier de leurs largesses, car elle savait qu'une éducation secondaire était une nécessité pour que toute femme se réalise.

Tant du fait de son ingéniosité personnelle que par intérêt, CeeCee s'était investie depuis toujours dans l'étude de la chevelure, non seulement parce qu'elle aspirait à s'améliorer, mais aussi parce qu'elle avait fait l'expérience directe des périls associés à un mauvais auto-entretien capillaire. Les femmes afro-américaines, à la fois bénies par une chevelure noire unique et d'un brillant sans pareil, et condamnées à leur difficile entretien, comprenaient les sacrifices qu'une femme noire devait consentir pour disposer de la coiffure qu'elle souhaitait. Longtemps résignée à « dompter » ses cheveux selon le préjugé colporté par les adages qui avaient cours sur le sujet, CeeCee avait commencé à essayer et à étudier les moyens dont disposait sa communauté.

Substance toxique servant à la fabrication du savon, la soude caustique était utilisée pour raidir ou « détendre » les cheveux. Bien qu'efficace, cette méthode était très longue et corrosive, causant des irritations au niveau du cuir chevelu. À l'instar de femmes noires avant elle, CeeCee avait vu ses cheveux se fragiliser et s'effiler, puis avec horreur des mèches entières tomber. La soude caustique, ainsi que d'autres produits chimiques, engendrait des pellicules, de l'eczéma et ensuite la calvitie s'installait. Jamais aucune femme ne se plaignait. Mais CeeCee s'employait à trouver elle-même la solution.

Les femmes de la famille Hewitt possédant toutes de longs cheveux noirs, CeeCee, ayant de nombreuses fois participé au lavage et aux soins quotidiens, commença à envisager la possibilité, puis finalement à fabriquer ses propres produit défrisant et pommade de soins, s'inspirant des procédés qu'elle avait observés chez les filles Hewitt. Elle connaissait les vertus de la lanoline et de l'application de beurre de karité pour hydrater le cuir chevelu. CeeCee commença donc à tester sa formule secrète sur elle-même. La voyant tellement efficace, elle eut l'idée de la partager avec les femmes de son entourage.

Ce fut un succès retentissant. Les femmes noires qu'elle connaissait avaient besoin d'un produit de qualité ; elles étaient prêtes à l'utiliser toutes les huit à douze semaines, et se réjouissaient à l'idée de pouvoir recourir à un traitement plus doux que ceux qu'elles avaient à leur disposition à l'époque. Avec le modeste pécule qu'elle avait obtenu de son premier lot de pommades, et avec l'aide de son cousin Rudy, elle était partie pour New York, et avait réservé une chambre dans une pension à Harlem.

Elle précisa à Constance qu'elle avait travaillé au sein de la troupe des danseurs du Cotton Club sur la 142e Rue à l'angle de Lenox Avenue, mais qu'elle n'était pas faite pour le monde du spectacle. Cela eut pour effet de faire sourire Constance, pour qui la majorité des jeunes femmes souhaitait le contraire : une vie sur scène par opposition à un travail de bureau. Un tel aveu eut une résonance au niveau des valeurs qu'elle avait à cœur, Constance faisant le constat que CeeCee n'était pas une femme comme les autres.

Lorsque CeeCee avait vu l'annonce pour Gardiner Cosmetics, elle n'avait pas perdu une minute. Elle avait répondu au plus vite, rédigeant sa réponse avec beaucoup de soin, et avait commencé à réfléchir à la tenue qu'elle porterait avant même de recevoir une réponse à sa candidature. Elle était arrivée pour l'entretien avec dix minutes d'avance et avait attendu quinze minutes pour être reçue. Apercevant la lumière orange qui entrait dans le bureau depuis la fenêtre, elle devinait que l'on approchait de sept heures du soir, mais à en juger par l'activité qui y régnait, il aurait tout aussi bien pu être neuf heures du matin.

– Vous dites dans le résumé de votre expérience professionnelle que vous avez dirigé le personnel de maison dans une vaste demeure, dit Constance, qui avait pour préférence de commencer les entretiens en limitant au maximum les banalités d'usage.

– Oui, dit CeeCee, j'ai eu jusqu'à dix personnes sous mes ordres. J'ai commencé comme bonne et j'ai gravi les échelons.

Constance acquiesça et fut saisie par les grands yeux brillants de la jeune femme.

– Je vois aussi sur votre curriculum que vous avez travaillé dans les cuisines de cette maison. Savez-vous que, en plus des tâches administratives, vous devrez pour ce travail passer du temps au labo ? Il faut savoir que les températures peuvent y être assez élevées.

– Je l'ignorais, répondit CeeCee, mais ça me semble fascinant. Je suis très intéressée par l'art de la production des cosmétiques, et j'ai une certaine expérience dans ce domaine.

– Ah oui ? Et comment cela ? demanda Constance, découvrant de plus près les lèvres sculptées et les grands yeux ovales de la jeune femme.

– Mes cheveux. C'est un processus assez long pour les « dompter » et les raidir. Les cheveux de la plupart des femmes de couleur que je connais leur demandent pas mal de soins.

Constance acquiesça, observant les cheveux de CeeCee. Lissés et noir de jais, ils étaient ramassés en un chignon du plus bel effet exécuté à la perfection. Cela lui donnait l'apparence d'une femme blanche ou d'origine latine.

– Pour nous, les produits sont rares, continua CeeCee. J'ai dû inventer des solutions.

Constance lui sourit, rassérénée par la candeur et l'ingénuité de la jeune femme. Elle se rapprocha, tout à sa concentration.

– Oh, je vois…

Constance était comme envoûtée par le récit de CeeCee. Chose encore plus surprenante, elle ne s'était jamais imaginée se trouver à ce point immédiatement sous le charme d'une jeune fille afro-américaine si récemment arrivée en ville. Constance identifia deux choses : la flamme intérieure qui brûlait en CeeCee et, plus encore, le fait que sa couleur de peau lui permettait d'« être acceptée ». Elle vit aussi autre chose : la chaleur de l'attirance qu'elle avait tenté de réprimer de nombreuses fois auparavant. Celle-ci s'étendait dans sa poitrine et descendait jusqu'entre ses genoux. Constance était excitée par l'idée de partager un espace de travail avec cette jeune beauté couleur caramel. Elle proposa le travail à CeeCee immédiatement.

– Merci, madame Gardiner. Vous ne le regretterez pas, dit CeeCee, avec un sourire rayonnant.

– Mademoiselle. Mademoiselle Gardiner. Mais ce sera peut-être « madame » un jour. Cela dépendra de si oui ou non j'accepte la proposition d'un homme, mais nous n'en sommes pas encore là.

Constance venait de partager un mensonge diplomatique. Elle avait certes été courtisée par un nombre de jeunes hommes qui auraient pu lui convenir mais n'avait jusque-là été séduite par aucun, dont les intentions auraient été de la mettre sous clé, tout du moins en lui demandant de rester à la maison sans travailler. Peu importent la richesse ou le physique de ces hommes, elle les avait tous écartés. Cependant, elle ne voulait pas être considérée à l'extérieur comme une vieille fille. Ou pire encore.

– Bien sûr, renchérit CeeCee.

– Vous commencerez à huit heures trente le lundi. Je donne environ une demi-heure pour le déjeuner et vous travaillerez les soirs et les week-ends. Je paye davantage que la plupart de mes comptes concurrents, c'est-à-dire huit dollars cinquante la semaine.

– C'est très généreux, acquiesça CeeCee.

Elle se souvint du délicieux hamburger du Cotton Club, au prix de un dollar vingt-cinq. Mais rien d'autre ne lui manquerait, vraiment. Une poignée de main fut échangée pour consolider l'affaire, et CeeCee se leva et lissa sa jupe ceinturée.

– Oh, encore une chose, dit Constance en la jaugeant.

– Oui ? demanda CeeCee en levant les yeux.

– Ne disons à personne d'autre que vous êtes de couleur, si vous le voulez bien. Disons aux gens que vous êtes espagnole. Ou que vous êtes brésilienne, quelque chose d'exotique. C'est d'accord ?

Cette idée était venue à Constance lorsque CeeCee avait mentionné la revue brésilienne au club.

– C'est d'accord, répondit CeeCee.

Ce genre de réaction et le fait de n'être totalement acceptée ni des Noirs ni des Blancs lui étaient coutumiers.

– Nous vous donnerons un nom comme CeeCee… Lopez, dit Constance, d'humeur créative. Cela devrait faire l'affaire.

– Oui, tout à fait.

CeeCee baissa les yeux, évitant tout commentaire. Elle était maintenant CeeCee Lopez et venait de décrocher un vrai travail.

10

LE YANKEE

Melbourne, 1924-1929

Face à la forte progression de la demande pour ses crèmes, Josiah cherchait désespérément une solution. Le temps passé chez son oncle et sa tante s'était soldé par un échec, lequel avait causé des tensions non avouées chez ses parents. Ses prises de position passionnées et sa forte personnalité l'avaient quelques semaines après son arrivée mise en porte-à-faux avec sa tante Macha. Lorsqu'une véhémente dispute avait éclaté au sujet de la façon de dresser la table, le choix d'une pension pour Josiah avait été décidé d'un commun accord. Sa nouvelle chambre sous les combles faisait face aux montagnes et aux prairies à perte de vue, d'où elle voyait une population innombrable de moutons. Des moutons sur des kilomètres et des kilomètres. C'est en les observant qu'une idée lui vint. Cette trouvaille passerait à la postérité comme étant son eurêka personnel. Les moutons produisant de la lanoline, ingrédient incontournable des onguents, et sachant que ses stocks de produits émollients rapportés de Pologne diminuaient dangereusement, nécessité et ennui, maîtres mots de l'invention, se conjuguèrent. Elle se dit qu'elle pouvait masquer l'odeur désagréable de la lanoline avec d'autres denrées locales abondantes et bon marché comme les lys et la lavande.

Mais il ne fallut pas longtemps pour que les activités de Josiah causent un nouveau type de tension vis-à-vis de son oncle. Lorsqu'il la découvrit vendant ses propres produits sur le perron du magasin, il la renvoya sans transition. Elle en fut affectée, mais rebondit immédiatement en prenant en location un espace avec comptoir dans la boutique d'en face. Bien évidemment, elle et son oncle ne se parlaient déjà plus, ce dernier l'accusant de son manque de reconnaissance et d'appréciation des sacrifices consentis par sa tante Macha et lui-même. Josiah était considérée comme trop véhémente, trop fière, ses opinions, trop tranchées. Aucun homme ne voudrait jamais d'elle. Elle donnait d'ailleurs un mauvais exemple à ses nièces qui commençaient à faire montre de comportements identiques, argumentant et se disputant sans arrêt. Josiah était amusée de ses démonstrations d'hypocrisie. Néanmoins, elle n'avait aucun pouvoir de pression : elle avait besoin d'argent pour faire face aux commandes qu'elle recevait, mais n'avait plus rien une fois payés son logement et ses repas.

En quelques semaines elle avait trouvé des heures supplémentaires en tant que serveuse dans un salon de thé voisin. Elle s'y montra de la meilleure volonté au travail, mais de piètre assistance pour prendre les commandes. Sur le point de la renvoyer, le patron, qui remarqua une progression de la clientèle masculine depuis l'arrivée de Josiah – celle-ci ne rechignant pas à porter de plongeants décolletés les jours de grosse chaleur –, changea d'avis. Il décida aussi de servir de la bière, suivant sa suggestion. En l'espace de quelques jours, Josiah et sa personnalité affriolante avaient transformé un salon de thé déficitaire en café-brasserie rentable. Josiah était consciente de sa grande valeur. Un jour qu'elle se plaignait de son état de dénuement auprès d'une autre serveuse, un beau jeune homme aux cheveux blonds comme les blés entra et s'assit à une table. Son accent était inhabituel et quelqu'un l'appela « Yankee ».

– Mademoiselle, un autre café s'il vous plaît et un beignet, demanda Jon Blake, aussitôt sous le charme de cette serveuse survoltée aux gesticulations provocantes.

Josiah lui servit son café de façon très appliquée à l'européenne, forçant sur les démonstrations excessives et féminines à la fois. Il s'émerveilla de ses longs bras élégants, de ses mains magnifiques et de son teint satiné et d'une blancheur poudrée, puis de ses ongles brillants.

– Oui pour le café, mais non pour le beignet, dit-elle. Je vais plutôt vous apporter une viennoiserie, dit Josiah sans même lever les yeux de son bloc-notes.

– Mais c'est un beignet que je veux, pas une viennoiserie, dit-il, perplexe, les yeux plongés dans son décolleté.

– J'avais mis de côté le beignet pour après mon service, rétorqua-t-elle, le fixant droit dans les yeux. Ne pensez-vous pas que les femmes passent d'abord ?

Elle plaça la main sur sa hanche généreuse.

– Bien sûr que si. Je l'ignorais. J'aimerais beaucoup une viennoiserie, reprit-il immédiatement, ce qu'elle apprécia.

– Voici. Vous allez *atorer*, dit-elle avec une pointe d'accent polonais, frappant presque l'assiette contenant la pâtisserie sur la table et le mettant au défi de lui répondre.

Dégustant sa viennoiserie, il s'étonnait de cet accent élégant dont il ne pouvait placer l'origine.

– Comment l'avez-vous trouvée ? plaisanta-t-elle.

– J'ai beaucoup aimé, fit-il avec un sourire, une tendre mèche blonde s'invitant sur son large front.

– Vous voyez, j'ai toujours raison, reprit-elle en lui offrant son premier sourire. D'où êtes-vous ? De Londres ?

– Non, de New York.

– L'Amérique ? Vraiment ?

Elle se fit soudain charmeuse pour ce vrai Yankee en face d'elle.

– Souhaitez-vous autre chose ? demanda-t-elle d'une voix suave.

– Je souhaiterais vous emmener dîner, répondit-il, les yeux toujours baladeurs.

– Quand ça ? fit Josiah, se penchant légèrement en avant mais de façon suggestive.

– Demain soir ? s'enquit-il, passant sa main dans ses cheveux.

– Ce soir, Yankee. Je *feux* que tu m'emmènes dîner ce soir.

En l'espace de quelques jours, Jonathan Blake et Josiah Herzenstein étaient devenus inséparables. Elle détournait le regard lorsqu'ils passaient dans la rue devant la boutique de son oncle pour ne pas subir ses œillades désapprobatrices.

– Un goy, ni plus ni moins, fit Masha à son mari, dans un reniflement sonore. Il va falloir que tu écrives à ta sœur pour lui parler de la déchéance de ta nièce.

Mais Josiah se moquait de tout cela éperdument.

– Ce sont des membres de ma famille ; ils viennent d'un trou perdu, disait-elle à Jon. Tu verras, un jour, ils reviendront vers moi, lança-t-elle en agrippant le bras de son compagnon.

Jon était journaliste pour l'édition australienne du *New Amsterdam Times* et savait deux ou trois choses sur le pouvoir de la presse. Dès leurs premiers baisers fougueux, il offrit à Josiah de mettre à sa disposition son journal pour la promotion de sa nouvelle activité. Il mit au point une annonce dans laquelle Josiah faisait l'élégante, expliquait aux femmes pourquoi elles avaient besoin de ses cosmétiques et vantait une combinaison de conseils romantiques et de remèdes scientifiques. Doucement mais sûrement, le journaliste passa du rôle de prétendant à celui de collaborateur, puis à celui d'alter ego et finalement de mari.

Intrigué par l'annonce d'un quart de page que Jonathan avait offerte à Josiah en cadeau, l'éditeur d'un journal local se fendit d'une chronique sur le produit qu'elle proposait. Ce fut la première leçon de publicité de Josiah : peu importe si on mettait couramment en avant la séparation de l'Église et de l'État, il n'en demeurait pas moins qu'une entité commerciale était davantage susceptible d'être mentionnée dans un organe de presse si elle faisait partie des annonceurs. Josiah utiliserait ce ressort tout au long de sa carrière. Elle reçut vingt-cinq commandes en une seule semaine de publication de l'annonce. La photo de ses yeux charbon et de sa peau de satin eut un impact évident. Les commandes dépassèrent le nombre de cent puis de deux cents. Puis lorsqu'elle publia une annonce d'une demi-page contenant sa photo arborant un décolleté, les commandes grimpèrent à cinq cents puis à sept cent cinquante. Elle démissionna de son poste de serveuse et travailla dix-huit heures par jour pour répondre aux demandes, ne s'arrêtant que pour voir Jon à l'heure du dîner, pendant lequel le sujet de conversation n'était autre que ses affaires. Depuis le comptoir qu'elle avait en location, la réputation de son produit fabriqué à partir de lanoline et d'herbes aromatiques cueillies sur place se consolida. Elle fut la première à intégrer de la lavande et des parfums recueillis localement. Elle baptisa son produit Hydratant miracle, non sans fierté. Sa sœur Shayna, arrivée quelque six mois plutôt depuis la Pologne et artiste de talent, créa la première étiquette de la Crème hydratante miracle Herzenstein, une guirlande de fleurs et deux colombes sur fond noir et blanc portant les mots « Secret d'Europe ».

– Quel est votre secret ? lui demandaient les clientes regroupées autour de Josie.

– Si je vous le disais, ce ne serait plus un secret, n'est-ce pas ? répondait Josiah, moqueuse. Tout ce qu'il faut savoir, c'est que c'est un secret européen. Voyez Theda Bara, par exemple, poursuivait-elle en produisant une photo chiffonnée du magazine *Photoplay*. Son père et mon père sont nés dans le même village en Pologne. Theodosia Goodman. Theda Bara. C'est la même chose. Nous détenons toutes les deux le secret de beauté polonais. Puis il y a aussi Anna Held. C'est une autre fille juive de Varsovie. Elle est devenue la plus célèbre des filles Ziegfeld. Je vous dis que nous partageons toutes le même secret.

Toutes ces femmes adoraient les histoires de Josiah et se pressaient de prendre note de chacune de ses paroles. Le ronron de la caisse enregistreuse était une véritable symphonie de bonheur aux oreilles de Josiah. Le salaire de reporter de Jonathan, en dollars américains, lui permettait de lui offrir généreusement repas et petits plaisirs, ce qui signifie qu'elle avait la possibilité de réinvestir le maximum de ses bénéfices dans son activité désormais florissante.

Une année ne s'était pas encore écoulée que Josiah avait déjà ouvert sa première boutique dans Collins Street à Melbourne. C'était une commerciale-née, capable de s'adapter aux nécessités locales, diagnostiquant la peau de chaque femme et prescrivant les onguents « nécessaires » pour retrouver la beauté. Placebo ou médicament miracle, peu importait. Convertissant une cliente à la fois, Josiah devint la coqueluche de Melbourne.

Lorsqu'elle apprit que le nom complet de Jon était en réalité Jonathan et que sa mère était juive, Josiah décida qu'un mariage était possible. Il était beau, généreux, et acceptait son tempérament avec complaisance. La combinaison de ces facteurs semblait gagnante.

Une lettre alarmiste de sa mère l'alertant de sa prétendue déchéance et de l'importance d'assurer une progéniture hébraïque pesa peut-être dans sa décision. Josiah répondit à sa chère mère par le biais d'une formelle missive, l'informant qu'elle avait rencontré un Juif américain bien de sa personne (ce qui n'était qu'en partie vrai, car il était israélite uniquement du côté de sa mère) ; qu'elle serait bientôt en possession d'un passeport américain ; et qu'elle lui promettait d'avoir un jour un petit-fils juif baptisé du nom de son père, Menachim. Elle ne révéla pas à sa mère qu'il serait en réalité appelé Miles ou Morton, mais elle avait prévu un stratagème à ce sujet. Elle organisa un mariage civil avec la même efficacité qu'un P.-D.G. qui aurait collecté des fonds pour une œuvre de bienfaisance. Jon était sans voix et ravi de voir Josiah solliciter la bénédiction du rabbin, bien que son propre père ait été presbytérien, et organisa le dîner de mariage au salon de thé, invitant quelques membres de sa famille éloignée avec qui elle n'était pas froissée. Leur lune de miel prit la forme du petit appartement qu'elle avait trouvé dans Elizabeth Street, dont elle exhiba l'adresse à la première occasion, car leurs deux paies leur avaient permis de résider dans la meilleure partie de la ville. Elle s'octroyait la gestion du salaire de Jonathan toutes les deux semaines, ce qu'il la laissait faire de bonne grâce, se faisant enjôler tendrement. Après tout, il était naturel qu'elle démontrât son fier attachement à son séduisant mari, et à la sécurité de l'emploi.

– Voici comment fonctionnent les choses chez moi, lança Josiah alors qu'elle lui faisait une gâterie au lit. Ton argent est mon argent et mon argent est mon argent. Nous sommes d'accord ? s'enquit-elle juste avant le déclenchement de son orgasme.

– Oui, oui, nous sommes d'accord ! s'esclaffa-t-il. Tu ne lâches jamais le morceau, n'est-ce pas ?

– Dans ce genre de situation, c'est facile, précisa-t-elle en réappliqua son rouge, défroissant dans le même temps sa lingerie.

Il avait certes des besoins, mais Josiah n'avait pas le temps d'être romantique, et leurs horaires étaient différents. Lui faisait preuve de moins d'ardeur au travail et se rendait souvent à son club pour hommes pour jouer au squash et au cricket tandis que Josiah, elle, travaillait un peu partout en ville. Ils appréciaient néanmoins la compagnie l'un de l'autre et il faisait tout ce qu'il pouvait pour lui plaire. Un jour, elle s'arrêta devant la vitrine de la bijouterie Katz.

– Je *feux* cette bague en rubis. J'ai parlé à Katz et il m'a dit qu'on pouvait la régler en plusieurs fois.

John lui sourit et prit note pour revenir seul acheter la bague et lui faire la surprise.

Son travail sans relâche et sa réussite continue à Melbourne portaient leurs fruits. Elle décida qu'il était temps de se développer, et d'ajouter de nouveaux produits à sa gamme, voire d'ouvrir une deuxième boutique à Sydney. Tous s'accordaient à penser, y compris son oncle jaloux, que Josiah Herzenstein, aussi dénommée Mme Jonathan Blake, était bien partie.

11

SECRETS DE FAMILLE

New York, 1929

Le Stork Club se trouvait dans la 58e Rue à l'ouest. Constance inspira profondément, s'arrêtant un instant pour prendre la mesure en silence et au ralenti de ce nouveau club chic, dont l'ouverture récente avait été largement diffusée. Elle pouvait à peine croire qu'elle s'apprêtait à dîner dans cet antre haut de gamme et dans le salon V.I.P., non moins. Légèrement intimidée, elle ignora ses craintes et adopta la posture d'une habituée.

Se mettre en situation, faire partie intégrante. Ces principes avaient toujours fonctionné pour elle, alors pourquoi pas maintenant ? Elle se baissa et permit à son compagnon, Van Wyke, de lui effleurer les lèvres en remerciement de son invitation. Il était issu de l'une des plus anciennes et vénérables familles de New York, et elle le laissa avec une joie non dissimulée la conduire des vestiaires vers les tables et lui servir de guide durant cette soirée. Elle avait comme tout le monde lu des critiques au sujet du club et de ses habitués dans les colonnes de la presse s'intéressant aux célébrités, et c'était comme si l'air se raréfiait soudain ou se diffusait depuis le magazine. L'endroit lui sembla à première vue être un repaire de la Café society, que des gens mondains, des célébrités et des sportifs de renom fréquentaient autant pour voir que pour être vus. Au Stork Club, le glamour était enfin à sa portée. Désormais sa main gantée n'était baisée par nul autre que le directeur Sherman Billingsley. Elle se dit que le fourreau de satin de la dernière collection dans lequel elle avait investi chez Poiret lors de son récent voyage à Paris avait des années-lumière d'avance sur ce que les femmes portaient à New York, et s'en félicita.

Le Stork Club était conçu dans la veine d'un *gentlemen's club* traditionnel avec son bar plaqué de bois tout en longueur, semblant éclairé de l'intérieur, et décoré de bouteilles vertes et ambre clignotant comme des guirlandes de Noël. Des rideaux de velours couleur lie-de-vin masquaient les fenêtres à l'avant de l'établissement, officialisant l'aspect secret de ce lieu. Les tables étaient dressées de nappes d'un blanc immaculé et de cristal étincelant, certainement essuyé par des serveurs exténués réprimandés à la moindre trace. Au centre de chaque table, des bouquets de pivoines et de gardénias attiraient l'œil et prodiguaient autant de senteurs florales contrebalançant la fumée de cigarettes et de steak grillé à la minute. Mais chaque soir, au Stork Club, l'ornementation la plus parfaite se composait d'une palette variée de beautés plus scintillantes que les stars des plateaux de cinéma de Hollywood, perchées autour des tables tels des oiseaux exotiques venant butiner les fleurs.

Sherman était connu pour sa préférence pour les gens de la haute société sur les gens du spectacle. Notoirement snob, il traitait Van Wyke comme un représentant de la royauté, connaissant le pedigree de son père et n'ignorant pas que la famille Wyke avait selon la rumeur le sang si bleu qu'il était presque violet. Ils furent donc escortés vers l'une des meilleures tables au centre de la salle, où ils rejoignirent des amis déjà installés qui sirotaient leur Martini de contrebande. Van présenta Constance avec fanfare à son meilleur ami, Topper Stanton, ainsi qu'à sa fiancée, Lally Seward. Ce couple était parfaitement assorti. Ils affichaient tous deux une mine désabusée, proche de l'ennui, une sensation que seuls les individus excessivement riches, excessivement actifs en société et excessivement supérieurs peuvent ressentir. Constance observa qu'elle était examinée de pied en cap par Lally qui s'efforçait de jauger si elle était digne de son clan. Son intelligence de la société était telle qu'elle était capable de lire les expressions faciales. Aussi elle sentit son sang se glacer lorsqu'elle détecta une touche de désapprobation vis-à-vis de son choix d'habillement, visiblement trop spectaculaire pour un premier dîner. À l'inverse, la robe de soirée sobre de simple velours noir de Lally portait un décolleté très léger et était accompagnée d'un rang unique de perles discrètes, ne pouvant convenir qu'à une matrone plus âgée ou à une dame née avec le sang bleu. Elle appartenait à la seconde catégorie. Lally maniait le chic discret, et son choix vestimentaire adéquat et quelque peu fade criait haut et fort : « Je suis bien trop riche pour faire autant d'efforts que vous. » Ce dîner, Constance le savait, était un test, et n'allait pas s'avérer facile. Lors du service des entrées, certes agréable mais tendu, elle décida de changer de stratégie. Ce serait elle qui prendrait congé de bonne heure. Un tel acte surprendrait l'assistance mais équilibrerait les forces. Elle avait déjà agi ainsi durant des réunions d'affaires, et ce n'était que pure tactique.

– *Darling*, dit Constance avec son sourire le plus convaincant, je dois m'éclipser juste après le dîner. James, mon frère, est souffrant, expliqua-t-elle au reste des convives. Aucune inquiétude, ce n'est pas la grippe. Il est juste sujet aux migraines.

Elle se souvint de placer sa cuillère à potage sous l'assiette et sur l'assiette inférieure, ainsi qu'elle avait vu Lally le faire. Elle avait coutume de laisser sa cuillère dans le bol. Elle se rassura en pensant que son sens de l'observation lui rendait un fier service et s'efforça de graver ce geste dans sa mémoire. Elle avait eu la présence d'esprit de consulter un manuel d'étiquette pour se préparer, mais si elle voulait un jour faire partie de cet univers, elle allait devoir en savoir plus et être plus assidue. Elle manquait encore de pratique avec les couverts. « Utilisez vos couverts de l'extérieur vers l'intérieur » disait le bréviaire, mais nulle remarque sur les règles concernant les cuillères à consommé, lui semblait-il. Peut-être se passerait-elle de potage la prochaine fois.

– C'est merveilleux, que tu sois si maternelle. N'est-ce pas, Topper ? Cette femme est le fin du fin, non ?

Van Wyke, héritier de la fortune du secteur bancaire Wyke and Co., fit un signe de la tête à son ami d'enfance Topper Stanton, des munitions Stanton, faisant tressauter les quelques cheveux lui restant sur le sommet du crâne et lui tapant dans le dos dans un geste de célébration de la solidarité masculine. Van et Topper. Topper et Van. Ces deux-là étaient davantage frères qu'amis. Ils avaient été envoyés ensemble à Milton puis Groton pour le cycle supérieur, et avaient grandi ensemble au sein des enclaves les plus élitistes du cercle des protestants anglo-saxons blancs, alternant matchs de squash, polo, voile et week-ends à Old Westbury. Van brûlait de l'envie d'obtenir le feu vert de Topper pour le choix de sa compagne. Constance était belle, mais c'était une femme active qui venait du Canada et elle ne faisait pas vraiment partie de leur caste.

– Si elle est si jolie, pourquoi n'est-elle pas mariée ? avait demandé Topper avant le dîner, quelque peu soupçonneux.

– C'est une garçonne qui travaille. Elle a fait ses études à Smith, pendant un an je crois. Elle a une carrière. Elle est très différente des débutantes que nous connaissons, lui avait expliqué Van.

D'une beauté indéniable, elle dépassait aussi Van d'une tête. Qui était donc cette blonde amazone qui fricotait avec le doux et docile Van ? Quelque chose ne tournait pas rond.

– Dans ce cas, je ne te demanderai pas un baiser, Connie. Les migraines s'attrapent-elles ?

Van ricana nerveusement et fit signe à Topper et à Lally, héritière de la compagnie pétrolière Seward Oil, pour qu'ils fassent de même. Constance n'était pas sans savoir que son invitation à dîner au Stork représentait un jalon important dans la cour que lui faisait son prétendant. Leurs rendez-vous s'étaient mus en un événement hebdomadaire en moins d'une année. Tandis que Constance n'était que très peu attirée par Van, son humour fade et son physique quelque peu ingrat, elle avait conscience de la position sociale très avantageuse de la famille Van Wyke et plus encore du fait qu'il n'avait pas d'objection à ce qu'elle embrasse une carrière. Elle était assez au fait de la société de son époque pour savoir que même si elle était férocement indépendante, les femmes célibataires ne « fréquentaient » pas le Stork seules, et se réjouissait sous cape d'être escortée par le personnage le plus prestigieux qui soit pour recevoir le meilleur traitement qui soit. Ils avaient fait connaissance un an auparavant à la table du capitaine d'un paquebot transatlantique de retour de France, Van ayant retrouvé son père à Paris pour affaires et pour les vacances d'été, Constance ayant, quant à elle, fait un voyage d'études pour apprendre les secrets de la beauté à la française pour Gardiner Cosmetics. À bord, ils avaient forgé une amitié platonique et de circonstance, qu'il semblait enclin à faire évoluer, visiblement fasciné par son activité et son style.

– Aucun souci, fit-elle en lui donnant un baiser sur la joue, je suis en parfaite santé.

– Cela doit être vraiment excitant d'être dans le secteur de la beauté. Est-ce vous qui élaborez vous-même vos propres produits ? demanda Topper, intrigué.

– Oui, c'est ce que je préfère dans mon activité. Les idées, les formules, le fait d'inventer, répondit Constance d'une voix douce, veillant à ne pas parler d'elle à moins d'y être invitée et à distiller des compliments aux autres femmes de l'assistance, afin que ces dernières ne se sentissent aucunement menacées.

– Mon cher Van, il semblerait que tu as déniché une nouvelle *Madame** Curie, avec la beauté en plus. C'est fascinant ! dit-il, la dévorant de ses yeux brillants.

Constance rougit, se demanda s'il était en train de flirter avec elle. Il était bel homme, mais il était pris.

D'instinct, elle aurait préféré Topper, bien sûr, mais n'étant pas particulièrement attirée par les hommes en général, la scène lui parut moins pénible.

– Merci à vous. Et à Lally également, dit Constance, lui présentant un petit pochon blanc et rose. J'ai mis quelques-uns de mes rouges à lèvres et des poudres dans ce sac pour vous. J'espère que vous les utiliserez. Vous avez un si joli teint, pêche et crème. Topper, je dirais que vous avez un goût infaillible.

Tous rirent à ces compliments, et le cadeau sembla réchauffer un peu l'ambiance glaciale qui s'était installée entre Constance et Lally. Les conversations sans conséquence allèrent bon train jusqu'au dessert.

– Ce fut une soirée divine. Topper, Lally. J'espère vous revoir très vite. Je suis confuse de devoir me sauver ainsi.

Elle se leva après un délicieux soufflé au chocolat, accompagné d'un thé.

– Ce fut un plaisir partagé, Constance, répondit la blonde aux reflets vénitiens et au nez camus en lui présentant froidement sa main. Et merci pour les cosmétiques. D'ordinaire je ne porte rien, mais je vous promets de les essayer. Je suppose qu'il est temps que j'utilise un peu de couleurs, dit-elle en haussant les épaules comme pour l'expédier.

– Votre peau est parfaite. C'est seulement si vous en avez envie. J'étais ravie de vous rencontrer moi aussi. J'espère vous revoir tous les deux, reprit Constance en mettant l'emphase sur « tous les deux » ainsi qu'elle l'avait observé au cinéma.

Van l'accompagna aux vestiaires, laissant Lally et Topper à table.

– J'espère vous revoir tous les deux, dit Lally, reproduisant les mêmes gesticulations démonstratives alors qu'ils quittaient la table. Elle est très séduisante, mais un peu quelconque, ne penses-tu pas, Tops ? lança Lally, tenant dans ses doigts une cigarette que Topper lui alluma avec son briquet or orné d'un monogramme.

– Ce qui me plaît, chez elle, c'est qu'elle a du cran. Elle serait parfaite pour ce vieux Van. Il va avoir besoin de quelqu'un pour le guider. Il n'a jamais eu de mère, le pauvre. Elle est morte dans un accident de voiture lorsque nous étions à Groton. Il lui faut quelqu'un qui a du chien pour le motiver. Et autant que ce soit une beauté blonde plutôt que cette fille juive qu'a choisie Alexander Lefcourt, son nom m'échappe… Guggenheim, ou quelque chose comme cela. Pauvre homme. Son père a tout perdu durant le krach, alors maintenant le voici contraint de se marier en dehors de son rang.

– C'est compréhensible, vu qu'elle est riche comme Crésus, précisa Lally, se demandant négligemment ce qu'elle ferait si son propre père avait disparu et si elle devait se marier en dehors de son cercle.

– Nous devons tous faire des choix.

– Oui, absolument, répondit Lally en formant un rond de fumée comme pour ponctuer sa remarque.

– Et je t'ai choisie, dit-il en l'embrassant.

Elle s'éloigna et lui offrit sa joue.

– Et toi, Lally ? Aurais-tu envie de ressembler à une garçonne parfaitement moderne et de travailler ?

Topper mit son bras autour de ses épaules dont la blancheur laiteuse était accentuée par le tissu moiré de sa robe.

– J'ai plutôt envie de travailler dur… à mes loisirs, rétorqua-t-elle. Je pense que père et mère me déshériteraient si j'avais un… travail.

– Sans aucun doute, acquiesça Topper, son esprit musardant au sujet de la famille Seward et de leur superbe fille à marier.

Lally était plutôt belle et jouissait du patronyme et de l'éducation adéquats. Puis il se demanda pourquoi il pensait à Constance. Elle n'était pas du même milieu, certes, mais cela était rafraîchissant. Il se sentait un peu coupable de n'avoir pas révélé à Lally que son propre père avait perdu une grande partie de sa fortune durant le krach, mais on lui avait fait jurer de ne rien dire.

– Je dois avouer qu'elle m'a plutôt plu, à moi. Je crois que je vais encourager cette union. Je pense qu'elle est intelligente et drôle et qu'elle est faite pour Van.

– Je n'en suis pas sûre.

– Oui, mais tu n'es pas exactement en train de courir après Van Wyke et ce n'est pas non plus le cas de tes amies. La seule fille qui s'intéressait à lui au collège était Patricia Porter Pringle – nous l'appelions « 3P ». La blague à l'époque consistait à dire : « Voici 3P, elle a trois "p" et cinq mentons. » Comment comparer quelqu'un comme cela à quelqu'un comme elle ?

– Comme elle ? Une arriviste qui porte la dernière collection de couture la plus voyante ? 3P appartenait à notre monde, elle, au moins. Je suis sûre qu'elle fera une épouse idéale pour l'un d'entre nous, rétorqua Lally en secouant sa coupe au carré en signe de désapprobation. Elle ne sortirait pas du rang pour défendre cette plouc en provenance du Canada !

– Peut-être… mais selon moi, lui a le nom et elle, l'allure. Ce genre d'histoire est un grand classique. Allons danser, veux-tu ?

Il donna la main à sa fiancée alors qu'elle se levait au rythme de l'air joué par l'orchestre et il remarqua son fessier tout en largeur. Lally n'avait pas exactement une ligne que l'on pouvait qualifier de mince et élancée. Il fixa ses pensées sur le cours de l'action de Seward Oil tout en la guidant vers la piste de danse.

Loin de là, dans Uptown à l'ouest de la 100e Rue, Constance était enveloppée dans un manteau de laine bleu marine sobre masquant sa robe du soir. Elle sortit d'un taxi jaune crasseux et s'engouffra dans le commissariat de police. Elle était en colère de devoir être là, mais n'avait pas le choix, ayant reçu un message avant le dîner. Elle savait exactement ce qu'elle avait à faire. Elle s'était adressée avec calme à plusieurs officiers de police, et tous avaient fait montre de respect, mais n'avaient pu réprimer un hochement de tête désapprobateur derrière elle.

– Pauvre fille, observèrent-ils.

Ce genre de scène leur était familière. Son frère, James, avait été arrêté pour comportement obscène, et la pauvre épouse, petite amie ou mère désorientée était venue payer sa caution.

– Je suis là pour voir mon fiancé, James McCalister. Il a été arrêté à tort, dit Constance, se disant qu'il était providentiel que le patronyme de James fût différent du sien.

Elle savait que le fait de prétendre qu'ils étaient fiancés et non frère et sœur améliorerait la situation. Des policiers d'origine irlandaise puis italienne l'envoyèrent à deux endroits différents, puis on la conduisit dans une cellule au troisième étage, peuplée de vagabonds, de prostituées et d'hommes pouvant être homosexuels, dont quelques-uns étaient pâles, frêles et tremblants, d'autres, étrangement masculins. Tous ces individus étaient assis en silence derrière les barreaux, attendant d'en savoir plus sur leur destin. Chacun des officiers secoua la tête en la voyant. Une si jolie fille, qui n'avait pas la moindre idée de la réalité. Ils n'avaient que trop souvent entendu ces protestations : « Ce n'est pas mon mari », « Ce n'est pas mon fiancé », « Il doit y avoir une erreur… ».

L'effroi mêlé d'embarras causé par le fait de devoir aller libérer un être cher arrêté pour « comportement pervers », pour avoir constitué une menace pour la société, pour s'être comporté en pédéraste… aurait été dévastateur si elle n'avait pas su. Constance entendit une femme, si dégoûtée de la situation qu'elle se mit à proférer des obscénités à son mari dans la cellule puis sortit avec fracas et le laissa planté là. Constance, quant à elle, avait connaissance de la situation et savait que ce genre de scène était une perte de temps, pour ne pas dire véritablement embarrassant.

Les descentes de police s'étaient généralisées dans les bars et les bains turcs acceptant la clientèle homosexuelle, et James s'était juste trouvé au mauvais endroit au mauvais moment. Il n'irait pas jusqu'à dire à Constance qu'il avait été surpris avec son pantalon baissé, cette information ne lui aurait rien apporté.

Constance expliqua à la police que son fiancé adoré s'était contenté de retrouver un ami de l'université pour boire un verre. Bien sûr, il n'avait aucune idée que le bar où ils s'étaient rencontrés avait des « pervers » dans sa clientèle. On la prit en pitié et on relâcha James lorsqu'elle se fut acquittée de sa caution.

– Je montrerais bien à cette poulette ce qu'un homme, un vrai, sait faire. Cette pauvre fille idiote est fiancée à une tapette, dit l'un des policiers, plus âgé que les autres, qui répondait au nom de Kelly.

Constance entendit ce commentaire désobligeant, mais eut la présence d'esprit de ne pas faire une scène. Tout ce qu'elle voulait, c'était que son frère soit libéré. Elle se mordit les lèvres pour retenir ses propos. Un fonctionnaire de police alla chercher James une fois les documents remplis, et elle ferma les yeux pour remplacer le commissariat par des images du Stork Club, pour effacer ce souvenir de sa mémoire. James arriva, visiblement secoué.

– Mon chéri, dit Constance devant le garde, le prenant par le cou et l'attirant vers elle en murmurant : « Fais ce que je te dis. » C'est mon fiancé, reprit-elle en l'embrassant du bout des lèvres. Il a été entraîné dans cette affaire involontairement, dit-elle assez fort pour que chacun entende. Tout le monde doit savoir que tu as tout d'un homme, et que nous avons fait l'amour juste avant que tu sortes pour boire un verre avec ton ami.

Les officiers échangèrent des regards entendus et ricanèrent. Constance avait réussi une performance. Ils sortirent de la zone des cellules sous les sifflets et les huées.

– Je pense que tu as mérité d'être comparée à Sarah Bernhardt.

– Ce qui compte, c'est que tu sois sorti de cet endroit, dit-elle en lui tapotant la main dans le taxi. James, je vais demander à notre avocat de s'occuper de faire effacer cet incident, mais peut-on se mettre d'accord pour que tu fasses preuve de plus de discrétion à compter d'aujourd'hui ? Je sors avec Van Wyke, tu sais. J'ai peine à imaginer ce que lui et son clan diraient s'ils apprenaient pour ce soir.

– Je suis désolé, Connie. Je vais essayer de m'améliorer. Je n'aurais jamais pensé que je serais arrêté pour être moi, dit-il, plongé dans ses pensées.

– Peut-être qu'il serait plus indiqué que tu te trouves un gentil jeune homme comme toi et lui donnes rendez-vous dans notre appartement la nuit tombée. Ce serait plus sûr, conseilla-t-elle.

– Oui, je suis d'accord. Je suis désolé.

– Ne t'excuse pas.

Constance avait les yeux fixés droit devant elle sur les feux de circulation et tenait la main de son frère. Elle se demandait ce qui surviendrait si elle aussi était arrêtée pour avoir démontré son penchant.

12

VOULOIR, C'EST POUVOIR

Melbourne, 1929

Josiah ne se satisfaisait pas d'un cocktail de bonheur domestique et de bénéfices en abondance. Elle réinvestissait ses profits dans ses stocks, de toute façon. Elle ne ressentait aucun désir de marcher pieds nus ni de tomber enceinte si tôt après son mariage, et elle avait clairement signifié à Jon qu'elle ne serait pas une femme au foyer ni une maman. Mais ce n'était pas non plus ce qu'il souhaitait. Après plusieurs années d'activité et un historique impressionnant, Josiah prit rendez-vous à la banque de la localité, dans le but d'obtenir un prêt pour étendre ses opérations. Tandis que ses recettes forçaient le respect grâce à la vente de ses crèmes miracles et de sa nouvelle gamme de rouges à lèvres hydratants, elle souhaitait obtenir une ligne de crédit pour ouvrir une deuxième boutique. Malheureusement, sa demande fut sommairement refusée, les femmes étant rarement récipiendaires de prêts bancaires à l'époque ; il était assez rare qu'elles soient propriétaires. Jon tenta de la rassurer en lui expliquant que cela était très certainement imputable au krach boursier qui avait eu lieu aux États-Unis. Il la tranquillisa en lui lisant un récit rapporté dans la chronique du fameux journaliste Will Rogers.

– Rogers était à New York durant ce Jeudi noir, dit Jon, fumant son cigare. Il écrit : « Il fallait faire la queue pour trouver une fenêtre de laquelle se jeter dans le vide… » Je t'assure, Josie, ce n'est pas parce que tu es une femme. Aucune banque ne prête, en ce moment. Je te l'ai dit. Je vais te donner l'argent, proposa-t-il, sa générosité masquant la réalité, car il n'avait pas les ressources nécessaires.

– Non, je ne prendrai pas l'argent d'un homme. C'est mon entreprise, fit-elle, en gesticulant de façon spectaculaire.

– Et je suis ton mari, dit-il en la prenant dans ses bras.

– Oui, mais tu es un homme, alors la réponse est non.

– Parfait. Mais ne te plains pas.

– Je ne me plains pas, rétorqua-t-elle en le fixant d'un regard déterminé. Je trouverai un moyen.

Elle repoussa ses avances.

Jon avait raison : le krach de Wall Street, qui avait suivi celui de Londres en septembre, avait fait tache d'huile autour du globe, rendant frileux les plus hardis des hommes d'affaires. Alors, Josiah fit ce que toute femme d'affaires digne de ce nom aurait fait : elle mit en gage sa bague de fiançailles et vendit sa bague en rubis de chez Katz, et ajouta la somme obtenue à ce que lui versait Jon. Rognant chaque mois sur le budget alimentaire pour engendrer des capitaux pour son entreprise, elle créa finalement une manne, réalisant progressivement ses objectifs financiers et demeurant la seule propriétaire de son affaire.

À partir des bénéfices dégagés à Melbourne et du produit de la vente de ses bijoux, Josiah était prête pour de nouvelles conquêtes. Son magasin de Sydney ouvrit ses portes en seulement trois mois et, à son retour à Melbourne, après juste un week-end de sommeil, elle accepta d'accompagner Jon en voyage d'affaires à Londres. Cette nuit-là, en rêve, elle eut une vision : elle restait à Londres et remportait un énorme succès. Les livres anglaises remplaçaient les feuilles sur les arbres. Josiah n'était pas du genre à ignorer la part de l'inconscient. Elle avait accueilli et cru les signes de la providence toute sa vie. C'est ainsi qu'elle décida qu'elle accompagnerait Jon à Londres, mais ne lui dirait pas qu'elle n'envisageait pas de retourner en Australie. Londres, elle le savait maintenant, était le lieu où l'argent poussait sur les arbres. C'était aussi simple que cela. Elle organisa l'installation de Shayna – sa sœur cadette, répondant désormais au nom de Sybil, qu'elle avait fait venir de Pologne le printemps précédent – pour diriger les opérations des magasins de Melbourne et de Sydney. Sa sœur benjamine, Raisel, arriverait un an plus tard. La petite dernière, Chana, qui n'avait que six ans, était trop jeune pour voyager. Sybil, qui ne possédait ni la sensualité ni le toupet de sa sœur aînée, jouissait d'une mémoire visuelle et savait manier les chiffres. Elle avait aidé Josiah à faire ses bagages avec une efficacité remarquable. Pour Sybil, tout se traduisait en chiffres et Josiah savait que le journal des écritures serait bien tenu par ses soins.

– Tu as huit soutiens-gorge, quinze culottes, cinq robes, cinq paires de chaussures, lui avait-elle dit, sachant comme sa sœur que sa vie était sur le point de changer pour toujours.

Mais les deux sœurs ne versaient pas dans la nostalgie ni les émotions. Elles avaient l'étoffe des individus ambitieux et pragmatiques, désireuses de se donner les moyens de réussir.

Le voyage à Londres fut très différent de son premier voyage depuis la Pologne. Elle connut la première classe par opposition à la classe économique, le thé de *5 o'clock* par opposition à l'eau et aux biscuits en quantités rationnées. Ce fut moins un voyage qu'une lune de miel largement méritée avec le luxe de pouvoir dormir. Le bateau était un paquebot magnifique doté de soixante-dix cabines et de deux salles à manger, l'une réservée aux hôtes plus prestigieux et l'autre pour le reste des passagers. En quelques jours, Jon prit ses aises, allant fumer des cigares au club. Josiah, quant à elle, s'ennuyait profondément et ne tenait pas en place sur le bateau. Mais tout changea une fois à Londres.

– Ce séjour a été divin, dit Jon, s'étirant sur le lit, lisant le *Times* dans leur suite.

Les trois semaines qu'ils avaient passées avaient été un régal, ils avaient fait un peu de tourisme, et Josiah avait consacré du temps à visiter des fabriques et des boutiques pour se faire une idée de la concurrence à Londres, ou du manque de concurrents, tandis que Jon rencontrait ses éditeurs américains et le personnel de rédaction, réunis pour un sommet mondial.

– Il faut que je retourne à Melbourne pour la grande conférence du mois prochain. Je vais nous réserver une traversée pour la semaine prochaine, déclara-t-il en la regardant amoureusement. Mais laisse-moi t'emmener voir les marbres d'Elgin au British Museum avant notre départ.

– Jon, je veux te parler, répondit-elle, s'approchant du gramophone de leur suite pour baisser le volume.

– Me parler ? demanda-t-il en faisant glisser son bras de sa bretelle.

– Je ne veux pas rentrer, *liebchen*, fit Josiah. Je reste à Londres. J'ai trouvé un fabricant.

– Et ton fabricant est plus important que nous ?

– Je suis enceinte, dit-elle. Je veux avoir le bébé ici. Les soins médicaux sont de meilleure qualité. Et c'est mieux d'avoir un passeport anglais, précisa-t-elle, haussant les épaules.

– C'est comme ça que tu m'annonces la nouvelle ? dit-il, les yeux écarquillés.

– Tu t'es marié avec Josie. Alors ne sois pas surpris. Je viens de signer un bail à Mayfair. C'est le quartier le plus prisé. Je vais monter le meilleur magasin de Londres. Et j'ai eu une nouvelle idée, Jon. Ce ne sera pas un magasin, mais… comment t'expliquer…

Elle s'efforçait de trouver les mots, comme souvent.

– Pas une *maison**, ça fait penser à une maison close. Mais un salon. C'est ça. Un salon qui proposera des traitements de beauté pour les femmes, précisa-t-elle, se préparant à argumenter. Pas seulement des lotions et des potions, mais des soins capillaires et des traitements.

– Mais, et moi ? C'est mon bébé aussi. Et tu as signé un bail sans me demander mon avis ?

Il la fixait, en plein choc.

– Tu rentres et tu diriges les opérations avec Sybil jusqu'à la naissance du bébé. Tu demandes à être muté à Londres. Dis-leur que ta famille est ici, maintenant. Londres est une porte ouverte sur l'Europe et l'Amérique. Nous allons gagner une fortune. Les femmes sont si laides ici. Elles ont de filaines dents et une filaine peau.

– Tu te moques de moi ! lança-t-il.

– Tu penses que je me moque ? Est-ce que je me moque jamais ?

La colère sur son visage la rendait plus attirante encore. Et le pire, c'était que son plan avait du sens. L'idée du salon lui plaisait.

– Non, dit-il, les yeux fixant le sol.

– Écoute, dit-elle en s'approchant de lui et en caressant sa joue. Je ne suis pas comme les autres femmes. Nous nous sommes mariés pour le meilleur et pour le pire. Le meilleur, c'est l'argent. Le pire, c'est que nous allons passer quelques mois séparés, reprit-elle, adoucissant très légèrement sa voix, observant à quel point cette nouvelle avait un effet déprimant sur lui.

Cela ne fit que renforcer sa détermination.

– Tu es sans cœur, tu sais, dit-il, secouant la tête, incrédule. Je ne représente rien pour toi.

– Si, tu es le père. Tu lui donnes la beauté. Je lui donne l'argent. Cet enfant a de la chance, remarqua Josiah en sifflant du coin de la bouche, les mains sur les hanches. Maintenant, je fais l'amour avec toi et tu réserves ton billet et tout va bien.

Comme d'habitude, Jon obéit aux ordres. Le jour suivant, Josiah lui remit mille dollars en argent liquide pour l'adoucir, en coupures de vingt dollars pour en augmenter l'effet, ce qui représentait une pile impressionnante de billets. À peine fut-il parti pour l'Australie qu'elle enchaîna jours et nuits de travail pour ouvrir son premier salon à Londres. Elle loua un étage d'un hôtel particulier dans le quartier élitiste de Mayfair et se mit à cultiver son entrée dans la société londonienne à partir de clients et d'amitiés triées sur le volet. Elle décora les salons de couleurs vives inspirées de ses voyages. Elle peaufina la mise en exergue des vertus de sa nouvelle idée : un maquillage qui vous rende plus belle, sans que l'on voie que vous êtes maquillée ! C'était cela, son tour de magie ultime : vendre de l'invisible qui rende visiblement plus belle.

À Londres, elle avait des difficultés pour obtenir des réservations dans les meilleurs restaurants et clubs de la ville. Elle remarqua que si elle omettait les deux dernières syllabes de son patronyme pour ne garder que « Herz », les résultats étaient bien plus probants. Elle fit une réservation au Savoy au nom de Josiah Herzenstein et le restaurant était complet. Dix minutes plus tard, elle rappela pour réserver sous le nom de *Madame** Josephine Herz et obtint une table. Injuste ? Oui. Borné et inflexible ? Non. C'est ainsi qu'elle devint Josephine Herz. Peu importaient les moyens. Rien ni personne ne barrerait la route de la nouvelle Josephine Herz.

Josephine Herz Beauty fut la première marque de cosmétiques mondiale. Son slogan était inoubliable : « Herz, la beauté en lettres capitales ». Des années plus tard, lorsqu'on lui demanda pourquoi elle n'avait pas utilisé le nom de son mari, elle répondit tout bonnement : « Personne n'aurait pensé que je ressemblais à une Mme Blake. Mais quand *Madame** Herz arrivait, on savait qu'elle venait pour faire des affaires. »

Non seulement son produit était excellent, mais le salon qui portait son nouveau nom allait apprendre aux femmes à être belles et confiantes, les éduquant à l'application de ses produits et diffusant une gamme de crèmes, de poudres, de rouges à lèvres et, par-dessus tout, de rêves. Londres lui servirait de banc d'essai avant qu'elle se lance à Paris puis à New York. L'idée de son salon représentait un nouveau concept de vente au détail. Son temple de la beauté chercherait à séduire la clientèle. Les produits étaient mis en exposition tels des joyaux, découverts comme s'ils étaient issus d'un sarcophage égyptien et transportés sous haute surveillance.

À l'intérieur, les produits étaient en démonstration, présentés tels des confiseries et des chocolats renfermés dans des flacons et pots transparents, et l'on explicitait la nécessité de leur utilisation.

Josephine sut avec brio fusionner l'attrait du brillant à lèvres avec celui du rouge, maniant des techniques de marketing pour créer l'envie et vendre un produit devenu incontournable. En l'espace d'un an, son salon de Londres serait bénéficiaire, et l'enseigne ouvrirait sur l'avenue Montaigne, adresse de la haute couture parisienne, dans une ancienne ambassade en pierre de taille. Les salons de Josephine étaient impressionnants, projetant une image de pureté clinique en contraste avec l'ornementation de la façade. Le laboratoire de l'entreprise pharmaceutique de Constance, dont le parti pris était la modernité, dégageait une aura de santé et de science, s'inspirant d'un concept voisin. Mais Josephine avait avant tout capté la naissance d'un phénomène explosif : l'éveil des femmes vis-à-vis de leur place dans la société aussi bien en tant qu'objets d'admiration que comme forces vives. Ce phénomène mondial préfigurait la nouvelle main-d'œuvre américaine. Tandis que Jon voguait pour l'Australie sans sa femme, Herz Beauty voyait le jour.

13

MICKEY

Lower East Side, New York, 1929

Outre-Atlantique, en centre-ville de New York, un concurrent improbable peaufinait son jeu, vendeur et boxeur à la fois, issu d'une longue lignée de vendeurs de fruits et de dons Juans. Il aimait les représentantes du sexe féminin de toutes les tailles et de toutes les couleurs, « et pas seulement le fruit ! » selon sa réplique préférée. Juif robuste et d'une beauté hors norme originaire du Lower East Side, on le comparerait souvent à John Garfield plus tard dans sa vie. Mickey n'opérait aucune discrimination dans son amour pour les femmes… à condition qu'elles fussent belles.

Son œil critique s'était aiguisé dans les rues populaires du Lower East Side, où son père et son grand-père vendaient des fruits frais, d'abord sur un chariot puis sur des étals et enfin dans un magasin réputé. Dans la famille de Mickey, on était vendeurs de fruits de père en fils, depuis que son grand-père avait fondé une échoppe proposant les meilleurs produits dans Norfolk Street. Des rangées de fruits juteux et brillants, regorgeant de santé et soigneusement présentés, avaient fourni aux femmes au foyer et babouchkas du quartier leur ration quotidienne de vitamines. Mickey avait travaillé pour son grand-père puis pour son père, avait appris les ficelles du métier et, plus encore, était passé maître dans un art plus délicat encore : celui de sélectionner des fruits parfaitement mûrs et charnus pour une clientèle de femmes de tous les styles et de toutes les tailles.

Au fil des années, il avait appris à choisir les meilleurs produits et mis à profit son physique avantageux – une mâchoire carrée, des cheveux noirs de jais épais, des yeux langoureux en amande et des biceps toniques. Ce qu'il aimait chez une femme, c'était qu'elle lui renvoie le même genre de physionomie. Il avait grandi avec un accent juif traditionnel et des difficultés à prononcer parfaitement les « r ». Bien qu'il s'efforçât toujours d'améliorer son élocution, certains mots demeuraient approximatifs, sortant de sa bouche précipitamment avec un certain effet comique. Il soignait sa garde-robe et sa chevelure, tout comme son corps, grâce à des séjours fréquents dans un club de boxe. La réussite de l'entreprise familiale et un goût sûr pour la mode et les styles en vogue de l'époque lui avaient permis de se façonner une image et de se tailler une réputation, il répondait au surnom éloquent de « Casanova de Norfolk Street ».

Certes il se spécialisait dans le commerce des fruits et des légumes, mais il avait d'autres aspirations. Il préférait servir une clientèle haut de gamme plutôt que les vieilles dames en châle effectuant leur tournée de courses quotidienne. Deux choses allaient influencer Mickey : la Grande Dépression et les écrans des salles obscures. Le récent krach boursier avait semé la panique et fait fondre ses volumes de ventes. Le cinéma lui avait ouvert la porte d'un autre monde, bien plus fascinant que ses clients, plus valable que les piles de billets que sa famille avait amassées au cours des quarante dernières années, plus parfait et délicieux que la maturation de ses tomates ou de ses prunes. Mickey, tout comme ses clients, avait enfin la possibilité de s'échapper de son quotidien et de la cruauté des quartiers populaires de New York, en allant se délecter des beautés blond platine et des grands dîners donnés à Park Avenue dont il ne pouvait que rêver. L'odeur des fruits blets et des harengs du poissonnier d'en face n'avait plus beaucoup d'importance quand on pouvait se divertir avec les pitreries de Clara Bow et de la bientôt célébrissime Jean Harlow. Cette introduction au style et au glamour allait avoir un impact sur chacun de ses actes et décisions tout au long de sa vie. Il serait, comme d'autres, subjugué par le pouvoir du cinéma et ébloui par les beautés blondes en fourreau de soie décrochant des téléphones brillants comme de l'or, dans leur bain moussant, ou descendant avec élan les escaliers en fer à cheval des hôtels particuliers de Park Avenue. Quel changement par rapport aux cinq étages sans ascenseur de sa jeunesse !

Plus tard, lorsque Mickey fonda sa propre entreprise de cosmétiques, Heron Cosmetics, il emprunta aux usages et à la mode britannique, comme nombre de ses amis ayant réussi à Hollywood. Des costumes Huntsman & Sons de Savile Row et des brogues dans le style Oxford. Il choisit une secrétaire anglaise pour répondre au téléphone. « Cela donne de la classe à la boutique », disait-il, et la plupart du temps on le trouvait en costume à double boutonnage avec motifs à rayures. Son briquet en or gravé à son nom était signé Asprey, il fumait des cubains et lorsque ses affaires furent assez florissantes pour qu'il ait une voiture avec chauffeur, ce fut une Rolls, car « les Bentley, c'est pour les poufs et les filles », disait-il. Si parfois il lui semblait étrange ou arbitraire de ressentir davantage d'affinités avec la culture britannique qu'avec la sienne, il se souvenait de leurs points communs. Comme Mickey, les Britanniques comprenaient l'importance d'un système de castes, et seuls les Britanniques savaient projeter une image royale. Ainsi qu'il le résumait souvent en plaisantant avec ses employés et ses laquais, l'adage de rigueur était : « Habillez-vous *british*, pensez yiddish. » Plus tard, il choisirait avec talent l'élégance symbolisée par un héron élancé comme logo de son entreprise.

Lorsque Mickey avait seize ans et que son père monta au paradis, il reprit par sens du devoir l'entreprise familiale, mettant à profit les trucs qu'il avait appris après des années dans le commerce : l'importance d'un étal parfait, du charme magnétique du vendeur, de la loyauté et, bien sûr, la nécessité de connaître les noms et les numéros de téléphone de ses clients, et de leurs filles. Chacune de ces femmes était, avant tout, une cliente. Ensuite, elle servait de guide des tendances pour les prochaines générations. Enfin, si elle était bien traitée, elle pouvait devenir une force de marketing, encline à partager des recommandations avec ses amis. Finalement, elle endossait un rôle en tant que produit elle-même, objet de désir, beauté à consommer, à apprécier, à convoiter et, si les astres faisaient bien les choses, avec qui boire un verre et, mieux encore, partager son lit.

L'histoire entre Mickey et CeeCee débuta très conventionnellement, par des œillades éloquentes et une tension latente allant crescendo au fil des jours, au point de devenir insoutenable. Un regard appréciateur flottait de la bouche au corsage puis aux hanches. Les sourires cajoleurs se muaient en commentaires flatteurs, les commentaires, en occasionnels frôlements de la main. Puis, comme habituellement, vint l'échange des numéros de téléphone et l'inévitable.

En dépit d'une vie entière à cultiver sa passion pour le genre féminin, Mickey n'était pas préparé à être subjugué à ce point par CeeCee Lopez. Il s'était toujours considéré comme un membre du parti des Femmes, et son attirance pour CeeCee ne faisait pas exception à la règle. Cependant, son engouement pour CeeCee évolua rapidement de l'admiration à l'obsession. Jamais auparavant Mickey n'avait trouvé tant de vertus chez une femme : un corps magnifique et souple, un visage parfait et la peau la plus incroyablement douce. Elle était intelligente, non seulement vive, mais aussi drôle. On pouvait dire que Mickey, tout boxeur expérimenté qu'il était, avait été mis K.-O.

L'intérêt de Mickey pour CeeCee eut pour origine, comme cela avait été le cas avec la plupart des femmes qu'il avait connues, la simple curiosité. Il l'examinait comme il le faisait avec toute autre femme qui s'arrêtait pour regarder ses fruits. Il observait la façon dont elle manipulait les pêches regorgeant de jus, cherchant à identifier toute tache sur la peau, évaluant son niveau de maturation. Ce faisant, Mickey examinait, lui, les courbes de CeeCee. Elle lui sembla parfaitement irrésistible, dans son corsage de coton à manches courtes ajusté et sa juste trapèze qui mettait en valeur un fessier robuste. Il reconnut la sensation de convoitise, l'envie irrésistible, le besoin impérieux de posséder, qui s'emparait de lui chaque fois qu'il se trouvait en présence d'une nouvelle conquête potentielle. Chez CeeCee cependant, il y avait autre chose, une qualité qu'il ignorait encore apprécier : le sens de l'humour.

– Puis-je vous aider ? lui demanda-t-il.

Elle ne leva pas les yeux. Elle n'avait pas besoin de son aide.

– Non merci, répondit-elle, ne tombant pas dans le panneau. Elles ne sont pas tout à fait mûres, ajouta-t-elle, se parlant à elle-même.

Les techniques des vendeurs lui étaient familières et elle n'avait pas besoin qu'on lui « fasse l'article ». Gouvernante dans une maison débordant d'activité, elle avait longtemps été chargée de l'économat hebdomadaire. Elle avait une idée précise de ce dont elle avait besoin et n'avait pas le loisir de lambiner.

– J'en ai d'autres dans un cageot à l'arrière, dit-il. Voulez-vous que je le sorte ?

– Non, merci.

– J'ai aussi des prunes magnifiques. Et des fraises, qui viennent du nord du comté.

Il faisait de son mieux pour activer son charme.

CeeCee finit par lever les yeux des fruits pour les poser sur Mickey, convaincue qu'elle allait devoir refuser de nouvelles propositions. Mais elle fut surprise de se trouver en face d'un si beau visage. Sa mâchoire rectangulaire, ses lèvres épaisses et son front buriné avaient un effet rassurant. Il n'avait pas les traits sémites. En réalité il avait plutôt l'air italien, voire un peu irlandais, et son nez court retroussé et un peu épaté et ses lèvres pouvaient même avoir la noblesse de certaines des stars du jazz noir qu'elle avait rencontrées. Elle savait qu'il ne saurait pas non plus situer ses origines. Cela leur faisait un point commun.

Mickey fixait CeeCee, transfiguré par son magnifique visage, sa symétrie, ses yeux en amande, son sourire ravageur, son teint lisse, ses dents blanches étincelantes parfaitement alignées. Était-elle espagnole ? Française ? Elle venait clairement d'un pays ensoleillé.

– Qu'allez-vous préparer ? demanda-t-il, souriant maintenant qu'il avait suscité son intérêt.

– Une tarte aux pêches, répondit-elle. Pour un client de ma patronne qui vient du Sud et adore la tarte aux pêches.

– Vous êtes cuisinière ?

– Non. Mais je sais tout faire.

– Tout ? lança-t-il en souriant.

– Tout.

– Ce n'est pas juste.

– Pourquoi ?

– Parce que je veux tout, moi aussi.

– Et pourquoi donc ? fit-elle.

– Parce que je veux tout. En particulier une fille qui sait tout faire.

– Je pense… que nous avons tout ce que nous méritons, dit-elle, le regardant, frappé de mutisme.

L'échange d'argent et les pêches collectées dans l'arrière-boutique furent l'occasion pour Mickey non seulement d'obtenir son numéro de téléphone, mais aussi de prendre la main de CeeCee et de lui donner un sac de prunes mûres gratuitement.

– Revenez demain ? dit-il avec l'inflexion d'une question, alors qu'il énonçait une affirmation. J'aurai quelque chose d'encore mieux pour vous.

CeeCee sourit, accepta le cadeau et l'invitation. Elle se détourna et prit le chemin de son appartement pour confectionner la tarte pour la réunion de Constance, se délectant du sourire qui s'affichait sur ses lèvres alors qu'elle marchait, non sans prendre acte du plaisir qu'elle avait ressenti aux manœuvres de séduction de Mickey. Elle avait perçu la chaleur de ses yeux sur son dos en s'éloignant. Elle retourna à sa boutique le lendemain, curieuse de son offre de produits. Il l'invita à se joindre à lui ce soir-là et, durant les trois années suivantes, c'est à peine s'ils passèrent une nuit l'un sans l'autre.

14

LE PRÊT

New York, 1930

Harald Forrester-Smith, le vénérable avocat de Park Avenue, était assis dans son fauteuil de cuir décoloré par le soleil, dans son bureau entouré de panneaux de chêne. Maintenant une posture droite, il hochait sa tête dont les traits étaient comme biseautés. De profil, sous les rayons du soleil éclairant une nouvelle journée dans cette ville sans concessions, on aurait presque imaginé le buste de marbre d'un empereur romain empli de dédain. Dans sa carrière, il avait vu nombre de choses, mais ce type de requête lui était totalement étranger. Il gratta un impressionnant toupet de cheveux blancs et sortit l'épaisse montre à gousset qu'il conservait dans sa poche de veston.

– Absolument pas, dit-il, parcourant les papiers qu'il avait reçus.

La nouvelle génération était contrariante, décidément. Impulsive, exigeante et superficielle. On aurait pu espérer que le krach boursier de l'année précédente aurait ramené ces deux hommes à la raison. Mais non, il semblait que le contraire était vrai. Il consulta sa montre avec consternation une nouvelle fois, la tenant dans la paume de sa main.

Avec une demi-heure de retard, Van Wyke, penaud, et son bras droit, l'élégant et décadent Topper Stanton, arrivèrent, avec l'allure de deux compères sortant d'une soirée de célibataires. Fût-ce le cas, cela aurait constitué une bonne raison pour expliquer pourquoi ils avaient la gueule de bois un lundi matin et ne venaient pas directement de leur bureau. Harald avait déjà vu ce regard et secoua de nouveau la tête. Décadents, dissolus et ivres, rien de moins !

Les excuses pour le retard traînèrent, et Van s'affala sur une chaise offrant un haut dossier de cuir, Topper rentrant dans son pantalon une chemise blanche froissée et tachée. Puis il se tortilla sur sa chaise tel un écolier désœuvré. Du café fort et du jus de tomate furent commandés d'urgence et apportés sur un plateau d'argent rutilant par une secrétaire aux cheveux gris efficace et stricte. Son regard scrutateur alors qu'elle tendait aux deux jeunes hommes leur boisson eut pour effet de déclencher la légendaire mauvaise humeur de Harald Forrester-Smith, examinant avec elle ce désolant tableau. Des regards méprisants furent échangés, jusqu'au moment où la secrétaire hocha la tête et renifla, faisant demi-tour sur ses talons solidement ancrés dans le sol et produisant un grand clac. Ce même clac eut comme un effet dégrisant sur l'assistance.

– Je suis désolé, Harald. Père n'aurait jamais accepté notre retard et mon état aujourd'hui. C'est inadmissible. Je suis sincèrement désolé.

Van, lui au moins, possédait apparemment un semblant de bonnes manières, par opposition au play-boy sans reproche qu'était Topper Stanton.

– Et qu'en dites-vous, monsieur Stanton ? demanda Harald. Je suppose que, dans votre état, aucun de vous deux ne vient de son bureau ?

– Nous étions en fait avec un de nos clients communs qui n'est pas d'ici et qui avait très envie que nous lui fassions visiter la ville.

– Et je suis sûr que vous avez été d'excellents guides.

– Eh bien, disons simplement que la statue de la Liberté n'a pas été la seule femme que nous lui avons montrée, plaisanta Topper. Vous connaissez le proverbe :

« À Rome, fais comme les Romains », poursuivit-il, déclenchant un fou rire chez les deux amis.

– Monsieur Stanton, rendez-moi un service, dit Harald, le fixant à travers ses lunettes cerclées de métal.

– Bien sûr, monsieur Forrester-Smith.

– Dites-moi une blague.

– Une blague ? Sérieusement ?

– Oui, racontez-moi une blague.

Topper et Van se regardèrent, étonnés. Topper obtempéra.

– Bien, voyons. Je viens d'atterrir de Chicago. C'est incroyable ce que mes bras me font mal.

Van et lui se plièrent en deux de rire.

– C'est cela, votre plaisanterie ?

– Oui monsieur.

– Bien, monsieur Stanton. Il me semble clair que vous ne gagnerez jamais votre vie en tant que comédien. Vous n'avez pas le talent d'un M. Chaplin ou d'un Buster Keaton. C'est pourquoi je vous recommanderais de faire preuve de davantage de sérieux. Et pour la petite histoire, Van, sachez que j'ai été jeune moi aussi. Maintenant, je vous prie de boire un peu de café et de vous ressaisir. Vous allez devoir prendre de façon imminente des décisions qui vont compter pour le reste de votre vie. Alors ce n'est pas le moment de mollir.

Il secoua sa tête si violemment que des postillons furent projetés depuis les commissures de sa bouche.

– Oui, bien sûr. Je vous présente mes excuses. Nous vous présentons nos excuses, n'est-ce pas, Topper ? dit Van, lançant un regard à Topper qui approuva.

– J'accepte vos excuses. Comme vous le savez, je suis le conseiller de confiance de vos deux familles, et exécuteur testamentaire du patrimoine de feu votre mère, Van. Je sais ô combien vous êtes amis, alors même si cela peut vous sembler peu orthodoxe, puis-je vous parler librement à tous les deux, car vos parents m'ont prié de le faire et aussi parce que j'exerce un rôle de curateur des actifs de chacun d'entre vous ?

– Bien sûr, nous n'avons rien à cacher.

– Bien. Avant tout, je souhaite vous féliciter tous les deux de vos récentes fiançailles. C'est une grande vertu de trouver l'amour, et j'espère que vous vous ouvrirez à l'importance de vos responsabilités en embrassant l'institution du mariage. Il est clair que les choses sont différentes aujourd'hui, pour vous les jeunes. Cependant, je veux que vous sachiez que le mariage ne doit pas être pris à la légère. Il s'agit de la décision la plus essentielle que l'on prend dans une vie, du fait de ses conséquences de taille au niveau de la famille et des enfants. Il convient de se questionner sur la moralité de la jeune femme, et cetera. Je ne suis pas partisan des contrats de mariage lorsqu'il s'agit d'un premier mariage. Topper, vos parents m'ont dit qu'il n'y aurait pas de contrat entre vous et Lally. Mais pour ce qui vous concerne, Van, c'est la première fois depuis que j'exerce que je suis confronté à une telle situation. Et je dois dire que je suis… désorienté, observa-t-il, faisant un geste de sa main parcheminée dont les veines étaient saillantes.

– Et quelle est la situation ? s'enquit Van.

– Voyons. J'ai déjà eu le cas de jeunes hommes et de leur famille exigeant un contrat prénuptial parce que leur fils se mariait à une actrice, mais je n'ai jamais rencontré de cas où une jeune femme, en l'occurrence une certaine… – il s'interrompit pour consulter une liasse de papiers – Constance Gardiner, et son avocat demanderaient un accord prénuptial prévoyant l'exclusion de tous droits et revendications portant sur son entreprise, Gardiner Cosmetics, dans l'éventualité d'un divorce. Est-ce bien cela ?

– Oui, monsieur.

– Van, cela nous pose de sérieuses questions. Plus spécifiquement, êtes-vous conscient du fait que vous épousez une femme d'affaires ? Il n'existe pas de femmes d'affaires. Avez-vous conscience que votre future épouse a l'intention de travailler lorsqu'elle sera mariée et que, si vous divorcez, vous n'aurez légalement aucun droit ou revendication à formuler vis-à-vis de son entreprise ? Van, avez-vous lu le document et savez-vous à quoi vous vous engagez ?

Le visage de Van devint rouge betterave.

– J'en suis bien conscient. Constance est une jeune femme d'affaires de talent, et c'est l'une des raisons pour lesquelles je la trouve si… fascinante. Son entreprise fait déjà des centaines de milliers de dollars de chiffre d'affaires.

– Peut-être bien. Quoi qu'il en soit, en ma qualité de votre curateur, je me dois de vous demander : est-il souhaitable de se marier avec quelqu'un qui travaille ? Lally, par exemple, bénéficie d'un petit revenu que lui rapporte un fonds en fidéicommis. Elle vient d'une excellente famille notable et respectée et ne travaillera pas. Êtes-vous sûr de vous à propos de cette femme, Van ?

– Oui, absolument, Harald.

– Il sait ce qu'il fait, tenta Topper. C'est Van qui ne travaille pas. C'est donc un couple parfait.

De concert, ils éclatèrent de rire.

– Je ne trouve pas cela particulièrement drôle, si vous voulez mon avis. Que se passera-t-il quand vous aurez des enfants ? Ne craignez-vous pas que la situation sème la confusion la plus totale ?

– J'imagine que nous aurons des nourrices. Ma mère était à peine disponible, rétorqua Van, l'air désabusé.

– Votre mère était une hôtesse et une joueuse de bridge exceptionnelles.

– Oui, et elle assistait à et organisait de nombreuses soirées et jouait aux cartes. Elle n'était que rarement là. Quelle différence y a-t-il entre une femme qui n'est jamais présente parce qu'elle fait des tournois de bridge et une autre parce qu'elle est en réunion ?

– Il y a une différence.

– Et plus précisément ?

– Votre mère ne travaillait pas. Elle était admirée dans son cercle pour ses nombreux talents.

– Harald, avec tout le respect que je vous dois, j'admire Constance pour son intelligence, et non pour ses performances au bridge ou au golf. Elle est aussi d'une grande beauté et, pour tout vous dire, c'est la première fois qu'une femme de ce calibre s'intéresse à moi.

– Vous avez conscience du legs et du prestige qui sont associés au patronyme Wyke, et de ce que vous apportez à la table des négociations ?

– Oui, mais sachez que mon apparence ne m'a encore jamais valu de voir une femme se présenter à ma table, répondit Van, les yeux baissés.

– Je vois.

Harald Forrester-Smith avait enfin compris et il prit le temps d'étudier les deux jeunes hommes : le fringuant Topper et le frêle Van, dont le cuir chevelu trahissait déjà une calvitie précoce. Néanmoins, il insista :

– Van, êtes-vous sûr de vous ?

– Plus que tout. C'est son affaire, et elle souhaite la protéger. Ainsi soit-il.

– Bien, je prends la mesure de votre esprit moderne. Je me dois d'insister, cependant, sur le fait que si vous signez ce contrat de mariage, elle doit à son tour en signer un autre avec vous, spécifiant qu'en cas de divorce votre patrimoine reste à vous. Ce qui est bon pour l'un est bon pour l'autre…

– Je trouve cela juste. Merci, Harald. C'est un excellent conseil. Cependant, une fois le mariage prononcé et quand il y aura des enfants, tout devra être partagé à cinquante-cinquante.

– Très bien… Et vous, jeune homme, fit-il en fixant son regard sur Topper. Redressez-vous, mon garçon, ordonna-t-il.

– Oui, monsieur.

– Vous m'autorisez à m'exprimer devant Van ?

– Oui, naturellement. Je n'ai pas de secrets pour Van.

– Bien, fit-il en soupirant. Topper, vous savez que votre père m'a appelé pour me dire que les actifs de votre fonds avaient disparu avec le krach ?

– Oui, bien sûr, je le sais.

– Lally le sait-elle ?

– Je n’en suis pas certain, répondit-il en détournant le regard, brusquement sérieux.

– Dans ce cas, je vous suggère de l’en informer avant de la conduire à l’autel. La pauvre fille a besoin de connaître la vérité avant de vous épouser, Topper. Ce serait injuste.

Il fit une pause pour accentuer l’effet dramatique de ses propos.

– Je vous connais depuis que vous êtes un jeune garçon. C’est pourquoi je n’irai pas par quatre chemins. Voici ce que je pense : vous avez tout pour vous, la beauté physique, la personnalité, la meilleure éducation. Mais, jeune homme, vous êtes fainéant. Cela vaut pour tous les deux : si vous n’êtes pas transparents à propos de ce qui vous concerne, de vos attentes, vous risquez de porter gravement ombrage à ces jeunes femmes. Est-ce que je me fais bien comprendre ?

– Oui. Merci, monsieur, dirent les deux amis en acquiesçant simultanément.

– Et quand les cérémonies auront-elles lieu ?

– Topper et Lally organiseront un mariage en grande pompe à Locust Valley à Noël. Constance ne veut pas d’un grand mariage, alors nous avons prévu un mariage civil et nous irons ensuite à Breakers quelques jours en lune de miel. Topper sera notre témoin, bien évidemment.

– Et inversement, indiqua Topper.

– C’est tellement agréable de voir que vous êtes si bons amis. Laissez-moi vous dire que ce n’était pas mon intention de gâcher la fête. Cela dit, j’espère sincèrement que vous allez vraiment prendre en considération ce que je vous ai dit. J’ai vu des mariages échouer pour moins que cela.

– Merci, monsieur. Cela a été un plaisir et un honneur de bénéficier de vos conseils, dit Van, regardant Harald droit dans les yeux. Et merci pour le café. Je me sens nettement mieux. Nous avons immensément apprécié vos conseils.

– J'essaie toujours de faire au mieux pour les familles, dit Harald.

– Vous avez largement rempli votre mission.

Les deux amis se levèrent, lui serrèrent la main et sortirent de son bureau en passant devant la secrétaire qui les salua d'un raclement de gorge.

Lorsque le chauffeur ouvrit la portière de la Packard du père de Van, Topper et Van se lancèrent sur les sièges arrière et partirent dans un fou rire hystérique, s'emparant des flasques de gin qu'ils avaient cachées.

– Soignons le mal par… lancèrent-ils en trinquant.

Ils imitèrent à tour de rôle certaines des expressions de Harald, ce qui provoqua davantage d'occasions de trinquer, des rires et des gorgées de gin.

– Ce vieil idiot ! Voici comment je résumerais la situation… dit Topper le sourire aux lèvres, ses éclatantes dents blanches et ses joues bronzées teintées de rose criant la jeunesse éternelle et l'assurance d'être protégé des vicissitudes de la vie. Nous épousons nos femmes pour leur beauté et leur argent, et cetera.

Ils éclatèrent d'un rire incontrôlable.

– Et elles nous épousent pour le prestige du nom, dans la plus pure tradition dans laquelle nous avons été élevés.

– Tiens. À nos filles !

– À nos filles !

À cet instant précis, Van demanda au chauffeur d'arrêter la voiture. Le véhicule pila le long du trottoir, juste à temps pour permettre à Van de sortir vomir. Topper suivit son exemple.

15

L'APPEL DE LONDRES

Londres, 1930

Josephine faisait les cent pas dans le bureau élégamment meublé qu'elle avait récemment loué à Belgravia, s'imprégnant lentement et avec déférence du contenu de la lettre de sa sœur Sybil. Après l'avoir lue une seconde fois, elle alla la poser calmement sur son écritoire de style français d'époque ; sa robe Vionnet se prit dans un bronze doré, ce qui en fila une maille, qu'elle tenta de lisser, malgré l'effet de la mauvaise nouvelle sur ses nerfs. Du sous-sol au plafond, cette maison de ville, qu'elle avait louée à un lord déchu et ruiné par le krach, était si abondamment décorée qu'elle en était un peu étouffante, avec ses tapis moelleux et ses boiseries sculptées. La maison donnait une impression grandiloquente, à l'exception de trois ou quatre « trous dans le mur », créant des espaces vides aux couleurs passées à l'endroit où étaient accrochées les quelques toiles de Reynolds vendues depuis. Elle se versa un petit verre de schnaps et se redressa, ses yeux en colère convulsant alors qu'elle digérait le contenu de la missive et le liquide brûlant. Une fois avalée la dernière goutte, elle saisit le petit verre transparent et le lança dans la cheminée, le regardant exploser en mille éclats coupants comme du rasoir. Ce n'était pas même une tocade ! En moins d'un an, Jonathan avait eu une maîtresse et un bébé à Melbourne.

Un garçon, excusez du peu ! Et avec son argent à elle, par-dessus le marché !

Certes, elle savait qu'elle avait renvoyé Jon en Australie et s'était coupée de lui physiquement. Cela lui était donc égal. Jon Blake était un *khamer*, un tricheur et un âne. Elle travaillait nuit et jour pour elle-même, pour lui, pour eux, et pour leur enfant à naître. Et il l'avait trahie. Tout cela parce qu'il était paresseux, un *shikker*, un alcoolique. Un bel homme bon à rien ! Et elle avait été idiote aussi, de ne pas poser de questions malgré ses demandes incessantes d'argent. Le pire, c'était que son bébé était né avant le sien ! Était-elle combattive ? Fichtre, oui ! Il l'avait battue sur la ligne d'arrivée, et avec un enfant illégitime. La honte était insoutenable à la seule pensée que son oncle et sa tante devaient en ce moment même se délecter de la nouvelle.

La lettre personnelle de Jon arriva quelques jours plus tard avec des excuses à profusion. Il avait eu des besoins et elle avait créé la situation elle-même. Elle avait été cruelle et n'avait pas joué son rôle de femme. Alors, une fille bas de gamme qui travaillait dans un bar et ne représentait rien pour lui l'avait séduit, et l'avait pris au piège. Il ferait n'importe quoi, implorait-il, pour sauver son mariage. Il aimait sa femme, était impressionné par elle, n'avait jamais rencontré qui que ce soit qui lui ressemble et était prêt à tout pour un jour voir son seul réel enfant, le fils ou la fille que Josiah portait. Il avait payé cette fille pour qu'elle s'en aille et ne la reverrait plus jamais, ni elle ni le bébé. Ce n'était rien ; il s'était comporté de façon stupide, il s'était mis à boire, mais tout allait changer. Josephine décida d'adopter la stratégie la plus implacable : le silence. Elle ne lui écrirait ni ne lui parlerait au téléphone, et ne lui enverrait pas ses émoluments. Elle attendrait que son propre bébé soit né pour voir si elle avait toujours des sentiments pour lui.

Sybil viendrait l'aider au moment de la naissance. Elle prendrait la place de Jon, et il devrait rester là-bas et participer à la gestion des opérations s'il voulait conserver une quelconque chance de réconciliation. Elle avait fait venir sa sœur benjamine, Raisel – désormais Rachel –, et Sybil l'avait formée pour qu'elle dirige le magasin de Melbourne. Le père de Josephine lui avait une fois dit que Mayer Rothschild avait cinq fils qu'il avait répartis dans l'Europe entière pour créer une famille de banquiers internationaux. Josephine n'avait jamais oublié ce détail-là. Seule Chana, trop petite pour voyager, restait avec leur mère.

Alors que le fils de Jonathan était né prématuré, celui de Josephine naquit tard, comme s'il ne voulait pas se départir de la force que lui prodiguait sa génitrice. Sans faire exception à la règle, Josephine travailla jusqu'à la toute dernière minute dans sa boutique de Mayfair et, lorsqu'elle ressentit les premières contractions, appela Sybil à la rescousse pour la remplacer. Elle entra à la maternité pour son accouchement avec la même efficacité que si elle se rendait dans la réserve pour gérer le réassortiment des commandes.

Huit jours plus tard, elle célébrait modestement la *brit milah* avec Sybil et quelques nouveaux amis connaissant ses pratiques religieuses et habitués de sa boutique. Au fond, elle se disait que, bien que les affaires soient florissantes, il n'avait pas été si simple de se faire une place dans l'univers du Londres en vogue, et qu'elle n'avait pas encore véritablement pénétré le cœur du Londres des beaux quartiers. Néanmoins, elle avait posé d'importants jalons auprès de quelques femmes en vue comme elle : Lady de Rothschild, une nouvelle cliente inespérée, lui avait envoyé nombre de ses amies pour des soins de la peau, et Mme Marks, dont le mari Michael Marks, cofondateur du grand magasin Marks & Spencer, juif polonais, lui avait gentiment recommandé un *mohel* pour le rite de circoncision. Au cours de la cérémonie, Sybil avait pleuré leur père qui était mort l'année précédente des suites d'une grippe, alors que le rabbin baptisait le bébé de son nom juif, Menachim Ephraim, en l'honneur de son grand-père paternel. Puis, à la dernière minute, touchée par les yeux d'un bleu cristallin de l'enfant et se souvenant de sa promesse initiale, Josephine avait décidé de rendre hommage à la famille de Jonathan en ajoutant le prénom de son grand-père, Frank.

– Je tiens toujours mes promesses, dit-elle lorsque Sybil la complimenta sur son beau geste.

Mais pour la société anglaise bien rangée, cependant, le garçon s'appellerait Miles Frank Herz-Blake.

Deux jours plus tard, elle était de retour au travail, et un mois plus tard elle avait retrouvé sa silhouette initiale. Disposant d'un important vivier de *nannies* britanniques dans lequel puiser, Josephine fit le constat que son impétueuse passion pour le travail ne faisait que commencer.

Le tintement de la porte d'entrée annonçait subtilement et agréablement l'arrivée de nouveaux clients. C'était le son préféré de Josephine, après celui de l'ouverture du tiroir de la caisse enregistreuse et le son produit par la manipulation de la monnaie par les employés. La porte d'entrée tinta deux fois, et entra un gentleman menu aux cheveux clairs d'environ vingt-sept ans.

– *Madame** Herz, s'il vous plaît, demanda-t-il.

– Je peux vous aider, monsieur, si vous le souhaitez, proposa la responsable de la boutique, Josephine étant tranquillement en train de pointer les tickets de caisse du jour.

Elle passa en revue ses vêtements de première qualité.

– Non, je souhaite voir *Madame** Herz personnellement, si vous voulez bien, insista-t-il, visiblement mal à l'aise dans cette ambiance strictement féminine. Je peux revenir si elle n'est pas là, reprit-il, jouant avec sa chevalière en or rose.

– Non, elle est ici. Je vais la chercher, monsieur… ?

– Cavendish. Merci.

– Oui, monsieur, dit-elle avec un léger sourire, quelque peu déçue de ne pas avoir la chance de le servir.

Quelques instants après, Josephine lissait sa jupe et entrait dans la partie magasin du salon.

– Oui, monsieur Cavendish, comment puis-je vous aider ? dit-elle, voyant qu'il était quelque peu étonné par son apparence jeune, et elle, par la sienne.

Le visage et les lèvres de Josephine étaient plus charnus et sa silhouette, plus voluptueuse depuis qu'elle était maman, elle en était consciente.

– Je... bien, c'est quelque peu inapproprié... bégaya-t-il.

– Continuez, je vous prie, je ne suis pas une *lady* à proprement parler, dit Josephine, qui se douta immédiatement de la raison de sa visite, car le cas s'était déjà présenté.

– Mon amie, qui est une de vos clientes, Mme de Lorraine, m'a parlé d'une crème spéciale que vous lui avez donnée pour... « les moments indiscrets », poursuivit-il, baissant les yeux.

– Oh, c'est donc cela.

Voyant ses joues rougir, Josephine décida qu'elle pouvait bien s'accorder de s'amuser un peu avec ce jeune homme bien élevé.

– En effet, je la réserve à mes meilleures clientes. Pour soulager les douleurs de l'acte sexuel, précisa-t-elle, provoquant un choc en utilisant un langage direct au sujet du sexe.

Aucune femme de la bonne société n'aurait discuté ainsi avec un homme qu'elle ne connaissait pas, sans avoir recours à un euphémisme.

– Pourriez-vous... je veux dire... pourrais-je vous acheter cette crème spéciale directement ? bredouilla-t-il.

– Pourquoi ne pas l'obtenir auprès de Mme de Lorraine ? rétorqua Josephine avec un sourire satisfait, sachant parfaitement que Lianne de Lorraine était une courtisane populaire dans les rangs des jeunes aristocrates de l'élite londonienne, dont les faveurs étaient chèrement payées.

– Eh bien, c'est-à-dire que Mme de Lorraine et moi-même ne… sommes plus amis et je souhaitais donner cette crème en cadeau à une autre *lady*. Une dame qui semble… souffrir de douleurs, chuchota-t-il, sentant le rouge lui monter aux joues par sollicitude pour une compagne d'armes.

– Je ne fais pas cela d'habitude, dit Josephine.

Puis, tournant les talons d'un coup sec, elle alla dans la réserve pour y prendre deux minces fioles bleu foncé contenant un lubrifiant spécial qu'elle avait inventé à partir d'huile minérale, ajoutant une touche secrète d'huile d'olive. Elle conservait son stock dissimulé quelque part et le distribuait en cadeau à ses clientes qui rencontraient des difficultés avec leur mari ou subissaient les désagréments de la ménopause. Elle réapparut avec les fioles et les déposa dans un petit sac orné de papier de soie.

– Monsieur Cavendish, je veux que vous sachiez que je ne fais pas le commerce de ce produit. Je le donne uniquement en cadeau à mes clientes dont je sais qu'elles ont des problèmes, précisa Josephine, pour qui il importait de dire clairement qu'elle ne versait pas dans le commerce des accessoires et gadgets érotiques.

– Merci infiniment.

Il admira la rutilante boutique, ses rayonnages et ses stocks de crèmes de beauté et autres cosmétiques raffinés, les cabines récemment aménagées pour les massages et soins du visage à l'européenne, et enfin la zone dédiée aux soins des cheveux.

– Avec plaisir, dit-elle, lui tendant le petit sac mauve à poignée de rubans.

– Combien vous dois-je, *Madame** Herz ?

Le jeune homme essuya la transpiration de sa lèvre supérieure, pour le plus grand amusement de Josephine.

– Rien du tout.

– Êtes-vous certaine ? demanda-t-il, ne sachant quelle attitude adopter.

– Absolument. Envoyez-moi votre amie. J'ai mis ma carte dans le sac. Dites-lui de me demander, monsieur Cavendish, et je répondrai à tous ses besoins.

Elle fit une pause.

– Et aux vôtres. Car il semble que vous avez un problème encore plus pressant, fit-elle, adoptant un ton coquin qui le fit cligner des yeux à plusieurs reprises, alors qu'elle fixait son pantalon.

– Eh bien, merci, *Madame** Herz, dit-il, visiblement soulagé, prenant sa main pour la baiser selon le style continental. Puis-je vous poser une question impertinente ? demanda-t-il, ajustant sa lavallière de soie avant de sortir et s'attardant sur son généreux postérieur.

– Bien sûr, « impertinent » ne fait pas partie de mon vocabulaire.

– Y a-t-il un M. Herz ?

– Non, techniquement, ce n'est plus le cas.

– C'est-à-dire ?

– C'est-à-dire que je suis encore en train de décider.

– Je vois, acquiesça-t-il. J'espère vous revoir bientôt, *Madame** Herz.

Ouvrant la porte pour sortir du salon, il la regarda fixement.

– J'ignorais la beauté de la femme qui était derrière le salon de beauté, dit-il en s'inclinant légèrement, laissant Josephine à l'entrée de son salon, le visage empourpré.

– Eh bien, voilà qui fut intéressant, dit Josephine, quelque peu décontenancée par cette rencontre. Je me demande qui il est…

– *Madame** Herz, ne saviez-vous pas qu'il s'agissait du vicomte Cavendish ? Il est duc de Cambridge. Il est dans tous les journaux… Il est l'héritier du trône au quatrième rang.

– Vraiment ? Eh bien, chez Herz Beauty, il était au premier rang pour le lubrifiant.

Elles rirent de bon cœur toutes les deux.

Le jour suivant, Josephine reçut un billet contenant une invitation personnelle à dîner avec le duc dans ses appartements privés. Alors, tandis qu'elle n'aurait jamais accepté une telle invitation un mois auparavant, elle décida qu'elle était toujours une femme et que, ce qui importait plus encore, cet événement était bon pour les affaires. En quelques semaines, on racontait que Josephine était la maîtresse du duc de Cambridge, et chaque dame à la mode à Londres faisait soudain partie de sa clientèle.

16

IMPÉRATRICE

Londres, 1932

À l'intérieur d'une chambre de style edwardien à la fois opulente et discrète d'un magnifique hôtel particulier jouxtant Mayfair, Josephine chevauchait à proprement parler. Cavendish était son étalon hennissant et brayant.

– Il faut que j'éteigne cette foutue radio ! Cela gâche mon humeur, lança le duc avant de se retourner pour se lever, dans le plus simple appareil pour atteindre la console radio Art déco qu'il fit taire, agacé.

– C'est la dernière chose dont j'ai envie pendant l'amour… cet idiot de Churchill en train de discourir des dangers du réarmement de l'Allemagne. Rien de tel pour tuer l'ambiance, grogna-t-il, Josephine profitant de la situation pour admirer son physique élancé, la blancheur rosée de sa peau et sa blondeur.

Elle se dit que son sexe non circoncis semblait un peu étrange, mais ignora le lambeau de peau supplémentaire, au nom de l'avancement de ses affaires et de son intégration dans la société.

Qu'importe un morceau de chair supplémentaire, se dit-elle, *si je dispose, moi, d'un morceau de cerveau supplémentaire…* Elle s'amusa de ce bon mot, se promettant de le mentionner plus tard à Sybil, qui à n'en pas douter en serait mortifiée.

– Mais vous, ma chère... je n'ai pas eu assez de ma brillante impératrice hébraïque, dit-il, examinant Josephine étalée sur le lit, sa silhouette généreuse et ses seins voluptueux tellement à leur avantage, et la trouva indubitablement bâtie pour les ébats amoureux.

Mais ce fut Josephine qui reprit les rênes, à l'inverse de ces dames anglaises bien comme il faut, aussi passives les unes que les autres. Et c'était là l'ingrédient secret de sa passion. Son désir devenait des plus ardents lorsqu'elle prenait le contrôle des positions et énonçait des ordres simples, mais avec vigueur.

– Sur le dos, mon garçon.

Il s'allongea sur elle dans un mouvement qu'elle ponctua d'une petite claque.

– Tu ne m'écoutes pas, tu n'arriveras à rien, dit-elle. Sur le dos...

Josephine sourit et observa alors qu'il obéissait à chacun de ses désirs et souhaits, ainsi que la plupart des hommes. Josephine imposait le respect, dans sa boutique comme au lit. Elle se redressa sur lui et se mit en mouvement, pour son plus grand plaisir, quelques gouttes de transpiration perlant le long de la cambrure de ses reins.

– Tu sais, *darling*, dit-il après l'amour, je ne peux pas me passer de toi. Tu es tout simplement différente des autres filles. Tu ne me laisses même pas t'offrir un petit colifichet.

– C'est moi qui t'achète, duc, dit-elle brusquement.

Il rit.

– Tu sais, tu as le port d'une princesse, fit-il en secouant ses cheveux blonds. Et si je pouvais mettre ton parfum en bouteille, je le ferais.

– Merci, *darling*. Et ce serait préférable que tu ne manges pas de saumon juste avant nos rendez-vous, remarqua-t-elle.

C'est à ce même instant que Josephine eut un autre de ses incroyables moments de clarté, et qu'une révélation lui vint. Un parfum ! Voilà ce qu'il fallait à sa marque, l'étoile manquante dans le firmament Herz. Un parfum signature.

Cavendish lui avait donné sa prochaine idée. Il aurait pu tout aussi bien la payer en lingots d'or.

– Écoute-moi, mon chéri, lui intima Josephine en se levant pour enfiler sa lingerie en dentelle noire. Je crois que le moment est venu pour nous de nous dire au revoir.

Sa voix ne trahissait aucune émotion.

– Au revoir ? J'étais justement en train de te dire bonjour.

Cavendish se redressa dans son lit. Il n'allait pas abandonner aussi facilement. Il n'avait jamais rencontré une femme comme Josephine Herz auparavant. Intelligente, spirituelle et magnétique. Sexy et originale. Bien sûr, il ne pouvait pas l'épouser. Elle était déjà mariée et n'était pas de confession anglicane. Mais cela ne l'empêchait pas de la désirer. En réalité, il n'avait jamais autant désiré qui que ce soit.

– Écoute, *darling*, dit-elle, lui faisant signe de l'aider avec le fermoir de son bracelet Art déco en diamants Cartier, dont les baguettes formaient un magnifique motif géométrique rehaussé d'émeraudes disposées en cabochon, un cadeau d'elle-même à elle-même. Mon mari arrive à Londres. Miles a besoin d'un père, et j'ai décidé de lui pardonner.

– Quand ton vieux bonhomme arrive-t-il ? demanda Cavendish, réalisant peu à peu que sa liaison préférée était sur le point de se terminer.

Josephine posa les yeux sur lui, émerveillée de la parfaite régularité de ses traits. Son teint frais, davantage celui d'une laitière que d'un homme. Son torse et ses abdominaux dont les muscles étaient parfaitement galbés.

– Vendredi.

– Je vois.

Il se rapprocha d'elle pour la prendre dans ses bras.

– Je n'avais jamais rencontré et ne rencontrerai plus jamais personne comme toi.

– Si, si, tu verras. Il y en a d'autres comme moi ici, maintenant, fit-elle, touchée, quoiqu'un peu atterrée par son côté fleur bleue.

– Non, non, ma chère, c'est toi le modèle original.

– Eh bien, oui, c'est vrai.

Josephine appliqua le rouge à lèvres de sa fabrication face à un miroir Art déco en losange.

– Puis-je continuer à te voir ? Une fois qu'il sera arrivé ? Pour un rendez-vous secret ?

Il décrocha sa chemise d'un cintre en bois et la passa en silence.

– Quand il sera arrivé, je redeviendrai une triste… sourit-elle, doucement.

– Une triste ? répéta-t-il, perplexe.

– Une triste, une dame mariée.

Elle leva les yeux au ciel et il rit.

– Mais ne t'inquiète pas. Je peux exaucer un de tes vœux, malgré tout, reprit-elle, l'embrassant pour la dernière fois.

– Et lequel ?

– Tu verras, dit-elle, mystérieuse.

Elle marcha jusqu'à la porte, se retourna une dernière fois, et lui envoya un baiser incroyablement romantique.

Six mois plus tard, en dépit de ses visites en personne au magasin pour lui extirper un rendez-vous, Josephine faisait fi de ses invitations. Jon Blake était désormais bien installé dans leur hôtel particulier avec Miles. Leur réconciliation avait été civile et sans anicroche, et dans l'intérêt de leur fils car elle travaillait sans relâche. Josephine passa les quelques mois suivants à se consacrer entièrement à la recherche et au développement, le projet consistant à créer une fragrance signature. Le parfum une fois achevé et approuvé ainsi que son emballage, elle en envoya un échantillon, enveloppé dans un papier de soie et accompagné d'un carton, à son duc. Cavendish reconnut le petit sac portant le logo Herz Beauty qui le distinguait lorsque son valet de pied apporta le paquet. Il ouvrit le présent et le mot avec empressement. Voilà qui était typique de Josephine, pensa-t-il, installé à son secrétaire pour découvrir son écriture incurvée mais puissante.

« Mon cher duc, tu m'as dit que tu souhaitais mettre mon parfum en bouteille. Le voici. »

Il déballa la bouteille à l'effet givré contenant son nouveau parfum et le regarda, hochant la tête. Seule Josephine était capable de ce genre de prouesse. Il sourit et aspergea quelques gouttes du *parfum** sur son poignet. Il était si charpenté et féminin à la fois qu'il tomba presque en pâmoison. Sans parler du nom de ladite fragrance.

*Parfum** *Impératrice Josephine.*

17

UNE EMPLOYÉE ÉMÉRITE

New York, 1934

Quatre années étaient passées en un clin d'œil et lentement à la fois. Cela semblait hier comme un siècle. Son mariage avec Van quatre ans plus tôt avait été pour Constance un épisode fonctionnel, nécessaire pour les affaires. Elle travaillait sept jours sur sept, il passait quelques heures par semaine dans le bureau familial de Park Avenue, et le plus clair de son temps à jouer au polo ou au golf, ou encore à faire de la voile dans l'un de ses clubs, en compagnie d'autres hommes comme lui. Ils se retrouvaient pour un dîner de gala ou une soirée en ville le samedi soir. Une fois par mois, Constance se soumettait et lui accordait le privilège de s'affairer au-dessus de son corps inerte et prostré, laissant faire grognements et va-et-vient. Elle se donnait du courage grâce à quelques gorgées de gin, et durant ce moment-là s'évadait en faisant le point dans sa tête sur les chiffres de ventes du mois. Elle se remémorait souvent sa grand-mère anglaise, qui l'avait une fois conseillée sur le mariage et le sexe d'un ton grivois : « Constance, lui avait-elle dit, lorsque tu te marieras, si tu veux garder un homme, allonge-toi et *écarte les jambes pour la gloire.* »

Elle n'avait qu'un objectif en tête et il se réalisait. Constance Gardiner, la très déterminée Mme Van Wyke, l'avait atteint, et dès lors était investie d'un formidable pouvoir.

Six ans d'existence. Cinq bureaux et cinquante employés, certains à temps plein, d'autres à temps partiel. Mais cinquante, quoi qu'il en fût.

Il ne fallut pas longtemps à CeeCee Lopez dans ses fonctions au sein de Gardiner Cosmetics pour se rendre indispensable. Ses impeccables talents d'organisation et son flair pour la gestion instillaient le calme partout où le chaos avait régné. Bien qu'elle ait commencé à la réception, au téléphone et à l'accueil des clients dans les bureaux de plus en plus imposants, servant des boissons chaudes et froides, elle fut bientôt promue à des fonctions plus importantes dès que le personnel commença à grossir. CeeCee était une chef de file dans l'âme. Altruiste, elle comprenait les autres. Elle savait comment mettre les gens à l'aise, comment faire pour qu'ils sentent qu'on s'occupait d'eux et comment tirer le meilleur parti de leurs forces et de leurs faiblesses. Ce n'était pas que CeeCee identifiait à dessein le talon d'Achille de chaque individu, mais elle possédait un sixième sens pour percevoir les plus ardents désirs de chacun et utilisait cette faculté, consciemment ou non, avec des résultats probants.

Constance regretta de devoir se passer de la prestance de CeeCee pour assurer le premier contact de Gardiner Cosmetics avec la clientèle, les fournisseurs et les acheteurs qui entraient dans le bureau, mais elle sut rapidement que ses atouts seraient utilisés au mieux dans un rôle à responsabilité. Dans les premiers mois suivant son embauche, et à mesure que la marque prenait de l'ampleur, CeeCee fut nommée secrétaire et, six mois plus tard, au poste de directrice des innovations produits. CeeCee possédait la même compréhension intuitive des affaires que des individus. Elle était capable d'évaluer un plan marketing avec le même œil affûté, pour en décortiquer les faiblesses et les forces, et avait la faculté de communiquer le tout en juste autant de mots qu'il en fallait. Elle se glissa aisément dans la peau de l'éminence grise de Constance, sur presque tous les fronts, de la planification à long terme pour la marque aux derniers ajustements sur certains produits spécifiques. Son meilleur talent consistait à dénicher et à former les soldats de l'armée des Gardiner Girls en compagnie de Molly, et à déceler le potentiel de chaque nouvelle recrue pour distribuer les rôles de leader par zone ou de meilleure vendeuse à domicile pour les candidates dotées d'ambition, d'entregent et de confiance pour engranger les meilleurs résultats. Le niveau de dépendance de Constance ajoutait une certaine envergure à leur relation.

CeeCee disposait de connaissances pratiques que Constance estimait indispensables. Inventrice de sa propre pommade capillaire destinée à une clientèle de femmes afro-américaines, CeeCee avait une vision sur le sujet. Elle avait parfaitement décodé l'importance de la chevelure dans la vie des femmes noires, et l'aspect culturel des soins, du nettoyage, du lissage et du « domptage » des cheveux. Elle savait combien d'heures et de dollars les femmes noires consacraient aux salons. Elle comprenait aussi l'importance et le caractère incontournable de ces heures pour satisfaire aux attentes sociales des Blancs – et des employeurs potentiels – vis-à-vis d'une femme noire. Le rôle de la réciprocité dans la communauté, au sein de laquelle les femmes s'occupaient mutuellement de leurs cheveux, était riche d'enseignements qu'elle mit à profit dans la formation des Gardiner Girls, mettant l'accent sur la camaraderie, le sens de la fraternité et le partage. Et bien qu'elle fût actuellement centrée sur son travail pour Gardiner, elle espérait un jour autonomiser d'autres femmes noires en proposant des solutions optimisées pour le soin de leurs cheveux. Toutes les femmes n'avaient pas bénéficié de la mobilité sociale de CeeCee, passant d'un contexte d'oppression durant sa jeunesse à un autre riche en opportunités. Elle nourrissait l'espoir de créer sa propre entreprise un jour. Mais pour l'heure, son poste chez Gardiner Cosmetics était une occasion rêvée d'apprendre les ficelles du métier et de parfaire ses connaissances en vue d'endosser un autre rôle à venir. Pour l'heure, elle constituait la ressource par excellence pour Constance, non une simple assistante, mais une co-inventrice. Ainsi, l'estime se mua rapidement en affection, et la dépendance, en besoin.

Peu de temps après les débuts de CeeCee, Constance commença à ressentir des sentiments pour elle. La différence qu'elle apportait dans sa vie de tous les jours ne pouvait être plus évidente. La rigueur qu'elle instillait dans les tâches quotidiennes, le calme qu'elle faisait régner au bureau, le soulagement que Constance ressentait en sa présence, tout cela était visible. Molly et les autres femmes qui travaillaient au bureau appréciaient et respectaient son travail et sa compagnie. Lorsque CeeCee endossa le rôle de gestionnaire de bureau, les choses s'améliorèrent. La flambée des recettes qui s'ensuivit ne pouvait être attribuée à une coïncidence et Constance la récompensa par une petite augmentation, puis un bonus.

L'entreprise Gardiner Cosmetics entra dans une phase d'expansion rapide. Les pharmacies et les grands magasins rivalisaient pour accueillir ces crèmes pour le visage et ces cosmétiques générant d'excellents chiffres de ventes. Le modèle d'affaires de la vente à domicile représenté par les Gardiner Girls, la nouvelle frontière, se renforçait et obtenait l'attention de la presse locale. Maintenant, les femmes pouvaient aider leurs maris, leurs enfants et elles-mêmes en gagnant un pécule utile à chaque foyer. CeeCee avait aidé Constance à élaborer un kit de produits simplifié. La plupart des Gardiner Girls qui n'avaient pas les moyens d'acheter le kit de produits de départ étaient d'accord pour simplement réaliser un premier versement abordable et rembourser leur kit grâce aux bénéfices réalisés sur les produits. Et une fois qu'elles étaient en mesure de gagner de l'argent et de travailler à temps partiel – organisation qui permettait à une femme correspondant à un profil type de déposer ses enfants à l'école, d'aller les rechercher et de préparer les repas tout en travaillant quelques heures par jour –, elles obtenaient un revenu supplémentaire dont la famille avait besoin. Ce système était salué comme libérateur, innovant, révolutionnaire, voire le début d'un mouvement. Et il impliquait le recrutement de jeunes femmes et leur formation sur les produits puis à la vente. La gestion de cette transition était cruciale et Constance n'aurait pu faire face à ce défi sans CeeCee Lopez. CeeCee était bien plus que son titre et ses fonctions : elle était une véritable partenaire de l'entreprise Gardiner et, très vite, Constance sembla avoir besoin de l'opinion de CeeCee sur chaque décision importante.

Constance n'ignorait pas la possibilité que cette dépendance fût davantage émotionnelle que professionnelle, mais elle se refusait à admettre cela vis-à-vis de quiconque, et principalement d'elle-même. Elle n'était pas non plus sans savoir qu'elle pouvait également se sentir attirée par les femmes fortes et indépendantes. Elle se trouvait en réalité dans un cercle qui reconnaissait la valeur et la modernité d'une telle réalité. Mais le monde était loin d'accepter ce style de vie. À l'inverse, la société dans laquelle elle évoluait était avant tout secrète, habitée uniquement par quelques habitants envisageant ces inclinations comme acceptables.

Dans le même temps, on assistait sur grand écran à l'émergence du personnage de la jeune femme de la haute société moderne, tant sous les traits de Claudette Colbert, libre comme l'air dans le film à grand succès *New York-Miami* que sous ceux de Katharine Hepburn, femme moderne arborant pantalons chics, coupe androgyne et corsages à épaulettes carrées. Les femmes comme Constance et Katharine cultivaient une attitude de confiance intellectuelle, d'ambition professionnelle, de subtile androgynie et d'ouverture sexuelle. Mais le fait que la nouvelle femme moderne fut accueillie par certains cercles ne signifiait pas que la société dans son ensemble était prête à l'accueillir. Le monde se trouvait encore à des décennies d'accepter les couples du même sexe comme étant la norme, et ce d'autant plus encore s'ils étaient acteurs prépondérants de la société et femmes d'affaires, ce statut même étant controversé. Le pays était indubitablement à des années-lumière d'approuver une relation entre une femme blanche et une Afro-Américaine, dite mulâtre. Une relation entre deux femmes de couleurs de peau différentes, plus encore qu'une relation homosexuelle, était certaine de faire parler.

Constance ne pouvait honnêtement mettre le doigt sur le moment où elle s'était « ouverte à l'ouverture ». Enfant, elle avait toujours préféré les activités davantage attribuées au sexe opposé. Elle avait grandi au cœur de la campagne canadienne et courait, jouait au rugby et grimpait aux arbres. Mais ce n'est que lorsqu'elle fut admise dans l'une des universités du réseau des Seven Sisters qu'elle trouva chez d'autres filles une communauté d'esprit et une culture favorisant l'exploration de son penchant. Puis c'est à Smith que Constante apprit que non seulement son attirance pour les activités masculines était acceptée, mais que la tendance à qualifier le sport d'activité de garçons était captieuse dès le départ, une erreur qui se devait d'être effacée avec le temps.

Il faudrait encore des décennies pour que cette notion se muâ en un véritable mouvement. Elle ne pourrait suivre les cours que durant un an, la Grande Guerre venant interrompre son éducation. La guerre avait joué un rôle pour faire fondre la glace de la perception publique. À l'université, Constance avait étudié l'histoire du mouvement des droits des femmes, à partir des premières travailleuses dans les mines, puis le tourmenté mouvement pour la tempérance et enfin le cercle des petites mains qui allait impulser les fougueuses et irrépressibles suffragettes. (« Rosie la Riveteuse » eut à peine à décocher son poing pour mobiliser une génération déjà enhardie par les premiers frémissements de la liberté, une génération de femmes qui avaient gagné leur vie alors que leurs maris étaient partis au combat.) Mais ce n'étaient pas les vicissitudes de la guerre ni l'exubérance d'après la victoire qui portaient Constance. Son intérêt était ailleurs.

Elle ne pouvait nier, du moins vis-à-vis d'elle-même, que son attirance pour les autres femmes était motivée par des raisons plus personnelles que politiques.

Constance s'était ainsi trouvée dans une sorte de fraternité étudiante, un groupe féminin qui partageait tout, des études aux sorties et jusqu'à leurs nuits. Et si ces passe-temps étaient acceptés entre les murs tapissés de vigne vierge de l'enclave des Seven Sisters, ces activités ne devaient être discutées ou étalées en dehors. Quoi qu'il en soit, le caractère tacite de ce pacte secret ajoutait une dimension à l'expérience, l'interdit s'associant à l'amusement et au plaisir. Constance voyait une certaine ironie dans le fait de fonder une entreprise mettant en exergue un culte de la féminité, alors que dans le même temps elle épousait une version de la féminité en résistance vis-à-vis du regard des hommes. Mais ces deux aspects ne s'excluaient pas l'un l'autre, le fait d'être une femme hétérosexuelle moderne, puis une épouse et une mère, même une femme active, et d'être Constance. Se qualifierait-elle de lesbienne ? Bien sûr que non. Une femme moderne ? Absolument. Si Katharine Hepburn et ses acolytes portaient une autre teinte de rouge que celui des filles dont le glamour était un peu vieillot, cela signifiait une seule chose : il ne restait plus qu'à fabriquer et à vendre des rouges à lèvres dans une palette de tons plus étendue.

Sur cette toile de fond, une énergie électrique s'était installée entre Constance et CeeCee : l'ouverture, le secret, les objectifs professionnels partagés, et bien sûr – Constance, la très respectée Mme Van Wyke, étoile montante de la haute société, aurait menti si elle l'avait nié – l'attirance qu'elle éprouvait pour une femme d'une autre couleur de peau.

18

NEW YORK, NEW YORK

New York, 1935

Josephine était assise dans son spacieux salon, admirant sa collection d'œuvres d'art. Il lui arrivait de s'émerveiller du simple fait qu'elle possédait une collection d'œuvres d'art, voire du seul fait qu'elle était propriétaire d'un appartement disposant d'un salon spacieux. Elle n'aurait jamais pu imaginer cette vie lorsqu'elle était enfant, dans un *shtetl* en Pologne, et n'en aurait pas cru un mot si on le lui avait dit à cette époque. Elle était là, assise dans un fastueux appartement dans l'un des plus prestigieux immeubles de Manhattan, non seulement propriétaire du salon et de l'appartement, mais propriétaire de l'immeuble lui-même. Les œuvres d'art – ses Matisse et ses Picasso – achetées lors de voyages à Paris, Vienne et Berlin étaient autant de gratifications qu'elle s'était accordées aux étapes charnières de la formation de son entreprise. Les peintures lui apportaient autant de plaisir que les joyaux sur ses doigts, présents de conciliation de Jon au fil des années… et, par-dessus tout, les fameuses émeraudes qui venaient d'elle et comptaient plus que tout.

Elle conserverait longtemps après ses années passées à Londres le souvenir de cet achat comme une fierté. Londres l'avait rendue riche et célèbre. Plus riche qu'elle ne l'aurait jamais imaginé. Et tout se passait comme elle l'avait prévu, parfois même plus tôt que prévu. Une fois conquise la société londonienne, consciente néanmoins que la coterie des gens de sang royal la considérerait toujours avec condescendance, ses recettes en Australie, à Londres et son parfum lui offrirent une autre chance, celle de se lancer le défi new-yorkais. Elle ne faisait toujours pas confiance à Jon, mais force était de constater qu'ils formaient tous deux un formidable duo. Ce n'était pas non plus qu'elle avait de la patience ou du respect pour lui, mais il avait travaillé dur pour regagner sa confiance et le petit Miles adorait passer du temps avec son père, quand celui-ci ne jouait pas aux cartes ou n'était pas aviné. Il avait accepté de quitter son travail pour s'occuper de l'éducation de Miles et de sa cohorte de *nannies* pendant que Josephine travaillait. Cette nouvelle occupation n'impliquait certes que des tâches limitées, mais Jon s'acquittait de celle consistant à emmener Miles à l'école en limousine chaque matin, et allait le chercher chaque soir.

Après le lancement de la branche parfums, Josephine décida de se transplanter intégralement vers le Nouveau Monde, à la conquête du plus gros marché de tous, l'Amérique. Le *Parfum* Impératrice Josephine*, sa senteur signature aux notes de tubéreuse, de jasmin et de gardénia, était aussi enivrante qu'efficace commercialement : dans l'Europe entière les femmes qui étaient dans la confidence en appliquaient de petites touches sur leurs poignets et leur nuque, et faisaient durablement impression sur les hommes qu'elles désiraient et qui les désiraient. Grâce aussi à son emballage de verre à l'effet givré et à son atomiseur astucieux, le *Parfum* Impératrice Josephine* était une véritable sensation. Elle avait eu le flair de lui donner un nom français pour lui prêter un accent européen, y ajoutant une touche de luxe. Il y avait aussi le clin d'œil à l'impératrice éponyme et l'association positive avec la royauté. Si Josephine elle-même le trouvait un peu trop entêtant à son goût, il l'avait rendue non seulement célèbre, mais aussi riche. Elle pouvait donc désormais faire ce qui lui plaisait quand elle le souhaitait.

Ainsi, la première chose qu'elle fit après avoir débarqué sur le sol américain fut de planter son étendard sur la 5e Avenue pour inaugurer le nec plus ultra des magasins et salons de beauté. Après la reprise de deux boutiques contiguës dans Mayfair et l'ouverture de son salon parisien, il lui semblait clair que son adresse de la 5e Avenue devait être la plus importante en taille et en qualité. Le jour de l'ouverture, sur fond de files d'attente interminables jusqu'à l'angle de la rue suivante, les bénéfices affluèrent immédiatement. Passant le plus clair de son temps au magasin, elle fit le constat de son besoin d'une résidence pour rejoindre à pied son lieu de travail et pour voir son petit Miles, mais surtout pouvoir surveiller Jon et son équipe de *nannies*, elles-mêmes chargées de le surveiller et de lui imposer un emploi du temps suffisamment chargé.

– Pourquoi le nourris-tu de hamburgers ? protestait-elle. Je veux qu'il mange un tournedos. Coupe-le-lui en petits morceaux. Donne-lui des haricots verts et du foie. Je *feux* qu'il mange des épinards. Ça fait pousser les poils du torse.

Après avoir remis en question chacune des décisions le concernant, elle déposait un petit baiser sur la joue de Miles et retournait au bureau. Rien n'était jamais suffisant ni assez bien s'agissant de l'éducation ou des soins de son fils. Cependant, elle passait tant de temps dans sa boutique de New York qu'elle y conservait des vêtements de rechange dans son bureau. Après tout, elle avait la responsabilité de la qualité constante de ses produits, de parfaire leur présentation et d'accueillir les clients importants. Les allusions abondaient, jusque dans la presse, à la vie de Josephine que l'on ne voyait jamais à l'extérieur de la boutique du même nom. En raison du succès du salon et de son audacieux parfum, dont elle peinait à renouveler les stocks assez vite, désormais la coqueluche de New York, elle se mit en quête d'une nouvelle maison. Elle avait sans conteste à ce stade la capacité de viser un appartement sur Park Avenue ou sur la 5e Avenue. Elle loua donc les services de Frank Morgan Jr., le meilleur courtier, lequel lui dénicha le pied-à-terre idéal dans un immeuble à l'angle de la 635e et de la 5e, un duplex comprenant deux appartements classiques de six chambres, desservis par un ascenseur s'ouvrant directement dans l'appartement sur un hall d'entrée en damier de marbre. Un escalier à double volée attirerait les yeux des visiteurs lorsque Josephine descendrait du deuxième étage. Elle s'empressa de faire une offre quelques minutes après avoir vu le descriptif.

Mais le traitement qu'elle reçut, la commission des propriétaires rejetant son dossier au terme d'un passage au crible des documents financiers fournis par son conseil d'administration, la prit par surprise, bien que Frank eût secrètement anticipé une telle réaction. Outrée et consciente des causes du refus – les sentiments antisémites à New York ne lui étaient pas inconnus –, elle débattit de la riposte appropriée. Elle pouvait demander à Jon, son mari ancien journaliste, de se fendre d'une lettre au vitriol qui serait publiée dans les colonnes du *New York Times*. Elle pouvait éventer l'affaire auprès de toutes les galeries d'art et de tous les clubs. Mais il existait un troisième moyen d'action qui lui apporterait bien davantage de satisfaction. Sans tarder, Josephine fit une seconde offre par le truchement d'une société écran, cette fois non pour l'appartement, mais pour l'immeuble. Le prix était presque de deux fois plus élevé que la valeur de l'immeuble et du terrain, et cette fois la commission ne pouvait dire non. Lorsque les membres de la commission apprirent que l'acquéreur n'était pas une société du Delaware dirigée par un certain Sheridan Sloane, l'avocat fiscaliste de Josephine, mais en réalité *Madame** Josephine Herz, ils furent contraints d'accepter, ce qu'ils firent poliment, mais dorénavant les « Bonjour » du matin dans le hall de l'immeuble seraient prononcés dans un grincement de dents.

Le ressentiment vis-à-vis des Juifs à New York ne surprenait pas Josephine. C'était à cause de ce même ressentiment qu'elle avait fui la maison de son enfance. Mais ici, à New York, Josephine se trouva en présence d'une opposition bien plus subtile vis-à-vis des Juifs. Au départ, elle pensait être acceptée par l'élite new-yorkaise à condition d'atteindre un niveau équivalent ou supérieur de ce qu'ils estimaient important : l'accumulation de richesses, de biens immobiliers, d'œuvres d'art, d'entrées dans les clubs prestigieux et d'affiliations à des partis politiques ou encore d'amis puissants. Elle savait qu'elle ne serait pas acceptée aux mêmes endroits que les gentils, même ceux disposant de moins d'actifs, mais elle s'attendait à être tolérée par ces cercles. Ce qu'elle n'avait pas anticipé était une forme plus cryptique de discrimination, émanant d'un microcosme d'individus prospères issus d'anciennes fortunes allemandes et suisses, qui avaient formé leur propre « clique », celle des Lehman et des Guggenheim, banquiers et financiers ayant immigré aux États-Unis dans les années 1800, amassé une fortune et acquis un rôle prééminent dans la société. Ils vivaient luxueusement dans leurs manoirs des quartiers chics, et nombre de leurs représentants dénigraient la nouvelle vague de Juifs d'Europe de l'Est accostant sur leurs terres, les jugeant trop grossiers et trop voyants. C'est ainsi que Josephine éprouverait le besoin d'adopter et d'être adoptée par les autres étrangers à cette caste, les musiciens et artistes célèbres, les gens du spectacle, ou l'arrière-garde progressiste riche et célèbre.

Elle avait obtenu tout cela. Mais tout cela ne satisfaisait pas Josephine. C'était inacceptable. Elle était venue de trop loin et avait remporté trop de victoires pour se contenter d'être acceptée dans un club. Alors plutôt que d'aspirer à venir gonfler la liste des membres de tel ou tel club, doutant d'y être réellement désirée, elle fonda le sien, tout simplement. Elle créa sa propre communauté d'esprits, d'artistes et d'intellectuels avant-gardistes, et de tsars des affaires.

Dans un certain sens, les salons Herz Beauty étaient le fruit de cette même idée. Josephine aimait les salons dans le sens traditionnel du terme : un rendez-vous régulier, informel, entre individus partageant les mêmes intérêts, dans l'objectif de socialiser, d'apprendre et de s'élever par le biais de cette communauté. À peine Jon et elle arrivèrent-ils pour faire partie du tissu local new-yorkais qu'elle initia ces réunions hebdomadaires, conviant dans leur antre du glamour les *beautiful people* du moment. Artistes, poètes, chanteurs, peintres, cercle des mondains, membres des familles royales en visite, acteurs, actrices, réalisateurs, politiciens. Les représentants de la haute société se greffèrent ensuite. Là était la bonne méthode... et il n'y avait pas de limite à cette liste de grands noms.

Les salons prouvèrent qu'ils pouvaient être particulièrement divertissants, mais s'imposèrent aussi comme l'une des meilleures inventions de Josephine, puis comme l'un des hauts lieux de la vie new-yorkaise. Au fil du temps, le fait d'être invité chez Josephine Herz, chez M. et Mme Jon Blake, était un grand honneur et un ticket d'entrée convoité. Et pour Josephine, ces salons hebdomadaires étaient un outil pour étendre exponentiellement son cercle social et sa popularité.

Les invités notables venaient de tous bords. Salvador Dalí était souvent présent, s'adressant à sa nouvelle muse. On trouvait régulièrement Robert Benchley contant une histoire amusante à une starlette. Gloria Swanson s'arrêta une fois – en compagnie de son petit ami Joseph Kennedy – ainsi que le dramaturge George S. Kaufman et l'écrivain de romans noirs Dashiell Hammett. Et lorsque Mme Vanderbilt fut présente, Josephine sut qu'elle avait réalisé l'irréalisable.

– Tout le monde aime les bonnes *zoirées*, disait-elle. Une bonne *zoirée*, c'est des boissons de qualité, une belle vue et surtout du caviar.

Les riches, confesserait-elle plus tard, étaient blasés et ennuyeux. Lorsqu'elle apporta au concept de soirée des gens intéressants, les riches blasés s'intéressèrent à elle. Puisqu'elle voyait ces événements comme un outil de marketing et que ses frais étaient sur le compte de son entreprise, elle ne lésinait pas à la dépense pour rendre ces fêtes somptueuses. Les invités butinaient, un verre de bulles entre les mains. Les serveurs arpentaient les salons portant des plateaux en argent débordant de victuailles et servaient à tour de bras blinis, caviar et crème fraîche. Un orchestre de jazz du Cotton Club jouait les derniers standards des comédies musicales de Broadway. Les fanfaronnades et étalages de début de soirée se terminaient souvent vers neuf ou dix heures, faisant place à la débauche. Les badinages avinés et les escapades malavisées sur le toit chez Josephine ou virées dans Central Park étaient tus, les invités se conformant à une règle tacite : ce qui se passe chez Josephine reste chez Josephine. Cette dernière accumulait nonobstant une kyrielle de secrets qu'elle conservait précieusement, si d'aventure elle avait dû se résoudre à soutirer des concessions à un ennemi ou prouver quoi que ce soit.

Mais le plus bel atout de ces salons était évidemment celui-ci : l'inspiration. Et ce fut l'inspiration la plus brillante de sa vie. Car à peine fut-elle établie au niveau le plus élevé de la société new-yorkaise, avec à son actif l'émollient pour le visage le plus vendeur et un parfum signature, qu'elle prit conscience que la prochaine étape de son expansion résidait dans un concept qu'elle avait déjà inventé. Les produits qu'elle fabriquait étaient excellents, certes, et se vendaient toujours plus vite grâce à la publicité et au capital marketing latent de ses propres clients, c'est-à-dire le merveilleux pouvoir du bouche-à-oreille, et de leur fidélité. Mais ces événements sociaux, que Josephine appréciait tant, qui dynamisaient son esprit, son mariage et son statut social, allaient jouer un rôle central dans son succès commercial.

Indéniablement, son salon lui avait donné l'idée du salon de beauté et de remise en forme. Puis vint la grande idée. Cette nouvelle trouvaille lui apparut dans son bain. Soudain hilare face à l'évidence du concept même, elle émergea de la baignoire et se précipita hors de la salle de bains, tout juste enveloppée dans une serviette, pour la partager avec Jon.

– De quoi s'agit-il ? demanda-t-il, sachant que le regard de Josiah était annonciateur d'une nouveauté.

– J'ai trouvé quoi faire maintenant ! s'exclama-t-elle, riant avec délectation.

– Quoi faire de quoi ? s'enquit-il, prenant un air nonchalant.

– Un salon... dans le salon, dit-elle.

– Tu en as organisé un pas plus tard qu'hier soir, répondit-il.

– Pas ici, expliqua-t-elle. Je veux faire la même chose à la boutique. Nous aurons non seulement une salle de gym, mais aussi un sauna et des salles de massage. Et en plus, un vrai salon pour nos clients. Une fois par semaine, nous recevrons un conférencier et nous inviterons nos meilleurs clients, ajouta-t-elle en tapotant ses ongles parfaitement vernis sur le marbre de la table. Je vais créer une réplique de nos événements sociaux pour nos clientes de tous les jours, déclara-t-elle.

Les Salons de la 5e Avenue de Josephine, un palace sur quatre étages, s'étendaient sur tout un pâté de maisons. Une femme y était invitée pour une journée de beauté comprenant nettoyage, gommage, massage, vaporisation, raffermissement et ressourcement. On lui enseignait des techniques pour l'application des produits Herz, les méthodes des véritables femmes Herz, elle pouvait visionner le brillant laqué des couleurs de chacun des produits Herz, présentés tels des tartelettes ou des macarons dans une pâtisserie parisienne, elle pouvait acheter ceux qu'on avait utilisés pour ses soins de beauté au salon, elle pouvait revenir pour des traitements chaque mois, chaque semaine, afin de conserver ce haut niveau de beauté resplendissante. Elle pouvait ainsi devenir dépendante d'un produit dont elle ignorait avoir un tel besoin avant de mettre les pieds dans le magasin. Telle une grande prêtresse, Josephine prêchait les évangiles de la beauté et vendait des indulgences, produit par produit.

Malgré l'ironie de la situation, les Salons de Josephine réunissaient les attributs d'un lieu de culte. Ces salons – et le secteur entier qu'elle façonnait – pouvaient en tout point être apparentés à un temple ou à une église. Sans comparaison avec les missionnaires, qualifiant certaines religions de maladies et se proposant d'en offrir le remède, Josephine se définissait comme une éducatrice plutôt que comme une planche de salut.

– Si vous voulez être belle, il faut faire des efforts, ordonnait-elle.

Chaque femme pouvait prétendre à la beauté, à condition de consentir des efforts et d'y consacrer le temps nécessaire. Et le prix aussi. Ce voyage vers la beauté nécessitait un petit investissement. Mais rien n'était jamais gratuit.

Les Salons étaient une expérience. Une excursion, une escapade d'une journée. Une femme entrait dans les Salons Herz à neuf heures du matin et en ressortait à cinq heures de l'après-midi. Elle pouvait par exemple commencer l'aventure par un soin du visage, poursuivre par un massage, puis prendre un cours de technique et, bien sûr, profiter d'une présentation des produits. Elle pouvait s'accorder un déjeuner de rêve à partir d'ingrédients sains, échanger avec d'autres femmes, et se laisser prendre en charge en douceur par les mains expertes des esthéticiennes Herz Beauty. Une séance de bronzage pouvait clore le voyage.

Dans leur uniforme beige au col blanc impeccable, leurs cheveux parfaitement tirés en arrière, ces esthéticiennes Herz Beauty associaient l'expertise des infirmières de la Croix-Rouge, le sourire avenant des étudiantes d'une fraternité et la fermeté des gouvernantes : elles accueillaient, œuvraient, conquérantes. Elles épilaient, tiraient, taillaient. Elles vaporisaient, pressaient, hydrataient, tapotaient, exfoliaient, tonifiaient, désépaississaient, repoussaient. Puis venaient l'analyse des imperfections et les conseils pour les minimiser, en maximisant dans le même temps le positif ; tel était le mot d'ordre de leur chef d'orchestre sans peur et sans reproche, *Madame** Herz. Lorsqu'une femme était lustrée et bichonnée, on lui vendait chacun des produits qu'on avait utilisés sur elle. Si une cliente quittait les salons ressourcée, paraissant dix ans plus jeune et plus légère de cinq kilos, ce n'était pas l'effet de la fontaine de Jouvence à laquelle elle avait bu, mais parce que son porte-monnaie avait lui aussi fait une cure d'amaigrissement. Et une fois débarrassée de ses taches brunes, de ses points noirs et de son argent, elle repartait un cadeau en poche. La dernière innovation était les Soirées du jeudi, pour rencontrer un grand artiste, écouter un virtuose du violon et se délecter d'exotiques blinis et de vodka glacée en provenance de Russie. Un jeudi soir pour rencontrer d'autres clientes dans une atmosphère feutrée. C'était ingénieux, et avec le temps le principe donna corps à un empire. L'Empire Herz se comprenait mieux en différentes phases : Éducation. Évaluation. Nettoyage. Lotion. Fond de teint. Fard à joues. Poudre. Yeux (la dernière phase des yeux, que les grands cosmétologues peuvent aussi subdiviser en phase ombre à paupières et phase mascara). Vente de produits. Parfum et finitions. Soirée au salon. Cette progression devait définir l'évolution tant de l'empire de la beauté créé par Josephine que du secteur américain de la beauté dans son intégralité. Constance Gardiner s'irritait peut-être des origines juives polonaises de sa concurrente, mais dut néanmoins l'admettre tandis qu'elle était l'insider et Josephine, l'outsider, la dernière avait, avec brio, trouvé une porte d'entrée dans le monde de la première et, comme c'est le cas chez les concurrents de génie, cela impulsait l'amélioration, l'innovation… et aussi une certaine forme de démence.

19

PLAGES DE PALM BEACH

Palm Beach, 1935

La demeure Mizner en calcaire coquillier rose était imposante, les palmiers s'y mouvaient doucement. Elle était à vendre. Le cœur de Constance battait à tout rompre alors qu'elle y pénétrait pour prendre visuellement toute la mesure du vestibule gigantesque et de l'escalier monumental, tout en courbes élancées, et les poutres de cyprès cérusé montant vers le formidable beffroi que, depuis l'extérieur, l'on apercevait de loin au-delà des ponts. Elle sut immédiatement qu'il était dans son intérêt de ne pas se départir de son sourire commercial sans expression si elle voulait avoir une once de chance de ne pas trahir son excitation.

– C'est intéressant… fit-elle, alors que la femme de Topper, Lally Stanton, blonde héritière et courtière en immobilier à temps partiel, la guidait à travers l'immense propriété.

Topper et Lally s'étaient installés à Palm Beach après leur mariage. Les coupes opérées dans la fortune de Topper par le krach boursier n'avaient été révélées qu'après leur union, et le Tout-Palm Beach connaissait le secret de l'activité de Lally pour apporter des ressources supplémentaires et compléter les dividendes de son petit patrimoine. Par chance, le couple avait pu s'installer dans les dépendances de la propriété de Middle Road des parents de Lally et ne payait pas de loyer, tandis que Topper travaillait au lancement de son entreprise de gestion de fortune. La plupart du temps, il jouait au polo ou buvait à son club, au grand dam de Lally.

– Elle appartient à la même famille depuis des années, mais plus personne ne vient depuis que la Comtesse est partie pour la France pour finir ses jours à Bordeaux.

Constance s'émerveilla de la confiance qu'elle voyait en Lally.

– Pas d'enfants ni d'héritiers pouvant faire pression pour accélérer la vente ? demanda-t-elle, abattant son premier atout pour évaluer l'urgence ou, mieux, l'absence d'urgence de la situation.

– C'est une tragédie. Son fils unique est mort dans un accident de voiture. La maison a été placée en fidéicommis au profit du Metropolitan, précisa Lally.

– Je vois, dit Constance, intégrant cette information apparemment anecdotique et se préparant à avancer un pion. Cette maison est un véritable éléphant blanc, mais pour quelqu'un avec un œil avisé…

– Eh bien, personne n'a l'œil plus avisé que toi, suggéra Lally. Après tout, peu de femmes font la couverture de *Time Magazine*, dit-elle, souriant à son amie et désormais célèbre cliente.

Constance avait la grande satisfaction de savoir qu'une personne jouissant de la position sociale de Lally Stanton l'avait finalement acceptée, et était même fière d'elle. Quelques années plus tôt, avant son mariage avec Van et sa réussite auprès du grand public, Lally Stanton, l'héritière de Seward Oil, lui avait réservé un accueil plutôt glacial.

– Oh, ça… répondit Constance, visiblement fière mais décidée à faire passer cette formidable reconnaissance comme un fait mineur.

Son portrait, récemment publié dans un article consacré aux Gardiner Girls et à sa collection English Garden, qui lui avait valu un succès inattendu aux États-Unis, « impulsant la force de travail des femmes », trônant dans tous les kiosques, lui avait conféré une célébrité en tout point méritée. Ses « kits prêts à l'emploi » permettaient à toute jeune femme ou épouse de lancer sa propre activité à temps plein ou à temps partiel, en gagnant jusqu'à 40 % sur ses bénéfices. Le système était ingénieux, et les forces armées de la beauté dirigées par Constance avaient révolutionné la classe moyenne américaine. Les redevances des kits de vente seules faisaient d'elle une femme assez riche pour se permettre ce que Palm Beach avait de mieux à offrir. La couverture du *Times* avait eu raison du scepticisme de Van lui-même, tout comme le fait qu'il était maintenant marié avec une des femmes les plus fortunées et les plus en vue aux États-Unis. Il avait ainsi le loisir de passer davantage de temps à Piping Rock qu'à Wall Street, sans compter les hordes de poneys de polo et de chevaux de course que lui et Constance achetaient à la pelle, une passion qu'ils partageaient et qui les maintenait en bons termes.

– L'orientation depuis l'océan vers le lac crée une brise et la pierre calcaire maintient la fraîcheur, même durant les journées les plus humides, commenta Lally, sans tenter de forcer la vente.

– C'est trois fois trop grand et l'agencement est fait en dépit du bon sens. Y aurait-il quelque chose de plus petit, Lally ? Qui a besoin de tant de pièces ? fit Constance, tentant d'inverser l'équilibre du positif et du négatif en tirant sur son rang de perles lustrées.

– Eh bien, tu voulais quelque chose avec de la présence. Sinon, je ne suis pas sûre de vous voir Van et toi habiter sur le lac[1], mais il y a un palais de style vénitien sur le marché. À mon avis, il est terriblement sombre.

– Quel est le prix demandé pour ce… tas de pierres ? demanda Constance avec une expression dédaigneuse calculée.

– Cent vingt mille. Cet endroit contient tellement d'éléments que Mizner a rapportés d'Europe !

1. Il s'agit du lac Okeechobee.

– Ce n'est pas dans mon budget.

– Nous pourrions toujours faire une offre, répondit Lally en allumant une cigarette de façon nonchalante et particulièrement sexy.

– Fais une offre basse et voyons s'ils mordent à l'hameçon. Je ne suis pas sûre de vouloir de cet endroit, mais pour soixante mille, je veux bien passer un peu de temps sur l'affaire.

– Et si tu l'emportes, nous pourrons réfléchir aux clubs dont Van et toi pourriez devenir membres. Comme tu le sais, il y a beaucoup de rendez-vous de la haute société pendant la saison, et nous formons une petite communauté très soudée ici. Van et toi seriez des favoris au Bath and Tennis, ajouta-t-elle, agitant la carotte par excellence.

– Oh, c'est adorable de ta part ! répondit Constance avec son plus beau sourire de V.R.P. féminin, consciente qu'une invitation à entrer dans ce club chargé d'histoire était tout sauf une expérience de tous les jours.

En réalité, on ne sollicitait pas une adhésion au B&T, on devait tout simplement y être invité, et Constance le savait pertinemment. Bien que les services de Lally en tant que courtière en immobilier lui fussent acquis d'avance grâce à la relation privilégiée entre Topper et Van, ce n'est que maintenant qu'elle était Mme Van Wyke que les grilles dorées de la société de Palm Beach commençaient à s'entrouvrir pour elle.

– Bien sûr, vous y serez les bienvenus, car toi et Van avez déjà tellement d'amis ici. Et, souviens-toi, ce qui compte, ce n'est pas qui est ici, mais qui n'y est pas, dit-elle en riant. Tu sais ce que l'on dit : « Si les infidèles sont aux portes de la ville, à Palm Beach, nous replions les ponts-levis », continua-t-elle avec un sourire éloquent.

– Eh bien, voilà ce que j'aime entendre.

Constance s'amusa intérieurement du contraste entre elle et Josephine la parvenue et son cheval de Troie pour faire ses premiers pas dans la société new-yorkaise. Constance, quant à elle, n'aurait aucun problème à entrer là où Josephine ne serait jamais acceptée, et Palm Beach était idéal. Il n'y avait rien de plus raffiné, conservateur et fermé. Bien sûr, il y avait une poignée de vieilles fortunes israélites d'origine allemande dans ce cercle, tels les Schiff, les Seligman et les Warburg, et même un éminent membre du Club des Everglades lui-même, mais ce n'étaient que quelques exceptions et le processus de recrutement des nouveaux membres du club était de plus en plus antisémite. On disait même que les réservations d'hôtels appliquaient de plus en plus de quotas de sélection. Elle savait aussi que les Juifs de la haute société qui avaient une place ici seraient les premiers à tourner le dos à une immigrante arriviste telle que Josephine Herz.

Certes, elle ne perdait pas de vue non plus le fait que sa propre fortune était tout aussi récente, et Lally et Topper le savaient également, mais le patronyme des Wyke et son apparence physique – blonde et élancée – lui accordaient désormais la patine de l'ancien. Sans oublier la subtile réécriture de son propre patronyme, Gardiner. En son for intérieur, elle se sentait elle-même parvenue, mais cette sensation était atténuée par son look, le cachet de la famille de Van et sa religion. Elle se sentait ainsi protégée maintenant qu'elle avait passé toutes les épreuves. Elle songea soudain à CeeCee, mais chassa cette image immédiatement.

– Oui, je pense que je suis intéressée, après tout.

Elle leva les yeux sur la pelouse vert émeraude puis vers la mer et fit le constat de ce que représenterait le fait de posséder une demeure imposante et historique en matière de cachet social.

– J'ai un bureau à Atlanta et une autre ouverture est prévue à Miami, alors il est possible que je passe un peu plus de temps ici.

– Parfait, je vais transmettre l'offre. J'ai la sensation que tu pourrais l'emporter. Il n'y a eu aucune offre depuis plus d'un an.

Lally lui prit le bras, enjouée, faisant mentalement le calcul de sa commission, un revenu dont elle avait besoin maintenant que Topper était fauché et que ses actifs avaient diminué. Constance sentit immédiatement un courant d'électricité parcourir son corps lorsque la femme au blond vénitien prit son bras et se demanda si leurs inclinations étaient les mêmes. Non, c'était impossible. Constance bannit cette idée, préférant l'attribuer à leur nouvelle amitié.

– Je vais demander à Van de s'occuper des clubs. C'est son violon d'Ingres. Après tout, je travaille ! s'esclaffa-t-elle.

– Tu sais, ce que j'adore chez toi, Constance, c'est que tu es vraiment une femme moderne sous toutes les coutures.

– Mais toi aussi, Lally. Tu es une femme active, maintenant, dit-elle en lui souriant.

– Tu as raison, mais c'est un peu à regret, répondit-elle avec nonchalance.

– En ce qui me concerne, je ne saurais m'en passer.

Soudain calme, Constance admira les vagues bleu céladon, réfléchissant à l'endroit béni où elle n'aurait aucune chance de tomber sur *cette femme*.

– Fais mon offre, si tu veux bien, dit Constance doucement. Fais-la aujourd'hui, répéta-t-elle avec une ferveur grandissante.

20

DE LA POUDRE AUX YEUX

New York, 1935

C'était une dure leçon de la vie : une réussite n'est pas toujours suivie d'une autre. L'hiver avait été enchanté, mais avec le printemps sa bonne étoile avait changé de direction. Le lancement de la prochaine collection de rouges à lèvres Moulin Rouge n'avait pas remporté le succès attendu. Les critiques et l'accueil du public étaient en demi-teinte, et le soufflé était vite retombé.

Constance prenait appui sur son solide bureau de bois blond et examinait les rapports. Les chiffres ne mentaient pas, et elle les examinait avec la même anxiété que s'il s'était agi d'examens médicaux. Selon la rumeur, les couleurs étaient trop vives, trop crues et trop osées pour le cœur de la clientèle. La réunion morose qui s'ensuivit avec le comptable n'améliora pas son humeur. Les projections avaient été bien trop optimistes et les coûts de production et de marketing, supérieurs aux attentes. Elle avait fait preuve d'une confiance excessive et avait engagé des dépenses exagérées pour devancer la concurrence, galvanisée par la tribune que lui avait fournie le *Time*. Force était de constater qu'elle avait aussi un peu décroché depuis l'achat de la propriété de Palm Beach. En tout juste quelques mois, elle avait perdu la main sur les aspirations de « sa femme ». En clair, sa cliente était en quête de l'élégance sophistiquée d'une Claudette Colbert, et non du look clinquant d'une Jean Harlow. Les femmes avaient donc révisé leurs classiques ; les couleurs étaient audacieuses, métalliques, voire tapageuses. Les maris, les petits amis et les enfants trouvaient le rendu trop jeune, trop exotique et totalement surfait. « Qu'est-ce que tu as mis sur tes lèvres ? » s'étonnaient-ils.

Au lieu des compliments qu'elles obtenaient d'habitude lorsqu'elles utilisaient ses produits, les critiques fusaient. Elles avaient peut-être acheté une fois, mais on ne les y reprendrait pas. De cet épisode, Constance tira l'un des principaux enseignements de sa carrière commerciale : « sa femme », sa cliente, était en quête de cosmétiques de qualité qui subliment son apparence, qui lui donnent un ressenti plus jeune. Plus jeune, ce n'était pas non plus « trop » jeune, car « trop jeune » signifiait ridicule, vis-à-vis des amis et des proches. Harlow était bien sûr torride, femmes et hommes admiraient son insouciance, mais toutes les femmes ne pouvaient s'approprier le look de la « dévergondée » blond platine au franc-parler légendaire.

En bref, ce lancement se solda par un échec cuisant. Mais Constance n'était pas du genre à abandonner trop vite, ni moins encore à laisser la consternation apparaître sur son visage parfaitement hydraté. Arborant un sourire nerveux, elle congédia son comptable et s'imprégna des contours réguliers des bâtiments de la ville visibles depuis sa fenêtre. Comment diable pouvait-elle être éclipsée par ces majestueuses statues ? Elle était l'une d'entre elles. Elle inspira profondément pour se rassurer. Mais la réalité était dure à cet instant présent. Elle s'affaissa sur sa chaise.

Pourquoi ressentait-elle chaque difficulté comme un pas en arrière ? Avait-elle pris trop de risques avec ce produit ? Les annonces publicitaires seules lui avaient coûté le double de la dernière campagne, car elle tentait de suivre le rythme imposé par ce derviche tourneur de Josephine Herz, qui semblait avoir envahi et conquis New York. Son New York.

Elle feuilleta le magazine *Ladies' Home Journal*, étudiant la nouvelle campagne de Josephine : « Herz, la beauté en lettres capitales », fulminant. Les publicités pleine page, mettant en avant des femmes aisées, semblaient omniprésentes, presque chaque fois qu'elle tournait la page. Son système de ventes au porte à porte dans le Midwest générait certes des revenus, mais nul ne l'acclamait ni ne voyait ses publicités ou son temple de la beauté sur la 5e Avenue, car elle n'en avait pas. Elle n'avait pas voulu faire la promotion de la collection de rouges à lèvres dans la presse, mais s'était sentie obligée de tenir tête à la concurrence pour son ego. Elle avait payé cher une agence de publicité et dépensé énormément pour la collection de fards à joues et de rouges à lèvres Moulin Rouge et les slogans « You Can, Can » et « Trouvez les couleurs de votre jardin », bien banals à côté des dernières campagnes publicitaires sophistiquées de Josephine. Ses annonces de style royal pour son prétentieux *Parfum* Impératrice Josephine* étaient sorties concomitamment, représentant une photo de Josephine bien plus jeune portant un diadème en diamants, lequel avait appartenu à l'impératrice et lui appartenait désormais. Constance la trouvait vulgaire et prétentieuse, mais les femmes sophistiquées semblaient tomber dans le panneau. Quoi qu'il en fût, Constance s'autocondamnait pour son propre manque de sophistication, sans compter le fait que, où qu'elle allât, il lui semblait reconnaître dans l'air la fragrance distincte du *Parfum* Impératrice Josephine*, des toilettes des dames aux cabines d'essayage de Lord & Taylor. Elle trouva le parfum de plus en plus écœurant, ce qui la rendait enragée et la faisait douter dans le même temps. Elle avait la sensation que chaque fois qu'elle subissait un revers de fortune, Josephine semblait progresser d'un cran, tel un vampire se nourrissant de son sang. Furieuse et renouvelée dans sa détermination, elle se tourna vers la source d'inspiration toujours disponible, son bar.

Maintenant que la prohibition avait enfin cessé, une bouteille de gin de Noël était reconnaissable sur la masse ambrée de son bureau, comme enveloppée dans des cotillons argentés pour attirer son attention. Le bureau était vide, les couloirs, sombres, on n'entendait plus que l'occasionnel grincement du chariot du personnel de ménage. C'était, bien sûr, le moment pour tout un chacun de rentrer dans son foyer. Elle visualisa la scène : elle-même assise aux côtés de son mari aimant, Van, l'ennui fait homme, qu'elle avait daigné épouser uniquement à cause de son patronyme. Elle était maintenant Constance Gardiner-Wyke, souvent décrite dans le Bottin mondain comme la nouvelle reine de beauté de New York et de Palm Beach, mariée à l'affable héritier Van Wyke. Néanmoins, elle n'avait que peu de patience pour ce Van frappé de calvitie et d'un ennui profond, et sa clique de l'Ivy League, pour qui squash et polo passaient bien avant leurs occupations de financiers et qui restaient confinés dans les limites de leur pré carré sur la Côte d'Or de Locust Valley. Tout cela était incroyablement vide, mais elle avait une échappatoire. Éclairée par un feu de cheminée crépitant derrière le manteau de cheminée qu'elle avait chiné à Paris et fait expédier à New York, elle s'accorda une généreuse gorgée de gin, et sa colère s'attisa encore. Elle l'imaginait dodeliner de la tête alors qu'elle lui raconterait sa journée, lui expliquant son dernier effort de marketing et l'échec de son produit. Il lui accordait toujours toute son attention. Mais pourquoi était-il aussi engoncé dans la passivité ? Comment un homme pouvait-il être si patricien et si totalement dépourvu d'une seule étincelle de brio ? Constance hésita à peine, et se resservit généreusement. Elle n'avait aucun désir de rentrer voir son mari ce soir.

L'ascenseur s'arrêta au quinzième étage et CeeCee sortit dans le couloir, sombre et silencieux en dehors du crissement distant des roues du chariot de nettoyage. Elle espérait trouver un peu de silence et de solitude pour travailler sur sa pommade. Elle n'était pas loin de pouvoir présenter quelque chose qui se tienne à Constance, mais savait que sa proposition devait être digne de porter la marque Gardiner. L'approbation de Constance devrait se mériter, et CeeCee avait sué sang et eau pour qu'elle lui accorde son respect. Elle ne pouvait gaspiller le temps précieux de sa patronne – et risquer de perdre son crédit – avec un concept inachevé. Munie de ses clés, elle saisit le bouton de la porte et constata avec surprise qu'elle n'était pas verrouillée. Elle entra doucement. La seule lumière allumée provenait du bureau de Constance.

Elle ressentait l'anxiété mêlée d'excitation d'un enfant qui désobéit, et un courant électrique fort lui parcourut l'échine. Sa vénération pour sa patronne n'était pas si différente d'un coup de foudre : un respect sincère, de l'admiration et, bien sûr, ce petit quelque chose. Ce quelque chose à propos de Constance qui faisait que tous ses sens étaient en alerte lorsqu'elle était dans la même pièce. Elle déposa ses livres en silence sur sa table de travail. Soudain, un bruit de papier froissé lui lança comme un signal ; elle reprit ses ouvrages et avança doucement dans le vestibule pour trouver l'origine de ce bruit. Elle se posta dans un renfoncement et vit Constance dans son bureau qui feuilletait un magazine de cinéma.

Constance restait posée, bien que la bouteille de gin à côté d'elle fût presque vide. Elle observait une photo de Carole Lombard. Voilà une femme qui avait à la fois de l'allure et du talent ! Qu'y avait-il dans son visage qui la rendait femme-enfant, à la fois empreinte de fraîcheur et sexy ? La jupe à crinoline démodée avait été remplacée par une ligne plus élancée et près du corps, une jupe fuseau qui allongeait les jambes et accentuait la courbure des reins, alors que Carole posait pour la presse adossée à une Ford, comme la nouvelle icône blonde : d'une beauté renversante, irrévérencieuse et drôle. Il devait bien y avoir une façon de parvenir à des produits cosmétiques sur mesure pour cette ligne, cette identité émergentes. Voilà l'image de la femme qui l'inspirerait, ce n'était pas celle de Harlow. C'était ce look que toutes les femmes américaines adopteraient !

Depuis le corridor, CeeCee se surprit à fixer la scène, admirant la façon dont les mains de Constance étaient placées sur la photo. Instinctivement, CeeCee se pencha en avant, allongeant le cou pour tenter de voir l'image et, ce faisant, elle causa un craquement dans le mur. Constance se figea.

Un silence tendu encercla les deux femmes. CeeCee fit un pas en arrière à la hâte et alluma une lumière pour annoncer sa présence. Le tintement métallique des néons fluorescents avait du mal à combler le silence.

– Bonsoir ?! appela CeeCee.

Elle se sentait comme une enfant tenant dans la main un jouet dérobé. Le sourire aux lèvres malgré son embarras. Prise la main dans le sac. Un ton enjoué dissimulerait certainement sa culpabilité.

– Constance, c'est moi, CeeCee, dit-elle, s'avançant dans la lumière.

– CeeCee ? Entrez, ma chère, l'enjoignit Constance, son ton édulcoré masquant à peine sa voix imprégnée de gin.

CeeCee obtempéra.

– Comment cela s'est-il passé ? demanda-t-elle, prétendant ne pas savoir.

– Je suis sûre que vous pouvez le deviner, fit Constance.

Elle regarda CeeCee, ou plutôt elle la fixa soudain, apaisée par la couleur lisse et crémeuse de son teint.

– Vous avez oublié quelque chose ?

– Non, j'avais quelque chose à finir.

– Vous vouliez m'épier, dit Constance.

– Non, je n'avais aucune idée… Je ne pensais pas que vous travailliez si tard.

CeeCee lui tenait tête en dépit de ses tentatives de la décontenancer. Constance approuvait ce comportement, elle admirait que sa force trouve un écho.

– Bien. Je suis ravie que vous soyez revenue, reprit Constance, feignant d'être captivée par sa lecture. Des idées intéressantes ? Je suis ouverte à n'importe quoi. Il nous faut un miracle maintenant.

CeeCee ne tergiversa pas. Son moment était venu. Elle le savait. La pommade. Bien sûr, elle savait qu'elle n'était pas prête. Elle pensait à ses croquis et à ses papiers, et aux boîtes de cire et d'huiles essentielles qui encombraient le plan de travail dans sa cuisine et son sac à main. Mais le moment était pourtant venu. Les occasions ne se présentent pas deux fois. Préparant son argumentaire, elle sourit et se lança.

– En fait, j'ai...

Constance l'interrompit, étendit son bras et prit le carnet de notes de CeeCee.

– Je travaille sur une pommade pour les femmes de couleur, expliqua-t-elle sans terminer sa phrase face au manifeste manque d'intérêt de Constance pour le sujet.

– Qu'est-ce que c'est ?

Constance ouvrit le carnet à une page contenant des dessins de style égyptien. CeeCee s'approcha d'elle pour voir les croquis et, dans une écriture parfaitement régulière, une longue liste d'ingrédients. Constance fixait la page. Ce n'était pas le moment que CeeCee avait attendu. Elle ravala sa phrase tandis que l'autre dévorait la liste des yeux. Du charbon. De la teinture. De l'encre.

– Ce sont des matières premières de couleur noire. Pour les yeux. Je faisais des recherches sur Cléopâtre. Saviez-vous qu'elle utilisait du khôl sur ses yeux comme mascara ? Elle parfumait aussi ses voiles lorsqu'elle naviguait pour faire impression lorsqu'elle arrivait au port pour rendre visite à César. Elle utilisait la beauté à des fins politiques, dit CeeCee, faisant un fier déroulé de ses recherches.

– Oui, comme toutes les filles qui ont quelque chose là-haut, fit Constance sèchement, tout en parcourant la page du carnet avec intérêt.

Elle s'intéressa ensuite aux livres apportés par CeeCee, lesquels contenaient des illustrations, des listes interminables d'ingrédients à utiliser, des pages sur les hommes et femmes de l'Égypte ancienne, leur regard souligné de khôl. La découverte quelques années plus tôt du tombeau du roi Toutânkhamon avait suscité la curiosité du public pour l'égyptologie et réintroduit l'idée des cosmétiques originels et du crayon noir khôl pour le contour des yeux. Ceux de Constance s'attardaient sur la photographie des nombreux trésors du pharaon et de son masque funéraire, tout en or rehaussé de tracés noirs autour des paupières.

– C'est intéressant. Il y aurait peut-être du potentiel.

Constance sourit, convaincue au fond que l'idée de CeeCee était gagnante et valait son pesant d'or.

– Seriez-vous d'accord pour que je conserve cela et les livres ? dit-elle. C'est une idée tellement intéressante.

– Bien sûr. Je travaille pour vous. Mes idées sont vos idées, répondit CeeCee, le sourire aux lèvres.

– Nous verrons, dit-elle dans un raclement de gorge. Nous n'avons jamais assez de temps ! s'exclama-t-elle, souriant à CeeCee. Je me réjouis que vous soyez une adepte du travail nocturne. Nous sommes deux travailleuses qui rentrent tard un vendredi. Je ne peux que vous admirer.

CeeCee rougit.

– Oh, c'est partagé. Je veux dire… vous êtes mon idole. Tout ce que vous avez fait… tout ce que vous faites, dit-elle, avant de s'interrompre, consciente de bégayer. Je vous admire, madame Wyke. Et c'est le cas de beaucoup d'autres de vos employées. Vous nous permettez à toutes d'être comme les stars du cinéma, d'exprimer notre personnalité à travers notre style. Qui, en dehors de vous, donne la chance aux filles de tous les jours de se sentir si belles ? Et leur offre donne une autonomie financière ?

– Eh bien, je ne suis pas la seule, vous savez, objecta Constance, pointant du doigt une publicité pour le *Parfum* Impératrice Josephine.*

– Si, absolument. On ne peut la comparer à vous. Elle n'invente pas comme vous le faites.

– Je pense que c'est plutôt le contraire. Elle est véritablement féroce et passionnée.

– Elle n'est pas comme vous. Elle n'embaucherait pas une fille comme moi. Une fille noire sans….

Soudain, Constance se leva de sa chaise, perdant presque l'équilibre dans un élan de passion et de confiance surdimensionnée.

– Ne dites pas cela. Vous êtes une femme brillante, talentueuse, considérée, belle, que l'on ne peut ignorer à cause de la couleur de son fard à joues !

CeeCee dévisageait Constance. Cette bonté, cette force étaient totalement inattendues et la laissaient bouche bée.

Les deux femmes se tenaient l'une en face de l'autre.

CeeCee sentait la chaleur qui se dégageait du corps de Constance. Le parfum *Jasmin* de la collection English Garden emplit ses narines. Sa douce peau rosée, empourprée par l'alcool, ses lèvres en forme de rose, humides et pulpées.

– *Tu as de beaux yeux**, dit Constance.

L'intensité de la connexion les dépassait. Une force les poussa l'une vers l'autre. Elles fermèrent les yeux et deux bouches se posèrent l'une sur l'autre, avec douceur. Elles restèrent ainsi, lèvres contre lèvres, l'espace de plusieurs secondes, jusqu'à se laisser retomber sur le bureau, dans un éclat de rire.

La passion et le désir qui prirent corps ensuite leur étaient inconnus jusque-là – profondément érotique, merveilleusement ludique et d'une intensité électrique. Leurs ébats amoureux, leurs cabrioles durèrent des heures, elles étaient transportées par leur désir et leur secret partagé, explorant le corps de l'autre comme de jeunes amants, découvrant le plaisir avec l'autre pour la première fois. Des mois plus tard, bien sûr, l'innocence et la volupté de cette nuit-là se seraient teintées d'autres nuances, tant le cocktail de frustration, d'admiration, de communauté d'esprit et de gin qui avait poussé ces deux beautés dans les bras l'une de l'autre avait été unique. Mais quoiqu'il en fût, l'attraction serait durable et puissante pour elles deux. CeeCee n'avait jamais été caressée et désirée ainsi, moins encore par une femme. C'était pur et intime, endiablé et excitant. Et bien sûr, il y avait le parfum envoûtant du secret et l'élixir des fruits défendus.

Cette nuit-là marqua la fin de la relation de travail entre Constance et CeeCee, tout comme la fin du professionnalisme et de la distance qui avaient auparavant défini Constante, et le début d'une intimité que ni l'une ni l'autre n'aurait pu imaginer. Leurs rencontres secrètes eurent lieu chaque semaine. Elles étaient méticuleusement planifiées et organisées, comme tout ce qui intervenait dans la vie de Constance. Celle-ci alla jusqu'à dire à son mari qu'elle avait un client qu'elle ne pouvait rencontrer qu'après le coucher du soleil, lui laissant même imaginer qu'il s'adonnait peut-être à un étrange culte religieux.

Idéale pour Constance, cette rigidité provoquait chez CeeCee une sorte de malaise. Pour elle, leurs rendez-vous devenaient de plus en plus prévisibles, presque machinaux, et s'éloignaient de plus en plus de la passion de cette première nuit. En l'espace de quelques mois, CeeCee commença à trouver qu'elle ne maîtrisait plus son temps. Elle mentait souvent à Mickey, lui disant qu'elle travaillait tard et ne pouvait pas le voir. En rentrant à son appartement, elle prenait un bain avant qu'il n'arrive pour effacer toute trace de parfums et de senteurs. Puis elle se trouva progressivement tiraillée entre le nouveau projet de Constance et le désir de Constance, se sentant comme un jouet, un produit de plus dans son agenda. Cela faisait plusieurs semaines qu'elle était dans l'incapacité de travailler sur sa pommade. Et pour CeeCee, la luxure n'était rien face à la force de son ambition personnelle.

Nous étions lundi soir et le soleil était couché, les bureaux, vidés de leur personnel. Constance et CeeCee s'étaient retrouvées à l'heure prévue, certaines d'être seules. CeeCee regroupa ses effets personnels, fournitures et carnets de notes, déposa son sac sur sa chaise et se dirigea vers le bureau de son amante, de sa patronne.

Constance était au téléphone et n'avait pas vu CeeCee entrer. CeeCee décida de profiter de cet instant d'anonymat pour observer Constance comme un étranger l'aurait fait. Elle remarqua que ses ongles vernis et lustrés maintenaient le téléphone à distance de son visage pour ne pas endommager son fond de teint. Elle inclinait sa tête en arrière lorsqu'elle riait, ou faisait semblant, et sa nuque se gonflait doucement sous l'impulsion de ses inspirations. Constance était la ficelle à laquelle le succès de CeeCee était suspendu. Être désirée par une femme si puissante était un honneur. Mais elle ne pouvait être captive de ses désirs.

Constance se tourna vers CeeCee et lui sourit, comme si elle avait su depuis le départ qu'elle était là. Elle avait prétendu ne pas l'avoir remarquée. Elle faisait semblant. Elle lui fit signe, d'un geste empreint de séduction, et articula « cinq minutes » à voix basse. CeeCee hocha la tête et retourna à son bureau.

Mais elle ne se laisserait pas détourner de son objectif. Elle n'abandonnerait pas. Elle s'assit et attendit. Cinq minutes devinrent dix minutes. Et dix minutes se transformèrent en une demi-heure. Elle n'avait jamais été du genre à perdre son temps, et malgré tout elle était là à fixer une page blanche de son carnet, dans un bureau vide, à attendre, désœuvrée. Furieuse de sa propre passivité, elle consulta ses notes sur son projet de pommade. La veille, elle avait fait l'expérience dans sa cuisine d'ajouter une goutte d'huile essentielle de menthe poivrée au beurre de karité et à l'huile de coco. Elle avait mélangé le tout et attendu la réaction. Puis elle avait senti le parfum. La senteur qui en résultait était intense, calmante et revigorante à la fois. Elle l'avait essayée et la formule avait calmé les irritations, créant une sensation de « relaxation » sur le cuir chevelu irrité par la soude caustique.

La menthe poivrée avait apporté une sensation fraîche et apaisante. CeeCee savait que le secret était là. Dans son bureau, son esprit se mit à travailler plus vite que son stylo. Un moment eurêka s'annonçait, cette impression d'une seconde où l'on manque d'air, que l'on ne connaît que lorsqu'on a une idée. Son esprit en ébullition était presque en lévitation. Se disant qu'elle allait avoir besoin d'un logo, comme le logo de Gardiner, composé d'un pot-pourri de fleurs en forme de couronne, elle se mit à griffonner. Puis elle écrivit : « Lisseur pour les cheveux de CeeCee Lopez ». Non, ce n'était pas cela. « Lisseur » était trop commercial, trop formel, et pas assez descriptif puisqu'il faisait référence au résultat du produit. Elle pensa à d'autres mots autour de l'idée qu'elle aimait, des cheveux plus souples, moins agressés, presque relaxés.

Relaxés, sourit-elle. *C'est ça, c'est ça l'idée.* Son esprit s'illumina au son de ce mot. Elle utiliserait le terme « relaxant » plutôt que « pommade » ou « produit lissant ». Les courbes délicates du « C » majuscule qu'elle traçait se muèrent en hélices et spirales représentant une mèche de cheveu soyeuse et relaxée. Elle avait enfin capté l'idée et le concept. CeeCee's Relaxer. C'était exactement ce qu'elle voulait. Elle était comblée.

– Il ne s'arrête jamais de parler. Cet homme-là vous tiendrait en haleine pendant des heures.

CeeCee leva les yeux, en état de choc ; Constance se tenait à la porte. Elle eut immédiatement envie de partager sa découverte avec elle. Il était temps d'avancer un pion. Mais lorsqu'elle ouvrit la bouche, ce fut pour demander :

– Quelle heure est-il ?

– Tard. Merci d'avoir attendu. Faisons *rapide**.

Et prestement, elle tourna les talons en direction de son bureau, les faisant résonner sur le sol en bois dur du vestibule. CeeCee répondit à l'ordre qui lui était intimé et lui emboîta le pas. Et là, son regard pour Constance s'enflamma à nouveau, exalté par les événements de la soirée.

Cette nuit-là, elles s'étreignirent comme s'il n'y avait pas de lendemain.

Lenny Ryan, le concierge de l'immeuble, entra dans ce qu'il pensait être des bureaux vides. Parfois, lorsque cela lui chantait, il s'asseyait au bureau de la célèbre Mme Gardiner-Wyke, jouant l'espace d'un instant à être un homme différent. Après tout, il supportait mal de devoir faire le ménage dans le bureau d'une femme. Mais ce soir, il n'y trouva pas ce qu'il attendait. Durant une seconde, il resta immobile à regarder, choqué et extasié, ces deux femmes enlacées. Il toussota pour annoncer sa présence.

CeeCee se précipita pour se couvrir. Constance enfila son corsage sans la moindre gêne.

– Mais que faites-vous là ? Ce bureau est privé, grogna Constance.

– Vous êtes madame Gardiner-Wyke, dit-il, répétant chaque syllabe de son patronyme entier tel qu'il l'avait vu sur les articles et couvertures de magazines qu'il avait souvent rangés dans son bureau.

Il se sentait enhardi, citant son nom sur un ton caustique.

– Cette pièce n'a pas besoin d'être nettoyée, lança-t-elle, s'avançant vers lui telle une lionne intimidant sa proie.

Elle pouvait le faire taire, si nécessaire.

– C'est une double dose de mauvaise conduite, dit Lenny. Vous êtes mariée. Et elle, c'est une…

– Arrêtez-vous à la seconde.

Le cou de Constance, qui n'avait plus rien de lisse, se tendait de rage. Il la dévisageait, la défiait.

– Ce n'est pas bien, aboya-t-il.

Ses yeux ne reflétaient que de la cruauté pure. C'était un homme d'un certain âge, les veines saillantes. Il semblait capable de leur faire du mal. Même si elles étaient deux contre lui.

– Non, je ne suis pas… dit CeeCee en s'étouffant.

– Pas quoi ? dit-il. Une gouine ? Ou une Espingouine ?

Constance grimaçait de dégoût.

– Je vous ordonne de sortir de ce bureau immédiatement ! Mon époux vous donnera de mes nouvelles, chuinta-t-elle. Je ne tolérerai pas un individu aussi intrusif et infâme.

– M. Wyke ne saura rien, à moins que ce soit nécessaire, interrompit-il.

Constance se tut, comprenant son allusion.

– Je vois, reprit-elle, expirant, se redressant pour reprendre de la hauteur.

Son esprit s'affolait alors qu'elle se souvint de la nuit où elle avait dû payer la caution de son frère James. Elle savait que l'homosexualité était illégale, et qu'une seule mention de son comportement à la police ou à la presse signifierait sa fin, socialement et professionnellement.

– Peut-être pouvons-nous nous arranger ? proposa-t-elle.

CeeCee sourcilla et dévisagea Constance avec la même aversion qu'elle avait considéré le gardien.

Constance se rapprocha de son bureau, endossant de nouveau son rôle de femme d'affaires.

CeeCee ramassa son sac à main et se dirigea vers la porte, tout en terminant d'agrafer sa jupe. Elle passa tout près de Lenny, qui ne bougea pas d'un cil, mais garda les yeux sur elle, comme si lui aussi passait du rôle de proie à celui de prédateur.

21

LA DÉCLARATION

New York, 1935

Elle s'en était sortie pour moins que prévu, chéquier en main. Constance s'était préparée à alléger son compte en banque d'au moins deux mille dollars pour faire taire cet infect personnage. Bien sûr, les mots au vitriol qu'il lui avait crachés lorsqu'elle lui avait remis le chèque auraient dû la convaincre de le déchirer sur-le-champ et peut-être aussi de lacérer son visage rougeaud avec ses ongles rouges. Au lieu de cela, elle avait conservé son calme, passé l'incident et sa rage par pertes et profits, et était sortie de son bureau sans lui jeter un regard. Le jour suivant, alors qu'elle se rendait calmement à son lunch au Colony, elle s'arrêta net. Un journal arborait la photo de la femme qu'elle détestait : Herz. Son sourire satisfait et ses sourcils anguleux semblaient provoquants sur la première page. On pouvait lire sur la manchette :

HERZ BEAUTY CONFIRME SA PRÉSENCE. LE GRAND NOM DE LA BEAUTÉ INTERNATIONALE ENVISAGE D'OUVRIR SON CAPITAL PUBLIC.

Combien de roubles le *Daily News* avait-il demandés pour consacrer à ce titre une première page ? Ce fut la première pensée qui vint à l'esprit de Constance. Elle était si fière d'avoir snobé cette femme au concert caritatif de l'ouverture de l'Opéra. Elle lui avait été présentée par leur ami mutuel Avery Fisher, le géant de l'électronique.

– Constance, connais-tu *l'autre* pionnière de la beauté, *Madame** Herz ? avait-il demandé alors que Josephine le saluait chaleureusement dans sa robe de satin verte de chez Vionnet, minuscule mais resplendissante avec son collier d'émeraudes.

– C'est un immense plaisir, déclara Josephine en tendant une main gantée de blanc à Constance, geste immédiatement dénigré par son homologue blonde et élancée.

– Je ne pense pas la connaître ni avoir jamais entendu parler d'elle, répliqua Constance avec un rire hautain. Avery, vous êtes vraiment drôle, cher ami. Van, entrons, si tu veux bien, grommela-t-elle à l'intention de son élégant mari. Je ne veux pas être associée à des étrangers ni à des immigrants, avait-elle ajouté pour la forme, lançant son cache-col en renard sur ses épaules avant de disparaître.

– Je suis désolé, Josephine, avait dit Avery en hochant la tête.

– Aucune inquiétude. Elle verra qui est Herz, avait rétorqué Josephine.

Elle avait souri en prononçant ce qui était devenu un bon mot, pour masquer sa furie. Cette Gardiner Girl était désormais promue au rang d'ennemie jurée.

Le lendemain, à l'autre bout de la ville, Josephine constatait que la réalité était plus complexe. Elle était assise dans sa salle de conférences et repensait aux jours où elle travaillait dans l'échoppe de son oncle. Il fallait si peu de choses, à l'époque, pour satisfaire les femmes de la localité avec ses potions et ses crèmes. C'était avant que tout tourne autour des lancements de produits et du marketing. Elle se remémorait aussi la rigueur de son oncle et son incompréhension de ses objectifs, c'est-à-dire ses tentatives pour contrecarrer ses ambitions. Mais bien sûr, quel homme n'avait pas contrecarré les projets d'une femme qu'il disait aimer ? Certes, elle lui avait dérobé quelques flacons pour en tirer un profit, mais sur le long terme, ces quelques morceaux de verre représentaient à peine quelques pennies pour son oncle.

Maintenant qu'elle connaissait le succès, il lui avait écrit pour lui demander son aide financière, ainsi qu'elle l'avait pressenti. Elle avait ouvert sa lettre avec délectation lorsqu'elle avait vu le cachet de la poste de Melbourne, en imaginant le contenu. La missive narrait des souvenirs et des platitudes mielleuses et mettait en avant l'aide que lui et sa tante Masha lui avaient apportée à son arrivée, dans un style écœurant. Mais tante Masha était malade et la boutique était déficitaire. Les filles avaient besoin d'argent pour leur mariage. Josephine avait lu cette lettre avec une certaine aversion, puis avec une grande satisfaction, parce qu'elle avait finalement gagné. Elle avait immédiatement envoyé à son oncle un chèque de mille dollars, accompagné d'un mot : « Mon cher oncle Salomon, À chacun son tour ! Josephine Herz. » Tel était son style. Froid, calculé, et brutal. Et ce n'était pas dans son genre de ne pas célébrer une victoire.

Sarah Collins, la responsable marketing aux cheveux mordorés qu'elle avait embauchée récemment, entra dans la salle du conseil. La réunion était prévue à midi, mais Josephine était toujours en avance. Elle était arrivée une demi-heure plus tôt et s'était assise en bout de table comme elle le faisait chaque fois, préparant la réunion du comité directeur en revoyant les chiffres. Les résultats semblaient positifs et bénéficiaires, et des lancements de nouveaux produits étaient prévus. Alors pourquoi se sentait-elle dans l'insécurité quant à l'avenir ? Elle avait conservé sa mentalité de *shtetl,* après des années à économiser et à se satisfaire de peu. Elle ne pouvait s'en départir, malgré les joyaux dont elle s'affublait, lesquels s'étaient faits plus extravagants au fil des années.

– Je me demande ce que vous pensez de cela, dit Sarah, déposant devant elle un rapport du secteur sur la nouvelle campagne de Gardiner Cosmetics.

C'était un article sans relief sur la nouvelle collection de rouges à lèvres Moulin Rouge.

Sarah avait été suivie dans la pièce par une assistante européenne aux cheveux noirs et d'apparence tzigane. Qui était cette brune parmi toutes les brunes sans nom qui débarquaient chaque jour ? Mon Dieu, on ne pouvait pas dire qu'il y avait pénurie de ces jeunes enhardies et occupées à se faire une place au soleil, munies d'un stylo et d'un bloc-notes ! D'où venaient-elles toutes ? Josephine était songeuse. Puis elle se souvint que nombre d'entre elles venaient d'Europe de l'Est. Avec cette surocclusion ethnique, celle-ci devait tout juste débarquer du dernier bateau en provenance de Minsk.

– Ce que je pense de quoi ?

Josephine tapotait la table de sa bague cabochon Van Cleef et se tourna vers la nouvelle femme avide de réussite qui se tenait d'un des côtés de la table.

– Gardiner. Voici son actualité et voici la vôtre.

Elle déposa le journal du matin devant elle.

– Avez-vous vu la presse ?

Sarah plaça les deux manchettes côte à côte pour illustrer son propos. Josephine ne vit que la vilaine photographie d'elle-même qu'elle avait précisément demandé aux R.P. de ne jamais utiliser.

– Oui, je l'ai lue.

Elle ne l'avait pas lue.

– Dans ce cas, je n'ai pas besoin de vous dire que Gardiner est en train de couler. Elle a sorti une gamme de cosmétiques inspirés des produits européens pour vous faire concurrence. Et le bruit court que c'est un échec. Vous savez quoi ? Je pense que vous devriez l'acheter. Nous devrions faire une offre basse pour le rachat de Gardiner, dit-elle, plutôt contente de sa sortie.

À ce moment précis, plusieurs fils de pensées se faisaient concurrence dans l'esprit de Josephine. Premièrement, quel toupet cette jeune femme avait-elle pour s'adresser à elle sur ce ton ? Deuxièmement, elle pouvait toujours nourrir le projet d'éliminer Gardiner de la carte, Constance ne vendrait jamais son entreprise, peu importaient les circonstances. Et encore moins à Josephine ! Il s'agissait là d'une idée puérile et elle éprouvait de l'aversion pour cette fanfaronnade à peine déguisée. Troisièmement, le nom de cette responsable marketing, la C.M.O., était-il Polly et non Sarah ? Sarah, ce devait être celle d'avant. Certaines ne tenaient bon que quelques semaines. Ou quelques mois. Récemment, elle avait congédié plusieurs incompétents en quelques jours.

– Voyons, ma chère Polly, nous ne nous prêtons pas à ce genre de stratagème chez Herz Beauty. Laissez donc cette matrone vendre aux ménagères américaines ce qu'elle veut et jouer les V.R.P. Moi, je m'adresse aux beaux quartiers et elle le sait. C'est assez dur comme cela pour Mademoiselle Palm Beach ! éructa Josephine, ayant appris dans la presse le tour de force de Constance avec l'achat de son manoir sur l'île.

La photo en double page de sa nouvelle demeure et du couple posant aux côtés de leurs poneys de polo dans la presse des célébrités provoquait insécurité et anxiété chez Josephine, laquelle n'aurait jamais ses entrées dans ce cercle.

Sarah, alias Polly, sembla frustrée, comme si elle avait expliqué quelque chose d'important à une enfant qui ne pouvait tout simplement pas comprendre.

– Si vous achetez Gardiner pour un dollar, c'est-à-dire le meilleur prix que vous pouvez obtenir au vu de son dernier lancement, vous effacez d'un coup l'intégralité de notre concurrence. Nous achetons les produits et les conditionnements. On peut soit changer le nom en Herz, soit conserver une marque secondaire sous le nom de Gardiner. Elle vendra les droits de la marque si elle a un tant soit peu de bon sens.

Polly leva les yeux derrière ses élégantes lunettes et sourit à sa boss.

Josephine se demanda si elle avait manqué quelque chose pour comprendre pourquoi cette nouvelle C.M.O. nourrissait une telle obsession au sujet de Gardiner, comme s'il fallait impérativement qu'elle prouve quelque chose. *Qui s'excuse s'accuse*[1], se dit-elle, pensant à la reine Gertrude dans *Hamlet**.

– Laissez-moi vous dire quelque chose, très chère. Cela serait certes très simple, mais la vérité vraie, c'est que j'ai besoin d'elle autant qu'elle a besoin de moi, dit-elle en ponctuant sa phrase d'un soupir et d'un geste de la main, désapprobateur et sans appel.

– C'est-à-dire ?

La porte de la salle de conférences s'ouvrit brusquement et les membres du comité directeur firent leur entrée l'un après l'autre. La jeune assistante de Polly dévisagea Josephine et griffonna quelque chose sur son bloc-notes. Puis elle continua de prendre des notes chaque fois que Josephine intervenait.

Une fois les participants installés, l'équipe créative de Josephine commença son rapport sur les produits prévus pour le prochain lancement. L'agenda des nouveautés contenait des images de divers fards à joues, rouges à lèvres et poudres inspirés du thème « les îles grecques » pour l'été. Parfaitement à propos, l'idée marketing était « les dieux et déesses de la Grèce ». Le responsable de l'agence de publicité afficha de vastes encarts représentant des beautés glamour en tunique, leurs visages portant les nouvelles couleurs de la saison Herz. À la fin du calendrier, juste avant la période des vacances d'hiver, on pouvait voir un grand point d'interrogation.

Durant toute la réunion, Josephine s'efforça de maintenir sa concentration. Constance Gardiner ne quittait pas son esprit. Constance, cette femme qui l'avait repoussée, insultée, sa principale rivale, était curieusement celle qui pouvait sans doute le mieux la comprendre. Cela dit, elle était également Mme Van Wyke, la coqueluche du très

1. Traduction généralement acceptée de *« The lady doth protests too much, methinks »*, un vers prononcé par Queen Gertrude lorsqu'elle assiste à la représentation de *The Mousetrap* dans le *Hamlet* de Shakespeare.

fermé Palm Beach, où Josephine éprouverait certainement le plus grand mal du monde à obtenir une invitation d'un week-end, tout comme une réservation d'hôtel.

– *Madame** ?

Josephine prit un air royal et posa les yeux sur Polly et les huit hommes autour de la table de conférence. Neuf paires d'yeux la fixaient en retour, mais leur regard était vide.

– Oui ?

– Quel est le prochain produit que vous avez prévu de lancer ? Quel est ce point d'interrogation ? l'interrogea Carl Epstein depuis l'extrémité opposée de la table.

– Oui, dit un autre membre. Où est votre poule aux œufs d'or, Josephine ? Nous savons que vous en cachez une quelque part, ricana son directeur financier.

Josephine afficha son sourire le plus poli et aguicheur, puis pinça fermement les lèvres.

– J'allais vous l'annoncer, dit-elle en se tournant directement vers Polly et son scribe. Mais finalement, j'ai décidé que je n'étais pas prête. Nous devons encore faire quelques tests et du développement produits. Mais je vous promets que ce sera très prochainement. Nous publierons la nouvelle, et quand je le ferai, je *fous* promets que nous *égraserons* la concurrence.

Josephine se leva et lissa sa Mainbocher. Le reste de l'assistance suivit. Elle sortit de la pièce sans se retourner.

Avant de se rendre au 21 Club pour un déjeuner d'affaires tardif, Josephine passa par le bureau de Polly. Elle n'était pas tant inquiète que déconcertée par la soudaine apparition de la nouvelle jeune personne et le départ de l'ancienne assistante, ainsi que par la prise de notes ininterrompue. Rien n'échappait à son œil affûté. Lorsqu'elle entra, elle vit avec effroi que Polly Collins était tranquillement installée, les pieds sur son bureau. Celle-ci les enleva immédiatement.

– Polly, c'est une antiquité datant de Napoléon. Je préférerais que vous ne mettiez pas vos chaussures de ville dessus, la sermonna-t-elle.

– Pardon Josephine, euh, *Madame** Herz, dit Polly, le visage déconfit.

– Votre jeune assistante, la fille aux cheveux noirs qui prenait des notes durant la réunion, connaissez-vous son nom ? s'enquit-elle.

– Eh bien, Suzannah, mon assistante, est malade aujourd'hui… Je pense qu'ils ont envoyé quelqu'un par l'agence de travail temporaire, répondit Polly avec un haussement d'épaules.

– Cheveux bruns. Des lunettes. Tenace. Avait l'air européenne.

Polly secoua la tête nerveusement.

– Je ne vois pas qui peut correspondre à cette description. Souhaitiez-vous quelque chose en particulier ?

– Je me souviens d'avoir mentionné un nom pour la nouvelle teinte de rouge et je n'arrive plus à m'en souvenir. Si vous la voyez, dites-lui que j'aimerais voir ses notes.

Josephine scruta son visage pour y déceler une éventuelle expression inhabituelle en réponse à sa requête. Et ce fut le cas. Elle démasqua une expression de crainte ténue, masquée par des manifestations confuses de politesse.

– Oui, bien sûr, acquiesça-t-elle.

Josephine hocha à son tour la tête, réalisant que son intuition était bonne.

– Souhaitez-vous que je…

Josephine s'interrompit, à peine assez longtemps pour se souvenir de la rectification qu'elle allait faire.

– Bonne soirée.

Sur ces mots, elle quitta le bureau et s'engouffra dans sa Packard où son chauffeur l'attendait. Une sensation désagréable s'était invitée au fond de son estomac lorsqu'elle passa son vison sur son épaule. Les forfanteries de Polly au sujet du rachat des produits Gardiner avaient clairement pour but de duper Josephine sur sa véritable allégeance. Cela, associé à la présence suspecte de cette fille brune sans nom signifiait clairement que Constance avait placé un espion au singulier ou au pluriel au sein des bureaux de Josephine et infiltré la réunion de son conseil d'administration. Polly et la scribouillarde étaient des éléments qui allaient devoir être sommairement éjectés. La guerre venait d'être officiellement déclarée.

22

VA-ET-VIENT MALSAIN

New York, 1935

Lenny Ryan appréciait toujours de sentir dans sa poche de pantalon de marin une liasse de billets, cette fois-ci plus épaisse que d'habitude. Il avait payé son loyer en temps et en heure ce mois-ci, et s'était offert le luxe de s'amuser avec une fille qu'il avait rencontrée dans un bordel non loin de chez lui, chose qu'il n'avait pas faite depuis la mort de sa femme, Sheila. Maintenant, il allait enfin pouvoir s'acheter le chapeau qu'il convoitait. Voilà qui était bien mérité, pensa-t-il. Il avait encore un arrêt à faire avant de pouvoir profiter des avantages de son butin.

Il pénétra dans le bâtiment Gardiner à neuf heures et quart, contrairement à son habitude, lui qui n'y avait jamais accès durant la journée. Il était de ces créatures nocturnes, condamnées à errer dans un couloir de travertin uniquement lorsque celui-ci était éclairé par le clair de lune, traînant un chariot de nettoyage de vestibule en vestibule, accompagnées du seul ronron des néons. Se sentant en dehors de son habitat naturel, il eut un choc de se trouver face à une armée de personnes actives allant et venant. Tandis qu'il attendait l'ascenseur, il vit un homme qui vidait ses poches, laissant tomber sur le sol des papiers et des peluches. *Je devrai ramasser tout ça ce soir*, se dit-il. Puis il entra dans l'ascenseur à l'invite de son tintement familier.

Il était évident qu'il ne faisait pas partie de cette communauté. Son seul et unique costume, qu'il avait porté pour son mariage il y avait presque trente ans de cela, tombait sur lui comme s'il en avait hérité en tant que dernier enfant d'une famille nombreuse. Sa silhouette s'était épaissie depuis lors, et il s'était épuisé au travail. Il admirait les costumes sur mesure impeccablement pressés des hommes et leur envergure, leurs muscles que le luxe et les loisirs dont ils disposaient leur avaient permis de se façonner. L'ascenseur s'arrêta au quinzième étage. Lenny en sortit et regarda derrière lui. Il n'avait pas été remarqué. Les portes se refermèrent et il entra dans le siège de Gardiner Cosmetics. Il y trouva une véritable ruche en action. Des femmes s'activaient autour des bureaux comme si elles pollinisaient une fleur. Il s'immisça dans la foule, entre les allées et venues du personnel et les sonneries des téléphones. Il frappa trois coups à la porte.

– Oui, entrez.

La voix de Constance résonna de l'intérieur.

Lenny se redressa et ouvrit la porte.

La pièce semblait presque vide, comparée à l'état dans lequel il l'avait trouvée cette autre nuit. Constance était assise à son bureau. Elle portait l'un des ensembles pantalon de tweed épais et veste avec épaulettes bien proportionnées qu'elle affectionnait, examinant des piles de papiers, tel un preneur de paris parcourant les résultats des courses. Son attitude changea du tout au tout lorsqu'elle vit le visage de son visiteur.

– Fermez la porte !

Lenny obéit et ferma la porte silencieusement. Il lui fallait retrouver sa verve, le pouvoir qu'il avait ressenti cette nuit-là. C'était lui l'homme dans cette pièce après tout.

– Bonjour, je suis là… commença-t-il.

Constance se leva.

– Vous n'avez absolument aucune raison d'être là. Je vous ai donné de l'argent. C'était un paiement unique.

– Je suis venu pour demander…

– Vous êtes venu pour me demander plus ? dit-elle, outrée. Comment ? Vous avez tout dépensé en alcool en deux jours !

– Je ne bois pas, répondit-il, maintenant sur la défensive et sur le point de devenir méchant. Je suis venu vous remercier.

Il n'était peut-être pas intelligent, mais il comprenait vite les choses : il avait appris la vie à la dure dans les rues dangereuses de Hell's Kitchen[1]. Puis ce fut une photographie de Constance et de son mari dans des couleurs chatoyantes, trônant dans un cadre argenté au-dessus du bureau, qui lui inspira une dernière idée.

– Vous remercier de me laisser être celui qui dira tout à votre mari. Ou à la police. Vous savez que c'est un crime d'être gay. J'ai vérifié et je suis venu pour vous donner le choix.

– Espèce de vermine. J'ai des avocats, j'ai de l'argent, j'ai…

Constance sentait que sa voix devenait hystérique. Elle savait, il savait qu'elle avait perdu le contrôle.

– Vous n'avez pas le droit…

Elle s'interrompit.

– Vous ne pouvez pas…

Elle s'arrêta net.

– Je n'ai plus rien à vous dire.

– Dans ce cas, je suppose que tout le monde va savoir. Que vous êtes une catin et une gouine !

Il se retourna et s'apprêta à repartir. Il attendit un moment dans l'encadrement de la porte.

– Qui couche avec les chiens se lève avec des puces, lui cracha-t-il en se retournant une dernière fois.

Constance se tint debout, sans voix, pendant un instant. Elle jeta des regards affolés de toutes parts, puis arpenta la pièce, se concentrant sur la conduite qu'elle devait impérativement tenir. Elle souleva un presse-papier et imagina

1. Hell's Kitchen, ou parfois Clinton, est un quartier de Manhattan situé à l'ouest de Midtown.

le verre se briser au-dessus de la 5e Avenue, et de l'autre main décrocha le téléphone et composa un numéro.

En quelques secondes, CeeCee était dans son bureau. CeeCee ne survivrait pas aux accusations et à la campagne de diffamation qui s'ensuivraient, tandis que Constance, bien que terrifiée, savait au plus profond d'elle-même qu'elle en sortirait vivante. Elle serait atrocement calomniée dans la presse et isolée socialement, mais il serait facile pour elle de tout nier en bloc. Ce luxe ne serait pas donné à CeeCee.

– Nous devons riposter, dit Constance.

– Comment ? demanda CeeCee.

– Il faut se débarrasser de lui. En finir. Tu peux le faire. Tu sais comment. Je suis Constance Gardiner. Il est quoi ? Concierge ? dit-elle en parcourant son bureau de long en large.

Constance détourna les yeux pour les fixer sur un journal sur son bureau.

– Entre toi et moi, ma chère, tu comprendras que tu es la mieux placée pour le faire.

– Je suis désolée mais je ne comprends pas, dit CeeCee.

– Tu dois bien connaître quelqu'un qui peut… enfin, dans ton monde, il y a bien quelqu'un qui peut… l'effacer.

– Non, je ne connais personne.

Elle se détourna de Constance, blessée, meurtrie. Non seulement Constance l'avait abandonnée, l'avait mise dans une situation dangereuse, mais elle montrait maintenant ses vraies couleurs, s'attendant à ce qu'elle, CeeCee, orchestre un acte criminel. Et pire encore, elle estimait que cela devait être un acquis du fait de sa couleur de peau et de sa condition sociale inférieure. Constance vit immédiatement le mal qu'elle avait fait et se détestait pour cette offense. Elle ne désirait qu'une chose, pouvoir voler au-dessus du bureau et prendre CeeCee dans ses bras.

Les yeux de biche de CeeCee, sa bouche en cœur parfaite la touchaient toujours autant.

– Il bluffait, dit CeeCee après une longue pause. Ça passera.

Elle fit un pas en arrière pour s'éloigner de Constance.

– *Ma jolie fille* *, murmura Constance.

– Non, dit CeeCee. Après ça, je ne peux plus.

Elle quitta la pièce sans croiser son regard. Constance la regarda partir, écouta le son de ses talons sur le parquet du corridor, son cœur chaviré à l'idée qu'elles ne seraient plus jamais seules ensemble.

23

LA SOLLICITATION

New York, 1935

Maintes et maintes fois, il avait répété au tailleur que les cols de ses chemises étaient trop étroits. Mais le vieil homme n'en avait que faire. Il avait beaucoup insisté pour avoir des chemises de fabrication anglaise, mais Mickey était désormais persuadé que le vieux Schneider avait acheté des frusques de style anglais à Chinatown, et non à Savile Row comme il le prétendait. D'ordinaire, Mickey n'aurait pas relevé, car le vieux bonhomme avait été client de l'échoppe de son père pendant des décennies. Mais aujourd'hui, alors qu'il se tenait dans ce bar et passait les doigts entre son cou et ce col trop étroit, il se dit qu'il aurait dû insister davantage pour obtenir des cols ajustés ou tout simplement consacrer le budget nécessaire à de véritables chemises d'importation. C'était la dernière fois qu'il lésinait sur la qualité.

Toujours au comptoir du bar, Mickey passa sa main dans sa crinière, tentant de dompter ses boucles. Pourquoi s'asseoir, puisqu'il allait se précipiter sur ses pieds comme chaque fois que CeeCee entrait dans une pièce ? Il se dit qu'il était toujours un peu risqué pour eux deux de se rencontrer à l'extérieur. À cet instant, il n'espérait qu'une chose : être avec elle immédiatement. À y repenser, il ne se souvenait pas de la dernière fois où ils avaient passé du temps ensemble ces dernières semaines. CeeCee s'était plongée corps et âme dans son travail. Elle avait soif de reconnaissance, c'était le moins que l'on puisse dire.

La porte s'entrouvrit et CeeCee fit un pas à l'intérieur. Ses cheveux, un peu fous à cause du temps, frisottaient tout autour de son visage. Pour Mickey, c'était comme si un ange venait de faire son apparition.

– Je n'étais pas sûr que tu arrives à me trouver facilement à cet endroit, dit-il avec un sourire charmeur.

– Mick. C'est bon de te…

Elle fit une pause, hors d'haleine. Elle s'assit à côté de lui. Derrière le bar, le barman prit un air désapprobateur.

– Je ne veux rien de tout cela ici. Vous êtes dans un bar irlandais respectable. Si tu veux fricoter avec des Espagnols de ta trempe, tu n'as qu'à aller dans l'Upper West Side.

Mickey et CeeCee le regardèrent, impassibles, avec dédain. Mickey cracha calmement sur le sol et tous les deux se sauvèrent en courant. Ils se précipitèrent dans Tompkins Square Park sous la lueur des lampadaires, partageant un fou rire et se retournant pour vérifier si le barman n'était pas à leurs trousses. Celui-ci n'avait pas pris cette peine. Ils s'arrêtèrent sur un banc et Mickey passa un bras autour d'elle.

– Mick, j'ai besoin de quelque chose, dit-elle en le regardant.

– Cee, je ferais n'importe quoi pour toi. Tu sais cela. Bon Dieu, avec toi je me sens…

Il laissa échapper un rugissement.

CeeCee rit et tenta de le calmer.

– Je sais, mais ça ne marcherait pas entre nous.

– Mais si, ça pourrait marcher entre nous. Peut-être pas entre nous et le reste du monde. Mais juste toi et moi. Nous fonctionnons, nous deux. Comme une superbe machine.

– Mick, reprit-elle, son rire retombant à plat.

Le moment était venu de se confier à lui.

– Constance a un problème avec quelqu'un.

– Cette femme est plus riche que la moitié des gonzesses de la 5e Avenue ! Est-ce qu'elle ne peut pas lui envoyer du fric et quelques petites menaces depuis sa superbe terrasse perchée tout là-haut ?

– Il se trouve que ce quelqu'un a un problème avec moi aussi, dit CeeCee.

– Qui est-ce ? Où est-il ? Je vais le tuer moi-même !

– Le tuer ?

Elle écarquilla les yeux. C'était la première fois qu'elle entendait prononcer ce mot à voix haute.

– Et ensuite ? Tu veux juste que je lui donne un coup sur la tête ? Ou peut-être que je te le serve au dîner la semaine prochaine ? fit-il, d'un ton blasé.

– Ne sois pas horrible ! Sais-tu vers qui je peux me tourner, Mick ?

Il y eut un silence. Mickey ignorait ce que CeeCee cherchait véritablement.

– Je ne sais pas, Cee.

CeeCee était dépitée, le visage défait. Mickey sourcilla. La peine de CeeCee était la sienne. Lorsqu'elle allait mal, Mickey aurait fait tout ce qui était en son pouvoir pour l'aider à se relever.

– Il y a bien un type que je connais… dit-il.

– Ne m'en dis pas plus, grimaça-t-elle.

Mickey enveloppa CeeCee de ses bras forts. Elle sentit la force de sa musculature imposante, si différente des membres souples et soyeux de Constance. Le contraste était saisissant entre l'onctueuse sensation de rose fraîche et le musc de son après-rasage. Elle s'abandonna dans ses bras et enfouit son visage dans le creux de son épaule, s'imprégnant du confort et de la vigueur de l'homme qu'elle aimait.

– Ne crains rien. Je vais m'en occuper, murmura Mickey.

CeeCee envisagea une autre vie. Une vie où on ne l'aurait pas insultée lorsqu'elle entrait dans un bar, une vie où elle n'aurait pas à prétendre être celle qu'elle n'était pas, où elle ne serait pas contrainte de brider ses rêves ou de les détourner pour servir les ambitions d'une autre femme. Elle imagina un monde où elle n'aurait jamais couché avec Constance, et les seules choses tangibles, c'étaient les sentiments de cet homme et ses bras puissants.

24

UNE IDÉE QUI PÈSE LOURD

New York, 1935

Constance lança la dernière édition de *Photoplay* à travers la pièce. La photo de Joan Fontaine par George Hurrell l'irritait au plus haut point. Comment avait-il réussi ce tour de force ? Le grand maître de la photographie à Hollywood avait réussi à mettre en lumière ses cils comme si les frondes d'un palmier avaient projeté une ombre sur sa peau diaphane. Comment mettre des cils comme ceux-là en bouteille ? Cela faisait des années qu'ils travaillaient, et ils n'étaient toujours pas parvenus à fabriquer une formule non grumeleuse, sans coulures ni taches.

Dans le miroir de son boudoir, elle examina son visage. Elle était encore belle et avait conservé son teint de pêche, mais quelques ridules faisaient irruption. Qu'importe. Un ton de rouge plus prononcé permettrait de détourner l'attention. Elle appliqua son propre rouge « Cerisier en fleur ». Elle repensa à son angoisse lors de la scène de l'autre soir. Elle n'avait plus entendu parler de ce Lenny depuis son inquiétante incursion. CeeCee avait raison. Ce n'était qu'un infâme bluffeur. Cet épisode affreux ne serait bientôt plus qu'un mauvais souvenir. Elle se concentra de nouveau sur le produit qui l'intéressait.

Elle sortit une petite brosse d'une boîte de test impeccable et stérile de couleur blanche que son bureau lui avait envoyée. Le prototype était enfin prêt. Cette étape marquait le début de sa renaissance, un nouveau chapitre dans sa réussite. Les femmes américaines désiraient de la nouveauté. Elles réclamaient toutes des innovations. Bien sûr, elles achetaient ses crèmes, ses poudres et ses fards à joues. Il les leur fallait. Heureusement, ses honnêtes Gardiner Girls lui rapportaient ce que chaque fidèle cliente leur demandait lors de leur visite mensuelle. « Qu'avez-vous de nouveau à me proposer ? Je veux ressembler à telle ou telle star de Hollywood. »

Toutes ces femmes voulaient faire entrer un peu de glamour dans leur train-train quotidien. *Pourvu que cet essai soit concluant*... supplia-t-elle en prenant le tube de démonstration en main. Il fallait que cela fonctionne. Précautionneusement et avec délice, elle plongea la brosse dans la pâte noire épaisse, essuya le débord sur les côtés et appliqua le mascara en l'étalant sur ses cils. Ses yeux bleus ressortirent en contraste avec le noir profond. Mais très vite, le résultat se transforma en traînées noires et se fit très pâteux, bien qu'assurément plus net que l'effet de la pâte de khôl autour des yeux de Cléopâtre, remarqua-t-elle. C'était indéniablement étonnant et unique. Certes, les grumeaux persistaient, mais elle avait la conviction que la réussite était proche. Elle avait besoin d'un agent chimique pour lisser, pour apporter de la consistance. C'était cela. Le produit pourrait dès lors être commercialisé. Ses clientes l'achèteraient. Constance tenait le tube de pâte noire dans ses mains comme s'il contenait un sérum de guérison. Elle replaça brutalement la brosse dans le flacon, essuyant de nouveau le surplus sur les bords. Le trop-plein tacha ses mains d'un noir peu engageant. Si seulement la bouteille et la brosse ne causaient pas tant de bavures...

Constance se leva d'un bond et décrocha le téléphone l'instant suivant.

À quelques rues de là, Josephine se mettait en route pour participer à une vente aux enchères. Les antiquités françaises de leur catalogue étaient somptueuses, et elle avait jeté son dévolu sur une petite écritoire qui, selon les indications données, semblait avoir appartenu à Marie-Antoinette. Il la lui fallait. Lorsqu'elle arriva dans la salle des ventes, l'assistance déjà à son comble, elle aperçut une jeune femme mondaine qui se tenait aux côtés de son petit ami, catalogue en main. Josephine fit mentalement un tour d'horizon de l'utilisation de chacun de ses cosmétiques sur le visage de cette jeune personne. Sa peau était douce et souple grâce à la jeunesse de son épiderme, et elle avait conservé un peu ses joues de chérubine ainsi que des traces disgracieuses d'acnée, mais ses yeux étaient immenses et son plus bel atout. Josephine se dirigea vers elle, tentant de voir de plus près les cils de la jeune fille. Ces derniers étaient magnifiques, volumineux et noirs, souples et épais, produisant un saisissant contraste par rapport à ses yeux d'un bleu opalescent... Ils ressemblaient à de longues franges recourbées et la captivèrent soudain bien davantage que les antiquités. Josephine se désintéressa bientôt des enchères.

– Que pouvons-nous faire pour vous venir en aide aujourd'hui, *Madame** Herz ? demanda avec déférence Reginald, le fringuant Britannique dans son élégant costume.

Bien que petite, Josephine était immédiatement reconnaissable parmi la foule, et une figure familière des salles des ventes ainsi que l'une de leurs meilleures clientes.

– Ses cils ! répondit-elle au jeune homme soudain interdit, avant de ressortir en hâte pour rejoindre son chauffeur.

Elle repoussa avec frustration la fiole de liquide sombre.

– Enfer et damnation ! hurla Josephine.

Elle travaillait seule dans les laboratoires de Herz Beauty, testant à l'aveugle différentes formules. Son dernier essai, une pâte épaisse, ressemblait plus à de la suie qu'à un produit pour les yeux, accentuant encore son agacement. La consistance était inadaptée. La couleur avait tourné. Trop de bavures. La texture était soit trop liquide, soit trop épaisse. Que lui manquait-il exactement ?

Elle devait rentrer chez elle pour voir Miles et s'assurer qu'il avait dîné correctement et était au lit. Elle savait qu'elle ne devait pas travailler si tard, à tenter l'impossible. C'était à des moments comme ceux-là qu'elle pensait à son mari. Son choix malchanceux de mari, cet homme qui ne lui avait été d'un grand service qu'une unique fois, lorsqu'il lui avait donné un enfant magnifique. Un homme qui lui faisait mal autant qu'elle lui faisait mal, encore et encore, en paroles et en actes extraconjugaux. Cet homme qui lui enviait son affaire. Cet homme qui était finalement *parti*. Un journaliste de la presse à scandale qu'elle connaissait et à qui elle avait acheté quelques renseignements l'avait appelée quelques jours auparavant pour lui dire que Jon avait une aventure et se montrait en public avec la femme en question, une de ses clientes. Josephine lui avait demandé des explications et l'avait mis dehors. Pire encore, il n'avait pas nié ni même semblé s'en soucier, n'offrant ni excuses ni remords. Qu'il aille au diable. Elle laissa son esprit voguer jusqu'aux jours où ils venaient de se rencontrer.

Jon se promenait dans Fawkner Park à Melbourne, après une longue journée à la rédaction. Il alluma une cigarette et inhala avec panache. Il avait adopté ce geste une semaine à peine auparavant, mais il n'avait en rien l'air d'un amateur. Ses pieds glissaient sur le pavé et il se baladait en fixant le ciel qui rougeoyait. Il avait toujours été comme cela. Il avait toujours alterné entre rêve et réalité. Elle adorait et tout à la fois exécrait cela en lui.

Josiah l'attendait à la fontaine. C'était le lieu de rendez-vous qu'ils avaient choisi. Il lui avait proposé d'aller la chercher à son travail, mais elle lui avait dit que non, elle préférait le rejoindre. La chaleur ambiante emplissait ses poumons et lui rappelait les mois d'août dans sa Pologne natale.

Jon la regarda à nouveau avec la même expression qu'au salon de thé : médusé, intrigué et exalté par la présence de cette créature superbe. Marchant vers elle, il jeta sa cigarette et inspira à pleins poumons l'air tiède du printemps.

– *Hi*, dit-il sur un ton yankee.

Il lui donna un bref baiser, puis regarda le livre qu'elle tenait à la main.

– J'ai lu ce livre.

– C'est vrai ? Alors ne me dis pas la fin. Je n'en suis qu'au milieu, répondit-elle.

– Je ne te dirai jamais la fin. Mais je sais quelle sera la nôtre, fit-il tout simplement.

Elle le regarda dans la lumière crépusculaire. Il était très beau, c'était certain.

– Alors dis-moi mon avenir…

– Non, la prochaine fois.

– Dis-le-moi. S'il te plaît, insista-t-elle.

– Tiens, c'est pour toi.

Il lui présenta un bouquet de fleurs totalement dépareillées. Sans voix et sous le coup de l'émotion, Josiah prit une grande inspiration.

– Je ne savais pas celles que tu aimais, alors je les ai toutes achetées.

Josiah rougit. C'était une nouveauté pour elle. Un bel homme qu'elle venait de rencontrer était à ses pieds. Un homme qui se mettait en quatre pour lui plaire. Personne auparavant ne lui avait démontré de l'affection de façon si touchante. Elle prit les fleurs, les tint tout contre sa poitrine et lui sourit.

Ils se promenèrent jusqu'à ce que la nuit semblât les envelopper. Jon lui raconta son enfance et ses débuts en tant que jeune reporter plein d'ambition. Elle lui parla de sa ville en Pologne et de ce qu'elle avait appris des difficultés traversées, puis de son voyage depuis l'Europe. Il écoutait, admiratif et attentif. Et c'était cela qui avait suscité chez Josiah davantage d'affection que toutes les fleurs du monde. La nuit et leurs conversations sans fin les avaient emmenés jusqu'à l'aube et ils s'étaient retrouvés devant sa pension de famille. Il suivait chacun de ses pas.

Ils arrivèrent enfin à la porte d'entrée. Josiah ne voulait pas tout gâcher. Elle sourit et le regarda droit dans les yeux. Ses yeux profondément bleus et aimants. Jon saisit cette occasion. Leurs bouches se rapprochèrent et l'étincelle fut immédiate, ce fut comme si la boucle se bouclait.

Josephine repensa aux années qui avaient suivi. La douceur de leur amour. Puis la trahison lorsqu'elle était à Londres. La réconciliation. Les fleurs, les bijoux, les mots doux. La promesse de ne plus… jamais. Et le soupçon d'une fille à Los Angeles, l'appel reçu à propos de cette relation à New York, une cliente très en vogue avec qui il avait été vu sur la piste de danse du Stork Club. Qui aurait pu imaginer que leur amour se fane et s'aigrisse à ce point ? Jon et elle étaient condamnés dès qu'ils eurent prononcé leurs vœux. Il l'avait aidée à se lancer et à prendre son indépendance, puis il était devenu un poids pour elle, se mettant en quête de sa réussite propre en refusant toute implication dans son entreprise. Il l'avait trompée, lui semblait-il, dans chaque port où ils avaient fait escale, encouragé par le simple fait qu'elle était toujours au travail et indisponible. Et maintenant qu'elle avait parcouru tout ce chemin, il était parti et n'aspirait plus à quoi que ce soit. Et elle non plus. *Je suis mieux sans lui,* observa-t-elle en secouant la tête. *Il était faible et il y avait toujours un problème. C'était le moment qu'il parte.*

Elle inspira profondément pour chasser son angoisse. Son affaire était florissante et elle avait récemment obtenu son passeport américain. Son fils Miles, qu'elle avait inscrit à Collegiate, obtenait d'excellents résultats. Alors qui avait besoin de Jon ? Elle allait pouvoir consacrer tout son temps à son entreprise. Maintenant, elle pouvait gagner, sans lui. Qu'il aille au diable. Elle savait qu'au fond elle l'aimait toujours, mais réprimait ses sentiments. Forte d'une toute nouvelle détermination, elle quitta le labo et se pressa dans la rue devant son bureau de la 5e Avenue, prenant enfin la direction de sa maison.

25

LE SOUPÇON

New York, 1936

Le jour précédant la descente de la grande boule lumineuse marquant l'arrivée de la nouvelle année[1], Constance avait retiré la somme idéale à la banque. Un montant qu'elle pouvait toucher légalement sans attirer de soupçons. Elle s'arrêta dans une petite papeterie pour y acheter une enveloppe cartonnée, puis arriva au bureau à onze heures moins le quart, sans même remarquer l'épouvantable météo de ce jour-là. Elle était trop absorbée par la tâche à accomplir, par la nécessité de faire sortir cette nuisance de sa vie. Lenny était revenu une nouvelle fois avec de nouvelles menaces, et CeeCee avait finalement échafaudé un plan pour lui faire peur. Elles avaient décidé de passer à l'acte.

Elle se dirigea immédiatement vers son bureau sans passer par celui de CeeCee pour voir si elle était là. Elle compta les billets de cent dollars encore rigides et les plaça dans l'enveloppe. Après avoir passé plusieurs appels et déjeuné avec un client, elle déposerait le paquet selon les instructions de CeeCee.

Lorsque Constance regarda de nouveau l'heure, la journée était déjà terminée. Le crépuscule était presque là lorsque le téléphone sonna.

---

1. La descente de la boule lumineuse du jour de l'An, à Times Square à New York, a lieu traditionnellement depuis plus de cent ans.

– Constance ?

– Oui, qui est…

– CeeCee. J'ai rassemblé quelques affaires. Merci de laisser l'enveloppe dans le tiroir de mon bureau. Du côté droit. Je lui ai dit qu'elle serait là.

– Il vient ce soir ?

– Oui. Laisse-la à cet endroit et rentre chez toi aussi vite que possible.

La voix de CeeCee semblait distante et paniquée.

– Bonne année, ajouta-t-elle d'un ton résigné et maussade.

Constance tenait l'enveloppe.

– Je vais aller la mettre maintenant. CeeCee, pouvons-nous…

La communication coupa. Ne sachant pas où elle était, Constance ne chercha pas à rappeler. Au lieu de cela, elle se pressa de passer son manteau, un luxueux vison avec ceinture, sur son pantalon griffé et, munie de l'épaisse enveloppe, contenant à peine sa frustration et sa terreur, quitta son bureau pour faire la livraison.

Rejoignant le bureau de CeeCee, elle remarqua que l'écritoire était vide. Elle ouvrit le tiroir du bureau et le trouva vidé de son contenu. Où étaient les affaires de CeeCee ? Son bureau semblait aseptisé et abandonné, ne contenant pas un seul morceau de papier ni stylo, à l'exception d'une petite fleur fluette dans un vase. Constance déposa l'enveloppe dans le tiroir du meuble, du côté droit, conformément aux instructions. Puis elle rejoignit le vestibule puissamment éclairé et prit un ascenseur bondé de monde. Son malaise alla grandissant à chacun de ses pas jusqu'à sa sortie de l'immeuble.

Lenny arpenta les halls et les bureaux de Gardiner Cosmetics avec une sensation de grandeur. Mme Gardiner-Wyke le payait pour qu'il garde le silence ! Cette sale gouine n'avait pas le choix si elle ne voulait pas que son monde de contes de fées découvre la terrible vérité. C'était la dernière fois qu'il déambulait en ces lieux, mais ce qu'il ignorait ne lui portait pas préjudice, tout occupé qu'il était à laver le sol.

Il ne fut pas difficile à Tony Morello de pénétrer dans le bâtiment sans être remarqué. Rien de plus facile aux heures de pointe que de se fondre dans les flux du personnel. Il arriva au quinzième étage sans même qu'on lui demandât son nom. Les instructions étaient simples : l'argent serait dans le tiroir droit du bureau où se trouvait un vase avec une fleur. Ce serait l'affaire d'une demi-heure tout au plus. Tony ne comprenait pas trop pourquoi Mickey lui avait demandé de faire cela, mais il était plus que disposé à lui rendre ce service. Cette somme d'argent tombait bien et le job était simple, il n'aurait qu'à ficher une bonne frousse à l'Irlandais. De plus, Mickey était un ami. Grâce à lui, il avait toujours eu dans son lit les plus belles filles de la ville. Il avait aussi toujours été un excellent partenaire en affaires. Et lorsque Mickey s'entichait de quelqu'un, en particulier d'une jolie fille, rien ne l'arrêtait.

Tony aperçut la silhouette de loin, celle d'un vieil homme qui nettoyait le sol au centre du bureau. Il s'approcha de lui rapidement.

– T'as du feu ? demanda Tony.

Il sortit une Chesterfield de la poche de sa veste et la colla sur sa lèvre inférieure.

– L'immeuble est fermé, monsieur, répondit Lenny. Il rouvre à six heures trente demain.

– Demain, celui que je cherche ne sera plus là, dit Tony, se rapprochant de plus en plus de Lenny à chaque pas.

– Qui est-ce que vous cherchez ? demanda Lenny.

Il attrapa le manche de son balai. Ses phalanges blanchirent. Tony se pencha en avant et son visage devint visible dans la lumière.

– Le type abject qui prend l'argent des vieilles femelles qui ont du flouze, lança-t-il en lui décochant un coup de poing dans la mâchoire.

La seconde suivante, Lenny saisit le balai et frappa Tony à la tête. Qui disait Irlandais disait pugnace, et ce n'était pas l'expérience des bourre-pifs aux Ritals qui lui manquait. Tel un taureau courroucé, Tony se lança en avant, agrippa Lenny par le col et commença à le frapper. D'un balancement de son bras droit, Lenny le toucha à la joue. Il n'était pas batailleur, mais il avait tenu tête à son père une ou deux fois. De plus en plus enragé, Tony fonça à nouveau sur Lenny.

Mickey entendit son téléphone sonner au milieu de la nuit. Il s'était endormi, une bouteille de whisky single malt sur les genoux. Il fit tourner plusieurs fois la bouteille dans ses mains puis décrocha.

– Allô ?

– Mickey… j'ai déconné.

La voix de Tony était éraillée.

– Qu'est-ce qui s'est passé ?

– J'ai attaqué le type, Mick. Ensuite, il m'a frappé et nous nous sommes battus. Puis il a pris mon portefeuille, parce qu'il était tombé de ma poche, tu vois. J'ai été obligé de partir en courant parce que quelqu'un nous a vus nous battre et a commencé à crier. Alors je me suis précipité dans les escaliers. Il pourrait appeler les flics, Mick.

Mickey s'était redressé d'un seul coup et donnait des coups sur le sol avec la bouteille. Puis il passa en revue toutes les options possibles en reprenant ses esprits. Il pouvait dire à CeeCee qu'ils avaient échoué et ils pourraient recommencer. Ou il pouvait prendre son courage à deux mains et terminer le travail. Il aurait besoin de quelques gorgées de ce redoutable liquide porte-chance pour aller lui-même donner une leçon à ce type.

– Où es-tu ? demanda Mickey.

– Dans un snack-bar, à l'angle de Broadway et de Lafayette, murmura Tony de sa voix cassée.

– Tu as toujours l'adresse perso du type ? Je te l'ai donnée ? demanda-t-il.

Il se rappelait avoir demandé à CeeCee de l'obtenir et se réjouit de l'avoir fait. Il savait également que ce type vivait seul.

– Ouais. J'allais justement la mettre dans mon portefeuille, mais pour une raison ou une autre je l'ai laissée dans la poche de mon manteau.

– Alors c'est ton soir de chance. Raccroche et attends-moi là-bas. J'y serai dans une heure. Je vais devoir appeler Charlie.

Mickey raccrocha et prit une gorgée d'alcool. Il composa le numéro de son ami Charlie, l'affranchi qui s'occupait des boulots plus délicats. Quelque part, il espérait qu'il ne décroche pas.

– Vous avez une idée de l'heure qu'il est ? grogna Charlie à l'autre bout du fil.

– C'est Mickey. Tony et moi, on s'est mis dans le pétrin, dit-il, nerveux.

Il n'avait jamais appelé pour demander ce genre de service.

– Dis-moi où et quand… fit Charlie.

26

UN DUO INATTENDU

New York, 1936

Les jours de CeeCee chez Gardiner Cosmetics étaient terminés. Les autres employées du bureau étaient décontenancées. Elles faisaient des irruptions répétées dans son bureau pour demander à Constance ce qui s'était passé, pourquoi CeeCee était partie si soudainement et avait vidé son bureau sans explications, sachant qu'elle faisait tellement partie intégrante des opérations. Constance n'avait d'autre solution que le mensonge. Mais honnêtement, elle n'avait aucune certitude elle-même quant au déroulement des choses, bien qu'au fond elle y vît un lien évident avec les sinistres événements qui avaient eu lieu. Elle avait certes adopté une attitude stoïque, mais elle sentait qu'il importait au plus haut point qu'elle passe à autre chose, et vite. Heureusement, la répression de ses émotions était une spécialité chez Constance, ou plutôt une spécialité des protestants anglo-saxons blancs et canadiens. Elle n'était pas non plus versée ni coutumière des crimes et des délits, mais dotée d'une intelligence suffisante pour comprendre qu'elle avait peut-être intérêt à quitter la ville pendant quelque temps. Un séjour à Palm Beach lui ferait le plus grand bien.

Son nouveau palais était la destination parfaite pour s'échapper. Lorsqu'elle le lui dit, Van se réjouit à la perspective de deux semaines au soleil avec son insaisissable épouse, bien qu'un peu choqué qu'elle décidât de s'accorder tant de repos. Mais il se garda bien d'aborder le sujet, de peur qu'elle ne lui donne raison et décide de raccourcir son séjour.

Après quelques jours de voyage en train, Van et elle apprécièrent de se retrouver à *Constant Gardin*, leur propriété de Palm Beach récemment rebaptisée. La décoratrice d'intérieur de renom Elsie de Wolfe – Lady Mendl – lui avait été recommandée pour prendre en charge la rénovation et l'installation. Il avait fallu des mois pour reprendre les murs, repeindre, nettoyer et réinstaller les antiquités princières que Constance avait achetées avec la maison. Lady Mendl avait insisté pour couper les épais buissons tropicaux qui dissimulaient la splendide vue sur la mer et créer une pièce iconique et extravagante à rayures vertes et blanches intitulée Floride, flanquée d'un fantaisiste dais inspiré du chapiteau d'un cirque, point focal pour les réceptions. Peu de temps après, Constance prit la décision de faire systématiquement figurer les rayures sur ses emballages, sur les sacs griffés de la marque et jusqu'aux mouchoirs en papier. Elle était « folle » des rayures, en vert et blanc, en rose et blanc, en jaune et blanc. De toutes les rayures. Certes, Lady Mendl était à l'origine de cette « tocade » pour les motifs rayés, mais Constance était particulièrement douée pour s'approprier des idées venant de l'extérieur. « Les rayures, les rayures, les rayures sont de saison ! » avait-elle lancé à ses concepteurs de produits.

Constance évoluait telle une princesse, servie par douze employés se consacrant à l'entretien ainsi qu'à l'astiquage de l'argenterie ; Van et elle-même ne s'étaient jamais sentis aussi heureux et en harmonie. Ils se fondèrent l'un et l'autre dans une routine de matchs de polo, de natation, de parties de tennis et, bien sûr, de cocktails et de jeux de cartes. Par l'entremise de Topper et de Lally, leur adhésion à deux des meilleurs clubs leur assurait un entourage à 100 % blanc, dans lequel Constance pouvait parfaire ses facultés d'entregent dans la haute société. Elle apprit comment tenir un fume-cigarette et le mot *dahling*[1] ponctua de plus en plus son discours. Son oreille attentive lui permit d'observer que dans son nouveau cercle des mots de tous les jours comme « canapé » et « peinture » étaient des « sofas » et des « images ». Mettant pleinement à profit son allure blonde de star du cinéma, son mari aristocrate et son manoir rénové, ainsi que sa récente success-story dans les affaires, Constance Gardiner-Wyke venait de se lancer officiellement dans la haute société de P.B.

Lally et Constance étaient devenues proches tant sur le court de tennis qu'en dehors. Bien sûr, la coquette somme de sa commission avait joué un rôle.

Au club, alors qu'elles venaient tout juste de conclure un match de fin de soirée en lançant leurs raquettes en bois le plus haut possible dans un irrépressible fou rire, elles se dirigèrent vers les vestiaires.

Il était tard, la nuit tombait et l'endroit était vide, car c'était l'heure des cocktails et la plupart des autres membres se dirigeaient à cette heure-ci vers les terrasses. Constance observa alors que Lally quittait son ensemble de tennis pour se retrouver en sous-vêtements ; elle ressentit la désormais habituelle sensation électrique dans la poitrine et entre ses jambes.

– Quelle chaleur, dit Lally en dégrafant sa brassière, sa séduisante poitrine libérée de toute contrainte, étonnante de souplesse, laissant apparaître une peau rosie par la chaleur et parsemée de taches de rousseur. Laisse-moi t'aider, proposa-t-elle en s'avançant vers Constance pour dégrafer sa propre brassière sans hésitation.

– Que fais-tu ? Voilà qui est bien présomptueux, Lally, dit Constance, souriant au contact de la poitrine tiède de Lally sur son cou, agrippant à pleines mains ses généreux seins.

Elles échangèrent un baiser endiablé.

– Je n'aurais jamais pensé… murmura Constance, renversant sa tête en arrière avec délectation.

1. Pour *darling*.

– Je l'ai su dès que je t'ai vue au Stork Club. Pour moi, c'est comme si je m'accordais un petit gin-tonic pour la route. C'est doux, humide et, oh, c'est si bon, dit-elle l'air blasé.

– Topper est au courant ? s'enquit Constance tandis que Lally lui mordillait le cou.

– Il est trop stupide et n'éprouve aucun intérêt pour ce que j'aime ou ce que je fais. Il me l'a dit clairement. Il couche aussi avec cette héritière de l'aluminium, dont le nom m'échappe. Jacqueline… quelque chose. Elle est étrangère. Je suis sûre que c'est pour l'argent, grimaça-t-elle. Van sait-il ?

– S'il le sait, il ne m'en a jamais rien dit.

– Cela ne m'étonne pas. Beaucoup de choses se passent à Palm Beach dont personne ne dit mot, confia Lally. Et nous en sommes tous ravis.

Après une demi-heure d'ébats amoureux dans les douches, elles firent de nouveau apparition dans les vestiaires comme si rien ne s'était passé. Aucune des deux femmes ne fit de commentaires sur leurs échanges alors qu'elles se préparaient pour la soirée. Ce qui venait de se produire n'était autre qu'une partie fine rafraîchissante et rondement menée, mais sans autres considérations, et bien que le désir ne fût pas aussi ardent qu'avec CeeCee, ces tractations étaient appréciables pour leur aspect fonctionnel et bien exécuté. Pour Constance, c'était comme si elle était retournée à l'université et retrouvait le secret et la camaraderie des plaisirs secrets partagés avec les filles de sa promotion.

– Lally, j'adore vraiment cette association de couleurs.

Constance examinait dans le détail le petit haut sportif que Lally était en train de passer, d'un vert acidulé qui contrastait magnifiquement avec ses sous-vêtements en dentelle rose. Puis Lally enfila une jupe plissée rose vif. Rose et vert. Une fabuleuse association de couleurs pour l'un de ses produits.

– Oh, ça… dit-elle, minimisant le commentaire de Constance. C'est *drès*, *drès* Palm Beach, *dahling* ! plaisanta-t-elle.

– Eh bien, cela te va merveilleusement bien au teint.

Elles sortirent bras dessus, bras dessous et marchèrent jusqu'au club-house comme des sœurs complices. Au bar, elles saluèrent des amis et célébrèrent leur amitié rapprochée avec quelques gin-tonics. Constance était ravie. Elle avait maintenant un nouveau foyer et une nouvelle attache « athlétique » sur l'île. Enfin, sa dernière trouvaille n'était pas la moindre, une idée rose et verte pour l'emballage de son nouveau mascara, Eye-Allure.

Avec les plus grands aplomb et célérité, Constance rentra à New York, bronzée et détendue. Elle fut soulagée de voir que Lenny n'était plus à son poste. CeeCee avait évidemment réglé le problème grâce à un voyou qu'elle connaissait. Elle l'aurait appelée pour en savoir plus, mais n'avait aucun moyen de la contacter. Elle n'avait jamais su où CeeCee vivait. Sans se départir de sa confiance, Constance se recentra en se focalisant sur un nouveau produit et sur sa dernière grande idée : l'adoption. Elle avait eu cette prise de conscience dans le train du retour vers New York en voyant une maman avec un nouveau-né pris en charge par deux *nannies* britanniques expertes. Cela lui semblait maintenant évident. Un bébé était la solution parfaite étant donné son penchant indigne et le désir de Van de fonder une famille. Alors, comme à l'accoutumée et avec un professionnalisme méticuleux, quelques mois après avoir contacté le meilleur service et versé quelques dessous-de-table, Van et elle eurent devant eux un fils parfaitement photogénique, un ange blond aux yeux bleus. Van était comblé d'avoir enfin une descendance… Van Wyke Jr. Constance, ne s'étant découvert aucune tendance maternelle, engagea à son tour deux *nannies* anglaises pour assurer le travail, sous sa supervision assidue. Elle avait également calculé les avantages additionnels de l'arrivée d'un héritier. Très vite, Van Jr. fut prêt pour l'objectif des caméras, et elle apprécia les promenades au parc en compagnie des photographes, et les opportunités de figurer dans la presse. Constance ne pouvait que se féliciter des résultats obtenus. Elle n'avait eu qu'à verser vingt-cinq mille dollars à une fille-mère du Kentucky, à l'enfant de laquelle elle allait donner la meilleure vie dont on pouvait rêver : famille, écoles et clubs élitistes. Après tout, quoi de mieux pour afficher son hétérosexualité qu'un nouveau-né et des cheveux blond platine, exactement à son image ? Le fait qu'elle n'avait jamais semblé enceinte ne posa pas de problème pour le grand public ni pour ses Gardiner Girls, car elle avait fait en sorte de ne pas trop se montrer durant quelque temps, ne cessant de travailler néanmoins. Ses amis et relations proches étaient certes dans la confidence, mais personne ne disait mot, car ce n'était pas du domaine du dicible. Lorsque les faire-part gravés à la main furent envoyés, les parents reçurent les cadeaux de naissance de rigueur et des télégrammes de félicitations de circonstance.

Constance administra un symbolique baiser sur le front blond comme les blés après une séance photo de vingt minutes pour *Good Housekeeping*, et remit le bébé entre les mains des *nannies*, avant de retourner à ses affaires. Elle prit un taxi pour rejoindre son bureau et vérifia l'état d'avancement de son projet numéro 1. Elle avait mis en œuvre une série de tests auprès de son équipe chargée des essais cosmétiques sur le mascara, et se rapprochait d'une issue favorable. Elle donna des instructions détaillées sur les échantillons de produits et les flacons, s'assurant que l'emballage fût aussi exceptionnel que le produit qu'il contenait. Des écrins fins et brillants de toutes les formes peuplaient les étagères de son bureau. Mais aucun n'était comparable à son emballage signature, l'inimitable rose pêche et vert. Elle repensa à l'effet sophistiqué, très « bord de mer », éclatant et élégant à la fois de cette association de couleurs sur Lally. Son équipe de développement produits lui avait promis les échantillons avant la fin de la semaine et Constance avait précisé que tout devait être finalisé avant la fermeture des bureaux le vendredi. Elle devait faire montre de fermeté pour rester en lice. Les Américaines appelaient de leurs vœux la nouveauté.

Dans les bureaux surplombant les salons de prestige de Herz Beauty sur la 5e Avenue, Josephine, frustrée, assise devant son téléphone, écoutait les excuses banales de sa propre équipe de développement.

– Je retourne au labo ce soir pour voir les nouveaux échantillons. Si cela n'est pas concluant, je *fais defoir* me débarrasser de vous, lança-t-elle, avant de raccrocher sans transition.

On frappa à sa porte et elle accueillit cette distraction avec joie. Sheridan Sloane était responsable du service juridique de Herz depuis bientôt huit ans. Il était pétri de snobisme, et il fallait un certain temps pour le connaître. Mais Josephine avait toujours préféré payer davantage pour obtenir le meilleur service, et avait donc misé sur cet avocat patricien blanc diplômé de Princeton pour faciliter ses échanges avec les instances comptables de la nation. Son insécurité était telle qu'elle avait toujours estimé que les juristes, tout comme elle, devaient paraître avant d'être.

– Avez-vous un moment ? demanda-t-il.

Sans attendre la réponse, il s'assit sur la chaise en face d'elle.

– Un moment seulement, Sloane, répondit-elle, l'appelant comme toujours par son nom de famille.

Il vit à son regard troublé qu'elle était dans une de ses fameuses humeurs ravageuses.

– Nous avons un problème avec la production en urgence de la nouvelle ligne de produits. Je suis toujours un peu dans le flou à ce propos. Puis-je vous demander de quoi il s'agit exactement ?

– Lorsque ce sera finalisé, vous aurez votre réponse.

Cela faisait des mois qu'elle éconduisait les questions sur le sujet, tant celles de la presse que celles de ses propres employés, et elle ne pouvait risquer une fuite depuis son propre cercle rapproché de collaborateurs, au vu de la présence récente d'une taupe : Polly. Et quelque chose à propos de cet homme lui avait toujours inspiré de la méfiance.

– Malheureusement, ainsi que vous le savez, il serait relativement dangereux de placer des produits en boutique tant que nous ne disposons pas de marque déposée ni de brevet, de surcroît si c'est une création. Nous n'avons pas mis en place de police d'assurances, et nous n'avons pas le temps de réaliser les essais de ce produit. Lorsque nous aurons déposé la marque et/ou le brevet, nous pourrons au moins faire une annonce au sein de la profession. On ne peut mettre la charrue avant les bœufs. Voyez-vous quel est mon argument, *Madame** Herz ?

Il semblait excessivement fier de sa personne, et Josephine eut soudain envie de tendre la main vers l'autre côté de la table pour faire sauter les lunettes de sur ce nez parfaitement aquilin. En un éclair, elle comprit pourquoi Sheridan Sloane provoquait chez elle de l'aversion : il lui rappelait Jon Blake. Bel homme et… toujours un train de retard.

– Oui, je vois très bien, répondit-elle, feignant l'ennui.

– Cela semble sortir des classiques, dit-il. Êtes-vous certaine de ne pas pouvoir en dire plus ?

– Je vous promets que lorsque j'en parlerai, tous ces stratagèmes et ce tralala auront valu la peine. Nous sommes sur le point de faire le premier pas dans la nouvelle ère de notre secteur, dit-elle en le fixant.

– *Madame**, loin de moi l'idée de douter de vous.

– Absolument, répliqua Josephine.

Elle prit note mentalement de renvoyer cet homme et d'embaucher un Juif. Elle avait déjà travaillé sur le brevet avec un cabinet d'avocats extérieur, et Sheridan avait été trop occupé à jouer au squash pour se rendre compte de quoi que ce fût.

Sheridan se leva et rassembla ses dossiers. Il ajusta ses lunettes tout en haut de son nez puis, avant de prendre congé, se tourna vers elle.

– Le produit a-t-il un nom, ou allons-nous devoir attendre sur ce point aussi ? s'enquit-il.

– Lashmatic, déclara-t-elle. J'ai déjà déposé la marque.

– Je vois. Vous avez eu recours à un autre avocat pour cela ? répondit-il, confus. C'est un nom parfait pour une nouvelle voiture, continua-t-il.

– Du fait que cette femme, Gardiner, a placé une taupe dans mon bureau, je vais être obligée d'utiliser les services de différents juristes pour diverses choses, à partir de maintenant. Je ne veux pas que qui que ce soit en sache trop, expliqua-t-elle, regardant brusquement ailleurs.

– Je vois…

Il baissa les yeux. Il savait qu'elle avait raison et qu'il n'était pas en position d'argumenter. Ce qu'il entendait lui déplaisait cependant.

– En fait, j'ai déposé le brevet il y a plusieurs mois, avec l'aide d'un cabinet extérieur.

– Êtes-vous certaine de ne pas me faire confiance pour mener à bien cette tâche ?

– Je ne fais confiance à personne, Sloane, pas même à mon futur ex-mari. Alors ne le prenez pas personnellement, dit-elle en le congédiant.

Il sortit de la pièce, usant de ses généreuses mèches blondes pour dissimuler son profond désarroi.

Josephine esquissa un sourire et se plongea dans le mutisme. Elle venait de recevoir de l'office des brevets la confirmation que la marque déposée lui appartenait. *Herz !* Maintenant qu'elle disposait du nom parfait, il ne manquait plus que le produit parfait. Et surtout utilisable.

Elle rit à gorge déployée.

Lashmatic. Une nouvelle marque de voitures !

Quel idiot, ce Sloane… Elle se mettrait en quête d'un nouveau juriste en interne dès le lendemain matin.

27

RETOMBÉES

New York, 1936

CeeCee avait appelé Mickey de nombreuses fois pour parler de ce qui s'était passé cette nuit-là. Que s'était-il passé ? Ces questions interminables tournaient dans sa tête et alimentaient son angoisse. Elle décida que le meilleur moyen était de se rendre chez lui pour lui parler seule à seul. L'unique problème était qu'elle seule lui permettait de venir dans son appartement et qu'elle n'était jamais allée chez lui, sa règle d'or consistant à ne pas aller où elle savait que d'autres femmes étaient allées avant elle.

Tout en se maquillant, elle passa en revue les produits éparpillés sur sa coiffeuse. Presque tout l'espace était occupé par des flacons à demi pleins et de vieux échantillons de Gardiner Cosmetics. Elle se souvint qu'elle avait rangé une boîte dans son placard ; elle contenait les produits de Herz Beauty que Constance voulait étudier, dont certains avaient été achetés par CeeCee à la demande de Constance et d'autres, volés par cette Polly et l'autre fille, Frieda, chargée d'espionner Herz. Ces produits, la plupart de meilleure qualité que les maigres échantillons auxquels elle avait droit, étaient restés intacts. Saisissant la corbeille, CeeCee passa le bras le long de sa coiffeuse et y jeta l'intégralité des produits Gardiner. Elle prit ensuite la boîte dans le placard et en sortit les produits de beauté dont elle avait besoin, puis se mit à les appliquer à la mode Herz.

Il était presque midi lorsque CeeCee arriva à la boutique de primeurs de la famille de Mickey dans Norfolk Street. Un petit homme âgé était occupé à déballer des pêches et des pommes et à les disposer dans des clayettes en bois.

– Excusez-moi, je cherche Mickey. Il est là aujourd'hui ? demanda-t-elle.

– Non, mademoiselle, il n'est pas là, répondit le vieil homme en se retournant.

– C'est un…

Elle s'interrompit. « Ami » n'était pas le terme à utiliser dans ce genre de circonstances. De plus, elle n'avait aucune envie de déclencher une discussion politique sur les relations raciales avec cet homme et avait besoin de renseignements.

– Je m'appelle CeeCee Lopez. Il m'a demandé de nettoyer son appartement et il m'a dit de le retrouver ici. Il ne m'a pas donné d'adresse.

Il lui semblait désormais étrange de ne s'être jamais rendue à son appartement. Elle n'avait jamais voulu franchir cette limite, peu importe le temps qu'ils passaient ensemble.

– Oh, bien sûr !

Le ton de l'homme en face d'elle changea, comme s'il s'adressait maintenant à une enfant.

– Je vais vous la noter, d'accord ?

L'homme alla chercher un morceau de papier et un stylo dans la remise. Il commença à griffonner l'adresse.

– Vous aimez faire le ménage ?

– Oui, monsieur, j'aime beaucoup. Mama m'a toujours appris qu'il était important de bien tenir sa maison, répondit-elle en souriant et en battant des cils.

– Vous êtes une bien jolie fille pour une femme de ménage, mais qui ne connaît pas Mickey, pouffa-t-il en lui remettant le papier.

– Merci, monsieur, bonne journée, dit-elle avec un sourire.

L'immeuble de Mickey n'était pas trop loin de la boutique de primeurs, seulement à quelques encablures de Delancey, près d'Orchard Street. Le vieil homme aurait tout simplement pu lui donner le nom de la rue et le numéro de l'immeuble, mais avait eu la gentillesse de lui dessiner un croquis avec des flèches, sous-estimant peut-être son sens de l'orientation. Elle gravit les escaliers jusqu'au troisième étage et frappa à la porte de l'appartement 5. Elle répéta l'opération plusieurs fois avant que Mickey n'ouvre la porte, laissant apparaître un marcel sale et un verre de whisky. Une masse de poils entremêlés faisait irruption à l'encolure, et d'autres étaient visibles sous le coton fin du tee-shirt. Il avait les traits tirés comme s'il n'avait pas dormi depuis une semaine, et CeeCee se rendit compte en jetant un œil dans l'appartement qu'il était dans un état pitoyable.

– Cee, comment as-tu… ?

– Je suis passée à la boutique. Pourquoi ne réponds-tu pas à mes appels ?

– Je n'avais pas envie de parler. Tu es venue me chercher ?

– Je peux entrer ? dit-elle en plaçant sa main sur la porte et en poussant légèrement pour entrer.

La laissant passer, il referma la porte et ramassa quelques affaires jonchées au sol.

– Désolé pour le bazar. Tu veux quelque chose à boire ? dit-il, jouant la carte du charme. Je suis content que tu sois là finalement. Tu n'as jamais voulu venir jusqu'ici, reprit-il sur un ton plus enjoué.

– Mickey, qu'est-ce qui s'est passé ?

– Ce ne sera plus jamais un problème. Tu peux en être certaine, dit-il, ses yeux se fixant autour de la pièce pour éviter de croiser son regard.

– Il a compris le message ?

– Oui, d'une façon ou d'une autre, répondit-il, évitant toujours son regard.

CeeCee ôta sa veste, révélant une robe plutôt provocante, une coupe bain de soleil en coton prune avec un bustier pigeonnant. Elle n'ignorait pas que son charme pouvait être utilisé à dessein pour en apprendre plus.

– Tu es tellement belle, bredouilla Mickey.

– Dis-moi ce qui s'est passé, demanda-t-elle en s'asseyant sur le canapé et en tapotant le coussin pour lui faire signe de s'asseoir près d'elle.

– Tu n'as pas besoin de détails. Il ne t'ennuiera plus.

– Dis-moi, mon chéri, s'il te plaît.

Elle était disposée à jouer les séductrices pour obtenir des réponses. Il allait finir par se confier.

– Non, Cee. Ça s'est pas passé comme prévu. Restons-en à ça.

– Qu'est-ce que tu veux dire ? dit-elle, son sourire maintenant figé.

– Je t'ai dit de laisser tomber, rugit-il.

Elle n'avait pas imaginé que sa voix puisse être aussi forte. Il se leva brusquement et parcourut la pièce de long en large comme un lion en cage.

– Mickey, dis-moi tout de suite ce qui s'est passé. Tu peux me dire ce qui ne s'est pas passé comme prévu ?

– J'avais bu et c'est à cause de Tony. Il m'a encouragé à le faire.

– Qui est Tony ?

– C'était un cauchemar. Je ne comprends pas pourquoi je l'ai fait.

– Fait quoi ?! dit CeeCee, presque hors d'elle, les pires visions d'horreur traversant son esprit.

– Le type que j'ai envoyé a déconné. Morello s'est battu. Mais le type lui a pris son portefeuille. Alors nous avons dû lui régler son compte avant que les flics s'en mêlent.

– Morello ?

– C'est celui que j'ai envoyé pour s'occuper du type qui te causait des ennuis.

Plus il arpentait la pièce, plus son cœur s'accélérait.

– Morello m'a appelé. Il était paniqué… Alors j'ai appelé Charlie et on est allés chez le type. Heureusement, on l'a trouvé en train de se taper des bières. C'était un fils de pute gourmand, je suis sûr qu'il était en train de prévoir ce qu'il allait faire ensuite. Alors on est entrés, on l'a frappé et on l'a balancé dans le coffre de la Buick. Ensuite, je me suis retrouvé dans un motel crasseux à deux kilomètres de la ville avec ce type qui se vidait de son sang dans la baignoire.

– Qui saignait, Mickey ? Qui saignait ?!

– Le type. Le gardien.

CeeCee laissa échapper un cri. Le cri d'une biche blessée. Elle n'avait rien voulu de tout cela.

– Cee, c'était pas beau.

– Stop ! s'exclama-t-elle, les yeux gonflés de larmes.

– Je l'ai fait pour toi.

Elle secoua la tête.

– Je n'ai pas demandé ça.

– J'aimerais bien revenir en arrière. Je voudrais bien. Je voudrais bien…

Il sanglota dans le creux de sa poitrine et elle l'entoura de ses bras.

– Je ferais mieux de quitter la ville pendant quelque temps, Cee, gémit-il, produisant un son inhabituel pour un macho de sa trempe.

– Où vas-tu aller ? demanda-t-elle, dans un soupir, angoissée à l'idée de le perdre.

– L.A. Mon oncle Irving gère la loterie[1] là-bas. J'irai travailler pour lui le temps que les choses se décantent ici.

Il secoua la tête, libérant quelques boucles rebelles.

– Je comprends, dit CeeCee, baissant le menton.

– Tu vas me manquer.

– Pas autant que tu me manqueras.

Il la prit tout contre son torse musclé, et elle sentit la puissance de cet homme et l'odeur sensuelle de son après-rasage mêlé de transpiration masculine. Durant un instant, elle ne pensa qu'à une seule chose, à l'homme qui l'aimait, oubliant celui qui était mort.

1. Aux États-Unis, il s'agit d'une loterie illégale.

28

PRISE DE CONSCIENCE

New York, 1936

Constance et son équipe chez Gardiner Cosmetics travaillaient sur un tout autre genre de plan de lancement. Sans discours de stratégie pompeux devant un comité directeur. Sans discours ampoulé sur l'avenir. L'avenir était en train de se construire petit à petit, pas à pas et avec les meilleures intentions. Cela dit, chacun savait qu'un ingrédient manquait. Tout d'abord, Constance avait approuvé les tubes métalliques de forme allongée et cylindrique qu'elle avait sélectionnés suite à une présentation à Paris quelques années auparavant. Puis elle s'était intéressée à un nouveau type de plastique que l'on produisait depuis peu. La taille de la brosse changeait sans arrêt elle aussi, et la formule du produit était soit trop épaisse, soit trop liquide. Si tout se passait comme prévu, chacun savait que son produit pour les yeux serait un succès instantané. Mais le projet était sans cesse retardé par des indécisions, un manque de maîtrise, et des problèmes concernant la formulation chimique.

Pour se changer les idées, Constance se concentrait davantage sur le volet marketing, le plan de commercialisation du produit une fois lancé, car c'était là ce qu'elle préférait, la publicité et l'aspect créatif de la promotion produit. Puis venaient les complexes décisions financières : quel budget consacrer aux publicités radio, par rapport aux publicités presse et magazines, pour soutenir ses V.R.P., et évaluer s'il serait intéressant d'offrir un cadeau de bienvenue pour tout achat du nouveau produit.

Elle finalisait la liste des boutiques devant recevoir les premiers lots lorsque la porte s'ouvrit sur un visage familier. Cela faisait certes des semaines, mais la vue de sa vieille amie l'immobilisa sur place quelques instants. Elle fit de son mieux pour dissimuler sa surprise.

– Constance, salua CeeCee en se glissant à l'intérieur de la pièce.

Elle portait un ensemble marine sur mesure qui mettait en valeur sa silhouette souple, et une rangée simple de perles blanches. Sa beauté était, plus que jamais, à couper le souffle.

– CeeCee, dit Constance, esquissant un sourire propret et professionnel.

– Je suis désolée de faire intrusion.

– Tu ne me déranges jamais, Cee. Entre.

Elle fit un rapide signe au personnel qui s'attardait pour obtenir un peu d'intimité.

– Je te dois des excuses, commença CeeCee.

– C'est moi qui t'en dois.

– Je me suis égarée.

– Oh, *darling*, nous sommes tous un peu perdus.

Constance sourit nerveusement ; CeeCee lui avait manqué plus qu'elle ne se l'était avoué.

Elle rit, mais CeeCee ne tomba pas dans le piège. Cette dernière était revenue maintenant que cet acte abject avait été commis, sachant que Constance lui était redevable. Mais il fallait aussi prendre en compte le fait qu'elle était désormais sans emploi et se trouvait dans une situation peu avantageuse.

– Pendant tout le temps que nous avons passé ensemble, je n'ai jamais eu l'occasion de te présenter ma nouvelle idée de produit. Alors aujourd'hui que tout… que tout est rétabli, car j'ai tenu ma promesse… je voulais te présenter mon idée, dit CeeCee. Je prévois de monter ma propre affaire et j'ai besoin… d'un investisseur, dit-elle avec une autorité très maîtrisée.

Constance observa le visage de son amie, ses yeux de biche éclatants, ses élégantes pommettes, puis s'autorisa un regard furtif sur ses courbes. En dépit de quelques superficielles différences, elle se retrouvait elle-même en CeeCee. Mais cela ne l'attendrissait pas. C'était au contraire une menace.

– J'ai un nouveau produit dont le lancement aura lieu le mois prochain et tout est un peu chaotique en ce moment.

Constance semblait mécontente de ce qu'elle considérait comme un discours de mercenaire. Elle était froissée que CeeCee eût abordé l'autre sujet comme monnaie d'échange. C'était tellement en dessous d'elle.

CeeCee sentait déjà le parfum du refus, mais ne se départait pas de son éclatant sourire.

– Après tous ces mois de tâtonnements, vous avez finalement réussi à trouver la bonne formule pour mon projet de mascara ?

– Disons que la réussite appartient à celle qui travaille le plus tard le soir. Et il s'agit de *mon* projet de mascara, corrigea Constance, d'une voix presque glaciale.

CeeCee tenta d'esquisser un sourire.

– Oui, mais c'était mon idée. Je…

– C'était juste un dessin sur une page, et c'est de l'autre idée dont tu voulais discuter. Voilà ce qui nous différencie. Le talent de voir et de reconnaître ce qui marche. C'est pourquoi je réussis, dit fièrement Constance, rayonnante. C'est notre prochain lancement. Une fois que les dernières petites failles auront été résolues, bien sûr. Nous espérons publier l'annonce dans la presse très bientôt, annonça-t-elle.

– Et quel nom avez-vous trouvé finalement ? demanda CeeCee en baissant la voix et les yeux, sa défaite consumée.

– Eye-Allure.

– Bravo, dit CeeCee. C'est accrocheur.

– Merci. Tu aurais pu être informée et participer, tu sais. Mais tu as préféré disparaître sans même une explication. CeeCee, je te souhaite beaucoup de chance avec ton idée commerciale, fit Constance sur un ton sec et glacial.

– Après tout ce que nous avons traversé… dit CeeCee en regroupant ses affaires. J'aurais espéré un peu mieux. Même un prêt me suffirait. Le marché pour les femmes de couleur est tel que ce produit ferait de nous deux des millionnaires, ajouta-t-elle dans une dernière tentative d'argumenter. Sans oublier que c'est moi qui ai aidé à nous débarrasser de notre problème…

– CeeCee, je te précise que je suis déjà millionnaire et que je n'ai aucun désir de travailler dans le segment des femmes de couleur. Cela ternirait l'image de la marque Gardiner.

– Alors tu t'autorises à ternir ton image avec moi, mais tu ne feras rien de la sorte vis-à-vis du public ? lança CeeCee, enragée, enfin décidée à se défendre.

– C'est cela. Je crois que tu ferais mieux de t'en aller, CeeCee. Nous n'avons plus rien à nous dire sur le sujet.

Constance baissa les yeux sur son bureau et se remit au travail. CeeCee continua de la regarder alors qu'elle prenait acte de la seconde trahison de Constance.

– Parfait. Et ne t'inquiète pas, je ne dirai jamais rien au sujet de l'autre problème.

– Oui. C'est toi qui as tout arrangé. Je n'ai rien eu à voir avec tout cela.

– Vraiment… rien à voir avec cela… Hmmm… Constance, à partir de cet instant, nous ne sommes plus amies.

CeeCee se redressa et franchit le seuil de la porte. Elle se sentait fière malgré cette trahison. Elle savait que Constance s'était totalement servie d'elle. Il lui fallait maintenant un autre moyen de trouver de l'argent. Pourquoi la vie était-elle si injuste avec elle ?

Tandis que l'ascenseur descendait, CeeCee sentait son respect pour Constance baisser d'un cran à chaque étage qu'elle dépassait. Et la colère commençait à monter en elle. Comment Constance avait-elle pu lui asséner un tel coup ? Comment avait-elle pu si facilement la repousser ? CeeCee était à l'origine de l'idée d'Eye-Allure. Sans compter les sacrifices qu'elle avait faits pour protéger le nom de Constance. Elle se sentait si coupable que quelqu'un qu'elle aimait ait commis un crime pour elle et pour Constance, pour couvrir leurs agissements ! Elle n'avait eu droit à aucune manifestation de reconnaissance en retour et était contrainte de repartir les mains vides après s'être tant impliquée. CeeCee était une femme jeune et entreprenante, aussi prit-elle sa décision immédiatement. Elle savait exactement ce qu'elle avait à faire.

– Où va-t-on, mademoiselle ? demanda le chauffeur de taxi.

– 5e Avenue. Salons Herz Beauty, dit CeeCee.

Et elle observa les immenses immeubles en pierre de taille de la 5e Avenue qui lui ouvraient la voie, semblant la saluer.

29

RETOUR DE MANIVELLE

New York, 1936

Personne ne faisait irruption dans les bureaux de Herz Beauty sans être annoncé. Pas même les investisseurs de premier rang. Mais CeeCee n'avait rien à perdre. Et tant à gagner. Alors, sans hésitation, elle poussa les célèbres portes laquées couleur lavande du bureau de Josephine Herz, son assistante lui emboîtant le pas, l'air confus.

– Mademoiselle, vous ne pouvez pas ! criait-elle derrière elle.

– *Madame** Herz ! Pardon de vous interrompre. Je sors de chez Gardiner Cosmetics. J'ai besoin de vous parler à propos de quelque chose de très important.

CeeCee regarda autour d'elle, médusée. Elle n'était pas seulement hors d'haleine, mais hors du cadre. Tout était si opulent, féminin et royal.

Josephine fit signe à son assistante de sortir et de fermer la porte. Elle savait qui était cette jeune femme et avait la sensation qu'elle venait avec une proposition de valeur.

– Vous travaillez chez Gardiner, dit Josephine qui n'avait pas quitté son siège, lequel avait tout l'air d'un trône. On m'a dit que c'était vous qui faisiez tourner la boutique. Et à quoi dois-je cette immense plaisir, mademoiselle… ?

– Lopez. CeeCee Lopez. *Madame** Herz, je sais quel est le prochain lancement de Gardiner Cosmetics, dit-elle avec précipitation. Il s'agit d'un nouveau produit qui va certainement révolutionner le marché. Mais Constance veut aller trop vite, alors elle va tout faire capoter. Elle fait toujours ça.

– Attendez un peu, dit Josephine, se calant calmement dans son fauteuil doré, évitant de trahir sa curiosité ou de faire montre d'un manque d'intérêt. Arrêtez-vous tout de suite. Vous êtes ici par esprit de revanche, ma chère. Je sais que vous pensez que c'est la meilleure attitude à adopter à cet instant précis. Vous précipiter chez le concurrent pour lui révéler ce que Gardiner a de plus précieux. Mais vous allez le regretter et je n'ai pas besoin de votre secret... Rentrez chez vous, ma chérie, dit-elle en jouant avec ses rangs de perles blanches et noires lustrées, telle une impératrice en résidence.

– C'est vous qui allez le regretter, *Madame** Herz.

– Mademoiselle Lopez, cela ne vaut pas...

– C'est une méthode d'extension des cils, lança CeeCee désespérée et abattant sa dernière carte. Le produit se présentera dans un tube avec une brosse. L'effet recherché est d'attirer l'attention sur les cils. Il pourra se glisser dans un sac à main, continua CeeCee d'un air triomphant. Tenez, regardez le prototype, ajouta-t-elle.

Elle se leva et déposa un morceau de papier froissé sur le bureau. Josephine s'en empara immédiatement.

– Où avez-vous eu cela ? dit-elle, émerveillée par le dessin qu'elle avait sous les yeux.

– C'est moi qui l'ai dessiné. C'était mon idée, précisa CeeCee, grimaçant à la pensée qu'on lui avait volé son bébé.

– Je vois... dit Josephine, sans voix.

À l'issue de la réunion du comité directeur de la veille, elle avait acquis la certitude de sa réussite imminente, un succès qui éclipserait à jamais Constance, pour lui octroyer le contrôle de tout le secteur. Elle et Constance avaient tellement de choses en commun : la beauté et l'intelligence, une passion pour la forme et la création, le contenu et le packaging. Alors le fait qu'elles aient inventé le même produit quasiment en même temps ne la surprenait pas. Les mots qui allaient maintenant être échangés devraient être mûrement calculés, afin de ne pas étendre le pouvoir de négociation de cette fille. Josephine allait devoir garder le contrôle de ses émotions.

– Cela me semble être une merveilleuse idée. Je suis ravie pour elle. Et vous, ma chère, êtes une jeune femme très inventive, répondit-elle en s'attardant sur sa beauté.

– Je vais vous donner tous les détails. Tout. Le nom, la formule, le conditionnement. Mais il me faut quelque chose en retour.

Josephine s'assit au fond de son siège, examina le croquis, puis estima le moment opportun pour se lancer.

– Je n'ai besoin que d'une chose de votre part, et je serai d'accord avec vos exigences, ma chère, dit-elle tranquillement, évaluant dans le même temps tous les scénarios possibles, tentant d'identifier le meilleur résultat en un temps record.

– Vraiment ?

CeeCee sut alors qu'elle avait réussi son approche.

– A-t-elle un brevet ? demanda Josephine, visiblement avide d'entendre la réponse.

– Pas encore. Je crois qu'ils sont tout juste en train d'en faire la demande. Elle n'a toujours pas réussi à obtenir la bonne formule et les essais continuent, mais elle prévoit de le lancer quand même. Le nom du produit est Eye-Allure, je pense que le brevet est en cours de dépôt.

– Quel nom affreux ! Est-ce ça, la brosse ? demanda Josephine, se référant à nouveau au dessin. Elle est droite ?

– Oui. Je l'ai dessinée moi-même et j'ai vu le prototype. Il fonctionne, mais le produit crée des grumeaux à l'application, voyez-vous. Sans parler du fait qu'il déborde, qu'il bave et qu'il tache.

– C'est le problème que nous avons rencontré aussi… dit Josephine en hochant la tête.

– J'ai un moyen, dit CeeCee avec douceur. J'allais le lui révéler. Mais elle m'a volé mon idée, alors c'est à vous que je vais le donner.

Josephine fixa les yeux noirs de CeeCee.

– Mon Dieu, tout cela est vraiment fascinant, dit-elle, prenant une profonde respiration. Maintenant, que voulez-vous en échange ?

– Je ne veux pas d'argent, *Madame** Herz. Je veux vous vendre quelque chose, affirma CeeCee avec confiance.

– Que pourriez-vous avoir d'autre que cela ? Je ne veux pas des échecs de Gardiner. Je ne veux certainement pas…

– C'est un produit pour les cheveux.

C'était la première fois que CeeCee faisait part à voix haute de la nature de son invention à quiconque. Mickey lui-même n'en savait rien.

– Je suis spécialisée dans les cosmétiques, pas les produits capillaires, ma chère.

– Je pensais que votre spécialité était la *beauté*, non ? J'ai entendu dire que vous étiez la grande dame de l'innovation. Laissez-moi m'expliquer. Mais avant toute chose, je vais vous communiquer le secret du mascara. Êtes-vous d'accord ? Alors, on se serre la main ? demanda-t-elle, se redressant de toute sa hauteur, telle une formidable combattante.

– Un oui est un oui, et ma parole m'engage, répondit Josephine en lui donnant une ferme poignée de main. Si vous me confiez votre secret, vous pouvez travailler pour moi et nous trouverons un accord pour votre produit. Continuez.

Josephine se tenait sur le bord de son siège. Elle avait pris sa décision. Cette fille était une véritable guerrière.

– Bien, dit CeeCee, recouvrant ses esprits, réalisant que son heure était enfin arrivée. Les femmes de couleur utilisent de la soude caustique pour défriser leurs cheveux, et cela peut entraîner des brûlures et des démangeaisons sur le cuir chevelu, et la perte des cheveux, commença-t-elle.

– Continuez.

Josephine la regardait avec attention, intriguée, ne sachant pas où cette discussion allait la mener.

– J'ai créé une pommade qui défrise les cheveux que j'ai appelée « CeeCee's Relaxer ». J'ai fait des essais avec du beurre de karité, de l'huile essentielle de menthe poivrée et... de la vaseline. Cela contribue à adoucir le cuir chevelu tout en le relaxant. Un soir, la brosse de l'échantillon de mascara est tombée par accident dans le pot de vaseline ouvert. Au lieu de l'essuyer, j'ai inspecté la brosse lorsque je l'ai retirée de la vaseline, et j'ai vu que la pâte luisait davantage. Puis, lorsque je l'ai appliquée, la pâte devenait homogène. Un produit aussi simple que la vaseline, ou la paraffine, et du pigment d'oxyde de fer. Le labo saura faire le reste. Voyez, je porte le produit sur mes cils alors que je vous parle.

Josephine s'évanouit presque lorsqu'elle fit attention aux cils de CeeCee, longs et soyeux, comme ceux de la jeune femme qu'elle avait vue à la vente aux enchères.

– Non seulement nous avons un accord, mais je vous propose de vous reverser 1,5 % sur les ventes du Lashmatic. Vous allez devenir une femme très riche, affirma-t-elle en caressant de ses doigts ses immenses perles comme s'il s'était agi d'un talisman, et regardant CeeCee, sa nouvelle étoile, accueillant la chance qui lui souriait. Tout comme moi. Voulez-vous venir avec moi ce soir ? Les derniers échantillons de Lashmatic viennent d'arriver et je veux voir si mon produit est aussi bon que celui que vous m'avez décrit et que vous portez sur vos cils. Pouvez-vous venir ? C'est à six heures ce soir.

– Je ne pars pas d'ici.

– Parfait.

– Oh et, une dernière chose... ajouta CeeCee, jouant le tout pour le tout. Les couleurs choisies par Constance pour l'emballage d'Eye-Allure sont le rose et le vert. Elle trouve que cela fait très Palm Beach.

– Quelle drôle de coïncidence.

Josephine fit une pause et adressa un clin d'œil à CeeCee.

– Mon emballage pour Lashmatic est lui aussi rose et vert. Les grands esprits se rencontrent, dit-elle dans un éclat de rire.

– C'est vraiment cette couleur ? demanda CeeCee.

– Maintenant oui, dit Josephine avec le plus grand sérieux.

Puis elle prononça les mots désormais célèbres : « Si je ne peux pas aller à Palm Beach… alors c'est Palm Beach qui viendra à moi ! » en frappant son émeraude sur son bureau avec une telle force que la pierre se fendit en plein centre.

Après avoir déploré la dégradation de sa bague, Josephine approuva chacune des conditions souhaitées par CeeCee. Elle était en admiration devant l'ambition de la jeune femme, sa verve et son toupet. Et lorsqu'elle découvrit l'idée de son relaxant capillaire, elle ne put contenir son enthousiasme pour le concept. C'était un coup de génie. Elle savait immédiatement lorsqu'elle était en présence d'une bonne idée. Aucune concurrence n'existait sur ce segment, elle avait donc totalement le champ libre, soit une situation exactement comme elle les aimait. Mais CeeCee campa sur ses positions et insista pour conserver un contrôle à hauteur de 51 % de la nouvelle entreprise, usant d'une incroyable témérité pour parler franchement avec une supérieure et une femme qui était son aînée.

Josephine accepta toutes les exigences de CeeCee. Elle savait que la jeune femme réussirait et serait douée pour les affaires, car elle était galvanisée par la colère et la peur, tout comme elle. CeeCee Lopez était une étoile, et elle scintillait désormais dans la galaxie Herz.

30

LA CITÉ DES ANGES

Hollywood, 1936

Mickey se réveilla comme à l'accoutumée : nu dans des draps froissés, la radio hurlant, et à ses côtés la fille qu'il avait choisie la nuit précédente chez *Madame Maude**, le bordel haut de gamme de Bel Air qui avait pour clientèle les pontes des studios de Hollywood, les stars alcoolisées et l'occasionnel mafioso au rang des célébrités. La ressemblance entre la blonde plantureuse peroxydée à côté de lui et Ginger Rogers était frappante, mais c'était ça la spécialité chez Maude. Chaque professionnelle ressemblait à une star, après être passée entre les mains des coiffeurs et des maquilleurs des studios de Hollywood qui se faisaient ainsi un peu d'argent supplémentaire. Il y avait même un assistant habilleur qui apportait des costumes mis au rebut. Après quelques verres d'alcool, les clients transformaient cet assortiment d'actrices en herbe et de travailleuses du sexe en imitations plus ou moins crédibles de Jean Harlow ou de Constance Bennett dans la pénombre des antichambres. Selon la rumeur, une star travaillait illégalement chez Maude en tant que sosie d'elle-même, de façon à ne pas être sous le feu des projecteurs en raison de la clause de moralité de son contrat avec les studios de cinéma, mais aussi pour avoir autant de rendez-vous galants qu'elle le souhaitait.

– Merci, poulette, grogna Mickey, le torse nu, retirant une épaisse liasse de billets de dix et de vingt de la poche de son pantalon, puis en décollant quelques-uns pour les tendre à la nymphe qui s'ébrouait.

– Merci, trésor, répondit-elle, bâillant, ses faux cils atterrissant comme un papillon sur ses pommettes.

– Tu es si adorable et beau, j'ai presque envie de ne pas te faire payer.

– Oui, mais tu vas le faire quand même.

– Je ne peux pas refuser ça, dit-elle, embrassant la liasse verte qu'il venait de lui donner. Tu es trop mignon, tu sais. Demande-moi la prochaine fois, et je te ferai quelques trucs en extra.

– C'est ce qu'elles disent toutes, fit-il, peu convaincu.

Elle se glissa hors du lit et se déplaça à quatre pattes, dégrafa son pantalon et sortit son membre d'une main experte. Elle obtint immédiatement son attention alors qu'elle commença son mouvement.

Les yeux de Mickey semblaient se révulser tandis qu'il se maintenait droit, ses jambes plantées de part et d'autre pendant qu'elle s'exécutait. Il frémit doucement et elle sourit, voyant que la gâterie avait été appréciée.

– Merci, poupée. J'avoue que c'était un bonus, dit-il, baissant les yeux.

– Je t'en prie. Tu me rappelles John Garfield, dit-elle en s'essuyant la bouche.

– Oui, j'ai déjà entendu ça quelque part, dit-il en riant.

Il était fréquent qu'il entende cette remarque des femmes qui voulaient le flatter.

Il baissa les yeux et aperçut soudain un rond rouge doré autour de la base de son sexe. Ce n'était pas la première fois qu'il voyait cette couleur inimitable après une soirée chez Maude.

– Qu'est-ce que c'est que ce truc ?

– Oh, mon rouge ! Toutes les filles l'utilisent. On appelle ce que tu as un « arc-en-ciel », pouffa-t-elle.

– Je veux dire, de quelle couleur est-il ? Et tu l'as déniché où ? demanda Mickey.

– Le type du maquillage chez nous travaille à la MGM. Toutes les stars l'utilisent devant les caméras. Il ne coule pas.

Il tenta en vain de l'enlever.

– Il travaille pour le cinéma, tu dis ? Comment il s'appelle ?

– Qu'est-ce que ça peut te faire ? dit-elle en secouant la tête.

Mickey sortit pour toute réponse un billet de cent dollars.

– S'il n'y a que ça pour te faire plaisir. Il s'appelle « Dax » quelque chose, je crois.

Elle sortit son rouge à lèvres de la table de chevet et chercha le nom imprimé sur le bâton.

– Dax Shachter.

– Tiens, je le prends.

Il lui prit des mains le rouge à lèvres alors qu'elle glissait le billet de cent dans son soutien-gorge en dentelle noire.

– Ne dis pas à ta petite amie où tu l'as eu. Ça pourrait lui donner des idées.

Elle sourit et lui fit un clin d'œil, regonflant ses cheveux platine.

Mickey sourit. Ça n'était pas une idée pour elle, mais pour lui.

31

COURSE CONTRE LA MONTRE

New York, 1936

Les deux femmes et les sept hommes se pressaient autour du grand bureau de campagne lustré de style napoléon, lequel servait de table de conférence. Josephine décorait toujours ses bureaux chez Herz Beauty dans un style androgyne, un choix qui avait l'avantage à la fois de lui plaire et de rappeler à ses banquiers et employés mâles qui était aux commandes. Elle avait opté pour une somptueuse couleur lavande pour les portes, les moulures autour de l'entrée étant de couleur noire, avec quelques touches de menu-vair. Les murs étaient décorés d'art engagé collectionné d'année en année. Le cadre était inhabituel pour des discussions d'affaires sur le thème des cosmétiques, mais de l'intérieur, c'était peut-être plus imposant et stratégique qu'attendu pour une entreprise spécialisée dans la beauté féminine. De plus, outre l'avantage de mettre ses collègues masculins à l'aise, Josephine était fière de voir les œuvres d'art qu'elle admirait tant et avait acquises au fil du temps avec ses propres revenus. Le nouveau Max Ernst trônait clairement sur son mur, ainsi que le Picasso. Peu importaient les références masculines, ici se reflétait la touche d'une femme cultivée : elle utilisait de la porcelaine de Limoges translucide (décorée avec le motif créé pour l'impératrice Eugénie, bien sûr) et un service à thé et à café en argent sterling très orné pour servir avec sensualité à tel ou tel magnat de la vente au détail ou baron de la presse une tasse d'*espresso* serré ainsi qu'elle avait appris à le faire durant ses jeunes années dans le salon de thé de Melbourne. Elle savait qu'elle disposait là d'une scène de théâtre étudiée pour impressionner et intimider et... si le bureau lui-même était un peu surchargé, eh bien, il différait pour le moins des cercueils en panneaux de chêne et capitonnés de cuir dans lesquels les banquiers de la Locust Valley tels que Van Wyke s'installaient pour mourir chaque jour.

Trois mannequins filiformes plutôt bien choisis se tenaient devant la table, qu'une esthéticienne habillée de blanc immaculé assistait. Elles portaient la mode contemporaine quelque peu avant-gardiste : chacune d'elles arborait non pas une jupe ronde mais une jupe crayon plus osée, l'indispensable de la nouvelle caste des « femmes modernes ». Les tenues se déclinaient toutes dans des tons beiges, clairs et neutres, et les cheveux étaient plaqués vers l'arrière et coiffés en chignons impeccables et rehaussés d'un bandeau ton sur ton pour effacer la naissance des cheveux et offrir une palette parfaitement nette en attirant dans le même temps toute l'attention sur le visage. Ces lignes accentuaient leur séduisante taille et attiraient l'œil du spectateur vers le haut durant l'application des fards à joues et des rouges à lèvres au banc d'essai. Aujourd'hui en revanche, l'œil serait l'objet de toutes les attentions.

Les visages venaient d'être poudrés, ce qui leur donnait une sorte d'apparence blafarde, nécessaire à la création de la toile de fond pour les tests. Josephine s'adressa à son personnel : son responsable du développement produits, le Suisse Ned Born, Carl Epstein, le fondateur aux cheveux argentés d'ISS (International Scents and Salves[1]) originaire du Bronx, chargé de la fabrication et de la production, son directeur financier Ralph Levin et les directeurs d'autres départements qu'elle avait conviés, les

1. « Senteurs et baumes internationaux ».

responsables des tests et du marketing. Josephine présenta sa nouvelle recrue, CeeCee Lopez. Nul ne fut surpris. Et d'un hochement de tête, après s'être éclairci la gorge, elle informa l'ensemble de l'assistance qu'elle était prête à commencer.

L'esthéticienne occupa le devant de la scène. Elle appliqua le nouveau produit sur le premier mannequin.

Josephine observait attentivement alors que la professionnelle brossait l'épaisse pâte noire sur les cils du premier mannequin.

– Trop de bavures, dit-elle. Il y a bien trop de bavures.

Elle frappait son poignet serti de bijoux contre la manche de son ensemble bouclé Chanel marine et blanc sur mesure, faisant valser de part et d'autre ses larges rangées de perles.

L'esthéticienne acquiesça docilement et poursuivit. Elle appliqua sur les cils du deuxième mannequin la nouvelle proposition de pâte noire qu'elle sortit d'un flacon différent.

– C'est trop épais et ça fait des grumeaux, lança Josephine en secouant la tête, tandis que Carl avalait sa salive avec difficulté.

L'esthéticienne acquiesça et fit quelques pas en arrière, examinant le résultat obtenu comme un mécanicien aurait inspecté les parties défectueuses d'un tapis roulant. Elle prit ensuite un troisième flacon sur son chariot à roulettes et en appliqua le contenu sur les cils du troisième mannequin, sa main glissant sans bruit du bas vers le haut.

– Stop ! s'écria Josephine, élevant la voix tel un agent de la circulation alertant un enfant perdu sur le point de s'aventurer au milieu des voitures.

Elle bondit de sa chaise et, en une fraction de seconde, était penchée à quelques centimètres du visage du troisième mannequin, étudiant intensément ses cils. Elle resta immobile, ses yeux charbon, presque eurasiens, comme vissés sous l'accent circonflexe formé par les sourcils épilés. Seule la respiration du mannequin était audible dans la salle de conférences.

– Vous aimez celui-ci ?

La voix en trémolo de Carl rompit le silence.

– Non, répondit Josephine. Pas… pas encore !

L'esthéticienne s'affairait à replacer les flacons sur son chariot.

– Attendez ! ordonna à nouveau Josephine. J'aime bien ce ton de noir.

Les occupants de la salle reprirent enfin leur respiration, *Madame** ayant exprimé une opinion positive. Elle se retourna vers le groupe assemblé derrière elle.

– Veuillez retourner au labo et recommencer à partir de ce ton, et cette fois, essayons avec quelque chose qui rendra la composition lisse et glissante. Essayons l'idée de CeeCee d'utiliser de la vaseline, de la paraffine ou un autre agent de ce genre. Carl, votre femme a envie de briller lorsqu'elle se rend à son club pour un mariage ou une bar-mitsva. Autre chose, Carl, ce que nous voulons toutes, c'est un rendu net, net, net.

Ses magnifiques mains manucurées fendaient l'air, ponctuant chaque mot d'un mouvement saccadé.

– Une recette qui permette d'éviter les traces. Nos clientes refusent de porter quelque chose qui risquerait de tacher et d'endommager leurs vêtements. On veut de la facilité, de la netteté et du fantastique.

Elle tendit les bras vers le ciel pour appuyer son propos. C'est à ce moment-là qu'elle leva les yeux vers le plafond, comme si elle avait eu une révélation. Elle contempla un détail d'un motif oval recourbé qui se répétait dans les moulures du plafond. C'était cela !

– Et pourquoi une brosse droite ? s'enquit-elle en examinant l'applicateur dans le tube. Pourquoi est-elle droite, Carl ? Mon œil est-il droit ?

Elle sourcilla, accentuant la courbe ascendante de ses sourcils parfaitement modelés.

– Non, Josephine, il n'est pas droit, dit-il, convaincu désormais qu'une idée était sur le point d'éclore.

– Merci, fit-elle, tapotant la manche de son costume en provenance de Savile Row. Je *feux* une brosse recourbée aussi. Faites la demande de brevet aujourd'hui. De la vaseline ou de la paraffine et la brosse incurvée. Voilà la réponse. Appelez mon avocat et dites-lui de me retrouver dans mon bureau à la première heure demain matin.

– Une brosse incurvée, bien sûr ! s'émerveilla CeeCee à voix haute.

– Vous avez choisi l'emballage ? Un nom ? demanda Carl.

Josephine s'avança vers un chevalet et souleva une feuille blanche recouvrant une illustration du produit en grandes dimensions. Tous les participants retinrent leur souffle en voyant les tons éclatants de rose et de vert. Le contraste des couleurs était si différent, si original, qu'il déclencha un tonnerre d'applaudissements.

– Je vous présente Lashmatic, dit-elle avec désinvolture, comme si elle n'avait aucunement conscience d'avoir inventé un produit qui était sur le point de créer un secteur entier de la beauté aux États-Unis, une industrie qui allait engendrer des milliards de dollars.

32

LE PRÊT

Beverly Hills, 1936

Beverly Hills était un vivier de malfrats de toutes trempes et Mickey y nageait comme un poisson dans l'eau. On l'appelait désormais « le Beau Mick » dans le réseau des amis de son oncle, la plupart des affranchis italiens et irlandais, quelques Juifs faisant partie de la tribu pour faire bonne mesure. Tous avaient des physiques différents, aussi bien nerveux et robustes que trapus et courtauds. Mais nul ne possédait le look de star de cinéma de Mickey, ni sa silhouette sculptée ni son mètre quatre-vingt-quinze. Ses talents de boxeur et de Casanova associés à son allure de gravure de mode firent rapidement de lui une sorte d'entremetteur pour les stars de Hollywood à la recherche d'un financement ou d'une fille. Parfois aussi d'un garçon. Ce n'était pas dans ses préférences, mais Los Angeles était un autre monde et il n'avait aucun complexe à prendre l'argent des autres, quels que soient leurs vices. Si un client était à la recherche d'une blonde plantureuse, d'un disc-jockey ou d'un partenaire fétichiste, il s'occupait de satisfaire sa demande contre la somme en liquide. Sa bande était bigarrée et braillarde, et passait toutes ses soirées dans les endroits les plus en vue : le Cocoanut Grove[1], le Café Trocadéro (ou tout

1. Club célèbre de l'Ambassador Hotel à Los Angeles.

simplement le Troc) ou encore le champ de courses de Santa Anita, où Mickey allait avec les autres types parier sur les chevaux.

Le mot d'ordre de Mick était « les gonzesses, les chevaux et la bibine », et sa bande d'affranchis ne manquait pas une occasion de s'en amuser. Ce qu'il aimait tout particulièrement, c'était le glamour et les habits de soirée. Nul autre ne portait la veste de smoking blanc et les cheveux gominés comme Mickey Heronsky. Il était si beau avec ses yeux bleus perçants et sa fossette au menton qu'il avait été approché plusieurs fois par des agents de casting, mais son accent du Lower East Side[1] était si tenace qu'un rôle d'acteur lui était refusé à peine avait-il énoncé ses premières répliques. Il n'avait aucune envie de se soumettre au contrôle des studios imposant leurs clauses de moralité et encore moins à l'ingérence des attachés de presse que ses amis comédiens devaient endurer. Il s'amusait bien trop pour cela. Il appliquait la règle d'or de CeeCee : ne jamais rester avec une fille jusqu'à l'heure du petit déjeuner. Il terminait donc ses soirées dans un hôtel ou dans une maison close, se réveillait et déguerpissait *pronto*, prenait sa douche dans ses pénates, et déambulait jusqu'à midi en pyjama de soie orné d'un monogramme, gérant ses affaires en cours au téléphone. Il consacrait ensuite une heure à son bronzage à la piscine du Garden of Allah[2] affublé d'un réflecteur en aluminium pour entretenir son hâle acajou. Tandis qu'il se tartinait d'huile pour bébé, il s'autocongratulait d'être parti du magasin de primeurs et de ne plus subir les effluves de hareng fumé de l'étal d'en face, ravi d'avoir troqué sa vie d'avant pour une existence mi-gangster, mi-homard.

---

1. Connu pour son héritage juif, le Lower East Side de New York était l'épicentre de la culture immigrée juive et comprenait les quartiers connus aujourd'hui sous les noms suivants : East Village, Little Italy, NoLIta, Alphabet City, Bowery, Two Bridges et Chinatown.

2. « Jardin d'Allah », un hôtel.

Ses liens avec la mafia étaient bien connus en ville, et il se lia aussi d'amitié avec les vedettes qui jouaient les parrains à l'écran, tel son désormais grand ami George Raft, l'un des acteurs les mieux payés à Hollywood. Mickey ne se remettait pas du fait que son ami gagnait plus de quatre mille dollars par semaine rien qu'en jouant les gros durs, imitant son oncle et sa bande devant une caméra.

Mickey avait l'affaire du rouge à lèvres en tête et pas seulement sur ses parties intimes, lorsqu'il assista à la première du très attendu *Grand Ziegfeld*. À l'issue du spectacle et des rappels, le public entonna la chanson d'Irving Berlin *A Pretty Girl Is Like a Melody* et ils virent Dax Shachter sortant des loges des hommes.

– Salut, Dax ! dit George Raft en lui tapotant le dos. C'est Dax qui fabrique les cosmétiques de tous les acteurs de cinéma. Ça tient tellement bien qu'il m'a fallu du papier de verre gros grain pour en venir à bout hier, ricana-t-il. Dax, connaissez-vous le magnifique neveu d'Irving Heronsky, le Beau Mick ?

– Je n'ai pas encore eu un tel plaisir. Ravi de vous voir tous les deux, fit Dax en leur donnant une poignée de main avant de sortir précipitamment avec sa petite amie d'un soir.

– Quel est son problème ? s'étonna Mickey. Je veux rencontrer ce type et il me file entre les doigts comme ça ?

– Tu n'es pas au courant ? demanda Raft étonné.

– Au courant de quoi ? demanda Mickey en sourcillant.

– Il doit un paquet de fric à ton oncle. Irv lui a prêté vingt-cinq mille et il ne peut pas rembourser. Il se pourrait qu'il doive vendre sa maison.

Mickey sourit sous cape à cette chance qui s'offrait à lui, et donna une claque sur les fesses de son escorte du jour pour lui faire signe d'avancer dans la foule.

L'imposante villa de style méditerranéen de Dax Shachter était nichée sur l'une des plus petites parcelles de Canon Drive, mais elle eut tout l'air d'une forteresse espagnole lorsque les deux gangsters s'en approchèrent pour une petite visite de courtoisie. Son immense portail de fer forgé s'ouvrit avec panache pour laisser passer le coupé Cadillac crème dans l'allée cavalière, et ils ajustèrent leur Borsalino pour se protéger du soleil et rejoindre la demeure sous l'intense clarté du soleil.

– Monsieur Shachter va vous recevoir, annonça le majordome japonais.

Le petit homme les conduisit à travers un vestibule pavé de dalles mexicaines puis de doubles portes vitrées palladiennes jusqu'à un bureau inondé de lumière. Le bureau était ouvert sur une jolie piscine de forme oblongue entourée de palmiers.

– Hey, Dax, dit l'oncle Irv, lui tendant la main. Connais-tu mon neveu Mickey ?

– Oui, nous nous sommes rencontrés la semaine dernière. Bonjour, Mick.

– Comment tu vas, Dax ? fit Irving, saisissant dans le même temps un lourd briquet en bronze sur le bureau pour allumer un cigare, causant immédiatement une tension.

– Très occupé. Je travaille à un nouveau film avec Busby, répondit-il. Je tente de mettre au point une ombre à paupières qui résiste à l'eau pour ce musical aquatique qui est dans les tuyaux.

– Tu es un type brillant, Dax, pouffa Irving. Est-ce que tu seras aussi brillant pour me rembourser ?

– Eh bien oui. Mais mon divorce m'a coûté plus cher que prévu, et j'ai dû vendre mon Picasso. Je t'ai envoyé quinze mille le mois dernier.

– Ouais, mais où sont les dix qui restent ?

– Il me faut du temps, Irv. Une fois le contrat signé pour mon nouveau film, je pourrai te payer une autre partie de la somme.

– Tu ne pourras pas travailler avec une jambe cassée, dit Irv avec un rictus. As-tu d'autres idées ? Attendre, ce n'est pas comme ça que je fais des affaires.

– Irv… Je viens de vendre des tableaux. Tout ce que j'ai qui a de la valeur, c'est une maison avec une hypothèque et… mon stock.

– Ton stock ?

– Mon stock de cosmétiques. Tu sais, des ombres à paupières, des rouges à lèvres. Je lance ma propre gamme, mais j'ai dû faire une énorme commande de départ et ils m'ont demandé un dépôt de garantie plutôt élevé, expliqua-t-il.

– Hé, oncle Irv, interrompit Mickey, est-ce qu'on peut sortir deux secondes ?

– Pourquoi ? demanda Irv agacé.

– Oncle Irv, je te demande si nous pouvons sortir un instant, insista Mickey, ses biceps gonflés sous sa chemise.

– Pas de problème. Je crois que mon élégant neveu ici présent veut parfaire son bronzage, dit-il, railleur.

Ils sortirent côté piscine et remarquèrent les transats et l'eau turquoise dans laquelle se reflétait le soleil. Une senteur de jasmin emplissait l'espace. Mickey chuchota à l'oreille d'Irvin.

Quelques instants plus tard, Irv entra de nouveau et tendit la main à Dax.

– Où sont les produits ? aboya-t-il.

– Les produits ? demanda Dax, perplexe.

– Les rouges à lèvres et les trucs pour les ongles, Dax. Ils sont où ? répéta Irv.

– Oh, ils sont dans mon garage à l'arrière, bredouilla Dax.

– On les prend, dit Irving nonchalamment.

– Vous les prenez ? répéta Dax, tout aussi horrifié que confus.

– Ouais. C'est à nous maintenant, et on est quittes. Tu es sorti d'affaire.

– Bien sûr. Absolument, dit-il, transpirant soudain. Mais puis-je savoir ce que vous voulez faire avec mes cosmétiques, vous deux ? demanda-t-il, aussi blanc que les défenses d'éléphant sur sa cheminée.

– On dirait que mon neveu a une idée originale d'affaires dans les rouges à lèvres et les produits de beauté. Il y a une fille qu'il se tape en ce moment qui travaille dans ce biz et qui lui a dit qu'ils roulent sur l'or. Et l'or, nous aimons ça, lança-t-il avec un sourire.

– Ça n'est pas comme vendre du cirage, vous savez. Il faut connaître les produits. Il faut comprendre les femmes qui achètent ces produits. Mon affaire de cosmétiques, c'est le travail de toute une vie, supplia Dax, qui avait pris dix ans en dix minutes.

– Ouais… sois heureux que l'œuvre de ta vie te permette de rester en vie, railla Irv.

Les deux hommes chargèrent les cartons de cosmétiques à l'arrière du coupé, sous les yeux de Dax, dont les larmes roulaient sur les joues. Il fallut cinq voyages en camionnette pour transporter l'intégralité des boîtes.

C'est ainsi qu'Heron Cosmetics vit le jour.

33

BREVET DÉPOSÉ

New York, 1936

Josephine arpentait la pièce en attendant le nouvel avocat. Il n'y avait pas de temps à perdre et il lui fallait une stratégie pour arrêter et devancer Constance. Cette *shiksa* l'avait blessée en faisant preuve de condescendance. Bien sûr, elle préparait le lancement d'un mascara. Elle était certaine que ses espions avaient volé et exploité son idée.

Son angoisse croissait à une vitesse exponentielle à chaque minute qui passait. Soudain, elle aperçut la silhouette dégingandée se profiler dans l'ombre. Il était si grand et maigrelet qu'elle se dit qu'il était urgent qu'il se nourrisse d'un bon plat roboratif.

– Nous avons un problème, lui lança-t-elle. Un problème qui va nous coûter cher.

– Est-ce un problème de brevet ? répondit-il avec nonchalance.

– Qu'avez-vous pour moi ?

Elle l'avait trouvé directement à la faculté de droit de Harvard. Il y avait maintenant des étudiants hébraïques, s'était-elle émerveillée. Et mieux encore, il avait été stagiaire dans le meilleur cabinet en droit des brevets Kenyon & Kenyon.

– J'ai déposé la demande de brevet pour la brosse incurvée lorsque vous m'avez appelé. C'est en instance et nous sommes les premiers à avoir déposé le dossier. Alors même s'ils en faisaient la demande, celle-ci serait rejetée, expliqua Felix.

– Le lancement de Gardiner est prévu le mois prochain. On dit en ville qu'elle est très sûre d'elle et que des essais ont été faits sans brevet. Voici le prototype, du nom d'Eye-Allure, dit Josephine, produisant avec empressement les croquis approximatifs, savourant sa victoire.

– Le nom est affreux, dit-il en regardant le dessin, émerveillé de ses talents.

Elle était experte dans son domaine et il le savait.

– Où avez-vous obtenu cela ?

– Cela vient d'une nouvelle amie.

Felix se concentra sur la brosse linéaire et rigide.

– Vous savez qu'il existe déjà un brevet déposé concernant une brosse à mascara droite.

Il sourit doucement.

– Alors elle est coincée ? demanda Josephine.

– J'ai acheté le brevet de la brosse droite directement à l'inventeur. Cela a coûté environ dix mille dollars, mais le brevet est à vous. Elle ne peut faire de lancement sans que nous lui fassions un procès. Elle ne peut pas gagner, car nous avons les brevets de la brosse droite et de la brosse incurvée.

Il était si jeune et, franchement, semblait si empoté. Néanmoins, elle aurait pu l'embrasser à pleine bouche tant elle était joyeuse.

– Felix, vous êtes un génie ! Maintenant, rentrez dans votre famille, c'est shabbat, suggéra-t-elle, pensant qu'il était grand temps que les domestiques préparent un repas de shabbat pour Miles et pour elle, s'il y avait encore une chance qu'elle soit de retour chez elle un vendredi soir.

– *Shabbat shalom*, dit-il.

– Vous voyez, je savais qu'il me fallait un avocat juif.

Elle redressa son chignon haut et appliqua une nouvelle couche de rouge. Elle se félicita de toucher au but.

34

LES CILS, UNE QUESTION DE LONGUEUR

New York, 1936

D'aucuns admettraient plus tard n'avoir totalement pris acte de la « puissance de frappe » de ce produit que lorsque Josephine avait orienté son visage vers la lumière. En tout cas en ce qui concernait les femmes de l'assistance. Les hommes, eux, restèrent sur leur quant-à-soi. Ils reconnurent néanmoins l'indéniable brillance dans le regard de Josephine et la grâce de cette version « étendue » de ses cils, soulignant divinement le contour de son visage, comme celui de Garbo dans *Le Roman de Marguerite Gautier*. Les hommes la regardaient avec admiration et prirent la mesure de l'événement au vu des « oh ! » et « ah ! » des femmes présentes dans la salle du conseil, face aux résultats parfaitement cinégéniques obtenus.

Prête à descendre d'un bond de la limousine qui l'avait conduite avec la célérité et la discrétion d'une escorte présidentielle jusque dans ses bureaux, Josephine vérifia encore une fois les contours de son rouge vermillon signature et agrafa les attaches en pattes de fourrure de son adorable nouvelle cape. Outre son habituel « merci », elle rétribua son chauffeur d'un billet de cent dollars.

– Merci, *Madame**, mais pourquoi ? fit Harry, visiblement étonné.

– Faites-vous plaisir. Aujourd'hui n'est pas un jour comme les autres, lança-t-elle.

Elle s'engouffra dans l'immeuble, en direction du labo.

– Vous avez fini ? demanda-t-elle au chimiste sans même le saluer.

– Oui, nous avons procédé exactement selon vos instructions. La brillance, la brosse, et cetera.

L'esthéticienne remit à Josephine un petit tube en plastique. À peine plus grand qu'un bâton de rouge à lèvres, il tenait dans un étui un peu plus allongé de couleur verte, dont l'extrémité supérieure de couleur rose se dévissait comme un bouchon. On aurait dit une balle de revolver multicolore. Josephine l'ouvrit et en étudia la pointe : il s'agissait d'une brosse reliée au capuchon. Cela faisait l'effet d'une chenille roulée en boule et recouverte d'une pâte couleur noir de jais. Le tout tenait dans le plus petit des sacs à main. Cet accessoire avait le pouvoir de donner à toutes les femmes en Amérique l'allure de stars du cinéma. Josephine, quant à elle, avait conscience d'avoir entre les mains l'avenir de l'industrie de la beauté, d'avoir marié forme et design pour obtenir la perfection en puissance. La vie des femmes allait s'en trouver révolutionnée si son prototype fonctionnait comme elle le pensait.

– Pouvez-vous me laisser un moment ?

L'esthéticienne répondit par un hochement de tête et sortit de la pièce. Josephine leva les yeux vers le miroir sur le mur. L'image renvoyée était déjà superbe, le contour de ses lèvres, défini à la perfection, la nuance de rouge évoquant puissance et dramatisation, sublimées encore par la pureté de son teint de porcelaine. Néanmoins, quelque chose manquait au tableau. Elle dévissa le capuchon, retira délicatement la brosse du tube, exécuta un battement de cils et figea le mouvement en plein vol, puis appliqua le Lashmatic Herz Beauty pour la toute première fois.

La salle du conseil était en effervescence lorsqu'elle arriva, arborant des lunettes de soleil immenses, pareilles à des soucoupes volantes. L'effet fut immédiat : pourquoi ces lunettes ? Josephine avait-elle une infection oculaire ? Les conjectures ne tardèrent pas à se répandre dans l'assemblée. Personne ne l'avait jamais vue ainsi auparavant, les yeux couverts en plein jour, et cela mit très vite son entourage mal à l'aise, presque anxieux, les yeux de Josephine étant si expressifs qu'ils étaient véritablement le miroir de ses émotions et de son âme. À présent, plus personne ne savait ce qu'elle pensait, ce qu'elle allait faire ensuite. Et c'était terrifiant.

Son personnel était au complet pour l'annonce du lancement, des secrétaires aux chefs de départements – rouges à lèvres, ombres à paupières, fards à joues, vernis à ongles et crèmes – jusqu'aux échelons les plus élevés. Josephine entra prestement et prit sa place à l'extrémité de la table. Le silence se fit aussitôt. Elle se tint debout derrière sa chaise et prit le contrôle.

– Nous avons réalisé nos rêves, dit-elle doucement, sa prestance, quoi que ce fût à peine possible, encore rehaussée par les lunettes de soleil. Nous sommes les premiers acteurs du secteur des cosmétiques. Nous avons *créé* le secteur des cosmétiques. Je ne connais pas une seule femme qui n'a pas possédé, utilisé ou au moins entendu parler de Herz Beauty aujourd'hui. Nous avons donné à toutes les femmes les outils pour être vues au sein de ce monde. Les outils pour se montrer sous leur meilleur jour, pour mettre en lumière leurs beautés – intérieure et extérieure –, pour être admirées. Et nous avons offert tout cela à toutes les catégories de femmes : mères et filles, femmes d'intérieur et femmes actives, actrices et spectatrices. Nous avons donné aux femmes le pouvoir d'être emplies de beauté, regardées avec admiration et désirées, et nous leur avons fait ce cadeau d'une valeur inestimable à un prix très abordable. Cela a toujours été notre objectif et nous l'avons réalisé. Aujourd'hui, notre histoire s'écrit au futur. Une épreuve nous attend. Allons-nous ployer sous la pression des concurrents et de la compétition qui s'intensifie ? Non, nous ferons le dos rond ! À l'avenir !

Elle brandit le tube vert et rose.

– À l'avenir ! répéta-t-elle. Et voici à quoi il ressemble.

Le personnel laissa échapper un cri d'émerveillement collectif.

– Je vous présente le mascara Lashmatic. C'est une simple pâte noire formulée pour sublimer le regard de toutes les femmes. C'est ainsi la parfaite toile de fond pour orner la porte de notre âme. Vos cils vont scintiller, briller et sembler plus longs. Et plus encore, ce produit ne tache pas et ne fait pas de paquets.

La curiosité était palpable chez les participants.

– Vous n'avez pas envie de savoir à quoi il ressemble ? lança Josephine, avant de s'interrompre le temps de laisser la tension dramatique monter dans la salle.

Elle avait décidément toujours su d'instinct comment captiver son auditoire !

– Voici Palm Beach à la portée des masses populaires !

Les mots de Josephine hypnotisaient, provoquant un murmure d'appréciation dans la salle ; puis elle présenta l'emballage vert et blanc, sous un tonnerre d'applaudissements. Qui aurait pu imaginer qu'elle n'avait jamais mis les pieds à Palm Beach ?

Au summum de son art théâtral, elle retira enfin ses lunettes et tous écarquillèrent les yeux.

– Et maintenant, voici le résultat, dit-elle avec un large sourire.

Les chuchotements se firent vocalises et chants. Le visage qu'ils avaient devant eux était différent : plus doux, plus jeune, plus beau, plus attirant. Ses yeux portaient l'effet Hurrell[1], les cils comme recouverts d'une fronde de palmier. L'effet était spectaculaire en regard de ses pommettes hautes et saillantes.

Aux applaudissements succédèrent les ovations. Sa beauté éblouissante et ses mots, son produit et sa présentation : voilà ce qui ferait de Lashmatic le joyau ultime sur la couronne de Josephine.

1. Pour le photographe George Hurrell.

35

QUAND LE SORT S'EN MÊLE

New York, 1936

Constance et son personnel ne comptaient plus leurs heures de travail, tant il importait que le lancement fasse l'effet d'une offensive au cœur des lignes ennemies. Il fallait vérifier auprès des entrepôts que l'acheminement aurait lieu dans les délais, annoncer aux boutiques l'arrivée des produits, suivre l'avancement du dépôt de brevet avec les avocats. Tout cela était parfaitement cadencé et le produit était de plus en plus satisfaisant maintenant que son laboratoire progressait pour obtenir une consistance optimale. Il lui était impossible d'échouer.

Loin des quartiers chics, Mickey et CeeCee dînaient au Cotton Club dans Harlem. Mickey était de retour à New York pour quelques jours pour vider son appartement et signer les papiers. Il avait vendu la boutique de primeurs familiale à son cousin Benny et s'installait à Los Angeles pour de bon. CeeCee s'était effondrée en apprenant la nouvelle, mais avait compris sa décision, étant donné les circonstances. Ils se verraient chaque fois qu'il viendrait à New York, puis elle pourrait lui rendre visite à L.A. Cela ne rendait pas les choses faciles, néanmoins. Au Cotton Club, elle se consola en commandant son hamburger préféré, mais cette fois la situation n'était plus la même. Elle était spectatrice et profitait du show, alors qu'auparavant elle en faisait partie. Et ce n'était pas tout : l'ironie qu'il y avait à accompagner Mickey au sein d'un public à 100 % blanc ne lui échappait pas non plus. Nul ne broncha dans l'assistance lorsque le *maître d'hôtel**, à qui Mick avait glissé un billet de dix dollars, les escorta jusqu'à l'une des tables face à la scène. À tout bien penser, qui au Cotton Club allait s'opposer à un homme d'un mètre-quatre-vingt-quinze semblant appartenir à la pègre italienne, flanqué d'une femme superbe à l'air latina ? Dans une robe de satin blanc et boléro de vison ton sur ton, avec à son poignet le bracelet de diamants qu'il lui avait offert, elle avait le port altier et les atours d'une exotique princesse latine, et n'avait plus grand-chose à voir avec la malhabile bien que sublime ingénue qui s'était présentée au même endroit quelques années auparavant. Personne ne l'avait reconnue, et toutes les filles de la revue étaient parties depuis son époque. Aucune des danseuses employées par le club ne semblait dépasser les vingt et un ans, et elle se demanda ce qu'elle serait devenue si elle était restée. Qu'était devenue son amie Gladys Potter ? Était-elle dans le show-business, maman ou domestique ? CeeCee ne le saurait jamais et s'efforça de se débarrasser de cette pensée. Mickey commanda un hamburger lui aussi et ils trinquèrent au champagne à sa nouvelle entreprise et à l'avenir. Elle était aujourd'hui l'associée de Mme Josephine Herz elle-même, laquelle allait financer la fabrication de son relaxant capillaire !

– À ma chérie ! dit Mickey levant sa flûte, ses boutons de manchette en diamant scintillant sous les lumières des spots. Tu vas conquérir le monde !

– J'ai trouvé un slogan, dit-elle, plaçant ses mains autour de sa bouche pour lui chuchoter : « CeeCee's Relaxer. Soyez cool, soyez relax. » Tu vois le jeu de mots ? Cool, ça veut aussi dire « frais » et le produit rafraîchit et calme le cuir chevelu.

– Tu fais un génie époustouflant de beauté, dit-il en se penchant pour l'embrasser.

Ils s'interrompirent alors que les applaudissements crépitaient dans la salle pour accueillir l'entrée sur la scène du survolté et surdoué Cab Calloway. Rudy était passé dans son orchestre et tous deux avaient prévu d'aller dans les coulisses les rejoindre après le show. Les lumières de la rampe se rassemblèrent sur les cheveux gominés et l'élégante moustache de Cab lorsqu'il entama son numéro de scat.

– CeeCee, j'ai quelque chose à te dire, dit Mickey lorsque les applaudissements eurent cessé, sa voix tout en trémolo.

– Ne me dis pas que tu vas te marier à une gentille fille juive ?

– Non.

– Alors quoi ?

Il alluma une cigarette avec son briquet en or.

– J'ai réfléchi à quelque chose. Toi et toutes ces gonzesses, soupira-t-il.

– Pardon ? Ces gonzesses ?

– Je ne parle pas de toi. Je parle d'elles. Eh bien, elles roulent sur l'or avec leur commerce de beauté. Et…

– Et quoi ? demanda CeeCee, son sourcil dessinant un magnifique arc de cercle.

– Eh bien, je me lance moi aussi dans ce commerce. Je viens d'ouvrir une société de cosmétiques. Pour la femme moderne qui rêve d'être une star. Chaque fille a envie de ça. Ça s'appelle Heron. Heron Cosmetics.

Il baissa les yeux, ses longs cils noirs laissant transparaître sa gêne.

– Tu vois ? Heron… Heronsky ? dit-il en la regardant tel un professeur faisant passer un examen à un étudiant tourmenté.

– Heron. Je trouve que c'est un nom formidable, Mickey ! dit-elle tendrement, percevant que son ego semblait plus fragile qu'il ne le laissait habituellement paraître.

– Ouais. À partir d'aujourd'hui, je suis Mickey Heron. Je ne veux plus de Heronsky… ça fait croque-mort. Qui voudrait d'un nom comme ça ? s'esclaffa-t-il.

CeeCee le regarda, découvrant un autre aspect de sa personnalité.

– Regarde… continua-t-il, sortant une carte de visite. J'ai embauché cette fille que je connais à Hollywood et qui fait des travaux d'animation pour Disney. Elle m'a recommandé d'utiliser un oiseau – le héron – comme logo. Alors c'est ce que j'ai fait. Comment tu trouves ? demanda-t-il en la regardant avec adoration. Je ne savais même pas qu'il y avait un oiseau de ce nom-là, dit-il avec son accent des quartiers populaires. Je n'ai jamais vu de héron dans Norfolk Street, ça, je peux te le dire !

CeeCee pouffa de rire. Elle examina l'illustration représentant un élégant oiseau blanc élancé et hocha la tête.

– Visiblement, elle a du talent. Espérons que ce n'est que dans le domaine de la conception graphique.

– Ne t'inquiète pas. Elle est jeune, mais elle ressemblerait plutôt à Marie Dressler.

Ils rirent à l'évocation de la vieille comédienne de vaudevilles populaire dont le visage était proche de celui d'un boxeur.

– Mickey, tu es sérieux ? Tu veux vraiment te lancer dans les cosmétiques ?

– Absolument. Qu'est-ce que tu en penses ? dit-il avec un clin d'œil.

– Eh bien… fit-elle avant de s'interrompre. J'aime énormément le nom et le logo. Heron, en fait, je trouve que c'est du génie. Tu connais les femmes mieux que quiconque. Tu sais ce qu'elles aiment, dit-elle avec candeur. Raconte-moi comment cela s'est présenté, demanda-t-elle avec une curiosité non dissimulée.

– Il y a quelques semaines à L.A., j'ai remarqué que les jeunes actrices portaient cette nuance de rouge et de vernis à ongles. Je n'avais jamais vu cela auparavant.

Il sortit une page froissée et lui montra une photo promotionnelle de Joan Blondell portant un vernis et un rouge à lèvres rouge doré.

– Il y a un type là-bas qui fabrique ce produit pour les gens du cinéma. Un produit sans bavures !

– C'est très intéressant, dit CeeCee, ses yeux écarquillés indiquant que son attention était à son comble. Continue…

– Là-bas, mon oncle est un preneur de paris et il prête de l'argent aux stars et aux gens du cinéma. Un de ses amis est un gros producteur pour les studios et nous lui fournissons toutes les filles dont il a besoin. J'ai rencontré Raft par lui et son gang.

– Eh bien, je vois ce que tu faisais à L.A... fit-elle en hochant la tête avec un faux air désapprobateur. Ne t'inquiète pas, je sais que tu baisses ton pantalon à la première occasion.

– Eh bien voilà le problème... toutes les stars et les filles portent le même maquillage. Il y a un type qui s'appelle Shachter, Dax Shachter. C'est lui qui fabrique les cosmétiques pour les studios. Il ne les vend qu'aux gens de cinéma et ce produit a des années-lumière d'avance par rapport à ce qui existe dans le reste de l'Amérique. Je sais qu'il y a des affaires à faire.

– En allant dans les maisons closes, dit-elle d'un ton légèrement méprisant.

– Oui. Et ne t'en fais pas, tu n'as rien à envier à aucune d'entre elles.

– Oh, mon Dieu, merci ! dit-elle, levant sa flûte de champagne d'une main gantée.

– Voici donc ce qui s'est passé. Raft m'a dit que Dax avait emprunté de l'argent à mon oncle qu'il était incapable de rembourser. Alors au lieu de risquer d'avoir les jambes brisées, il nous a offert à mon oncle et à moi la totalité de son stock. J'en ai maintenant un plein garage. Des rouges dans tous les tons, des vernis de toutes les couleurs, des ombres à paupières... la totale. Je lui ai dit que je lui prenais le stock, que j'allais le vendre et partager les bénéfices avec lui. Il nous a fallu cinq voyages en camionnette pour aller chercher toute la came. J'ai embauché cette fille de chez Disney, collé mon logo de héron et, depuis, je vends les rouges à lèvres pour soixante-quinze cents la pièce. Je gagne une fortune. Et les stocks baissent. Je n'ai plus que vingt-cinq caisses. Je dois repasser commande. Je t'assure que... c'est bigrement plus intéressant et plus profitable que de vendre des pêches et des prunes ! Et les rouges, ça ne pourrit pas ! Tiens, je t'ai apporté quelques exemplaires, dit-il en lui tendant des étuis de rouges à lèvres.

Les yeux de CeeCee s'enflammèrent.

– Incroyable, il y a même écrit « Heron Cosmetics » et le nom « Cerise noire », fit-elle en examinant l'emballage avec admiration.

– J'ai aussi un slogan, ajouta-t-il les yeux brillants : « Chaque femme veut croquer la cerise… »

– Ne sois pas vulgaire, dit-elle en faisant mine de lui donner une tape.

– N'oublie pas que c'est antibavures ! Embrasse-moi.

Il embrassa ses lèvres humides.

– Il n'y a que toi pour ça, Mickey. Tu couches avec des prostituées, tu fréquentes la pègre, et tu trouves une idée de négoce. Il n'y a que toi !

– C'est mieux que d'être un gigolo ! fit-il en mettant la main sur son entrejambe.

– Je n'ai jamais rencontré personne d'autre comme toi, et tu sais quoi ?

Elle rit. Puis elle l'embrassa tendrement.

– Quoi ?

– Je vais t'aider de toutes les façons possibles, Mickey Heron.

– Tu vas m'aider ?

– Tu pourrais copier les vieilles biques. Et Shachter. Je te donnerai toutes les infos sur les produits qu'ont prévu de lancer les pontes, et comme ça tu pourras les copier et les fabriquer comme bon te semble, dit-elle d'un ton nonchalant. Comme tu dis, le secteur entier est un immense jeu de dupes – à l'exception du CeeCee's Relaxer !

– Tu ferais ça pour moi ? s'enquit-il, ressemblant à un petit garçon.

– Tu as été là pour moi…

Elle posa longuement sa bouche sur ses lèvres.

– Ça me plaît. Ta bouche me relaxe, murmura-t-il, tandis qu'elle riait à gorge déployée.

– Viens… allons danser.

Ils se dirigèrent vers la piste de danse. Puis, à la vue de tous, elle embrassa son Juif blanc à l'allure italienne. Alors que de l'autre côté de l'Atlantique les lois antisémites récemment adoptées par l'Allemagne nazie interdisaient les relations entre gentils, Juifs et Noirs, ce soir-là, au cœur d'un auditoire blanc comme neige dans New York, de ces deux-là nul n'avait cure.

36

UN GAGNANT POUR UN PERDANT

New York, 1936

Constance ne concevait pas l'idée de dépendre d'une réponse de son propre avocat. Depuis des années, elle avait payé des sommes extravagantes à son cabinet et n'avait jamais rien obtenu en échange. Le fait que ce fût elle, Constance Gardiner, qui se trouvât dans un taxi en pleine heure de pointe pour se rendre chez son avocat lui était insupportable.

Quoi qu'il en fût, elle descendit du taxi, traversa la 6e Avenue, se dirigea vers l'immeuble, se rendit tout en haut jusqu'au dernier étage, et dut attendre patiemment son tour. Et ce comme les clients sans nom, les clients à faible budget. Elle était là pour son brevet, car la planification du lancement était cruciale. Elle savait que Josephine travaillait sur la même idée et que son propre lancement devait intervenir en premier lieu pour qu'elle soit gagnante. Constance savait que cette innovation était si révolutionnaire qu'elle propulserait toute son entreprise au niveau supérieur et récolterait les fruits de ce qu'elle concevait comme l'un des plus gros succès de sa carrière. Aussi le temps avait-il une valeur monétaire.

Dès que son avocat entra dans la salle de conférences ornée de panneaux de lambris sombres, un air macabre sur le visage, elle sut que quelque chose n'allait pas. Il prit un siège, plaça un épais dossier sur la table et la fixa, morose.

– Nous avons un problème, dit-il en saisissant la première page du dossier.

– Peter, je suis consciente de vous avoir mis beaucoup à contribution sur ce dépôt de brevet.

Elle ôta l'épingle recouverte d'une perle de son minuscule chapeau couture de soie rose pâle, leva son voile de dentelle, et le déposa à côté d'elle sur la chaise ainsi que ses gants en chevreau blanc et son sac en crocodile à la manière d'une *lady*, puis décida que le moment était venu de prendre le taureau par les cornes.

– Et lorsque tout ira bien, je m'assurerai personnellement que vous obteniez un crédit là où cela est dû, précisa-t-elle d'une voix animée, espérant que son optimisme ait raison de tout potentiel problème.

– La demande de brevet a été refusée.

Il baissa la tête et se remit à fixer le dossier, ne pouvant la regarder dans les yeux.

– Quoi ? fit-elle en baissant la voix au lieu de l'élever, produisant un murmure enroué. Tout était en ordre. Il n'y a jamais eu de problème avec l'office des brevets jusque-là. Alors pourquoi *maintenant* ? Pourquoi sur *ce* brevet ?

Elle se leva et arpenta la pièce, en proie aux plus grandes confusion et angoisse.

– On ne peut pas faire une nouvelle demande ? s'enquit-elle avec vigueur.

– Malheureusement, non.

– Pourquoi ? demanda-t-elle comme s'il se fut agi d'un simple coup de tampon. Pourquoi ? répéta-t-elle, ressemblant de plus en plus à une enfant gâtée à qui l'on aurait refusé un caprice.

– Un brevet a déjà été approuvé pour un produit du même type.

– Mais ce n'est pas possible… bredouilla Constance.

– Quelqu'un a fait jouer ses contacts. Quelqu'un s'est précipité et a acheté le brevet pour un produit similaire à brosse droite. Quelqu'un… quelqu'un nous a pris de vitesse.

Constance comprit immédiatement l'allusion.

– Faux. Quelqu'un *vous* a pris de vitesse, précisa-t-elle avec colère. Ont-ils donné un nom ? Ont-ils osé le dire ?

– Il n'y a pas de nom. Seulement celui d'une entreprise. Herz. Ils ont déjà appelé l'office des brevets pour indiquer qu'ils protégeraient leur brevet contre toute nouvelle demande. Je suis au regret de vous dire que nous ne pouvons rien faire.

Il s'assit au fond de sa chaise Queen Anne, ses bretelles s'affaissant aussi tristement que son expression.

– Alors pourquoi ne change-t-on pas la forme de la brosse ? Pourquoi devrait-elle être droite ? reprit-elle en frappant la table de conférence, son bracelet à colifichets rayant le vernis piano.

– Ils ont déjà eu cette idée. Ils ont aussi déposé une demande de brevet pour une brosse incurvée. J'ai bien peur que nous n'ayons pas d'autre choix que d'abandonner le lancement, au vu des circonstances, dit-il, battant en retraite.

Ce fut comme si le cœur de Constance s'était arrêté de battre. Elle sentit sa tête tourner, la pièce ressemblant à un manège en mouvement. Puis, dans un élan de furie, elle se leva et quitta la salle sans adresser un mot à son insipide juriste. Elle manquait d'air. Elle avait entendu que Josephine avait congédié son avocat WASP pour engager un avocat hébraïque frais émoulu de la faculté de droit de Harvard. Elle s'était gaussée de cette décision en public à une soirée au B&T à Palm Beach, prétendant que cette « immigrante avait besoin de quelqu'un qui parlait yiddish comme elle », et ses amis l'avaient trouvée très spirituelle. Cependant, elle savait maintenant que Josephine l'avait battue une fois encore sur le terrain juridique. En état de choc, elle laissa partir l'ascenseur et se résolut à descendre les marches en marbre strié de blanc et de gris étincelant, se tenant à la rampe en fer forgé tant elle se sentait chancelante. Ses pensées fusaient. Son lancement était donc compromis, et l'intégralité du budget alloué au développement du produit était désormais aux oubliettes. Dans le même temps, Herz allait, quant à elle, commercialiser son propre mascara et bénéficier de tous les honneurs. Pour son produit *à elle*. C'était son produit, développé et mis au point dans les règles de l'art. Et elle n'aurait que la deuxième place. Quelques jours plus tard, lorsqu'elle découvrit que l'emballage allait être paré de rose et de vert, elle entama une beuverie de deux jours durant lesquels elle ne put se lever de son lit, encombré de bouteilles de gin, pour finir avec une insupportable et douloureuse migraine. Van lui-même se déclara inquiet. Il n'avait jamais vu Constance si colérique et désemparée, ce qui n'était pas peu dire pour quelqu'un qui ne remarquait presque jamais rien.

Il lui fallut une semaine pour redevenir elle-même, et lorsqu'elle s'examina dans le miroir, elle se trouva pâle et les traits tirés, avec quelques kilos en moins. Faible et meurtrie, elle se forçait à sortir de son lit chaque matin et prenait une douche froide pour se revigorer. C'était le remède canadien : elle combattait ses propres démons à l'eau glaciale, tuant ses émotions dans l'œuf. Mais elle restait une battante devant l'éternel, et en dépit de la colère qui la paralysait, elle avait à cœur de vivre le lendemain. Elle avait aussi de nombreuses obligations à honorer et il fallait qu'elle retrouve sa puissance et ses facultés de chef d'entreprise. Son bureau l'avait appelée pour lui rappeler qu'elle avait un essayage de haute couture pour l'inauguration officielle des *Follies*. Elle avait été invitée par la veuve de Florenz Ziegfeld, Billie Burke, à la première à Broadway des *Ziegfeld Follies de 1936* ainsi qu'à la réception, et voulait briller à cette occasion, car ce serait l'un des événements mondains de la saison. Elle était chargée personnellement du maquillage de Billie depuis des années, et se flattait de ce que la grande star de Broadway et du cinéma lui ait fait confiance. Le gratin new-yorkais et la presse des célébrités seraient présents pour la soirée inaugurale, et elle se sentait irritée rien qu'à l'idée que son ennemie jurée,

Josephine, serait peut-être là aussi, invitée non pas par Billie… mais très certainement par la tête d'affiche des *Follies* Fanny Brice ou encore par le grand Balanchine, chargé de la direction chorégraphique, dont elle savait qu'il assistait à ses salons. Elle chassa l'idée de son esprit agité lorsque son chauffeur la déposa à l'atelier de Hattie Carnegie au numéro 42 à l'est de la 49e Rue et de Central Park. Le rayon du sur-mesure était chapeauté par Jean Louis, talentueux couturier qui l'accueillit en l'embrassant et dont l'assistant lui apporta une fine et élégante flûte de champagne. Il avait présélectionné pour Constance une robe de crêpe de Chine blanche dans laquelle Lucille Ball, le mannequin de la maison et nouvelle égérie des cigarettes Chesterfield, avait défilé. Carnegie avait demandé à l'ingénue et actrice de teindre ses cheveux bruns en blond, et elle avait presque les mêmes mensurations que Constance. Ce qui mettait Lucille en valeur, dont la nouvelle couleur capillaire et la silhouette étaient désormais proches de celles de Constance, mettrait en valeur également l'une des meilleures clientes de la maison. Jean Louis avait donc mis la robe en crêpe de côté à l'attention de Constance Gardiner, avant que toute autre cliente ne pût la voir. Constance avait apprécié cette attention et les séances d'essayage la divertissaient. Cela lui procurait un répit créatif, durant lequel elle n'avait rien à faire en dehors de se laisser faire. Hattie fit une apparition et l'embrassa prestement puis demanda des nouvelles de Van. Puis un autre créateur qu'il avait embauché, du nom de Norman Norell, lui apporta le vêtement en crêpe de Chine sur un cintre en bois.

– Ce sera ravissant sur vous, madame Wyke, dit Norman avec un hochement de tête approbateur en lui tendant la robe et en admirant sa silhouette élancée et ses cheveux blonds.

Elle le remercia et se rendit vers les cabines d'essayage.

– Appelez-moi Constance, Norman, précisa-t-elle.

– Cette tenue sera aussi charmante sur vous que sur notre modèle. Peu de non-professionnelles peuvent porter ce genre de choses aussi avantageusement, dit-il, visiblement émerveillé de sa stature et de son harmonieuse silhouette.

– Tenez, passez cette brassière sous la robe et aussi ces chaussures, indiqua Jean Louis qui lui glissa les sous-vêtements et les chaussures *peau de soies** à talons compensés à travers les rideaux de la cabine.

Constance se déshabilla avec désinvolture et enfila le soutien-gorge sans bretelles et les chaussures légèrement trop grandes. La robe lui allait comme un gant et lui prêtait des lignes épurées et un look percutant. Sa perte de poids due au stress l'avait encore rapprochée de la taille mannequin. Elle avait conscience d'avoir l'allure d'une star du cinéma lorsqu'elle releva l'ourlet de sa robe et se présenta devant le miroir triptyque puis monta sur l'estrade en bois pour que Jean s'occupe des derniers ajustements en les marquant à l'aide de ses épingles et de sa craie.

– Vous êtes divinement belle dans cette tenue.

Tous les deux étaient ravis de l'effet obtenu.

– Constance aurait pu être notre mannequin, dit Jean, arborant un large sourire. Elle a à la fois la beauté et l'intelligence.

Soudain, de l'autre côté des cabines, un vacarme se fit entendre. Une autre cliente sortit d'une cabine d'essayage identique, dans un fourreau de satin vert émeraude. Sa stature était petite et ses cheveux, foncés, mais il y avait en elle quelque chose d'envoûtant, ses cheveux noir corbeau enveloppant suavement son visage à la peau diaphane, sa poitrine généreuse difficilement contenue dans son bustier de satin. Constance perdit presque connaissance en découvrant Josephine Herz. Jean s'approcha d'elle et s'en occupa avec le même empressement.

Constance avait remarqué que Josephine s'était brièvement interrompue en la reconnaissant, mais avait rapidement repris ses esprits, adoptant à dessein un air de défiance en gravissant la plate-forme de bois, tout comme si elle avait été à la tête d'une fanfare.

– J'imagine que ces dames se connaissent déjà ? dit Jean avec entrain, ignorant tout de l'esprit de vendetta qui animait les deux femmes.

Elles restèrent toutes deux immobiles dans un silence de mort, évitant impérieusement de se croiser du regard.

– Ce serait peu dire, fit Constance, les dents serrées.

– Ou bien trop dire, répondit Josephine, levant les yeux au ciel.

– Oh, je vois… dit Jean avec un léger mouvement de recul, détectant le ton glacial.

– Valentina, ma chérie, voulez-vous m'apporter mes émeraudes ? Pas la rivière, la parure, ordonna Josephine à l'attention de son assistante personnelle, insistant sur sa dernière instruction pour lui donner plus d'impact.

Aucune des deux femmes ne disait mot, et l'oxygène semblait avoir été aspiré de la pièce. Jean et Norman se dirent d'instinct qu'il était aussi dans leur intérêt de rester calmes et de garder leurs distances avec les deux titans sur le point de se livrer un duel.

Puis Constance ne put garder le silence une seconde de plus.

– Eh bien, elle a fière allure, commença-t-elle d'un ton glacial. Pour une voleuse ! expira-t-elle en sifflant.

– Elle a l'air fabuleuse, dit Josephine, ses paupières contenant à peine le volcan qui éructait dans ses pupilles. Pour une vile espionne !

– Vous m'avez volé le Lashmatic. Et vous le savez ! explosa Constance en se tournant vers elle pour décocher la première grenade.

– Sachez que cela faisait des années que je travaillais sur mon projet de mascara lorsque vous avez infiltré mon entreprise avec vos sbires, riposta Josephine.

– Je ne suis pas sans savoir que c'est CeeCee qui vous a livré mon thème de couleurs… *mes* couleurs. C'est inspiré de Palm Beach, *dahling*, un endroit où vous n'avez jamais mis les pieds et où les gens comme vous ne seront jamais acceptés, lança-t-elle avec fatuité.

– Les couleurs sont celles de mon choix. Le rose, c'est la couleur de mes lèvres, lorsque je souris à la vue du vert, la couleur des billets qui s'empilent sur mon compte bancaire. Le mien, pas le vôtre…

– Vous n'êtes qu'une parvenue, vous faites partie des nouveaux riches, rien de plus, dit Constance, exaspérée.

– *Darling*, je croyais que vous n'aviez pas la moindre idée de qui j'étais, railla Josephine.

– Et un petit conseil. Si j'étais vous, je mettrais une gaine. Vous êtes peut-être mince, mais je vois que vous avez de la cellulite, ma chère. Jean, la crêpe de Chine ne pardonne pas pour les femmes qui ont ce petit désagrément. Je vends une crème pour ce genre de choses, si cela peut l'intéresser.

Dans un accès de colère incontrôlé, Constance descendit de la plate-forme d'essayage et se lança vers elle. Josephine fit machine arrière, ne sachant si elle allait en venir aux mains.

– Tu es courte sur pattes et grasse. Et cette fourrure est à moi, éructa-t-elle en arrachant le vison des épaules de Josephine.

Sans même se soucier des représailles, elle se dirigea vers sa cabine, son trophée en main, semblant savourer son apparente victoire.

– Eh bien, riposta Josephine, fixant la scène, les yeux vitreux. Prends-le. Ce n'est pas du vison. C'est du rat, tout comme toi.

– Écoute-moi bien, la pute polack, siffla Constance en faisant demi-tour, sous le nez de Jean et de Norman, qui avaient désormais battu en retraite et se tenaient dans un coin de la pièce. Je te promets de te faire ce que tu m'as fait endurer. Quand bien même cela me prendrait toute une vie. Attends un peu. Je te rendrai la monnaie de ta pièce, fit-elle en élevant la voix, prononçant clairement chaque syllabe pour moduler sa sortie et réguler sa colère.

– Tu penses que j'ai peur de toi ? ricana Josephine, raide comme un piquet, une main sur la hanche. Miss

Palm *Bitch* ! Tu peux être la catin des mondains de Palm Beach, ici, c'est moi qui ai hérité de CeeCee et de tous tes secrets. Alors je ferais très attention, si j'étais toi. Ne crois pas que tout est permis parce qu'on s'appelle Mme Gardiner-Wyke. Je conseillerais, à toi et à ton petit Hollandais de mari, de ne pas laisser traîner fos doigts en dehors du clan Wyke, reprit-elle avec un puissant rire, son accent polonais reprenant ses droits au paroxysme de la colère.

Son assistante l'aida à descendre de l'estrade tandis que les petites mains dégrafaient sa robe de satin. Elle entra dans une cabine et en tira les rideaux dans un mouvement de furieuse énergie.

Le lendemain, dans un nouvel accès de colère, Constance s'empara des téléphones et recruta un cabinet d'avocats juifs et une nouvelle agence de publicité. Cela lui apporta une certaine dose de réconfort. Mais la situation des brevets était déjà verrouillée. Même si d'aventure elle parvenait à créer quelque chose de nouveau, elle savait qu'il faudrait des mois, une année même, pour développer de zéro un produit concurrentiel. Pire encore, il était évident qu'elle avait besoin d'ajouter un mascara à son offre de produits destinée à sa cliente, la femme américaine de la classe moyenne, et qu'il n'y aurait pas de retour en arrière possible. Gardiner devait s'efforcer de développer un produit novateur et brevetable, alors que Herz et Lashmatic auraient déjà côtoyé la célébrité pour la plus grande percée de l'industrie cosmétique et comme symbole même par excellence de cette industrie. Et le pire du pire, si cela était encore envisageable, elle allait devoir se trouver en présence de Josephine Herz, arborant une robe du soir conçue par le même couturier Jean Louis, pour l'inauguration de Ziegfeld à Broadway. New York pouvait contenir des millions d'habitants, ces deux femmes y manquaient de place.

37

EMPORTÉ PAR LE VENT

New York, 1939

Josephine était assise seule dans une salle obscure. Il s'y passa ce qui n'était pas arrivé depuis de nombreuses années… elle pleura.

Elle n'avait jamais été en faveur des divertissements légers ni des liaisons compliquées, et n'avait que peu de temps pour les diversions et les frivolités au quotidien. Les sorties au théâtre, au cinéma, les parties de cartes et les affaires du cœur ne l'intéressaient que peu. Les petites gens se préoccupaient de ce genre de chose, pensait-elle. Ce n'était pas pour elle. « Le travail, il n'y a que ça de vrai », telle était sa devise. Le travail la consumait tout au long de l'année et saison après saison, presque sans distinction, et toute émotion ressentie passait pratiquement inaperçue, reléguée sur le banc de touche avec le linge sale de la veille. Le peu de temps qu'elle partageait avec son fils était consacré à vérifier son alimentation et son éducation. Si elle s'autorisait un dîner une fois par semaine peut-être en sa compagnie, elle le bombardait alors de questions et exigeait qu'il lui fournît des éléments de preuve de son excellence scolaire. Le ressenti émotionnel n'entrait pas en ligne de compte. Si c'était quelque chose que son père souhaitait partager avec son fils lors de leurs dîners deux fois par mois, elle le lui en laissait généreusement la possibilité. On a souvent répété que

Josephine disait qu'il n'y avait aucun intérêt à « perdre du temps pour des choses insensées ».

En dehors du phénoménal succès de Lashmatic, elle apprit dans un article qu'une nouvelle entreprise de cosmétiques du nom de Heron Cosmetics, qui avait fait surface à Los Angeles, attirait de plus en plus l'attention sur le marché et remportait un franc succès. Son élégant fondateur, le play-boy Mickey Heron, était souvent photographié dans la presse, accompagné de jeunes et jolies starlettes de Hollywood au Cocoanut Grove et au Café Trocadéro. Le fait qu'il s'était astucieusement associé avec des stars et son incessant placement de produits dans le monde du cinéma avaient créé un nouveau segment de marché.

Au vu des coupures de presse tirées du *Daily News* et d'autres supports, il s'agissait d'un célibataire élégant et sexy, on ne pouvait le nier. Il avait l'allure d'un acteur de films noirs, c'était évident. Mais où était sa motivation ? Josephine avait du mal à trouver des éléments de réponse : c'était un homme, et il y avait longtemps qu'elle ne cherchait plus à comprendre les hommes. Ce matin-là, elle s'était regardée dans le miroir, et avait identifié et extrait de sa chevelure un cheveu blanc isolé, vigoureux et indiscipliné. Le message était clair : « Regarde ! lui disait-il, tu prends de l'âge, et ce n'est pas beau à voir. » Elle était à l'aube de ses quarante ans, et elle se prit à rire amèrement en faisant le constat que le dernier film qu'elle avait vu était certainement un muet dont la vedette était Theda Bara. *Était-ce il y a si longtemps que cela ?* se demanda-t-elle. Quoi qu'il en fût, le succès remporté par Heron et sa promotion, grâce au musical en Technicolor *Hollywood Hurrah* et à la gamme de brillants à lèvres Hurrah produite à l'occasion, l'incitèrent à prendre ce qui se passait sur la côte ouest un peu plus au sérieux. Elle se dit aussi qu'elle devrait s'intéresser davantage à la programmation des cinémas et à l'univers des stars, car elle manquait totalement d'informations dans ce domaine. Cela faisait des années qu'elle peaufinait ses connaissances sur les antiquités et la peinture moderne française. Elle était également dorénavant si bien renseignée sur la joaillerie qu'elle aurait pu devenir lapidaire elle-même. Elle ne se faisait pas souvent de reproches, mais elle fit l'amer constat qu'elle avait joué à l'autruche en ignorant le cinéma. Comment avait-elle pu être si stupide ? Même cette Gardiner avait réussi à placer son crayon pour les yeux dans un nouveau film ! Fidèle à son habitude, Josephine se montra intransigeante vis-à-vis d'elle-même pendant quelques jours, puis passa à autre chose. Elle avait résolu de prendre des cours sur le thème de Hollywood dans le but de hisser Herz Beauty au niveau supérieur. Elle demanda à son assistante de lui commander tous les magazines de cinéma. Son employée vedette, CeeCee, avait des contacts dans le monde du cinéma et du théâtre, et elle eut recours à elle pour la mettre au courant. CeeCee ayant mentionné qu'elle connaissait Mickey, Josephine décida que dans les prochains mois elle l'enverrait à Los Angeles pour se renseigner sur la localité et sur les opportunités pour Herz Beauty, sans oublier un emplacement pour une boutique et un salon fleuron de la marque Herz à Beverly Hills. Elle s'enthousiasma de voir que CeeCee semblait ravie de partir à l'aventure pour la côte ouest, car Hollywood n'avait pour elle pas ou peu d'attrait.

L'adaptation cinématographique et l'immense couverture par la presse de la première d'*Autant en emporte le vent* avaient attisé sa curiosité et elle avait décidé de se rendre compte par elle-même un vendredi après-midi, entre la fin de son travail et son dîner avec Miles, de la raison d'un tel succès. Son chauffeur arrêta la rutilante limousine devant le guichet du cinéma où elle alla acheter un billet et entra dans l'immense et très ornementé Capitol Theatre. Pop-corn en main, elle repéra un siège au bout de l'une des premières rangées et installa tranquillement son manteau de vison avant de prendre place, sans la fanfare qui l'entourait habituellement. Il lui paraissait étrange de voir un film dans une salle obscure alors qu'il faisait encore jour, mais l'exercice étant finalement professionnel, la chose devenait acceptable. Sa secrétaire lui avait conseillé d'arriver après le spectacle précédant la projection, auquel elle n'aurait pas eu la patience d'assister, le film étant suffisamment long.

Dès la séquence d'ouverture, Josephine s'assit au fond de son siège et regarda l'aventure épique dans un moment de pur émerveillement. L'écran proclama : « Un film Selznick International », et elle ressentit un pincement d'orgueil en pensant que David O. Selznick devait être juif et associé à l'une des plus belles histoires américaines. Il n'y avait qu'un *yidishe boychik*[1] pour porter le roman à l'écran. Cette histoire qui se déroulait durant la guerre de Sécession, adaptée du livre de Margaret Mitchell, était captivante et Josephine s'identifia à la fouge de la protagoniste principale, Scarlett O'Hara. Fascinée, elle savoura chacun de ses grains de pop-corn. C'était le plus long film qu'elle ait jamais vu, mais les scènes se succédaient à une vitesse vertigineuse. Les visages des acteurs, filmés en Technicolor, étaient d'une brillance inouïe, leur maquillage se reflétant comme dans un miroir. Une boule se forma soudain dans sa gorge, lorsque Scarlett se rendit sur le lit de mort de Melanie. Sans comprendre, elle sentit des torrents de larmes couler sur son visage. Peut-être sa propre mortalité venait-elle de lui apparaître depuis la pellicule. L'année 1939 s'était révélée tumultueuse pour elle, les nazis ayant envahi sa Pologne natale. Elle frissonnait pour sa famille restée sur place et pour Chana, sa sœur benjamine, encore bébé lorsqu'elle était partie pour l'Australie. Elle avait loué les services d'un avocat de haut niveau pour la localiser et la faire venir à New York, sans succès jusque-là. Puis il y avait son ancien mari, Jon, et le choc et la surprise de son remariage. Ces événements l'avaient secouée durement, et elle se sentait plus vulnérable que jamais. Sans oublier qu'elle allait avoir quarante

1. « Un garçon juif ».

ans. Quarante ans. Comment pouvait-elle avoir quarante ans ? Et être si seule.

« Prends soin de lui pour moi… » Le visage et les mots aimants de Scarlett à propos de son mari, Ashley, lui firent l'effet d'une dague en plein cœur, et les larmes roulèrent sur ses joues tandis que son corps convulsait, emporté par l'émotion. C'était comme si un arrosoir automatique s'était soudain mis en marche, un autre jet d'eau venant chaque fois accompagner le précédent. Miles poussait comme un champignon et il participait souvent avec ses amis à des activités organisées par son école. Pendant combien de temps encore allait-il rester à la maison, ne serait-ce que pour quelques sporadiques dîners partagés ? Sybil était en charge des magasins de Londres et les deux sœurs échangeaient peu, ou uniquement pour parler affaires. Jon, qui s'était enfui avec l'ancienne danseuse exotique et présentatrice de radio Sylvia Shore, était désormais omniprésent au sein de la Café society new-yorkaise. Alors que le film tirait à sa fin et que Scarlett prononça sa fameuse réplique : « Je vais rentrer chez moi et je trouverai un moyen de le reconquérir. Demain est un autre jour », Josephine s'était mise dans la peau de cette puissante femme, incarnant le vide qu'elle ressentait.

Peut-être ne voulait-elle plus partager sa vie avec Jon Blake, mais elle se sentait de plus en plus seule. Elle commençait à hésiter à se rendre à des rendez-vous mondains sans escorte masculine, et après avoir rencontré Jon et Sylvia à deux reprises, elle décida que c'en était trop. Force était de constater que la célébrité et le succès n'y changeaient rien : il lui fallait quelqu'un dans sa vie. C'était aussi simple que lorsqu'une femme savait qu'elle avait besoin d'une nouvelle petite robe de cocktail noire dans sa garde-robe, l'ancienne étant élimée ou de la collection précédente. Outre la nouvelle mission qu'elle s'était fixée à Hollywood, elle allait prendre le temps de rencontrer un homme maintenant que la quarantaine approchait. Grâce au succès de son *Parfum* Impératrice Josephine* culte et du mascara Lashmatic, qui avait conquis le pays entier,

Josephine était devenue la femme la plus riche du monde. Alors pourquoi se sentait-elle dans le même temps plus démunie que jamais ? Tout cela se retournait contre elle. Elle voulait un homme dans sa vie, il lui en fallait un, et elle le trouverait, quand bien même il lui faudrait l'acheter. Elle avait toujours été une grande pragmatique. Après tout, se dit-elle en se levant pour s'envelopper de son vison crème à la fin du film, elle était Scarlett et non Melanie, et demain était un autre jour.

38

LA VISITE

Los Angeles, 1940

– Pourquoi diable es-tu descendue dans cet hôtel ? demanda Mickey en jetant un œil dédaigneux tout autour de lui, après avoir repris sa respiration.

Ce baiser avait été l'un des plus longs de l'histoire. Lorsque les portes en zinc Art déco de l'ascenseur s'étaient ouvertes, CeeCee l'avait aperçu dans le hall de l'hôtel, se tenant dans un coin comme un petit garçon attendant sa maman à l'heure des parents, passant d'un pied sur l'autre, tenant un bouquet de roses rouge carmin dans une main, le papier mouillé de l'emballage s'égouttant peu à peu sur l'une des jambes de son pantalon. Son sourire s'illumina lorsqu'il l'aperçut à son tour, et il se précipita pour enfouir sa cigarette dans le sable d'un des cendriers de bronze sur pied du vestibule afin de pouvoir l'admirer, émerveillé comme si elle était le gros lot de la loterie de Noël. Elle fit timidement quelques pas vers lui puis, ne pouvant plus contenir son calme, accéléra le rythme. Ils restèrent d'abord comme plantés l'un devant l'autre, séparés par un mince filet d'air. Était-ce un rêve ? se dit-elle, l'espace entre eux disparaissant alors que leurs lèvres se rencontraient. Puis elle se fondit avec lui, transportée dans une autre dimension par la fragrance de son après-rasage masquant son odeur corporelle masculine. Cette touche animale lui avait toujours fait perdre ses moyens, et elle sentit son corps entier se dissoudre sous l'effet de cette attraction irrépressible.

– On devrait peut-être monter dans ta chambre maintenant ? chuchota Mickey en lui mordillant l'oreille.

– Pour quel genre de fille me prends-tu ?

Elle lui asséna une tape suave et mesurée.

– Tu es exactement comme moi, et tu le sais…

Il embrassa la peau de velours de son cou.

– Ton odeur est… enfin, tu sais.

Elle voulait lui dire sur-le-champ qu'elle ressentait exactement la même chose que lui, que son odeur avait sur elle l'effet d'un puissant aphrodisiaque et qu'elle n'avait qu'une envie : celle de l'emmener dans sa chambre et de se donner à lui encore et encore. Mais elle recula et inspira profondément. Elle était à L.A. pour affaires, et non pour le plaisir. Le plaisir, ce serait plus tard.

– Dînons, allons danser et puis nous reviendrons ici, je te promets.

Elle déposa un baiser sur le bout de ses doigts et les approcha de sa bouche.

– Alors embrasse-moi encore une fois avant de dîner.

Il l'agrippa si fort que leurs silhouettes s'accrochèrent l'une à l'autre, leurs deux corps s'enveloppèrent comme si une plante carnivore les avait tous les deux recouverts de ses longs cils visqueux.

– Et pour ton information, nous sommes ici dans le meilleur hôtel de la ville où j'ai le droit de séjourner, dit-elle sans aucune amertume vis-à-vis de la législation de ségrégation des Noirs à laquelle elle s'était habituée.

– Tu sais que je peux te trouver un hôtel qui ne soit pas réservé aux Noirs, CeeCee, avec un petit coup de pouce de ma part et avec ton nom de famille. Personne n'hésiterait à ta place, surtout dans cette ville, fit Mickey en penchant la tête.

– Je suis contre les mensonges, Mickey, tu le sais.

Elle caressa ses sourcils et replaça une boucle sur son front.

– Tu le sais, répéta-t-elle avec un petit sourire.

– Tu es trop parfaite. Alors pourquoi ne viens-tu pas chez moi ?! J'ai une maison avec piscine, maintenant. Dieu du ciel, j'ai même une maison pour les invités !

– Parce que je ne veux pas m'imposer, bébé, dit-elle timidement.

Mais c'était un pieux mensonge, il le savait. CeeCee refusait d'aller où d'autres femmes avaient passé du temps avec lui avant elle ; il résolut donc de ne pas forcer les choses. Il savait que s'il existait un palmarès en la matière, il aurait été impressionnant. Il plaça son bras musclé autour de son épaule et l'escorta jusqu'à la voiture. Les soirées en Californie étaient lumineuses et douces comme un drap de soie sur une peau bronzée, et CeeCee était enchantée d'avoir laissé le grésil et la neige à New York, les palmiers au-dessus d'eux paraissant la saluer en exécutant une danse en ligne dans le ciel. Son regard s'attarda un instant alors qu'un groupe de célèbres musiciens de jazz et de chanteurs les dépassaient pour entrer dans l'hôtel. Ils leur firent un signe de tête. Le Dunbar était l'hôtel de choix de l'élite noire, et deux musiciens se rendant au bar échangèrent un signe, appréciant la plastique de CeeCee. Les ignorant, elle se dit néanmoins que cet environnement ne lui serait pas désagréable. Mickey prit sa main gantée de blanc et la conduisit dans son coupé Cadillac beige qui attendait. CeeCee se glissa dans la voiture à ses côtés dans sa robe fourreau ivoire en satin.

– Tu sais, il faut aussi dire que la musique est de bien meilleure qualité au Dunbar, ajouta-t-elle en riant.

– Nous allons revenir pour un digestif, dit-il. Qui joue ce soir ?

– Lena Horne et Sissle's Orchestra.

CeeCee retoucha son rouge à lèvres Herz Capri Coral au boîtier or brillant et le replaça dans son sac de soirée.

– On dit en ville qu'elle va être la première vedette de cinéma féminine noire.

Mickey passa son bras autour d'elle.

– Tu devrais peut-être aller lui parler dans les coulisses à propos du CeeCee's Relaxer, proposa-t-il.

– Peut-être que oui. Mais ce n'est plus CeeCee's Relaxer, Mick.

Elle souriait alors que la voiture progressait le long de Central Avenue.

– Non ? Que s'est-il passé ?

– J'ai changé de nom. Cela s'appelle maintenant Queen CeeCee's Hair Relaxer. Qu'en penses-tu ?

Elle sonda son beau visage pour connaître sa réaction.

– J'adore, lança-t-il en klaxonnant une Ford qui lambinait devant lui. L.A. et ses foutus automobilistes, je ne m'y ferai jamais ! Va te faire foutre ! hurla-t-il en faisant un geste obscène du doigt au conducteur, à la mode new-yorkaise.

– Mickey, tu ne changes pas. Tu as juste l'air encore plus beau.

Elle passa sa main dans ses boucles plaquées en arrière, appréciant son hâle lumineux, sublimé encore par la blancheur de sa veste de smoking blanc.

– Tu es ma reine, reprit-il en l'attirant vers lui sur le siège avant de la voiture.

– Les autres filles au Cotton Club pensaient que j'étais du genre supérieur, car je ne voulais pas sortir avec les types qui venaient les ramasser à l'entrée des artistes, alors elles m'avaient donné le surnom de « Queen CeeCee ». « Voilà Queen CeeCee, disaient-elles en levant les yeux au ciel. On n'est pas assez bien pour elle. »

– Mais tu es vraiment Queen CeeCee, dit-il, tout sourire.

– Une nuit, ça m'est venu. Je veux créer une image positive pour mes filles noires, alors *voilà**… Queen CeeCee. Faisons du positif avec le négatif. Les ventes décollent, observa-t-elle avec fierté.

– J'en étais sûr. Tu sais… commença-t-il en la regardant. Tu pourrais faire du cinéma. Tu es plus belle que Lena Horne. Tu serais une grande vedette.

– Ouais. Et pour jouer quoi ? Les domestiques ? Lena au moins sait chanter ! remarqua-t-elle en regardant dans le rétroviseur latéral. Je te félicite pour ton brillant à lèvres, Mickey. C'est un triomphe. Je suis si fière de toi !

– Ouais. J'ai passé un accord avec le studio, et les brillants à lèvres Hurrah se vendent comme des petits pains. J'ai payé Dax pour qu'il le développe, mais maintenant il veut monter sa propre société, expliqua-t-il en prenant la voie de droite. J'ai d'abord tenté de le dissuader, puis j'ai eu l'idée de le financer et d'acheter la moitié de son entreprise. Comme je l'avais fait dans Norfolk Street. J'ai repris le même concept. La vieille Grossman vendait son pain, ses *challahs* et ses tartes aux fruits dans mon magasin, puis elle a voulu s'installer. Alors je m'en suis occupé, je lui ai donné l'argent pour ouvrir sa boutique, et nous avons fait 50-50 sur les bénéfices. Et je me suis retrouvé dans les tartes jusqu'aux oreilles.

– Voilà pourquoi tu es un type brillant, Mick, observa-t-elle, se serrant contre lui.

Mickey et CeeCee entrèrent au Troc et attirèrent tous les regards. Qui était cette beauté exotique au teint basané au bras de Heron ? Était-ce une nouvelle starlette des studios, une chanteuse à la peau mordorée à l'affiche d'un musical au thème latino programmé prochainement, ou une Sud-Américaine mondaine en goguette à L.A. ? De toute évidence, ce n'était pas n'importe qui ; l'élégance sophistiquée très couture et new-yorkaise de CeeCee et ses diamants ne laissaient planer aucun doute sur ce point, et son allure était nettement plus étudiée que celle des intermittents du spectacle et du menu fretin habillé de vêtements de soirée empruntés aux vestiaires des studios et arborant de la joaillerie de pacotille. CeeCee trouva l'expérience divine. Ils dînèrent, burent et dansèrent toute la nuit, Mickey saluant et la présentant à quantité de connaissances et intervenants du cinéma à Hollywood. Ils échangèrent des baisers tendres dans la voiture et retournèrent au Dunbar pour un dernier verre et pour Lena, la nouvelle sensation musicale de L.A. Après un whisky et un cigare, ils rejoignirent la chambre de CeeCee. Ce fut dans un désordre de bras et de jambes qu'ils laissèrent exploser leur formidable passion et firent longuement l'amour, jusqu'à être emportés par un sommeil et une rêverie proche de la transe. Dans la lumière du petit matin, il la regarda en silence et s'imagina ainsi avec elle pour toujours. Il se glissa hors du lit sans faire de bruit et passa sa chemise froissée. Il déposa un léger baiser sur son front avant de partir.

– Je t'appelle plus tard. Je m'occupe d'organiser tous tes rendez-vous.

Elle lui sourit dans un demi-sommeil et lui répondit d'un hochement de tête, savourant le souvenir de la nuit passée, plongée entre rêve et réalité.

Mickey reprit sa voiture pour Hollywood Hills, où il se doucha, s'habilla et commanda à Maria, sa gouvernante mexicaine, du saumon fumé et des œufs avec un roux d'oignons préparé comme il le lui avait appris, en s'assurant que l'émincé d'oignons soit parfaitement doré avant de l'ajouter aux œufs battus. Il raffolait de cette odeur, qui lui rappelait sa grand-mère et son enfance. Il prit ensuite le téléphone et passa des appels. Il savait que CeeCee avait besoin de rencontrer les individus qui comptaient véritablement à L.A. pour tenter de mettre en place des contrats de promotion croisée avec Herz, et il était tout disposé à l'aider. Il s'installa à son bureau gigantesque et parcourut son carnet d'adresses, ses boutons de manchette en or massif se reflétant dans le vernis ultrabrillant comme dans un miroir. Il sélectionna les noms importants de l'industrie du cinéma qui avaient une dette d'honneur envers lui, et prit le téléphone pour organiser des rendez-vous avec des actrices en vue, des starlettes montantes et des producteurs. Il s'exécutait avec entrain, avec sa bonne humeur naturelle, le flair et l'aplomb qui le caractérisaient, et tous ses interlocuteurs acceptèrent de rencontrer Mlle CeeCee Lopez, vice-présidente de Herz Beauty. CeeCee était assez avisée pour ne pas aborder le sujet de sa gamme de produits Queen CeeCee, qu'elle réservait à ses comptes dédiés de Harlem et aux salons jouxtant le Dunbar. Elle disposait de deux jeux de cartes de visite, et passait facilement de l'un à l'autre selon ses interlocuteurs. Ses cartes professionnelles aussi subissaient la ségrégation, pensa-t-elle, réaliste. Chaque jour, après une tournée de rendez-vous, elle retrouvait Mickey au Dunbar pour une soirée romantique. Tout deux s'installèrent dans une intimité amoureuse, CeeCee lui racontant ses rencontres, échangeant des idées au sujet des derniers développements produits dans les tuyaux chez Herz Beauty ou sur ce qu'elle connaissait de l'actualité de Gardiner.

Mickey était en pâmoison devant CeeCee. L.A. lui allait comme un gant et elle s'y était glissée comme dans un nouveau moule, ou comme si les vents de Santa Ana[1] l'avaient portée. En quelques jours, elle avait trouvé une superbe adresse sur Rodeo Drive pour le salon phare de Herz Beauty à L.A., et avait commencé à faire des recherches sur les films en cours de production. Mickey lui organisa un meeting de haut niveau à la MGM pour discuter de l'opportunité d'un partenariat avec Hedy Lamarr. Considérée comme l'une des plus belles femmes de Hollywood, Hedy serait l'égérie parfaite pour la nouvelle campagne de publicité Herz. Deux ans plus tôt, elle avait fui l'Autriche pour échapper à la fois aux nazis et à un mari tyrannique, et c'était à Londres qu'elle avait été remarquée par Louis B. Mayer, figure de proue de la MGM, qui lui avait immédiatement proposé un contrat et l'avait emmenée en Amérique. Ses débuts à Hollywood dans le film *Casbah*, aux côtés de Charles Boyer, avaient fait sensation. Il était écrit dans la presse que sa beauté laissait littéralement sans voix. Josephine fut ravie lorsque CeeCee l'appela à New York pour lui faire part de son idée.

– Dites à la MGM que c'est elle que nous voulons ! dit Josephine. C'est elle la prochaine Theda Bara. Sa sophistication européenne, c'est exactement cela que

1. Les vents de Santa Ana sont des vents forts qui proviennent de l'intérieur des terres et soufflent sur la côte de la Californie du Sud et au nord de la Basse-Californie.

notre marque représente. Vous dites qu'elle est juive, par-dessus le marché ?

– Absolument. Originaire de Vienne, expliqua CeeCee. Elle était mariée à l'homme le plus riche d'Autriche, Friedrich Mandl, et a dû s'enfuir pour lui échapper.

– C'est parfait. Choisissons-la et laissons Miss Palm Beach avec sa brave petite Janet Gaynor, répondit Josephine en riant.

Maintenant qu'elle lisait les magazines de cinéma, elle était bien plus à l'aise sur le sujet des stars.

CeeCee était rayonnante. Son voyage à L.A. avait été une vraie réussite. Il ne lui avait fallu que deux semaines pour tâter le terrain et elle savait que Josephine lui demanderait d'y retourner, tous frais payés. Elle aurait ainsi la possibilité de revoir Mickey. Elle sentait déjà la mélancolie la gagner à l'approche de son départ.

– Pourquoi me quittes-tu, bébé ?

Mickey la regardait comme un chiot transi et perdu, après deux semaines passées en un éclair.

– Tu ne peux pas rester un peu plus longtemps ?

– Josephine veut que je sois rentrée pour une réunion importante de développement de notre nouveau produit, et je dois faire une apparition à l'Apollo Theater, où Queen CeeCee est mécène de « Talent Night », répondit-elle en souriant.

Il hocha la tête, sachant que la cause était perdue, et promit d'aller la voir à New York.

Lorsque le moment fut venu de la conduire à la gare, il avança à pas de plus en plus lents pour ouvrir sa portière, comme si le ralentissement de ses mouvements allait retarder le train qui l'attendait en sifflant. Il sortit ses bagages du coffre et glissa un pourboire aux porteurs en livrée pour qu'ils les acheminent vers le wagon de première. Il avait eu une telle aversion à l'idée qu'elle doive voyager dans le wagon réservé aux gens de couleur qu'il avait pris des dispositions en faisant jouer ses contacts pour lui obtenir une place dans une voiture en première classe. Un appel avait été passé par l'agent chargé des relations presse de l'une des plus puissantes familles liées à la mafia à Los Angeles, pour indiquer que Mlle CeeCee Lopez, une nouvelle actrice brésilienne récemment sous contrat avec la MGM, avait besoin d'un billet en première classe pour New York. Dans ces circonstances précises, personne ne s'y était opposé. CeeCee ne tenta pas de refuser l'offre de Mickey et accepta sans rechigner son cadeau d'adieu. Après un baiser qui dura une éternité, elle prit place sur sa confortable banquette dans le train et se prit à penser qu'elle avait de la chance en voyant L.A. s'éloigner derrière elle. Voyager en première classe. Elle repensa à son premier voyage en train depuis la Virginie, où elle avait dû rester debout durant la moitié du trajet. Elle était aujourd'hui en première classe et était pleinement respectée en tant que cadre dans une entreprise. Les porteurs afro-américains se mirent en quatre pour lui venir en aide, et trouvèrent qu'elle était la plus belle femme d'origine latine qu'ils avaient jamais vue. CeeCee était forte d'une autre certitude lorsqu'elle s'installa dans son wagon de première. Une femme savait parfois des choses uniquement parce qu'elle avait un ressenti, une intuition. Elle portait l'enfant de Mickey, et elle n'avait pas l'intention de le dire à quiconque. Pas maintenant.

39

DOUCE EST LA VENGEANCE…

Beverly Hills, 1940

PARIS TOMBE – LA GRANDE-BRETAGNE MENACÉE : les gros titres criaient la désolante situation en Europe. Constance, comme la plupart des Américains, s'arrêta net et fut parcourue d'un frisson. À Los Angeles, la vie n'était que soleil, projections et détente autour de la piscine. Vivait-elle dans une dimension parallèle ? Elle savait certes que le climat était morose en Europe, mais n'imaginait pas que les choses étaient pires encore. Dans son esprit, il était relativement concevable que des endroits reculés comme la Pologne tombent aux mains de l'ennemi ou encore que l'Autriche soit annexée, car c'est à peine si ces lieux figuraient sur la carte tellement ils étaient de « seconde zone ». Mais Paris ? Paris, le centre du monde. Paris, qui représentait tout. Elle ne pouvait imaginer ce Paris qu'elle aimait contrôlé par les Allemands. Était-ce un mauvais rêve ? Elle se figea devant un kiosque et acheta le journal, comme si cet achat allait confirmer la réalité. Elle se tenait dans le vestibule de l'hôtel Beverly Wilshire et se mit à lire comme le faisaient les gens autour d'elle, ne prenant pas le temps de s'asseoir, en état de choc. Les fiers et hautains Français réduits à néant et impuissants. Elle secoua ses boucles blondes, totalement incrédule. Elle se souvint de son voyage à Paris il y avait quelques années de cela, lorsque son entreprise commençait à décoller et qu'elle s'était accordé un séjour au Ritz. Elle avait économisé et réservé une traversée en bateau pour voir les monuments parisiens, et aussi apprendre les secrets de la beauté et les techniques de massage à la française et, bien sûr, pour commander de la haute couture. Elle avait rencontré une superbe brune dans l'un des plus beaux salons de beauté. Elle avait de magnifiques mains douces, et après le soin du visage et les caresses qu'elle lui avait prodigués, Constance l'avait invitée à déjeuner, ressentant une subtile attirance. La jeune femme avait immédiatement accepté et elles étaient allées dans un ravissant café dans le Marais. Constance se souvenait de son enthousiasme et de son excitation à l'idée d'être en France et d'être libre, alors même qu'elle venait d'emménager à New York pour la première fois. Elle avait senti une communauté d'esprit avec la jeune Française, une nonchalance et une sensualité. Après un simple déjeuner, *croque-monsieur** et carafe de vin blanc, elles avaient marché bras dessus, bras dessous jusqu'à sa chambre de bonne à côté de la place des Vosges et avaient passé l'après-midi en ébats amoureux, à boire du vin et à fumer des cigarettes. Tout lui semblait si décadent et merveilleux, et cela était resté gravé dans sa mémoire. Une magnifique jouissance. Ce n'était que la troisième fois qu'elle s'adonnait au sexe oral avec une femme, et elle se remémora des senteurs de romarin, de musc et une touche de vanille. Où pouvait bien être Madeleine aujourd'hui ? Était-elle épouse, petite amie ou mère ? Était-elle à l'abri de l'envahisseur ? Elle ne pouvait que tenter d'imaginer la panique et la peur qu'elle devait ressentir et espérer qu'elle ne soit pas en danger. Puis, comme chaque fois que ses émotions prenaient un tournant insoutenable, elle les censurait et se concentrait sur ses affaires, à la mode canadienne.

Malgré les mauvaises nouvelles sur le plan international, Constance et Gardiner Cosmetics se portaient à merveille. Profitant de leur célébrité et des bénéfices de l'entreprise, Van et elle s'étaient octroyé un autre hobby réservé aux élites : les chevaux de course. Ils faisaient désormais partie des investisseurs du champ de courses des pur-sang de Santa Anita. Leur cheval, Constant Gardiner, était arrivé deuxième après le fameux Seabiscuit lors du Santa Anita Handicap. Tout comme elle avait mis à profit sa demeure de Palm Beach pour obtenir ses entrées dans la haute société locale, Constance avait commencé à intégrer le cercle des passionnés d'équitation dans le Kentucky, où elle était désormais propriétaire de Lucky Eight, de célèbres écuries qu'elle avait renommées Constantly Gardening, et se mêlait aux stars et à l'élite de Hollywood et de la côte ouest. Rien ne lui plaisait davantage qu'un après-midi aux courses avec une flasque de gin et un pari gagnant ; elle se sentait comme une enfant au spectacle, et nourrissait son côté garçon manqué en hurlant et en invectivant dans la loge des propriétaires. C'était l'endroit où elle pouvait crier et jurer sans avoir peur d'être remarquée ni jugée, car en sa qualité de propriétaire méritante tout était toléré. Admirer les fabuleuses montagnes San Gabriel en toile de fond dans ses jumelles et regarder le double galop de son pur-sang Constant Gardiner lui procurait un immense plaisir. Et bien qu'elle jouât la blasée, elle était aux anges de pouvoir côtoyer des stars au firmament du box-office telles que Clark Gable et Lana Turner, maintenant qu'elle était une habituée des lieux. Elle avait aussi mis à profit son temps passé à l'ouest du pays pour réussir quelques percées pour ses nouveaux produits. Les dernières tendances beauté à Hollywood lui avaient inspiré la collection Garden of Allah, un nécessaire pour les yeux digne des stars, composé d'une pince à épiler et de crayons à sourcils de différentes couleurs pour dessiner une forme en arc de cercle, très en vogue dans les années 1930. Ses Américaines de la classe moyenne adoraient les kits, et ce dernier contenait même des instructions sur l'épilation des sourcils et l'application du crayon. Les kits comme les guides avaient un rôle primordial, car sa clientèle était avide d'informations pour obtenir le look en vogue le plus facilement possible.

Mais Constance ne se contentait pas de ce dernier succès. Elle avait mis des mois, voire des années, à intégrer le triomphe du Lashmatic de Josephine. La réussite avait été si proche qu'elle avait été dévastée de perdre et de céder sa place de vainqueur à Herz. Et Constance n'était pas du genre à se résigner. Elle dut admettre que son Eye-Allure aurait fait un bon produit, mais devint hystérique lorsqu'elle essaya Lashmatic. Tout avait été bien mieux pensé : la brosse incurvée, le mascara régulier, sans bavures et brillant, mais aussi son emballage désormais iconique avec son capuchon dévissable en plastique, particulièrement novateur. Le motif vert et rose, bien sûr, la rendait folle et elle grinçait des dents chaque fois qu'elle voyait une femme le sortir de son sac. Tout cela lui avait causé des nuits entières d'insomnie. L'intensité de la rivalité qui s'était ensuivie avait donné lieu à une inimitié si omniprésente que toute décision était désormais prise par rapport à son ego et servait l'objectif de se venger de l'usurpatrice juive.

« Si seulement Josephine avait pu s'être rendue en Pologne pour visiter sa famille, la blitzkrieg aurait eu raison d'elle », plaisantait-elle à son club devant ses amis. L'idée que CeeCee travaillait pour sa plus grande rivale la tourmentait aussi, au point de ne plus quitter son esprit.

D'ordinaire, les innovations produits étaient le résultat d'un besoin ou d'un désir exprimé par les consommateurs. Maintenant, elles étaient mues par un désir de revanche. Que pouvait faire Constance pour porter préjudice à Josephine qui puisse équivaloir à la blessure qu'elle lui avait infligée ? Cette question essentielle la tenait en haleine dès les premières heures de la journée. Mais en dépit de ce malaise et de cette anxiété incessants, elle n'hésitait pas à s'immerger dans un quotidien de soleil, de plage et de chevaux de course entre Palm Beach, le Kentucky et Los Angeles pour tromper son état constant d'exaspération.

Constance et Van s'étaient encore éloignés l'un de l'autre, mais avaient en commun une passion pour le monde des courses. Ils s'y rendaient avec un de leurs amis, Jock Ashton, héritier du secteur de la pharmacie. Jock était l'équivalent de Topper à L.A. Bon vivant et élégant play-boy, il avait lui aussi investi des sommes importantes à Santa Anita. Ils se trouvaient sur la route à l'approche de Los Angeles dans sa Packard bleu nuit et s'étaient arrêtés pour prendre de l'essence dans une station un peu à l'écart de l'autoroute, lorsque Jock fit signe à Constance. Non loin de la station-service et d'un drugstore, il lui montra un petit salon de coiffure.

– Regardez Constance... Dans peu de temps, un salon Herz va s'ouvrir ici, annonça Jock avec sarcasme. Cette femme est partout.

– Elle se répand comme le cancer, répondit Constance en allumant une cigarette, sa main tremblant légèrement.

Elle inhala la fumée bleutée qui tournoyait devant elle, et cela lui parut soudain évident. C'était exactement cela ! Voilà l'angle d'attaque qu'elle cherchait depuis si longtemps. Elle n'avait qu'à dérober l'idée de Josephine, de la même façon que celle-ci lui avait subtilisé la sienne ! Une version petit budget, grand public, des salons haut de gamme de Josephine, pour les femmes des classes moyennes dans les petites localités. Un lieu où ses clientes pourraient acheter les produits Gardiner Cosmetics, mais aussi accéder à des soins de beauté et de coiffure à prix réduit. Les portes d'entrée seraient de couleur lavande, tout comme les portes laquées des bureaux personnels de Josephine. Elle pouffa de rire bruyamment. Et pourquoi ne pas appeler le nouveau concept « les Salons Lavender Door », pour être parfaitement transparente ?!

Josephine ressentirait ainsi la même chose qu'elle lorsque le motif rose et vert de Palm Beach du Lashmatic lui avait été dérobé sous son nez. Lavande et noir ! L'association de couleurs était idéale. Elle aimait aussi l'allusion à la lavande du jardin, et le fait que ses clientes trouveraient appréciable d'accéder à un nouveau type de salon plus abordable pour leurs soins de beauté. Elle déposerait le nom de la marque et en détiendrait la propriété avant d'en parler à qui que ce soit, pas même à Van. Elle subodorait que le fait qu'on lui livrât une concurrence à bas prix rendrait Josephine Herz folle de rage.

– Oh non, Jock, ce n'est pas un salon Herz qui va ouvrir, mais le mien. Attendez un peu de voir ce que je vous réserve.

Elle haussa un sourcil à la mode des années 1930, dessiné avec son crayon Gardiner couleur sable. Elle prit une bouffée avide de sa cigarette, et laissa les cendres s'envoler et brûler sa fourrure en vison.

– Je ne m'aventurerais pas à faire des paris avec vous, Constance, fit Jock, donnant un petit coup de coude à Van, ni sur les chevaux, ni sur les affaires.

– Vous avez raison, Jock. Et pour citer Josephine Herz elle-même, je dirai : « Il ne faut jamais sous-estimer un *fainqueur* ! »

Elle éclata d'un rire tonitruant en imitant l'accent polonais, causant l'hilarité générale dans la voiture.

40

LA LISTE

New York, 1940

Partout dans l'Upper East Side et dans l'Upper West Side, on entendait parler un anglais teinté d'allemand, de français ou de polonais. Les gens aisés et privilégiés qui étaient parvenus à quitter l'Europe juste avant que celle-ci ne soit ravagée par la guerre avaient pu retrouver confiance dans cette ville, y apportant leurs quelques actifs et leur anglais coloré. Quelques années auparavant, un accent d'ailleurs aurait été considéré comme exotique. Mais aujourd'hui, le son d'une langue étrangère à New York ou à Los Angeles attirait des réactions extrêmes, allant de la sympathie à la dérision. La plupart des immigrants arrivaient par la voie atlantique et par Ellis Island, quelques rares cas passant par la Floride via Cuba, ou encore par Los Angeles via le Mexique. Certaines familles se retrouvèrent totalement éclatées, ne se reformant que quelques décennies plus tard. Dans de nombreux cas, ce furent non seulement les liens familiaux, mais aussi les individus qui pâtirent de ces séparations, les nouveaux émigrés n'ayant d'autre voie à suivre que de s'efforcer de trouver un sens à leur nouvelle vie, d'adopter la langue de cette terre nouvelle et de se réinventer pour survivre. Les habitudes vestimentaires et la langue anglaise provoquaient parfois le désarroi, une veste en loden autrichien n'étant d'aucune utilité pour se protéger de la chaleur de

Los Angeles, des vedettes du cinéma en langue allemande faisant le service dans les restaurants et des auteurs européens reconnus étant contraints pour gagner leur vie d'écrire des scénarios pour des films de catégorie B.

Ces peuples en migration formeraient certes leur propre communauté et tendraient à se retrouver régulièrement aux « automates[1] » ou dans les salons de thé locaux pour partager leur courroux et se souvenir de leur vie dorée d'antan à Berlin ou à Vienne. Mais tous savaient à quel point ils étaient chanceux de décrocher du travail là où il y en avait. La plupart étaient juifs, riches ou spoliés, d'autres portaient un titre nobiliaire, comme les Rothschild et plusieurs branches de la famille de Günzburg. D'aucuns étaient écrivains et intellectuels de tous bords et religions, homosexuels catholiques et protestants, roumains et hongrois. Une communauté en particulier, celle des Russes, avait été déracinée non pas une mais deux fois, ayant d'abord fui à Paris au moment de la révolution bolchévique en 1917, puis de Paris à New York pour échapper aux nazis. Aristocrates déchus, ces Russes blancs, affublés de leurs vêtements d'apparat démodés et parés de leurs médailles d'antan pour redorer un blason largement terni par tant d'épreuves, suscitaient souvent un sentiment de commisération chez leurs hôtes. Les Américains, sédentaires ou expatriés de retour au bercail pour se mettre à l'abri de la guerre, avaient toujours raffolé des titres et des distinctions, et si d'aventure un prince ou une princesse désargentée assistait à une soirée, son prestige restait intact à en juger par l'intérêt suscité.

Ce nouvel afflux d'une élite d'immigrés allait également façonner une nouvelle culture créative à New York et à

1. Un « automate » était un distributeur automatique de repas simples et de boissons. La plupart des automates de New York disposaient aussi d'un comptoir proposant des plats chauds que les clients faisaient défiler horizontalement pour se servir dans des récipients avec une louche.

Los Angeles, grâce à l'énergie frénétique, au talent brut et à la nouvelle approche d'une vague d'artistes, d'écrivains et de metteurs en scène désœuvrés. Ces artistes avaient été récompensés pour leur sens de l'anticipation, leur faculté de lire dans les feuilles de thé et de se déraciner. Josephine accueillit dans son giron cet univers chic à l'occasion de ses salons hebdomadaires. Elle ressentait une communauté d'esprit toute spéciale avec les individus en quête de liberté contraints de partir de zéro ainsi qu'elle l'avait fait. Tout cela était également très bon pour les affaires, la crème de la crème de la Café society européenne venant ajouter une note de sophistication au manque d'expression des Américains qui se présentaient chaque semaine pour l'exotisme des blinis arrosés de vodka. Josephine n'aimait rien tant qu'une assemblée bigarrée, et savait que l'apparition d'une princesse russe égarée, d'une baronne juive ou d'un régisseur de théâtre illustre, tel que Max Reinhardt, constituait l'ingrédient majeur d'une soirée réussie. Elle avait été personnellement son invitée dans son palais de Schloss Leopoldskron à Salzburg, et comprenait la sensation d'horrible dénuement qu'il devait ressentir, ayant troqué un château aux innombrables pièces pour un simple appartement à New York. Elle avait même mis à sa disposition une chambre d'ami sur la 5e Avenue. Dans le même temps, la disponibilité d'un nombre inimaginable de talents lui permit de s'entourer d'acolytes de haut niveau pour presque trois fois rien, à l'image de Claudine Lelong, qui dirigeait l'atelier Chanel avant l'invasion de la France et avait émigré à New York à l'issue d'un divorce difficile. Chic et intelligente, cette quadragénaire avait été mariée à un comte français, avant de tomber dans les bras d'une vedette du cinéma allemand. Son ex-mari ayant une liaison avec une ingénue allemande et sachant que Coco Chanel elle-même fréquentait Hans Günther Von Dincklage, officier haut gradé des renseignements nazis, Claudine avait senti le vent tourner, notamment lorsque Chanel avait fermé sa boutique et s'était installée au Ritz. Josephine lui avait immédiatement proposé de s'occuper de ses salons et de ses soirées. En quelques mois, Claudine se fondit avec aisance dans le rôle de son éminence grise. Chanel n'avait pas été tendre et Claudine avait acquis auprès d'elle la faculté d'identifier les besoins des femmes de pouvoir énigmatiques, sans faux pas. Après quelques réunions de travail, Josephine vit en elle une âme sœur et lui confia son souhait de refaire sa vie, et le fait que ses charmes semblaient avoir peu d'écho chez les hommes en Amérique, sa richesse attirant cependant des convoitises. Elle avait jusque-là accepté les invitations à dîner d'un médecin, d'un avocat au barreau et d'un héritier anglo-saxon blanc protestant déchu ; mais un hiatus culturel se faisait toujours sentir ainsi qu'une incompréhension vis-à-vis de son statut et de ses attentes de la vie au quotidien.

– Les gens à New York ont l'esprit trop bourgeois, se plaignait-elle, se saisissant de son briquet Cartier pour allumer sa cigarette. En fin de compte, tous les hommes voudraient faire de moi une *hausfrau*[1].

– Alors il vous faut un Européen. New York en regorge, et qui ne voudrait pas être avec vous ? Vous êtes belle, vous avez réussi et vous êtes riche ! s'esclaffa Claudine en observant l'éclat de la masse de bracelets de diamants que portait Josephine, se disant qu'elle suffirait pour éblouir un pacha.

– Pas seulement riche, ma chère. Immensément riche. Dites-moi, Claudine, que doit faire Josie ? demanda Josephine en souriant, estimant qu'elle pouvait être honnête avec Claudine.

– Opérez *à la française**. Vous n'avez pas besoin d'un homme qui a réussi. Faites ce que font les hommes eux-mêmes. Trouvez-vous un jeune beau désargenté. Vous pourrez ainsi être la gardienne de son esprit, de son corps et de son âme. J'en ai un comme cela et je n'hésiterais pas un instant à vous en faire cadeau.

1. « Une femme d'intérieur ».

Tel fut le conseil de Claudine, prodigué tandis qu'elle fumait des Gitanes de contrebande au bar du Plaza et faisait des ronds de fumée ressemblant à des notes de musique.

– Mais il est déjà marié, précisa-t-elle en riant.

– Claudine, vous êtes plus intelligente que je ne pensais !

– Comment, vous ne pensiez pas que j'étais intelligente ? s'offusqua-t-elle, son front formant un point d'interrogation.

– Je n'ai pas dit cela. J'ai simplement dit que vous étiez plus intelligente que je ne le pensais. Prenez cela comme un compliment.

Josephine n'était pas sans savoir que le fait d'avoir une figure phare de la haute société française à bord de son entreprise avait apporté une touche supplémentaire de vernis et d'élan à ses réunions d'affaires et à ses soirées.

– *C'est bon**, il existe plusieurs personnes que je peux inviter le jeudi soir... Je pense à Ducalet. C'est un poète intense, noir, taciturne.

– J'ai entendu qu'il aimait les jeunes femmes. Et les garçons, répliqua Josephine en la regardant intensément.

– Qui ne les aime pas ? répondit Claudine avec la résignation qui vient souvent avec l'âge mêlé aux déceptions amoureuses.

– Qui d'autre est sur votre liste ?

Josephine regardait le pantalon décontracté bleu marine Chanel de Claudine avec admiration, se disant qu'il lui faudrait reprendre cette idée.

– Pourquoi pas Ludwig Grunewald ? proposa Claudine, égrenant mentalement sa liste.

– Le peintre ? Il n'est ni jeune ni beau, et il sent la naphtaline. Passons, fit-elle, comme si toutes les deux émettaient des commentaires sur une ligne de produits.

– Ne soyez pas si difficile. Il est plutôt célèbre. L'installation qu'il a présentée à la dernière *biennale** de Venise a été plutôt bien accueillie, dit Claudine en prenant une bouffée de sa Gitane.

– J'avais bien aimé votre idée de départ, celle du beau jeune homme. Qui d'autre y a-t-il ? Un aristocrate ?

Josephine expirait de l'air, la bouche en coin ; un prince, un comte, un baron, voilà qui rendrait Constance Gardiner folle.

– Eh bien… dit Claudine en appliquant un voile de poudre compacte de son boîtier doré Herz, regardant Josephine et elle dans le miroir, un sourire entendu s'affichant sur ses lèvres. Je pense que j'aurais peut-être quelqu'un pour vous.

Les yeux de Claudine pétillaient d'excitation.

– Continuez, fit Josephine avec un peu trop d'enthousiasme.

– Je ne dirai rien de plus. Je viendrai avec lui à l'une des soirées du jeudi.

Elle marqua une pause.

– Il vient d'arriver à New York, reprit-elle.

– Comme tout le monde… soupira Josephine. Il vient tout juste de descendre du bateau, n'est-ce pas ? Alors vous me réservez un véritable novice.

– Ne vous en faites pas, Josephine. Vous avez dit que j'étais plus intelligente que vous ne le pensiez.

– Oui, et je vous le rends bien en sonnant et trébuchant, *darling*, dit Josephine, un brin provocante. N'oubliez pas, il me faut quelqu'un qui soit jeune, beau et docile.

– Peut-être que ce n'est pas un mari qu'il vous faut, mais un gigolo.

– Je n'ai pas le temps pour les rendez-vous galants et les histoires d'amour. Je veux un homme dans mon lit et à mes côtés pour les événements, un homme qui porte ma coupe de champagne et ma pochette de soirée. Voilà ce qu'il me faut.

– Et vous l'obtiendrez. Un peu de patience.

– Je n'ai aucune patience pour ce genre de choses. Bref, n'oubliez pas, plus jeune que moi et beau. Peut-être aussi porteur d'un titre oublié.

– Voilà ce que j'admire au plus haut point à votre sujet, *Madame** Herz. Vous êtes une femme qui sait exactement qui elle est et ce qu'elle aime.

– Une chose est sûre : je préférerais jouer les nounous plutôt que de m'occuper d'un homme proche de la retraite, lança-t-elle en défroissant son ensemble Chanel dernier cri.

La semaine était certes passée en un clin d'œil, mais s'était achevée sur une sensation éprouvante et exténuante. CeeCee était de retour et enthousiaste d'avoir trouvé une adresse pour représenter la marque à Beverly Hills au sein d'un centre commercial en voie d'embourgeoisement. Mais les négociations en vue d'obtenir la concession de la boutique de Rodeo Drive étaient au point mort, puis l'offre de Josephine avait été refusée. C'était la première fois qu'une de ses offres était déclinée et elle n'avait pas compris pourquoi. D'autant que sa proposition était plus que généreuse. Elle avait demandé à Felix, son avocat chargé de l'affaire, de se renseigner sur les raisons qui avaient pu faire obstruction. Celui-ci se présenta à son bureau quelques jours plus tard, l'air sombre. Il déposa un dossier devant elle et lui fit signe d'en prendre connaissance. Son visage sembla se décomposer à sa lecture. Felix avait mis le doigt sur une clause antisémite dans l'acte de cession de propriété, interdisant aux Juifs ainsi qu'aux autres minorités de se porter acquéreurs. Il expliqua à Josephine que la Californie avait été à l'origine de ces clauses raciales dès les années 1950, au départ pour mettre un frein à l'achat de biens immobiliers par les Américains d'origine asiatique. Il allait donc être nécessaire de constituer une société écran qui achèterait le magasin pour le revendre à Herz Beauty. Mais quelque chose perturba Josephine lorsqu'elle vit cette clause noir sur blanc : « Lesdits bâtiments ne sauront à quelque moment que ce soit être cédés, transférés, loués ou sous-loués ou encore occupés par des individus non blancs caucasiens et de race blanche, notamment les

Asiatiques, les Juifs, les Noirs... » Ce document raviva brutalement en elle les terribles rumeurs rapportées par ses amis émigrés depuis l'Europe. Les Juifs étaient systématiquement pris à parti, privés de leurs droits, dépouillés et entassés dans des ghettos ou envoyés dans des endroits que l'on appelait « camps de concentration ». Durant les deux dernières années, Josephine et ses sœurs avaient tout essayé pour permettre à Chana, la benjamine, de sortir de Pologne. Un certain nombre d'occasions de le faire s'étaient présentées en 1937 et en 1938, et son passeport et ses papiers avaient été établis à destination de Londres et de New York. Mais Chana était obstinée et refusait de quitter le pays. Elle avait envoyé une lettre expliquant qu'elle était tombée amoureuse d'un étudiant à l'université, un gentil rencontré alors qu'elle terminait ses études secondaires. Chaque fois qu'elle promettait de partir, elle repoussait l'échéance. Josephine pouvait comprendre qu'elle n'ait pas envie de partir ; elle se souvenait parfaitement du jour où elle avait dû faire ce voyage elle-même : il y avait eu des torrents de larmes et elle s'était opposée à sa si chère mère au sujet de son départ. Et maintenant, la fenêtre de tir s'était refermée pour Chana. En dépit des ressources financières et des contacts de Josephine, Chana n'était qu'une jeune fille juive parmi tant d'autres dans cette Pologne occupée par les nazis. Josephine tremblait à cette idée. C'était vil et déprimant et elle était inquiète pour l'avenir de Miles. Qu'était-il arrivé à ce monde ?

Plus tard ce soir-là, elle tenta d'effacer l'angoisse qui montait en elle en entrant dans son dressing gigantesque pour y prélever une robe en taffetas noire et blanche pour le salon dont elle allait être l'hôtesse. Noir et blanc. Telle était son humeur. Après que Max, son maquilleur-coiffeur, eut donné la touche finale à ses cheveux et à son maquillage, elle ôta son vêtement d'intérieur et passa la robe, tandis que Maria, sa femme de chambre, l'aidait avec les crochets, les attaches et les boutons. La robe comprenait un corselet ajusté à partir de l'épaule, une superbe jupe trapèze avec crinoline, le dos se terminant par un faux-cul rehaussé d'un petit nœud blanc. Josephine sélectionna de sa boîte à bijoux magnifiquement garnie un collier en diamant reprenant un motif en forme de nœud et s'examina dans le miroir à trois pans. Dans le stress de la semaine passée, elle avait sauté plusieurs repas et son manque d'appétit lui avait fait perdre quelques kilos. Ses formes naturellement plantureuses s'en trouvaient renforcées et le corset et les baleines de sa tenue lui procuraient un décolleté pigeonnant, en contraste avec sa taille fine. L'aspect cintré la mettait merveilleusement en valeur, et elle paraissait dix ans de moins que ses quarante ans. Après avoir retouché son maquillage Herz, elle plaça son rouge et sa poudre compacte dans son sac de soirée, enfila ses gants d'opéra de satin blanc et descendit lentement son escalier à double volée sophistiqué vers le vestibule et l'entrée en marbre blanc à cabochons noirs. Elle descendait souvent un peu en avance pour vérifier les pièces en enfilade et s'assurer que tout était en ordre pour la réception. Il était sept heures quinze précisément, et les premiers invités faisaient déjà leur apparition.

– *Darling*, je prendrai une coupe avec une petite serviette à cocktail, s'il vous plaît, demanda-t-elle au fringant serveur brun qui se trouvait en bas des marches.

– Bien sûr, mais où est le bar ? répondit-il avec un accent, d'un ton enjoué.

– Vous ne savez pas où est le bar ? C'est votre rôle, non ?

Elle s'inquiéta de devoir indiquer au personnel où trouver le bar pour faire le service.

– C'est le rôle de tout homme d'aller chercher un verre à une jolie femme, mais j'avoue que c'est la première fois que je viens ici, dit-il avec douceur, souriant à la beauté glamour qui descendait les marches.

– Et c'est ça votre excuse ? fulmina Josephine.

– Mon excuse ? Mais c'est la vérité.

Il l'observa de ses yeux bleu outremer pénétrants et légèrement en retrait. Sa peau était pâle et ses cheveux bleu-noir, plus longs que la normale. Josephine aurait juré qu'il portait son Lashmatic tant ses cils étaient longs, noirs et lustrés. Il aurait paru féminin s'il n'avait pas eu un physique imposant et harmonieusement bâti. Elle n'avait jamais rencontré d'homme doté de cils si longs et brillants, et s'avança pour mieux les évaluer. Elle constata qu'ils étaient naturels. C'était incroyable, pensa-t-elle. Les femmes dépensaient des sommes extravagantes pour obtenir ce résultat alors qu'un simple serveur avait tout cela au naturel.

– Si vous voulez faire votre travail correctement, arrivez en avance et renseignez-vous sur l'emplacement de chaque chose.

Elle lui fit un signe de la tête, se disant qu'elle n'allait pas se laisser attendrir par des cils gigantesques.

– Il n'est que sept heures et quart, dit-il, la regardant légèrement de travers.

– Je ne tolère pas que l'on me réponde dans ma maison.

Josephine sortit de son sac un briquet Cartier qu'elle lui tendit puis chercha une cigarette et attendit qu'on lui donnât du feu.

– Oh, je vois que vous avez déjà fait connaissance !

Claudine Lelong s'approcha en voyant que Josephine parlait au jeune homme, qu'elle embrassa sur les deux joues.

– Alexei, qu'avez-vous dit à *Madame** Herz ?

– *Madame** Herz ? dit-il, visiblement perdu. Oh, rien du tout. Simplement, je ne savais pas où se trouvait le bar, rétorqua-t-il, penaud de faire le constat qu'il venait de s'adresser à son hôtesse.

– Ce n'est pas un de nos serveurs ? demanda Josephine brusquement, prenant acte de son faux pas.

– Non, vous avez devant vous mon ami Alexei, dont je vous ai parlé.

– Alexei Orlove ? répéta Josephine sur le ton de l'interrogation. Le prince Orlove ? Oh ! Mon cher, je vous avais pris pour l'un des serveurs, dit-elle avec un rire tonitruant.

– Josephine, vraiment ? s'exclama Claudine en inclinant la tête.

– Y aurait-il un poste vacant en service ? s'enquit Orlove avec un large sourire charmeur, ses dents légèrement décalées lui prêtant un air espiègle.

– C'est parce qu'il est trop jeune et beau. Et lorsqu'ils sont jeunes et beaux et qu'ils sont en tenue de soirée, j'imagine qu'ils font partie du personnel, dit Josephine avec un haussement d'épaules, adressant au prince un sourire.

– Ne vous faites pas de souci, *Madame** Herz. C'est un plaisir. Tenez, laissez-moi prendre votre sac. Je vous apporte votre champagne.

Il baisa sa main gantée à l'européenne et tourna les talons. Puis il fit volte-face.

– Puis-je vous faire une confession, moi aussi ? demanda-t-il en souriant.

– Oui ? répondit Josephine, sous le charme.

– Je n'avais aucune idée non plus de qui vous étiez. J'imaginais que mon hôtesse serait une femme bien plus âgée, et non une jeune beauté telle que vous, expliqua-t-il.

Elle rougit.

– Vous êtes adorable. N'est-ce pas, Claudine ?

– Absolument. Josephine, vraiment ? Un serveur ?!

Claudine secoua la tête une nouvelle fois alors que le prince se mettait en quête d'un verre de champagne.

– Vous lui avez demandé de porter mon sac ? s'enquit Josephine.

Claudine agita sa crinière auburn.

– Non, je n'ai pas dit un mot sur cela.

– Vraiment ? interrogea Josephine, les yeux plissés. Claudine, vous ai-je dit que je vous augmentais ? lança-t-elle avec un sourire fourbe. Cet Orlove, dites-moi, est-ce un vrai prince ?

– Oui. Il est issu d'une famille de Russes blancs particulièrement distinguée. Son père était militaire, mais sa grand-mère, Irina Yureivskaya, était l'une des cousines du tsar, répondit Claudine.

– Et il n'a pas un sou ?

– Il est pauvre comme Job. Il est arrivé ici avec un smoking, quelques médailles et la chevalière portant le blason de sa famille.

– Bravo, affirma-t-elle, ses yeux lançant des étincelles.

– Bravo ?

– Oui, je pense que ce jeune prince Orlove est véritablement un envoyé du ciel, dit-elle en formant un cœur avec la fumée de sa cigarette.

41

ÉCHEC ET MAT

New York, 1941

L'imposante maison de ville de style géorgien à l'est de la 73e Rue entre Madison et la 5e Avenue était froide et impressionnante, ce qui n'était pas sans refléter le caractère même de sa propriétaire. Elle semblait à Constance gigantesque et vide après des semaines de voyage et les nombreuses suites d'hôtel où elle avait séjourné. Soulagée d'être enfin de retour chez elle, elle fit un signe de tête poli à Gerta, sa domestique allemande à l'air sévère, laquelle lui répondit de la même façon en lui enlevant son manteau d'un geste fluide avant de le placer sur un cintre en bois dans le placard, son mari Gunter portant ses valises dans sa chambre. L'efficacité teutonique. C'était tout ce qu'elle aimait. Elle avait donné ses instructions le jour de l'entretien d'embauche en vue d'obtenir un service rapide et silencieux, sans aucun bavardage ni commentaire. Maintenant que Van Jr. était parti étudier à la Milton Academy, il n'y avait plus dans la maison le remue-ménage et le désordre qui y avaient régné par le passé et c'était le paradis pour Constance. Elle pouvait enfin penser tranquillement, débarrassée des trains électriques et de ces disgracieuses traces de doigts que le personnel devait constamment effacer sur les murs. Plus de *nannies* envahissantes et peu séduisantes. Elle prit une profonde respiration et entra dans sa chambre, se réjouissant de voir que Van n'était pas à la maison.

Elle se fit couler un bain et y versa les toutes nouvelles huiles de bain parfumées Gardiner. Les senteurs de lavande et de rose s'étaient avérées un véritable succès commercial, et elle décida de mélanger les deux parfums. Elle allait se plonger dans sa baignoire à griffes de lion pour savourer la sensation de l'eau chaude et de la généreuse mousse sur sa peau lorsqu'elle entendit les pas qu'elle connaissait. *Même ses pas manquent totalement de dynamisme*, maugréa-t-elle dans sa tête.

– Puis-je entrer ?

Van toqua doucement à la porte et passa son crâne chauve dans l'encadrement, ce qui étonna Constance car il évitait généralement de la déranger.

– Oui, bien sûr.

Elle recouvrit sa poitrine d'un gant de toilette, la mousse dissimulant le reste de son corps.

– Bonsoir, Van, comment vas-tu ? dit-elle avec un soupir d'épuisement.

– Bien. Comment s'est passé ton voyage ?

– Très éprouvant, mais aussi une réussite. Nous avons inauguré les salons en un temps record. Il y avait des files d'attente tout autour du pâté de maisons. Je hais Chicago, mais c'est là-bas que nous avons les meilleures ventes. Il est évident que les gens n'ont rien d'autre à faire dans le Midwest. Tous ces fermiers solides comme le roc, cela m'a rappelé le Canada. J'étais pressée de partir, gémit-elle. Et toi, tu as l'air en forme. Le bronzage te va bien. Comment ça s'est passé à Palm Beach ?

– Très bien, merci. Le divorce de Topper et de Lally fait beaucoup de bruit. Les gens ne parlent que de cela.

Il s'appuya sur le plateau de marbre de la commode et alluma une cigarette. Elle remarqua que ses mains tremblaient légèrement.

– Encore un scandale à la mode de Palm Beach, lança-t-elle en bâillant.

– Écoute, Constance, cela fait longtemps que je veux te parler, dit-il, cherchant ses mots. Mais comme tu es constamment en voyage et au travail, ce n'est jamais le moment. Depuis que Van Jr. est à l'internat…

Il s'interrompit, s'efforçant de choisir les bons mots.

– … je me sents vraiment seul.

Il semblait désemparé et elle ignorait où ce monologue allait la conduire.

– Je pense qu'il est trop jeune pour être envoyé dans un pensionnat.

– Il a eu de la chance d'être adopté, et le fait de fréquenter des établissements comme Milton et ensuite Groton, comme toi avant lui, lui sera bénéfique.

– Oui, mais maintenant je suis seul la plupart du temps.

– Je comprends, mais certains d'entre nous travaillent ici, tu sais.

– Je ne le sais que trop.

Il frotta nerveusement ses mains rougies et gercées l'une contre l'autre.

– Qu'est-ce qui te préoccupe, Van ? Tu sembles toujours avoir du mal à dire les choses.

– Tout le monde n'est pas aussi direct que toi, Constance.

– En effet, oui.

– Je te quitte, dit-il sans détour.

Constance se redressa dans son bain et explosa d'un rire puissant alors qu'elle digérait le choc de cette annonce.

– Tu me quittes ? Tu t'en vas ? répéta-t-elle, incrédule.

– Oui. Tout cela n'a aucun sens. Nous ne nous voyons quasiment jamais.

– Je travaille pour nous permettre de mener le style de vie que nous avons, mon cher, dit-elle, ses mots dégoulinant de malice.

– Je suis suffisamment aisé de mon côté, répondit-il, soupirant légèrement.

– Aisé ne veut pas dire riche, Van, et tu le sais. La demeure de Palm Beach, le yacht, les chevaux, les clubs, tout cela provient de l'argent Gardiner.

Ses yeux s'étaient mus en flèches empoisonnées.

– Oui, mais j'ai placé mon patrimoine et j'ai obtenu de très bons résultats. J'ai pris ma décision, il faut que je parte.

– Vraiment ? Et où penses-tu que tu vas aller ? ricana-t-elle.

– Je… Je vais épouser Lally.

– Lally ? C'est une plaisanterie, n'est-ce pas ? demanda-t-elle, stupéfaite.

– Non, Topper divorce et se marie avec Jacqueline de Cuevas, l'héritière de l'étain, expliqua-t-il, tapotant sa cigarette dans l'épais cendrier en cristal. Je lui en ai parlé et il m'a donné sa bénédiction. Il m'a dit qu'il s'était séparé à l'amiable et qu'il n'aurait pas besoin de lui verser de pension.

– C'est un vrai jeu de chaises musicales, n'est-ce pas ? C'est tellement propret et convenable, et tellement consanguin, vos petites affaires !

– Peut-être, acquiesça Van.

– Et pourquoi diable chaque fois que quelqu'un donne le nom de cette satanée bonne femme, doit-on le faire suivre de « l'héritière de l'étain » ? éructa-t-elle, transfigurée par la colère, remuant toute la salle de bains pour allumer une cigarette.

– Parce que c'est le cas, peut-être ? Et ne pense pas qu'on ne fait pas la même chose pour toi, Constance Gardiner, « la reine des cosmétiques ». « N'est-ce pas vous qui êtes marié à la reine des cosmétiques ? » imita-t-il en levant les yeux au ciel. Lally et moi avons passé pas mal de temps ensemble et nous nous entendons très bien. En fait, nous sommes très bien assortis. Elle n'aime pas rester seule non plus, dit-il nonchalamment.

– Mais Lally est ma plus proche…

– Lally m'a avoué des choses troublantes.

– Que veux-tu dire, Van ?

Constance se leva dans son bain, se montrant totalement nue cette fois, la mousse se promenant comme des nuages liquides le long de son corps tonique. Elle se tenait là, au summum de la célébrité, de la réussite et de la beauté, et cet homme au visage de rongeur prenait lui-même la décision de la quitter ? Et pour partir avec sa meilleure amie et amante de surcroît ! Une fureur sourde montait en elle.

– Je sais ce qui s'est passé, Constance.

– Que s'est-il passé ?

– Lally m'a dit que tu lui avais fait des avances.

– C'est plutôt le contraire qui s'est produit, en réalité.

Elle fixa Van, les yeux écarquillés sous l'effet de la peur soudaine d'être découverte.

– Elle m'a dit que tu allais très certainement dire cela. Tu veux vraiment prendre le risque que j'ébruite ton penchant ? Cela doit être génétique.

Il alluma une autre cigarette, visiblement nerveux, ses mains tremblant légèrement.

– Oh, par pitié ! Ce n'était rien d'autre qu'une passade d'écolière, dit-elle, évitant son regard.

– C'est illégal, Constance. Et les rumeurs vont bon train, depuis que nous sommes mariés. Je pense que ce serait bien plus sage que nous divorcions et que nous laissions nos cadavres… dans le placard. Ne penses-tu pas ? dit-il en aspirant une bouffée de sa cigarette et reprenant courage. Je ne voudrais vraiment pas que cela soit révélé au grand public, je veux dire, que tes préférences soient mentionnées dans les motifs du divorce. Tu ne joues pas ton rôle de femme et tu vis à mes côtés tout en me détestant depuis trop longtemps. Alors tu vas me verser la somme de cinq cent mille dollars et nous allons partager la garde de Van. Ce sera un divorce qui restera très cordial.

– Tu as signé un accord prénuptial, souviens-toi.

– Tu n'as qu'un mot à dire pour le révoquer.

– Alors, lança-t-elle, Lally et toi avez tout prévu, jusqu'au chantage…

– Ce n'est pas Lally. C'est parce que tu m'as trompé.

– Je sais maintenant que la plupart des gens feraient absolument n'importe quoi pour de l'argent.

– Et toi, tu ferais n'importe quoi pour préserver ton image, lança-t-il.

Il marqua une pause.

– Écoute, Lally et moi avons été faits dans le même moule.

– Mais encore ?

– Eh bien, tu n'as pas été élevée dans notre monde. Nous avons des codes.

– Vous pensez que vous êtes mieux que moi, tous les deux ?

– Je n'ai pas dit cela. Mais ne va pas t'imaginer que j'ignore que tu apprécies d'être Mme Van Wyke.

– Oh, va te faire foutre avec ta vieille fortune !

– Tu sais ce que tu es, Constance ? Tu es une arriviste. Tu n'es pas mieux que Josephine Herz.

Constance s'avança vers lui et le gifla. C'est à peine s'il cilla.

– Cette Josephine, elle, a du sex-appeal au moins, lança-t-il, haussant soudain la voix. Et tu sais quoi ? On dit qu'elle sort avec ce prince Orlove. Elle a trouvé un titre encore plus ronflant que le tien.

– Sors d'ici ! hurla-t-elle. Va rejoindre ta gouine !

Elle saisit son verre rempli de Lillet et le lui lança. Frôlant son visage, il alla se fracasser contre le lavabo et explosa en mille morceaux.

– J'ai un exemplaire des procès-verbaux d'arrestation de James pour appuyer l'argument de l'homosexualité génétique. Tu n'as qu'à donner ton accord au règlement de divorce.

– Tu ne ferais jamais ça, dit-elle en émettant un rire peu convaincant.

– Durant toutes ces années, tu m'as fait passer pour un idiot. J'ai douté de moi, pensant que c'était moi le problème, que j'étais trop laid, trop stupide, trop bon à rien. Puis j'ai fini par comprendre que c'était simplement que tu préférais les femmes. Ne pense pas que je ne suis pas en colère, et que je n'irai pas proposer le sujet aux journaux pour un demi-million de dollars. Tu ne pourrais plus jamais mettre un pied à Locust Valley ou à Palm Beach de tout le reste de ta vie. Sans parler des Gardiner Girls... Comment le prendraient-elles ?

Il venait de lui asséner le coup de grâce, de loin le plus violent.

Constance se sentait congelée tout entière. Elle resta plantée là, sa bouche n'émettant plus aucun son. Finalement, elle se dit que cet homme qui ne lui inspirait rien avait fini par la battre à son propre jeu. Elle fulminait contre lui et avait grand mal à l'admettre mais, pour la première fois, il l'avait impressionnée.

42

DES PORTES BLEU LAVANDE

New York, 1941

Le pays tout entier était sous le choc de la nouvelle de l'invasion de Pearl Harbor. Cette attaque surprise des Japonais visant à détruire la flotte pacifique, qui avait causé la perte de tant de jeunes vies, avait déclenché une vague de patriotisme qui avait immédiatement fait basculer les États-Unis dans le camp des belligérants, alors que jusque-là le conflit avait été présenté comme une guerre dont on ne voulait pas. Constance, à son grand dam désormais, s'était érigée en fière membre affichant la carte du comité America First[1], le principal groupe de pression isolationniste américain à s'opposer à l'entrée des États-Unis dans la Seconde Guerre mondiale et dont Charles Lindbergh, le membre le plus éminent, avait été vilipendé pour être d'obédience fasciste et antisémite. Comme la plupart des autres membres, elle plaidait en faveur des mesures isolationnistes, mais elle avait aussi fait ce choix car il lui permettait, même si la démarche manquait de subtilité, de s'ériger contre la présence des étrangers – précisément des gens comme Josephine Herz – et de les délégitimer en tant que bellicistes et immigrants peu reconnaissants. On pouvait en ce point la comparer

1. L'America First Committee (le « Comité pour l'Amérique d'abord »), ou AFC, fut fondé en septembre 1940 et dissous en décembre 1941 après l'attaque de Pearl Harbor.

à Chanel qui, la même année, avait tenté de tirer parti de la nouvelle législation antisémite dans la capitale parisienne pour se hisser à la tête de sa branche parfums au détriment de ses associés juifs. À l'issue de l'attaque de Pearl Harbor, lorsque fierté nationale et patriotisme étaient à leur comble, America First dut revoir son discours. Constance fut mortifiée d'avoir choisi le mauvais camp. Elle avait toujours abhorré parier sur le mauvais cheval.

Un peu plus bas dans la 5e Avenue, au beau milieu de sa somptueuse chambre au ton lavande très féminin, Josephine était en proie au choc. Pearl Harbor avait été un déclencheur pour le monde et aussi pour les forces de l'Axe et, comme la plupart des Américains, elle se préparait à une Seconde Guerre mondiale. Cela ne lui échappait pas, l'enjeu pour elle était non seulement la démocratie mais son avenir propre et celui de son fils de onze ans. À peine une semaine auparavant, Felix lui avait annoncé que son salon parisien de l'avenue Montaigne avait été réquisitionné par les nazis et dépouillé de ses stocks, lesquels avaient été envoyés en Allemagne aux femmes des officiers. Puis la demeure en pierre de taille avait été transformée en quartier général de la Luftwaffe pour la France. En tant que citoyenne américaine et en tant que juive, elle ne disposait d'aucun recours maintenant que les États-Unis étaient entrés en guerre. Elle ne pouvait que constater comment les nazis avaient exploité à leur avantage dans leur propagande le fait que l'entreprise Herz Beauty détenue par une Juive était passée entre leurs mains. Londres serait-elle la prochaine victime ? Elle se sentait prise de nausées rien qu'à l'idée du temps et de l'argent investis dans le salon de Paris. Elle percevait également l'ironie de l'incroyable succès de son *Parfum* Impératrice Josephine*, auprès des femmes des nazis, de ses boîtiers compacts ultrafins et chics et de ses rouges à lèvres. Autre ironie, sa meilleure vente, le Rouge chinois, était le plus prisé des épouses des haut gradés nazis. Enfin, l'apothéose avait été atteinte quelques jours avant

Pearl Harbor, lorsque sa rivale, Constance Gardiner, avait préparé à son endroit sa propre attaque un peu plus subtile, avec l'ouverture de trois de ses Salons Lavender Door à New York, Chicago et Los Angeles, lui subtilisant sa couleur fétiche de la même façon qu'elle avait elle-même opéré avec son Lashmatic. Échec et mat. Elle ressentait à ce propos de la colère, mais presque autant d'admiration. Tout cela avait formé un effet boule de neige l'incitant à la dépression alors qu'elle aurait dû se sentir la reine du monde. Non seulement Gardiner avait volé son idée, mais elle avait surtout créé une version à bas prix pour le grand public, dont Josephine savait qu'elle serait particulièrement dans l'air du temps durant la période de guerre et de difficultés financières qui s'annonçait. Elle anticipait des vaches maigres pour ses propres salons haut de gamme. Il semblait que tout, en dehors de son jeune prince, se conjuguait pour la mettre d'une humeur de chien.

Tandis que le monde extérieur rugissait de folie, le sanctuaire intérieur de Josephine, sa chambre et son boudoir, était conçu comme une retraite tapissée de soie, de satin et de duvet. Il célébrait les splendeurs de la féminité, et apportait sensualité tactile, détente et intimité. Josephine savait parfaitement exploiter la lumière et l'éclat doux et doré des éclairages qui la mettaient en valeur. Mais d'ordinaire détendue après l'amour, elle était ce soir sur les nerfs.

– Qu'y a-t-il, Josephine ? demanda Alexei, caressant sa longue chevelure en cascade.

– La semaine a été difficile. Tiens, laisse-moi te masser le cou, dit-elle en se penchant pour malaxer ses solides épaules sculptées.

– Non, laisse-moi te masser. C'est toi qui as eu une semaine difficile.

Il s'assit sur le bord du lit et se mit à masser son pied. Josephine tomba dans une sorte de pâmoison. Personne encore n'avait été ainsi en phase avec elle jusque-là, capable de savoir d'instinct sur quels endroits insister ; c'était comme s'il possédait un sixième sens. Puis Alexei vint se lover contre elle dans le lit et lui embrassa la nuque, goûtant sa peau avec sensualité. Josephine l'observait intensément, émerveillée de son magnifique jeune petit ami. C'était un spécimen d'homme incroyable. Adonis d'un mètre quatre-vingt-dix, il était tout en muscles et totalement dénué de graisse. Tout chez lui était magnifique, depuis ses superbes oreilles jusqu'à ses pieds à la peau tendre et dénuée de poils. Sans oublier ses longs cils bruns qui chaque fois l'étonnaient davantage. Si la nudité avait pu lui sembler offensive par le passé, la sienne était tout sauf cela : elle était artistique. Il était tout simplement une version particulièrement bien pourvue de la statue de David. C'était cela. Elle avait devant les yeux la statue florentine de David, en chair et en os dans son lit. Mais il était aussi doux et gentil et, le mieux de tout, c'est qu'il la rendait belle.

L'alchimie et l'émotion-frisson qui avaient rapproché Josephine et Alexei avaient été à la fois inévitables et volcaniques. L'éruption s'était produite après leur premier dîner au Russian Tea Room, fondé par les membres du Ballet impérial russe en 1927. C'était le premier rendez-vous galant parfait, et les traits slaves de Josephine étaient mis en valeur par l'opulent décor. Alexei s'était montré un parfait gentleman, lui tenant la porte, se chargeant de porter son manteau au vestiaire, de l'aider à s'asseoir et de passer commande pour elle. Il semblait lire dans ses pensées.

– Nous sommes peut-être situés aux deux extrêmes… mais il y a un pont qui nous réunit au moment du bortsch, plaisanta Josephine sur les aspects qui les rapprochaient.

Il riait de ses blagues et de ses manières, et elle voyait à ses yeux brillants qu'il était transporté par elle. Après qu'il eut commandé pour elle – un poulet à la Kiev (« Mais comment saviez-vous que c'était ce dont j'avais envie ? ») – il l'avait embrassée tendrement à la lumière des bougies. Elle avait ressenti à la fois de l'électricité et un bien-être qu'elle n'avait jamais connu auparavant avec un homme. C'était comme si on avait séparé deux jumeaux et qu'ils s'étaient enfin retrouvés. Après leur premier repas, il avait insisté pour régler la note, ne lui révélant pas qu'il n'en avait pas les moyens. Elle, cependant, le savait et en avait été d'autant plus touchée. Elle apprit plus tard qu'il avait emprunté l'argent pour l'emmener dîner et le remboursait chaque semaine avec ses émoluments en tant que dessinateur et illustrateur. Après dîner, lorsqu'il l'avait déposée à son appartement, elle l'avait invité chez elle, et de la façon la plus naturelle ils étaient tombés dans les bras l'un de l'autre, comme si seul le destin les avait séparés et rapprochés au moment le plus opportun. Ils avaient célébré leur réunion spirituelle en faisant l'amour doucement, passionnément. Toujours pressée et la plupart du temps dans le contrôle, pour la première fois Josephine avait permis à un homme de prendre les devants, s'était autorisée à ralentir et à apprécier réellement le plaisir. Elle avait certes consumé l'acte sexuel de nombreuses fois, mais n'avait jamais véritablement fait l'amour auparavant. C'était pour elle une tout autre expérience que d'être touchée avec amour et respect. Après leurs ébats, Josephine s'était confiée comme jamais sur ses doutes, ses espoirs et ses rêves, et Alexei avait bu ses paroles, comme s'il avait été aux anges de se trouver dans son orbite.

– Cette femme, ma concurrente… dit Josephine en tirant les draps de soie jusqu'à la hauteur de son menton. Nous sommes enfermées dans une guerre, une compétition. Il arrive que je gagne, mais dernièrement c'est elle qui a fait mieux que moi.

Le rouge vint envahir sa peau blanche et des gouttelettes de transpiration formèrent un voile sur son visage lorsqu'elle entama son explication.

– Elle m'a volé mon idée et l'a améliorée pour la mettre à la portée de sa clientèle.

– Mais tu dis que tu lui avais fait la même chose ?

– Oui, bien sûr, mais je suis mauvaise perdante.

– J'ai l'impression que vous avez besoin l'une de l'autre, dit-il dans un haussement d'épaules.

– Ça, c'est vraiment intelligent de ta part. Je me fais souvent cette réflexion.

Elle le regarda avec admiration et l'embrassa tendrement.

– Je pense que tu devrais voir la situation sous un angle différent.

– Comment cela ?

– La voir moins comme une ennemie et davantage comme une amie… Elle t'apporte des choses, te rend meilleure.

– Tu as plus de maturité que moi. C'est difficile, mais je comprends ce que tu me dis.

Il se leva et s'étira vers le ciel. Il aurait pu être un athlète olympique ou un lanceur de disque. Comment pouvait-on être si généreusement doté par la nature ? se demanda Josephine.

– Où vas-tu ?

Elle refusait que cette langoureuse rêverie se termine. Mais à son désarroi il passa son peignoir, dissimulant son corps magnifique.

– Nous sommes dimanche. Je dois faire des dessins pour la nouvelle ligne de poudre libre, dit-il avec sérieux.

Alexei était un artiste et un illustrateur de talent, aussi Josephine l'avait présenté au chef du département des emballages. Au départ, l'équipe en place avait levé les yeux au ciel, mais quelques jours plus tard, tous étaient impressionnés à la vue de son incroyable talent et de sa philosophie de travail. Josephine n'avait pas sa pareille pour flairer un gagnant.

– Reste encore un peu, dit-elle, s'approchant de lui.

– Je viens d'avoir ce travail, Josephine. Alors je ne veux pas rendre mes dessins en retard. Chacun présente des idées pour l'emballage et le choix du nom demain. Je veux que mes idées l'emportent. C'est important pour moi.

Ses yeux étaient son meilleur atout pour plaider sa cause.

– Alors quelles sont tes idées ? Montre-moi et je vais t'aider, dit-elle, tel un enfant gourmand à qui on aurait suggéré la possibilité de gagner un chocolat, se redressant sur son coude.

– Absolument pas. Je vais faire cela tout seul et je te montrerai ensuite. *Après* la réunion.

– Je comprends, fit-elle en hochant la tête. C'est aussi pour ça que je t'adore. Tu as le sens de l'honneur. Tu ne prends pas, tu donnes, à l'inverse des autres hommes que j'ai connus.

Elle l'observait avec étonnement.

– Je ne veux pas être juste ton petit ami. Je te suis reconnaissant de ce travail. Je veux que tu sois fière de moi.

Il la regarda ; des larmes perlaient dans ses yeux.

– Mais bien sûr que je suis fière de toi, dit-elle. Je vais t'augmenter pour te le prouver.

– Ne fais pas cela.

Il planta son regard dans le sien, l'implorant en silence.

– Je ne veux pas d'augmentation. Pas venant de toi.

Josephine avait quelque mal à comprendre pourquoi un homme refusait un chèque en blanc de sa part.

– La proposition de travail, cela a été plus que suffisant. Je veux travailler dur et réussir grâce à mon propre talent, dit-il d'un ton neutre. Je veux que tu saches que ton argent est ton argent, et que mon argent est ton argent.

– Comment ?

Ses yeux écarquillés étaient ronds comme des billes.

– Où as-tu entendu ça ?

– Je viens de l'inventer. Pourquoi ?

– C'est quelque chose que j'ai dit à quelqu'un il y a très longtemps.

Elle passa sa main sur sa joue.

– Nous disons les mêmes choses. Souvent.

– Je sais.

Il la contempla.

– Je t'aime, Josephine.

– Comment peux-tu dire cela ? Ça fait à peine un an.

Elle scruta son visage, se préparant à entendre un mensonge.

– Eh bien je vais le dire encore une fois. Je t'aime, Josephine. Je ne veux rien obtenir de toi. Juste toi, dit-il, sincère.

– Et si je t'épousais, tu signerais un document disant que tu n'obtiendras rien de moi, ni de Miles, rien ? demanda-t-elle pour le mettre à l'épreuve.

– Bien sûr. Tu ne comprends pas, t'avoir toi, c'est tout pour moi. Les choses n'ont pas de sens. J'ai quitté la Russie pour Paris, et maintenant Paris pour New York ; je ne possède rien. Toi, un travail. Miles. Où dois-je signer ?

– Tu es véritablement le prince des hommes, Alexei Orlove.

Elle l'embrassa.

– Et si on me laisse faire ce que je veux, tu seras ma princesse…

– *Our love, Orlove*, murmura-t-elle, alors qu'il quittait la pièce.

43

LA NOUVELLE

Harlem, 1941

Le beuglement des sirènes d'ambulances. Des cris de temps à autre. Des rires, le crissement de freins, le vrombissement des bus, le vacarme sourd du métro aérien de la 3e Avenue et de la 125e. Ces bruits, comme les ingrédients d'un ragoût, étaient si familiers qu'ils étaient comme des amis derrière sa fenêtre. CeeCee était tellement habituée à cette incessante cacophonie urbaine qui montait jusqu'à son étroit logement qu'elle lui semblait rassurante et la berçait. Son chez-soi n'avait rien de fantastique, mais c'était son espace à elle. Elle vivait actuellement dans un studio au troisième étage, mais elle avait versé à sa propriétaire une caution pour un deux-pièces qui allait se libérer prochainement, car elle avait déjà dépassé son troisième mois de grossesse. Elle espérait et priait pour que, cette fois, il lui soit donné de porter le bébé jusqu'à son terme. Elle avait fait une fausse couche après son premier voyage sur la côte ouest. La dernière fois qu'elle avait vu Mickey à New York, toutes ses résolutions avaient volé en éclats et ils avaient fait l'amour en s'abandonnant sauvagement l'un à l'autre et sans protection. L'inévitable était arrivé, et lorsqu'elle n'avait pas eu ses règles, elle avait compris tout de suite. Cette fois, c'était différent, comme si elle sentait le bébé s'installer en elle. Elle avait l'impression qu'elle se fatiguait plus vite et était comme embrumée et dans les nuages le soir venu. Après une journée de travail, elle s'allongeait sur son lit et s'assoupissait sans prendre le temps de retirer ses vêtements.

Lorsque le téléphone sonna longtemps après minuit, CeeCee sut immédiatement qui était à l'autre bout du fil. Il était trois heures plus tôt à L.A. et Mickey n'avait jamais eu de notion précise de l'heure. Elle sourit de son comportement quelque peu juvénile. Elle décrocha et, sans attendre d'être certaine de l'identité de son interlocuteur, s'exprima difficilement, toujours dans le brouillard du premier sommeil.

– Salut bébé.

– Tu dormais ? demanda Mickey.

Elle l'imagina se déplaçant dans sa maison, une bouteille de whisky à la main, nu sous le peignoir japonais de soie qu'elle lui avait offert. Elle se pelotonna, rêvant qu'il était à côté d'elle pour lui caresser les reins à la lueur de la lune, comme il le faisait souvent. Elle baissa sa main et sentit son estomac tendu. Elle n'en avait parlé à personne en dehors de Josephine. Alors qu'elle était anxieuse de lui annoncer la nouvelle, sa relative discrétion l'avait rassurée. CeeCee lui avait bien sûr laissé entendre qu'elle était fiancée au père du bébé, lequel vivait à Los Angeles. Josephine s'était montrée incroyablement professionnelle et ouverte. Elle lui avait confié que son mari et elle étaient séparés lorsqu'elle s'était trouvée enceinte de Miles. Elle comprenait donc ce que c'était d'être enceinte célibataire. Évidemment, avait-elle précisé, elle avait travaillé jusqu'au dernier moment, jusqu'au jour même où elle avait perdu les eaux.

« Je ferai la même chose », avait promis CeeCee, honorée que Josephine lui ait fait part de son expérience personnelle avec candeur.

Et ce soir, c'était le moment. Elle s'apprêtait à annoncer la nouvelle à Mickey. Elle était tout sourire, imaginant à quel point il allait être heureux.

– Cee, j'ai à te parler de quelque chose, avant que ce soit dans la presse.

– Tu lances un nouveau produit ? J'ai pensé à un nom idéal pour une création de parfum de ta maison : *Héroïne* de Heron, murmura-t-elle.

– Hé, hé, j'adore, Cee. C'est vraiment très fort.

– Et il y a quelque chose que je meurs d'envie de te dire aussi, annonça-t-elle, pareille à une petite fille qui vient de gagner une peluche à la kermesse et a hâte de le dire à ses parents.

– Toi d'abord ? demanda Mickey.

– Non, vas-y, je t'écoute.

CeeCee s'étira dans son lit comme un chat soyeux.

– D'abord, je veux te dire combien je t'aime. Tu le sais, Cee… Tu le sais, n'est-ce pas ?

Le ton de sa voix se fit hésitant.

– Oui, bien sûr. Je t'aime aussi, Mick. Qu'y-a-t-il, Mick, quelque chose ne va pas ? Tu ne veux pas me parler d'un lancement de produit, n'est-ce pas ?

Elle sentit sa gorge se nouer.

– Je me suis mis dans le pétrin, Cee.

– Ça ne me surprend pas, répondit CeeCee, dans une tentative pour prendre un peu de distance.

– Eh bien, merci.

– Continue.

Elle se redressa sur son lit, se frottant les yeux.

– C'est ce type puissant dans le coin, il s'appelle Moe Stein, et il contrôle les paris. C'est le boss, tu vois ce que je veux dire ? C'est lui qui…

Sa voix était enrouée.

– La plupart des types sont des Italiens, mais il y a quelques-uns d'entre nous dans les rangs.

– D'accord, Moe, j'ai compris. Continue…

– Eh bien Moe a une fille. Tu sais, une de ces gonzesses juives rondelettes et bien roulées. Un joli visage, mais rien en comparaison avec toi, Cee, et… euh, les choses se sont enchaînées. Elle s'est jetée sur moi. Je… Je n'aurais jamais dû… Mais c'est fait… Et maintenant… elle est enceinte… Moe était furieux, au départ… Tout ça m'est tombé dessus sans crier gare.

– Et… ?

Son cœur battait à tout rompre, l'angoisse de ne pas savoir ce que son bébé allait devenir s'empara d'elle.

– Et je n'ai pas d'autre choix que de l'épouser… Ou sinon… soupira-t-il.

– Ou sinon, Mick ?! cria-t-elle.

– Ou sinon, je n'irai pas aux courses à Santa Anita, je serai six pieds sous terre sous le champ de courses !

Voilà, il l'avait dit.

– Comment elle s'appelle ?

– Myra, dit-il à voix basse.

– Voyez-vous ça ! Tu l'aimes, cette Myra ? demanda-t-elle, d'un ton enragé.

– Je ne peux même pas dire que je l'apprécie… Mais elle est la fille de Moe Stein et elle est en cloque et donc je dois faire ce que je dois faire, sinon je suis mort. J'en suis malade à crever, Cee.

CeeCee était sonnée, son monde gisant à terre autour d'elle. Sa tête tournait alors qu'elle tentait de rassembler ses esprits, les idées se précipitaient comme des billes et des osselets en désordre dans la boîte à jouets d'un enfant.

– Je ne vais pas en rajouter en disant que tu es une merde et un porc et un crétin. Ou que tu es en train de me gâcher la vie. Je préfère te laisser imaginer ce que cela aurait pu être.

Elle ne put retenir plus longtemps ses sanglots.

– Je ne sais pas ce qui m'a pris.

– C'est ton deuxième cerveau qui est responsable, connard ! Pourquoi a-t-il fallu que tu gâches tout ? lança-t-elle, haletante.

– Si tu savais ce que je m'en veux, Cee, tu ne peux pas t'imaginer !

Elle resta silencieuse.

– Quand ?

– Nous convolons ce week-end à Las Vegas. Puis nous organisons une réception en ville.

– Au moins, elle est juive, ricana CeeCee, amère.

– Il n'y a qu'une personne au monde dans mon cœur et c'est toi, Cee. Je suis vraiment navré. Je suis un raté.

CeeCee luttait pour dompter ses larmes.

– Pourquoi a-t-il fallu que tu gâches tout, bébé ? Je ne t'avais pas interdit de fréquenter d'autres femmes. Tout ce que je te demandais, c'était d'être prudent.

– J'étais ivre.

– C'est toujours la même excuse, hein ? Écoute, si tu veux fréquenter ce monde-là, alors tu dois vivre ou mourir selon leurs règles, intima-t-elle, réaliste.

– Je ne voulais pas que tu l'apprennes dans les journaux.

– Il n'y a plus rien à dire sur le sujet, Mick. Je te souhaite à toi et à cette Myra… Comment dites-vous… *Mazel tov ?*

– Ne dis pas ça, bébé. Ça me fend le cœur.

– Moi aussi.

– Qu'est-ce que… Tu voulais me dire quoi ?

Elle posa la main sur son ventre.

– Rien d'important, mais… Mickey…

– Oui, Cee ?

– S'il te plaît, ne m'appelle plus. Je t'en prie. Peut-être un jour, lorsque tu seras plus vieux et plus sage, et que Myra sera grosse et que tu ne voudras plus d'elle et que les enfants auront grandi. Jusque-là, ne m'appelle plus jamais, plus jamais jusqu'à ce que tu puisses vivre avec moi vraiment. Tu comprends, espèce de merde, de brute épaisse pleine de muscles ? Je t'aime plus que moi-même. Je suis incapable de me trouver à côté de toi, car rien que ton odeur me fait chavirer. Je t'en prie, Mickey, rends-moi ce service et ne m'appelle plus jamais. Je t'en supplie. Je ne pourrai pas le supporter.

Elle put enfin laisser des torrents de larmes couler le long de ses joues.

– Ne dis jamais « jamais », sanglota-t-il.

44

DOULEUR ET PLAISIR

New York, 1943

À New York, le temps était peut-être morne, gris et nuageux, mais pour Constance, c'était comme si elle profitait du soleil de Palm Beach.

– Quarante cents, madame, dit le gamin émacié de treize ans du kiosque à journaux en remettant à Constance les deux exemplaires de *Glamour of Hollywood* qu'elle avait demandés.

– Oui, bien sûr.

Elle fouilla dans son petit porte-monnaie en cuir et en sortit quatre petites pièces d'argent qu'elle aligna sur le comptoir, se délectant du son qu'elles émettaient sur le marbre.

– C'est vous... ? demanda-t-il, ses yeux passant de la photo en couverture du magazine à Constance face à lui.

– Oui, acquiesça-t-elle.

Son chapeau délicat agrémenté d'un petit voile de dentelle dissimulait à peine son visage, et elle regarda le vendeur de journaux avec fierté.

– Félicitations, madame. Je n'avais jamais rencontré une célébrité.

– Je ne suis pas une célébrité, dit-elle en souriant. Je suis une femme d'affaires.

Elle marcha prestement jusqu'au vestibule de l'immeuble de son entreprise et appuya sur le bouton du quinzième étage. Elle était impatiente de découvrir l'article sur ses Salons Lavender Door, lesquels avaient remporté un succès immédiat. Une fois la porte de l'ascenseur fermée, elle examina sa photo en couverture. Elle portait la dose de rouge à lèvres adéquat, se dit-elle. Elle feuilleta rapidement le magazine et ressentit un formidable élan d'énergie. L'article et les photos étaient parfaitement calibrés, ainsi que le titre : « INAUGURATION DU NOUVEAU CONCEPT BEAUTÉ DE LA PIONNIÈRE DU SECTEUR : LES SALONS LAVENDER DOOR ».

Le bandeau annonçait : « *Toutes* les femmes ont désormais les moyens d'être belles. » C'était tout simplement « sans bavures » et un tir à boulets rouges sur les salons haut de gamme de Josephine, qui n'étaient pas à la portée de toutes les bourses. Elle entra dans ses bureaux avec le port d'une héroïne sur le champ de bataille, et brandit la revue à l'intention des trois secrétaires.

– Nous faisons la couverture ! s'écria-t-elle, sous leurs applaudissements.

Les félicitations du personnel l'accompagnèrent le long du vestibule alors qu'elle se dirigeait vers son nouveau bureau privé. Marjorie, son assistante, alla pendre son vison et se pressa pour lui apporter un plateau contenant thé, lait et miel. Elle déposa les journaux du matin sur son bureau pendant que Constance s'installait pour lire son portrait avec un plaisir non dissimulé. « Le concept Lavender Door va révolutionner la façon dont les Américaines envisagent leur beauté. » Le magazine expliquait que Constance Gardiner avait « changé la culture américaine et permis à chaque femme d'être célébrée pour sa beauté et son intelligence, au meilleur prix ». Elle était ravie ! Le fait que chaque Salon Lavender Door possédait un programme de formation à l'esthétique était également mentionné dans l'article. L'école d'esthétique permettait à de jeunes femmes de se former et de commencer une carrière. Constance avait dans le même temps créé une force de travail qui s'autosélectionnait et s'autoformait à coûts peu élevés. C'était un coup de génie, force était de le constater, se dit-elle.

– Puis-je ?

Marjorie prit le second exemplaire de *Glamour*.

– Bien sûr, Marjorie. Que pensez-vous de la photo ? s'enquit Constance, connaissant déjà la réponse.

– Vous avez tout simplement l'air magnifique, madame Wyke. Simplement magnifique, dit-elle, ravie de l'air majestueux et élégant de sa patronne.

– Appelez-moi mademoiselle Gardiner à partir de maintenant, s'il vous plaît.

– Bien sûr. J'adore la robe lavande que vous portez juste devant les portes lavande. C'est tellement chic et attrayant.

– Merci, dit Constance en souriant.

Elle ne pouvait qu'imaginer ce que Josephine Herz allait dire lorsqu'elle lirait l'article. Elle jubilait. Mais ce moment ne devait pas durer, bien évidemment.

Tandis qu'elle parcourait le *New York Daily Mirror*, elle tomba sur la rubrique des potins mondains de Walter Winchell. Son choc fut immédiat lorsqu'elle prit connaissance du gros titre et du bandeau qui criaient victoire : DEUX BEAUTÉS CÉLÈBRES SE MARIENT. « Josephine Herz devient la princesse Orlove. » La photo de Josephine, couverte de diamants de la tête aux pieds, dansant avec son beau et jeune prince lors de leur réception au Russian Tea Room, lui fit l'effet d'un uppercut en plein visage. Et pour l'achever, le coup de grâce lui fut prodigué par le paragraphe suivant en caractères gras : « Parmi les autres nouvelles du secteur de la beauté, l'ex-M. Constance Gardiner, le très chic M. Van Wyke, épouse l'héritière du pétrole, Lally Stanton, elle-même l'ancienne Lally Seward. Une véritable alliance de sang bleu. »

Constance fit claquer le journal sur son bureau. On lui avait volé la vedette une nouvelle fois ! Le jour même de la sortie du magazine dont elle était en couverture. On aurait dit qu'elle ne parvenait jamais, jamais à être la première ! Elle se dirigea vers le bar avec sa tasse de thé et se versa une dose généreuse de gin. Ses mains tremblaient.

Marjorie apparut à la porte.

– Mademoiselle Gardiner, c'est le *Daily News* au téléphone pour vous. Ils demandent votre réaction sur le remariage de M. Wyke.

– Merci, Marjorie. Dites-leur que je ne suis pas disponible. Ou plutôt, dites-leur que je fête ma parution en couverture du dernier *Glamour* et qu'on ne peut me déranger.

– Oui, bien sûr.

– Oh, et Marjorie… dit-elle, en affichant un sourire forcé pour garder le contrôle d'elle-même.

– Oui, mademoiselle Gardiner ?

– Plus d'appels aujourd'hui. Je ne suis pas disponible. J'ai un rendez-vous dans Uptown, dit-elle, s'emparant d'un exemplaire du magazine avant de prendre sa fourrure.

Elle avait décidé de rentrer chez elle, son lit semblant le seul refuge envisageable.

À l'opposé du centre-ville et dans un univers bien différent, le morne bureau d'un de ces appartements ne disposant que de l'eau froide du quartier de Lower East Side était à des années-lumière du confort chic des Herz ou des Gardiner. Pas de façade en pierre de taille, d'adresse prestigieuse ni de parfum d'ambiance dans l'air. L'air lui-même était empli de l'odeur de sandwichs au corned-beef à la moutarde déposés sur du papier gras. Il y avait aussi des odeurs corporelles acides causées par la présence en surnombre d'hommes jeunes et vieux dans un espace de travail réduit. On introduisit Josephine et Alexei dans un bureau improvisé avec des panneaux mobiles muni d'un bruyant ventilateur suspendu.

– Princesse Orlove, prince Orlove, prenez un siège, je vous prie.

L'empressement d'Eduarde Finkelstein, les piles de dossiers prenant tout l'espace sur son bureau comme pour dissimuler les taches sur sa cravate, tout indiquait que malgré son adresse peu prestigieuse et son accent argentin incongru, il était bien un avocat spécialiste de l'immigration de haut niveau, doté de multiples connexions en Europe et en Amérique du Sud. Josephine vit la peine dans ses yeux et sut immédiatement que la recherche qu'elle avait lancée pour sa sœur Chana avait cette fois encore été vaine. Sybil se trouvant à Londres et Rachel, en Australie, une suite ininterrompue d'angoisses l'assaillait déjà. Selon l'avocat, le dernier rapport concernant Chana, vingt et un ans, indiquait qu'elle avait reçu des documents de voyage et un passeport à Varsovie deux ans auparavant et avait été vue pour la dernière fois alors qu'elle était en route pour Gdansk. Puis elle avait virtuellement disparu.

– Je suis au grand regret de vous dire que la guerre fait rage, et que par conséquent nous ne disposons que des nouvelles qui nous sont relayées, dans le meilleur des cas, et qu'elles ne sont pas bonnes.

Finkelstein regardait Josephine, décomposée. Son nouveau mari, le fringant prince, s'approcha d'elle et prit sa main dans la sienne. Josephine sortit un mouchoir en dentelle et s'effondra. Elle était la femme la plus riche au monde, mais elle était impuissante pour retrouver ou venir en aide à sa jeune sœur.

– Comment a-t-elle pu juste disparaître ? Je ne comprends pas. On ne disparaît pas comme cela.

Josephine ne voulait rien entendre. Ses diamants et sa richesse, hors de propos dans le Lower East Side, ne pouvaient rien changer.

– Josephine, je… je ne voulais pas vous le dire, mais il est de ma responsabilité d'informer les gens et *a fortiori* vous-même et le prince Orlove, qui êtes influents et pouvez diffuser la nouvelle. Ce que nous avons pu apprendre de ceux qui ont eu la chance de s'échapper de Pologne est à peine imaginable. C'est bien pire que ce que nous croyions. En réalité, on vient de nous dire que les nazis avaient liquidé l'intégralité du ghetto de Cracovie, et envoyé les Juifs dans des camps de concentration. Ceux qui ne sont pas transportables ont été tués dans leur maison ou dans les rues. Il s'agit de sept mille personnes. Les chiffres frôlent la démence. La dernière fusillade de masse a concerné quarante-trois mille personnes à Lublin.

– Je… Je ne comprends pas. Comment peuvent-ils tuer tant de gens ?

– Un par un, malheureusement. Ils les forcent à creuser leurs propres tombes dans des tranchées. C'est inconcevable, mais c'est vrai. Nous avons des témoins oculaires.

Josephine secouait la tête, horrifiée. C'était un cauchemar qui avait pris vie.

– Et Chana ? murmura-t-elle.

– Nous ne pouvons être sûrs. Peut-être s'est-elle mariée à un gentil, dont elle a la protection. Peut-être s'est-elle trouvée dans une rafle. Ou peut-être qu'elle a eu de la chance et s'est embarquée sur l'un des derniers bateaux en partance. Nous n'en avons pas la moindre idée. Je ne peux vous en dire plus, vraiment. Nous allons poursuivre nos recherches. Sachez que j'ai peu d'espoir.

– Je comprends, dit-elle, sanglotant.

– Je pense que je ne vais pas continuer à vous facturer au vu des dernières nouvelles. Ce serait déplacé.

Son visage était gris et pâle.

– Si, si, j'insiste. Voyez cela comme un don pour vous aider dans vos recherches. Vous aidez les gens à fuir, c'est important, renifla Josephine.

– Merci. C'est très gentil de votre part. Je vous avoue que nous travaillons sans relâche, que nous manquons de personnel et que nous sommes insuffisamment préparés.

– Je vais aussi vous faire un don, dit-elle, la tête haute.

Alexei, en silence, aida Josephine à se relever. Il remercia Finkelstein, lui offrant l'accolade qui s'imposait, et conduisit son épouse jusqu'à la limousine qui les attendait. Il savait ce qu'ils allaient faire dans les instants suivants et où ils allaient. Jusque-là passés en joyeux bavardages, leurs samedis étaient devenus solennels. La voiture s'engagea dans Essex Street et se plongea dans le quartier grouillant d'activité du Lower East Side. Chaque week-end, il accompagnait Josephine qui scrutait en silence les visages hagards des immigrants. Elle examinait cet océan de femmes jeunes, d'âge moyen et plus âgées, sa limousine roulant au pas. Tous levaient les yeux, étonnés par le rutilant véhicule noir, n'ayant jamais rien vu d'aussi grand et beau ; puis ils reprenaient leurs activités sur les étals de fruits, dans les boucheries casher, poussant des chariots de pots, de marmites et d'articles ménagers. Et elle continuait sans relâche, cherchant avidement à reconnaître des traits familiers dans la foule, une jeune femme avec des pommettes incroyablement hautes, de grands yeux très expressifs, une ressemblance, quelle qu'elle fût. Chana faisait peut-être partie du flot des chanceux de la dernière salve avant la fermeture des portes de l'immigration ?

Leur vie était faite de réceptions le soir, de travail durant la journée. Puis il y avait les samedis à la recherche de Chana. Et les dimanches aussi. Josephine devait le faire avant qu'ils ne partent en lune de miel. Ils avaient repoussé leur voyage de noces de nombreuses fois à cause de leur travail, mais elle avait finalement décidé de se donner le temps et se réjouissait à l'avance, maintenant qu'ils avaient choisi non plus Miami mais… Palm Beach.

45

QUEEN CEECEE

Harlem, 1943

Porte numéro 6, se trouvait un panneau qui proclamait : « PASSAGE PRIVÉ – prière de descendre de cheval ». CeeCee prenait chaque fois plaisir à passer par la grille d'entrée majestueuse de l'élégante allée privée de Strivers' Row, considérée par la plupart comme la 5e Avenue de Harlem. La *brownstone*[1] près de la 139e Rue dans laquelle elle avait acheté son appartement abritait l'élite montante afro-américaine comme Bill « Bojangles » Robinson, et le prochain congressiste Adam Clayton Powell Jr. Elle était cependant la seule femme à y être propriétaire. Les résidents se plaisaient à rappeler que lorsque ces immeubles avaient été bâtis à la fin des années 1800, il était interdit de vendre aux Noirs. CeeCee savourait ainsi encore davantage son élégante et prestigieuse adresse, autant que Josephine lorsque cette dernière était parvenue à détourner l'opposition qui lui était faite d'acheter sur la 5e Avenue. Aussi chaque soir, après le travail, CeeCee s'empressait de rentrer chez elle pour voir Layla, son bébé. Malgré les circonstances, elle savait qu'au prix de ses sacrifices, de son travail acharné et grâce

1. Brownstone désigne une maison en grès rouge à laquelle on accède par un escalier. De nombreuses *brownstones* ont été rénovées pour accueillir une population nouvelle, dans le cadre de l'embourgeoisement de certains quartiers comme Harlem.

à son flair pour les affaires, Layla Lopez aurait une vie différente de celle de sa mère. Elle gravit l'escalier orné de sa rampe en fer forgé artistiquement sculptée et entra dans la maison en grès brun rougeâtre.

– Gardenia, je suis là ! appela-t-elle en accrochant sur la patère sa fourrure d'agneau persan gris acier, déposant son porte-documents sur la commode avant de se précipiter à l'étage dans la chambre de la petite Layla.

L'odeur alléchante de biscuits au four lui sembla le parfum le plus envoûtant au monde.

– Allez immédiatement vous laver les mains, vous m'entendez ? lui intima Gardenia Ray Gordon en voyant CeeCee, bloquant dans le même temps tout accès au berceau de sa stature imposante, tel un défenseur au football.

Elle essuya ses mains sur son tablier en dentelles et secoua la tête. Elle était habituée aux jeunes mamans faisant irruption dans la chambre des enfants dont elle s'occupait, et ne prenait pas le risque de laisser entrer les microbes de la ville. CeeCee fit un signe à la petite Layla dans son berceau et, sans rechigner ni mot dire, se dirigea vers la salle de bains et se frotta les mains avec le savon à la lavande française de chez Herz, selon les instructions de Gardenia. Cette dernière avait été la cinquième femme à se porter candidate au poste de nounou, et à l'instant où elle était entrée dans la maison, portant son chapeau en velours noir son large sourire respirant la gaieté, CeeCee avait su immédiatement qu'elle n'était pas du genre à s'en laisser conter. Gardenia lui avait énoncé son C.V. oralement : elle avait élevé des dizaines d'enfants dans sa carrière de sage-femme, de nounou et d'aide-ménagère, et n'ignorait rien de la tenue d'une maison, des différentes qualités de thés, du dosage parfait du sucre brun dans les boissons pour calmer et faire gazouiller les enfants, et enfin de la préparation de repas moulinés. Parmi ses tâches, il y avait aussi les repas du soir pour la maman active qui avait besoin de préserver ses forces pour payer les factures. Son poulet frit au miel et son steak cuit à l'étouffée lui avaient valu une telle réputation que les voisins n'hésitaient pas à passer à l'improviste pour voir Layla à l'heure du dîner dans l'espoir qu'on leur propose un pilon de poulet ou un écrasé de pommes de terre avec adjonction de beurre frais ou encore de crème fouettée, et quelques biscuits sortant du four. Gardenia était une maîtresse-femme, dotée d'un rire tonitruant et communicatif, de bras forts et aimants pour porter Layla. Lorsque CeeCee était au travail, elle n'avait jamais aucune inquiétude pour sa fille, car elle savait que sa pieuse nounou détiendrait toujours la meilleure solution en cas de problème.

Le jour douloureux où le mariage de Mickey avait été annoncé dans la rubrique mondaine, CeeCee avait fait le vœu que, dorénavant, elle allait se concentrer sur son travail et l'éducation de sa fille. Elle n'avait aucun appétit pour les distractions qu'auraient pu lui apporter les hommes, pour elle décevants et sots. Sa promesse à Layla et à elle-même était de travailler plus dur que jamais. Josephine se déclara impressionnée de la voir si déterminée et tenace quant au développement de sa propre activité, étant donné ses responsabilités actuelles en matière de nouveaux produits pour la marque Herz Beauty. Dès la première semaine, CeeCee avait sollicité une réunion en personne auprès de Josephine, dont elle respectait au plus haut point le flair entrepreneurial aiguisé, qu'elle n'avait jamais perçu chez Constance.

CeeCee entra dans le bureau de Josephine munie d'un stylo et d'un bloc-notes. Elle savait qu'elle était en présence d'une entrepreneuse de génie et lui était reconnaissante de la recevoir. Josephine, qui était aussi réfléchie que stratège, lui posa des questions sur les femmes de couleur, leurs besoins et leurs souhaits spécifiques ; elle s'imprégnait de tout ce qu'on lui disait. L'esprit de partage et de communauté étant si important dans l'éthique de la marque, elles décidèrent de mettre en exergue l'image de Queen CeeCee selon le même modèle que celui utilisé par Constance pour la marque Gardiner : une force de vente faisant du porte-à-porte, pour permettre aux femmes de sa communauté de gagner de l'argent en devenant leurs ambassadrices, les « CC Princesses ». Josephine avait adopté l'idée immédiatement. Les kits de démarrage garantiraient à eux seuls des recettes importantes dans le temps. CeeCee informa Josephine sur ce qu'elle avait déjà mis en place. Plus tôt dans l'année, elle avait eu besoin de charger quelqu'un du programme « CC Princess » récemment mis au point, et s'était tournée vers l'épouse de son cousin Rudy, Lorene, jolie jeune femme dynamique de Caroline du Sud qui avait fait partie des choristes de l'orchestre de Cab Calloway. Lorsque Rudy et elle avaient eu des jumeaux, la vie nomade menée par la troupe incessamment en tournée lui était devenue incompatible avec son statut de jeune maman, et elle avait pris la difficile décision d'arrêter sa carrière, mais tout comme CeeCee, Lorene avait goûté à la liberté, et l'idée de devenir femme au foyer, après une vie professionnelle excitante bien que difficile, lui était inconcevable. Lorsque CeeCee aborda l'idée de la gestion des franchises, Lorene saisit sa chance. Après tout, Queen CeeCee était une marque rentable, CeeCee ayant bâti un réseau de salons, de petite taille mais influents, détenus par des gens de couleur dont les clientes étaient déjà fidèles. Grâce au soutien et à la puissance de négociation de Herz, le Queen CeeCee's Hair Relaxer était composé d'huiles essentielles et de beurre de karité de la meilleure qualité pour nourrir le cuir chevelu et maîtriser les boucles. On obtenait des résultats instantanément, et aucun des effets indésirables, notamment l'assèchement de l'épiderme causé par les produits d'application locale utilisés auparavant. Forte de son expérience de la gestion et de la mise en place du réseau des Gardiner Girls, CeeCee reprit la plupart des concepts de base et de travail intensif qui s'étaient avérés efficaces. Josephine adorait l'idée de fonder une marque pour une personne de l'extérieur ; elle décida donc d'investir dans le concept et s'enorgueillissait de son mentorat vis-à-vis de CeeCee.

CeeCee avait aussi à cœur d'améliorer la vie de ces femmes qui ne bénéficiaient pas de circonstances opportunes pour s'autonomiser. À toute personne devenant CC Princess, la marque proposait une formation et un kit de démarrage. Le kit coûtait dix dollars, mais si la somme était trop élevée, CeeCee proposait un système de subvention. Josephine fut tellement enthousiasmée par cette idée qu'elle finança personnellement le programme et se déclara satisfaite d'être remboursée en fin de compte en partageant les recettes. CeeCee fut également la pionnière du concept consistant à générer des commissions sur les ventes individuelles, et elle encouragea le recrutement d'autres vendeuses en versant un pourcentage sur le total de leurs ventes. L'idée était novatrice et allait propulser Queen CeeCee au rang des premières entreprises modernes de vente à paliers multiples, dont les employées non salariées avaient la possibilité de gagner de l'argent grâce à la vente directe, et sous la forme de commissions sur les recrutements de nouveaux représentants. Les responsables des meilleures ventes recevaient également des récompenses, depuis le manteau en fourrure de raton laveur jusqu'au coupé Ford sur mesure, grâce à quoi les femmes de la communauté se bousculaient pour devenir CC Princess. Lorene était chargée des entretiens des candidates, et seules les meilleures étaient admises dans le programme.

Travailler avec Lorene était une joie. Dès le départ, elle apporta ses propres idées. Elle proposa par exemple que les CC Princesses portent un chapeau et des gants pour se présenter comme de véritables ambassadrices. Elle élabora un manuel mettant en avant l'hygiène et les bonnes manières, atouts incontournables pour l'estime de soi et la transmission d'une image respectable au public. Très vite, douze CC Princesses opéraient dans différentes régions, se rendant dans les salons afro-américains au cœur de la communauté. Ces salons en étaient une pierre angulaire, où les femmes travailleuses se rassemblaient et s'aidaient les unes les autres, notamment pour leur coiffure. Là où

Constance avait pu estimer que ces clientes d'origines ethniques différentes étaient en dessous d'elle, Josephine avait vu une occasion tant de développement commercial que d'autonomisation des femmes. En l'espace d'un an, Queen CeeCee rapportait plus de cent cinquante mille dollars de recettes. Après la naissance de Layla et en reconnaissance des prodigieux chiffres de ventes du produit, Josephine surprit CeeCee avec une généreuse augmentation, lui permettant d'acheter sa maison de ville de Strivers' Row et d'embaucher Gardenia à temps plein. CeeCee Lopez était désormais confirmée dans sa position de chef de file des femmes d'affaires de Harlem et était source d'inspiration. La rumeur eut tôt fait de se répandre, et amis et voisins bien-pensants de lui proposer de la présenter à des hommes susceptibles de constituer un bon parti. Elle se lassa rapidement d'être abordée tous azimuts par certains des célibataires les plus élégants et les dandys de Harlem. Chacun d'entre eux se révélait plus habile que le précédent, et les compliments pleuvaient, trahissant un intérêt avide pour son entreprise et tout spécialement pour les revenus qui lui étaient associés. Elle savait que les hommes n'étaient qu'une distraction chronophage et stérile, un gaspillage d'énergie, et chacun d'entre eux finirait par la décevoir ou tenter de la manipuler.

Quelle que fût l'approche, des compliments doucereux aux appels téléphoniques à répétition, CeeCee Lopez n'appartenait à personne. Pour l'heure, la reine CeeCee était seule maître à bord. Il n'y avait point de roi en vue.

46

LE BAC À SABLE

New York, 1944

En dépit des nuisances en société et des stériles bavardages qu'elle devait subir au sujet de l'union de Van et de Lally, ou tout simplement de la seule idée de la chose, force était de constater pour Constance qu'elle était largement plus heureuse qu'elle ne l'avait jamais été. Son ex-mari, avait-elle conclu, lui avait en réalité rendu un fier service. Elle n'avait ainsi plus à tolérer de vivre ou de passer du temps avec un homme qui ne l'attirait pas et lui inspirait le plus profond ennui ainsi qu'avec son cercle d'amis arrogants qu'elle avait dû prétendre apprécier. Désormais, elle pouvait aller et venir comme elle le souhaitait sans devoir inventer de boiteuses excuses. Bénéficiant du luxe du silence qu'elle aimait tant dans son intérieur, elle pouvait ainsi se consacrer à son unique véritable passion : son activité. Bien que divorcée, elle était toujours techniquement Mme Wyke, et ce patronyme conservait son influence dans certains cercles, qu'il s'agisse de relations bancaires ou de l'éducation de son fils. Globalement, sa nouvelle vie s'était organisée au mieux, et elle aimait par-dessus tout l'organisation. Si d'aventure il lui fallait une escorte masculine pour un événement formel ou culturel, son frère James était un compagnon de choix. Charmant et sophistiqué, il s'était fondu dans son rôle de responsable des événements chez Gardiner, et sa présence aux dîners était indéniablement plus engageante et subtile que celle de Van. Il avait rencontré un jeune danseur de Broadway, Gregg Stephens, qui après une blessure au genou était devenu assistant dans une boutique d'antiquités et l'invitait occasionnellement. Constance était rassurée de voir qu'il s'assagissait, après avoir eu quelques déboires avec la brigade des mœurs. Ses erreurs de jugement lui avaient coûté du temps, de l'argent. L'embarras causé par la situation avait finalement incité sa sœur à lui demander de se mettre en quête de stabilité, en rencontrant quelqu'un. Quel qu'il fût.

Gregg, à la chevelure blond vénitien, d'une incroyable pâleur, grand, mince mais musclé, était natif de Richmond, en Virginie. Il semblait le compagnon idéal, bien que fade et un peu quelconque, mais toujours agréable et disponible pour participer à un dîner formel ou aider à la taille des arbres. « La relation n'a pas besoin d'être envahissante, Constance avait-elle précisé à James, juste pratique et efficace. » Elle insistait toujours sur le concept de « netteté » : « Fais en sorte que les choses soient nettes, James », conseillait-elle.

Pour sa part, elle avait passé la deuxième partie de l'année totalement seule, se rendant à une soirée de gala ou à un dîner de temps à autre. Ces événements l'ennuyaient pour la plupart, mais ils satisfaisaient la nécessité de fréquenter les bons contacts et d'être acceptée par les gens importants. Puis, alors qu'elle était à Los Angeles pour le Santa Anita Handicap, elle sortit de sa zone de confort et accepta une invitation non officielle à prendre le thé chez la célèbre poétesse et auteure Mercedes de Acosta, qui selon la rumeur était l'amante des bisexuelles Marlene Dietrich et Greta Garbo. Constance avait entendu dire qu'il s'agissait du cercle lesbien discret et élitiste de Hollywood, connu sous le nom du « cercle de couture[1] »,

1. « Marlene Dietrich, bête noire de Greta Garbo et personnage totalement extraverti, appelait un groupe de femmes à Hollywood son "cercle de couture". » Voir David Freeman, « Closet Hollywood », *The New York Times*, 7 janvier 2001.

et avait toujours décliné les invitations lorsqu'elle était en ville avec Van et sa clique. Maintenant qu'il ne faisait plus partie de sa vie et qu'elle était relativement autonome à Los Angeles, elle décida de sauter le pas. Mercedes avait le même esprit pionnier que Constance. On disait qu'elle avait fréquenté Isadora Duncan et Alla Nazimova après son divorce, qu'elle s'était intéressée à l'hindouisme, était devenue végétarienne et refusait de porter de la fourrure en signe de respect pour les animaux. Elle accueillait à ses sauteries, dans son home au style hispanisant près de Sunset Boulevard, un cocktail des femmes les plus libérées de leur temps, et Constance se sentit immédiatement à l'aise au sein de ce groupe éclectique d'actrices, de scénaristes et d'écrivaines. Toutes étaient chaleureuses sans être trop exubérantes, et elle savait qu'elle faisait partie des figures de proue en tant que l'une des femmes d'affaires les plus en vue au monde. Son statut de New-Yorkaise et de grande blonde longiligne et racée faisait d'elle une pièce de choix sur la liste des invitées des réceptions du dimanche après-midi.

C'était une journée chaude rafraîchie par une douce brise, et elle se relaxait au bord de la piscine décorée de faïence dans le style mexicain en sirotant un Lillet, ajustant ses lunettes et faisant des effets avec les colifichets accrochés à son bracelet en or. Elle s'était frayé un chemin seule jusqu'à une chaise longue et installée pour prendre le soleil et observer les invitées autour d'elle. Une actrice blonde plus jeune qu'elle entama la conversation depuis la chaise voisine, mais Constance la trouva rapidement agaçante et l'éconduisit nonchalamment lorsqu'un personnage à la Hepburn attira son attention. Elle était en grande conversation animée sur le sujet du mouvement des droits des femmes.

– Lorsque je suis arrivée à L.A., il m'arrivait d'écrire « Marvin Rollins » sur mes scénarios, parce que quand ils voyaient « Marilyn », ils me proposaient le quart du prix, disait-elle, ses joues s'empourprant. Lorsque j'ai eu mon premier agent, il m'a conseillé de signer « M. Rollins » pour ne pas avoir à mentir. Voilà pourquoi je signe tout ce que j'écris « M. Rollins ».

Les autres femmes hochèrent la tête d'un air entendu, partageant l'idée que l'inégalité des sexes et des rémunérations était un problème rencontré par elles toutes.

Marilyn Rollins n'était ni timide ni réservée, et encore moins conventionnelle. Elle avait toujours une opinion à faire valoir, un bon mot cinglant en réserve et ne tolérait pas la bêtise. Dramaturge et scénariste établie, elle représentait exactement le type de femme que Constance aimait et admirait. Grande, fine et resplendissante, garçon manqué et ancienne de l'université de Columbia comme elle, elle fumait, jurait, buvait et maniait les armes à feu. Elle portait un pantalon et des chaussures Oxford bicolores sans chaussettes, ce qui mettait en valeur ses longues jambes galbées et sa taille de guêpe. Très séduisante, mais d'une beauté non conventionnelle, elle ne prenait aucun soin particulier de ses cheveux auburn très courts et faisait montre d'une intelligence vive, ses magnifiques yeux noisette à la fois durs et vulnérables, condescendants et pétillants. Elle rejetait l'idée de se maquiller, ce qui avait le don d'amuser Constance.

Alors que Marilyn passait devant sa chaise pour se resservir du thé agrémenté de whisky, Constance ôta ses lunettes de soleil.

– J'ai un conseil pour vous, lança Constance, tout sourire.

– En principe, je n'accepte pas les conseils des blondes, ricana Marilyn. Seulement les caresses.

Elle plaça sa main sur la taille de son pantalon crème et gratta le bout de son nez retroussé.

– Je sais qui vous êtes, Constance Gardiner. Alors je veux bien écouter *vos* conseils. Allez-y, Miss Maquillage, dit-elle sur le ton de la provocation, tandis que l'intéressée se levait de son transat.

– J'ai entendu votre conversation, commença Constance, laissant Marilyn allumer une cigarette.

– Cette dernière vous était destinée, répondit-elle, en avalant la fumée.

– J'en suis ravie.

– Alors, ce conseil ? Le temps, c'est de l'argent, tu sais ?

– Pourquoi ne pas créer votre propre société de production ? M. Rollins Productions. C'est comme cela que j'ai fait avec Gardiner Cosmetics. C'est plus facile de décrocher des budgets importants quand on est une société.

– Tu n'es pas une vraie blonde, si ?

– Pourquoi cette question ?

– Parce que ton conseil est trop bon. On pourrait peut-être continuer cette conversation autour d'un dîner au Brown Derby ? Je me damnerais pour un corned-beef avec purée.

Elle prit Constance par le bras, sous les regards entendus et appréciateurs autour d'elles. Marilyn et Constance, formidable ! Le dîner de bonne heure fut suivi de quelques verres autour du dessert dans un bistro français hors des sentiers battus, d'une visite dans le chalet de Marilyn à Santa Monica, puis d'une partie énergique de séduction érotique. En dehors de leurs idées politiques aux antipodes, Constance appartenant au parti républicain alors que Marilyn se plaçait davantage dans le camp marxiste, Constance avait trouvé son idéal, Marilyn étant chic, insolente, intelligente et énigmatique. Elles signèrent immédiatement un pacte selon lequel elles s'interdiraient de parler politique pour éviter tout désagrément. Mieux encore, Marilyn était loin d'être envahissante. Au cours des semaines qui suivirent, elle ne fut jamais présente suffisamment longtemps pour que cela devienne un poids, constamment en transit entre son cercle d'amies de L.A. et Broadway, où elle se rendait pour écrire le scénario d'une nouvelle comédie musicale. Une agréable amitié mature s'installa donc entre les deux femmes, parsemée de temps à autre de séances acrobatiques torrides, sans aucune contrepartie. C'était fonctionnel et pragmatique, et cela respectait exactement les impératifs de compartimentation de la vie de Constance. Marilyn semblait même l'appeler sur commande juste lorsque Constance avait besoin d'une piqûre de rappel. Puis elle disparaissait de nouveau.

De retour à New York, Marilyn venait d'appeler : elle était en ville pour des répétitions et elle l'invita dans la maison de Tallulah Bankhead en Pennsylvanie le temps d'un long week-end. Constance marqua une pause pour réfléchir, mais ne put contenir longtemps son excitation tant elle admirait l'actrice et comédienne avant-gardiste, qu'elle avait vue dans son *tour de force**, *La Vipère*, à Broadway. Bankhead faisait parler d'elle pour son sens de l'humour salace et ses pitreries en dehors de l'écran. Elle évoquait le glamour par excellence et se fondait parfaitement dans les rôles d'odieux personnages de la haute société. Constance était attirée plus qu'elle ne daigna l'admettre et annula tous ses rendez-vous produits du vendredi pour se faire conduire par son chauffeur sur les routes en lacets de la campagne de Pennsylvanie.

– *Dahling !* dit Tallulah en l'accueillant de sa légendaire voix rauque, un Martini sec dans la main. Bienvenue chez Bankhead, où une femme est un homme… et un homme est une femme !

Constance fut prise de vertige à la vue des accoutrements osés de l'assistance et remarqua Marilyn à l'autre bout de la pièce, éblouissante en costume d'homme ajusté à double boutonnage. Celle-ci s'approcha d'elle avec un large sourire et tenta de l'embrasser sur la bouche, mais dut se contenter de sa joue lorsque Constance tourna la tête.

– Pas d'inquiétude, Gardiner. Tout le monde ici est homo… ou a l'intention de le devenir.

– Ah, les tourtereaux ! dit Tallulah, levant un sourcil. Sais-tu, *dahling*, que je suis issue d'une longue lignée de sénateurs démocrates en Alabama et que je ne peux sentir les cocos ? Mais je pardonne volontiers Marilyn, parce que, ici, elle n'est pas vraiment rouge, elle est rose, lança-t-elle avec un rire rocailleux.

– On dirait que les extrêmes s'attirent. Je n'ai jamais pu sentir les républicains jusqu'ici, et encore moins baisé dans leur camp, rétorqua Marilyn.

Constance fit une moue réprobatrice.

– Je n'approuve pas ce genre de langage.

– Dans ce cas, tu devrais rappeler ton chauffeur, chérie. Chez Bankhead, on se régale de grossièretés. Ce n'est pas encouragé, mais c'est la norme, répliqua Tallulah, levant les yeux au ciel.

– Regardez un peu comme vous êtes superbes, toutes les deux ! lança soudain un jeune homme aux traits magnifiques. Mademoiselle Gardiner, je suppose ?

– Constance, vous connaissez Keith McKeith, le chorégraphe ?

– Je n'ai pas ce plaisir. Ravie de vous rencontrer, dit Constance en lui tendant sa main de façon un peu guindée.

– Oh, j'adore votre « ravie de vous rencontrer », c'est tellement Palm Beach ! Marilyn, tu montes vraiment d'un cran dans l'échelle sociale, chérie. C'est drôle, j'ai l'impression de vous connaître personnellement, car je suis l'un de vos plus gros clients, dit-il, sourcillant avec un sourire.

– Client ? répéta Constance, perplexe.

– Keith est l'un des plus célèbres artistes drag-queens, très chère, expliqua Tallulah. Il est dix fois plus talentueux que *moi* ! Toutes les drag-queens utilisent les cosmétiques Gardiner, tu sais… Elles les préfèrent à Herz.

– Oui, c'est moins cher et ça ne dégouline pas après une pipe, ricana-t-il.

– Je ne sais pas trop quoi vous répondre, fulmina Constance.

– Dites-lui merci. C'est un bon client, chérie.

– Je ne les achète pas. James, votre frère, me les donne. Il les donne en cadeau à toutes les drag-queens, c'est-à-dire à celles qui lui font des gâteries, lança-t-il avant de disparaître parmi les invités.

Constance rougit, visiblement mal à l'aise.

– Constance, nous ne sommes pas à Palm Beach ici, tu es chez Bankhead, murmura Marilyn, ne sois pas étonnée.

– Je suis désolée, je ne suis pas habituée à tout ça.

– Tiens, reprends un Martini, dit-elle en saisissant un cocktail sur un plateau porté par un serveur devant elle. Et retire ce proverbial bâton de ton cul, ma chère. Qu'y a-t-il ? Tu penses que les gens ici ignorent que je baise avec toi ?

– C'est tellement… débridé, jugea Constance, s'efforçant de trouver les mots pour décrire son malaise.

– Eh bien, tu ferais mieux de t'y habituer, ma caille. Nous sommes dans le même sac, maintenant.

Marilyn lui envoya un baiser et Constance décida enfin de s'adoucir et de s'amuser un peu.

– Tu vois ? Je savais bien que tu pouvais te divertir comme les autres. Laisse-moi te raconter une anecdote célèbre à propos de notre hôtesse. Quand elle a débarqué à Hollywood, elle s'est adressée à Thalberg, directement, tu imagines un peu, et elle lui a dit : « Que faut-il faire pour baiser dans cet horrible endroit ? » Et il a répondu…

Tallulah les interrompit pour raconter elle-même la fin de l'anecdote :

– Et il a répondu : « Cela ne devrait pas vous poser de problème. Demandez à n'importe qui ! »

Elle fut prise d'un rire guttural contagieux et ses invités l'imitèrent.

Constance rechignait à se l'avouer, mais elle n'avait pas été tant mise au défi et stimulée depuis longtemps, et dut ainsi s'efforcer de s'adapter malgré sa pruderie naturelle. Elle tenta donc de rire et d'être légère et spirituelle, mais l'excitation du départ s'estompa peu de temps après son arrivée. Elle comprenait désormais pourquoi elle n'avait jamais accepté les invitations du week-end. Elle se sentait en effet toujours contrainte de divertir ses hôtes et de faire du théâtre pour mériter son dîner. Sans compter que ses sentiments pour Marilyn se précisaient, à son grand dam. Après une journée et demie de joutes orales, d'air campagnard et de quantités de gin-tonics à peine avouables, Constance se sentit soudain claustrophobe en sa présence, bien qu'enivrée par leur complicité grandissante. Et lorsque Marilyn l'attira vers elle sur un chemin dans les bois et lui déclara : « Tu sais que je commence à m'habituer à toi, ma belle vierge », Constance se figea et décida de s'en aller prématurément, prétextant une réunion pour un nouveau produit le lendemain matin. Marilyn en fut fâchée et étonnée, d'autant que leurs derniers ébats avaient été si passionnés que les choristes de la chambre adjacente avaient dû cogner au mur pour calmer leurs ardeurs, à la plus grande horreur de Constance. Ce soir-là, elle remercia Tallulah et présenta des excuses à Marilyn et, lorsque le chauffeur de taxi de la localité la conduisit dans la longue allée bordée d'arbres de la propriété, elle se sentit soulagée et heureuse de prendre enfin ses distances vis-à-vis des choristes à la langue fourchue, du ramassage approximatif des feuilles mortes de son hôtesse et des démonstrations d'affection de Marilyn, de plus en plus affichées et déroutantes.

Elle débarqua d'un air dégagé à son bureau le lundi suivant, accueillie par un acquiescement silencieux de Marjorie, suivi par son thé servi sur son bureau avec la presse. Sa consternation de la veille fut relancée par les gros titres annonçant la victoire de Roosevelt sur Dewey, qu'elle avait soutenu. *Un quatrième mandat !* geignit-elle. Ce résultat avait apparemment fait jubiler Marilyn, qui avait trinqué avec les autres invités au cours du week-end, face à son silence consterné. Plus elle encensait Roosevelt, plus Constance semblait se replier sur elle-même. Avait-elle eu ce comportement à dessein pour déclencher une quelconque réaction ?

Marjorie fit sonner l'interphone du bureau.

– Mademoiselle Gardiner, M. Wyke au téléphone pour vous. Que dois-je lui dire ?

Constance hésita à prendre l'appel. Elle savait que si Van appelait, c'était soit pour une question d'argent, soit pour un sujet ennuyeux. Elle ne s'était pas trompée.

– Je le prends, dit-elle en soupirant. Oui, Van… Que puis-je faire pour toi ?

Elle se mit à tortiller son bracelet en perles avec nervosité.

– Bonjour, Constance. D'abord le plus important : je voulais savoir si c'était moi ou toi qui emmenais Van Jr. en vacances à Noël prochain. J'avais imaginé que c'était nous, dit-il doucement.

– *Nous* ? fit-elle sur un ton glacial.

– Eh bien, Lally et moi. Nous l'emmènerions à Palm Beach.

– En fait, j'avais prévu de le prendre avec moi cette année. Nous serons à Palm Beach jusqu'au Nouvel An, et ainsi tu pourras le voir pour déjeuner ou dîner plusieurs fois. Je préférerais que Lally ne soit pas là, si cela ne t'ennuie pas trop.

– Bien sûr.

Il marqua une pause.

– Néanmoins, je pense que tu vas devoir t'habituer à cette idée, Constance. Lally est ma femme et elle a aussi des enfants, remarqua-t-il, lui tendant une perche. Van Jr. pourrait parfaitement apprécier la compagnie d'autres enfants.

– J'en suis bien consciente. Que puis-je faire d'autre pour toi, Van ? Je suis assez occupée, lança-t-elle, alors qu'elle faisait déjà les cent pas autour de son bureau.

– Je pense qu'il serait temps que tu me fasses parvenir les deux cent cinquante mille que tu me dois, finit-il par dire. Je n'ai reçu que la première moitié.

– Oui, en effet. Je suis un peu gênée aux entournures en ce moment, alors je vais t'envoyer la somme restante en plusieurs paiements. Cinq mille par mois.

– Constance, je crois vraiment que tu devrais y penser à deux fois, rétorqua-t-il avec fermeté.

– Et pour quelle raison ? Ton argent, tu l'auras, mais en plusieurs fois.

– Lally et moi venons de recevoir une invitation à dîner de la part de M. et Mme Louis Kaufman. Ils organisent un dîner de gala à l'Everglades Club en l'honneur du prince et de la princesse Orlove, qui se trouvent justement à l'hôtel Breakers pour leur lune de miel.

Il marqua une courte pause.

– Nous avons l'intention d'y assister, dit-il, attendant patiemment l'explosion de sa bombe à retardement.

– Je vois, dit-elle, pensive. Alors le seul membre juif du club organise une soirée pour elle. On dit qu'ils sont vraiment très grégaires, dans cette petite tribu.

– Voyons, Constance. Je suis certain que Kaufman la conseille. Il était président de Chatham Phenix National Bank, faisait partie du conseil d'administration de General Motors, et c'est l'un de nos membres qui a sauvé le club de la banqueroute dans les années 1920. Sa fille Joan, que tu as rencontrée, est mariée à George Drexel Biddle. Et Mme Biddle fait également partie du comité des hôtes. Cela promet d'être une superbe réception, je peux te l'assurer.

– Bien sûr. Eh bien, tout cela est bien commode.

– Lally et moi devrions-nous y assister… ou nous excuser ?

– Je pense que vous devriez… vous excuser, répondit-elle, choisissant ses mots avec soin. Le prochain paiement de cent vingt-cinq mille sera envoyé cette semaine.

– C'est ce que je pensais. C'est toujours un plaisir de faire des affaires avec toi, Constance. Nous nous verrons donc à P.B. pendant les vacances, et je ferai en sorte que Van Jr. passe des moments de qualité avec son père.

– Merci, Van. Mon bon souvenir à Lally, dit-elle sèchement avant de lui raccrocher au nez.

Bien sûr qu'elle était à Palm Beach ! Il n'avait pas fallu à cette femme plus de cinq minutes depuis qu'elle possédait son titre de seconde zone pour le brandir à droite et à gauche. Et pour marcher sur ses plates-bandes. Les deux complices n'avaient pas non plus mis longtemps à se muer en maîtres-chanteurs et à intégrer sa rivale dans le jeu ! Elle fulminait. Dans le même temps, une idée venait de germer dans son esprit.

– Marjorie ? appela Constance.

– Oui, mademoiselle Gardiner ?

– Appelez-moi Avery Fisher au téléphone, s'il vous plaît. Il est temps que Gardiner Cosmetics participe à quelques événements culturels à New York. Je pense que nous devrions parrainer l'Opéra, cette année. Vous avez accepté mon invitation au comité des mécènes, n'est-ce pas ?

– Oui, et j'ai été claire en précisant que vous l'envisageriez si… eh bien si elle n'y figurait pas.

– Parfait. Si elle veut jouer dans mon bac à sable, alors il est temps que je m'invite aussi chez Herz, dit-elle avec un rire sonore.

47

JEUNES MARIÉS

New York City, 1945

Le souvenir triomphal de sa lune de miel à Palm Beach demeura longtemps après que se furent estompés ses légers coups de soleil et le retour des jeunes mariés à Manhattan. Au fond, Josephine avait préféré l'activité et la vie nocturne de Miami, mais elle avait été enchantée par l'accueil du personnel de l'imposant hôtel Breakers et des attentions de la crème de la crème de la haute société de Palm Beach, ses éminents représentants tout à fait enclins à passer outre certains préjugés lorsqu'il s'agissait d'argent et de titres nobiliaires exotiques. Josephine avait impressionné les hommes par son génie pour les affaires, mais aussi par sa beauté brune et ses courbes ainsi que son sex-appeal sans complexe, en pure contradiction avec celui des beautés platine langoureuses qui occupaient les courts de tennis et les galas de bienfaisance de l'île paradisiaque. Les femmes de tous âges étaient en pâmoison face à l'allure fringante et au titre russe d'Alexei Orlove. Nul n'était plus à son avantage dans une veste de smoking que ce juvénile prince aux larges épaules et à la taille effilée, et rares étaient les femmes dont l'impressionnant décolleté était sublimé par des parures d'émeraudes et de diamants ayant appartenu à l'impératrice Josephine elle-même. La plupart admirent que, malgré leurs réserves initiales, la plus pure élégance glamour avait débarqué dans cette péninsule exclusivement blanche. Certes, nombreux étaient ceux qui avaient cancané qu'elle l'avait épousé pour son titre, et lui, pour sa fortune, mais dès les premiers instants en leur présence, on ne pouvait que constater que leur bonheur criait haut et fort son authenticité. Quelques membres du cercle fermé de Palm Beach à court de distractions tentèrent même d'obtenir de Josephine une invitation à ses célèbres salons hebdomadaires à Manhattan, de plus en plus en vue chez ceux qui préféraient s'encanailler en élargissant leurs horizons. « Savez-vous qu'elle reçoit même des danseurs du Cotton Club ? », disaient les femmes en levant leurs sourcils épilés, les hommes échangeant des regards entendus, salivant presque à l'idée d'une société moins guindée.

Pour sa part, Josephine avait passé le plus clair de son temps à courir, courir... ne s'autorisant aucune pause pour réussir dans la vie et en affaires. Mais durant ce voyage de noces maintes et maintes fois repoussé, qu'Alexei l'avait convaincue de s'accorder, elle finit par se relaxer, son prince à ses côtés. Son omniprésente anxiété et son intensité se calmèrent et elle se sentit détendue, centrée, accueillant enfin une sensation de plénitude. Sa jeunesse, sa beauté et son titre avaient certes constitué des atouts, mais c'étaient son caractère facile et sa simplicité qui avaient finalement servi à apaiser Josephine, et tous la trouvaient plus jeune, plus séduisante et plus décontractée.

« As-tu mis au point un nouveau sérum de jeunesse ? » demandaient ceux qui la connaissaient, accueillant l'ardeur et la vitalité de la nouvelle *Madame** Herz.

Elle se contentait de sourire, bien qu'à terme l'idée donna naissance à une nouvelle gamme de traitements et de parfums qu'elle baptiserait Our Love by Princess Orlove.

– *Darling*, regarde ce que j'ai trouvé pour toi, dit Josephine en enveloppant son désirable mari de ses magnifiques bras blanc crème, un jour qu'il se tenait à sa table à dessin, faisant tinter ses boutons de manchette en cristal et diamant, en lui tendant un petit paquet.

– Si c'est ce que je pense, dit-il en ouvrant précipitamment le petit paquet, les yeux rieurs et étincelants, je ne peux croire que ce soit pour moi… C'est tellement cher, Josephine !

Ses yeux bleu océan l'imploraient.

– C'était vraiment pour toi. C'est la dernière invention, expliqua-t-elle.

Les yeux d'Alexei s'écarquillèrent alors qu'il inspectait le premier modèle de stylo à bille.

– Oh ! fit-il en jetant un œil au reçu qu'il trouva dans le sac, c'est mille deux cent cinquante… pour un stylo ?!

Il la regarda comme si elle était atteinte de folie.

– Je sais, mais… penses-tu que je ne peux pas t'offrir un stylo ? Tu ne me laisses pas te faire de cadeaux… Et après tout, le stylo est une arme plus puissante que les mots eux-mêmes !

Il fit pivoter sa chaise et embrassa ses lèvres charnues.

– Tu sais quoi ? Tu es folle !

– Eh bien, maintenant que la guerre est finie, il faut fêter cela. Sur quoi travailles-tu ?

Elle se pencha par-dessus son épaule pour regarder sa production. Il était chargé des illustrations d'une nouvelle gamme de rouges, Victory Rouge, avec des couleurs vives, symbolisant l'enthousiasme de la défaite du camp allemand. L'ennemi s'était rendu, et l'ambiance dans le pays était à la confiance et à la jubilation.

– C'est superbe, observa-t-elle, étudiant ses illustrations et ses aquarelles aux tons vifs tout en passant ses mains dans sa chevelure sombre et lustrée. Je ne t'ai jamais posé la question, mais où as-tu appris à dessiner et à peindre si magnifiquement ? demanda-t-elle, se lovant contre lui.

Ses élans d'affection étaient devenus de plus en plus marqués, bien que peu caractéristiques de son personnage. Il la regarda et lui sourit, mettant de côté son crayon pour examiner le stylo à bille flambant neuf.

– Je ne pense pas te l'avoir dit mais, quand j'étais enfant, j'ai eu une fièvre rhumatismale et j'ai passé des mois au lit. Je n'ai rien pu faire pendant des semaines, alors ma mère m'a donné des feuilles de dessin et de l'aquarelle. Une fois que j'ai eu ces outils entre les mains, ma santé et mon moral se sont améliorés. Cela a changé ma vie.

– Je ne savais pas tout cela. Quoi qu'il en soit, tu es très fort maintenant. Mon beau prince…

Elle admira son physique.

– On pensait que je n'avais plus longtemps à vivre, alors je me suis mis à dessiner pour m'en sortir.

Il lui adressa un sourire blême. Josephine digéra la nouvelle de cette affection précoce sans faire de commentaire et le serra plus fort. Elle pensa qu'il avait dû y avoir des effets secondaires au niveau de son cœur, mais décida de ne rien dire, se contentant de le noter mentalement.

– Viens. Je vous emmène toi et Miles chez Lüchow's pour dîner.

Elle avait envie de *schnitzel* et de gâteau de pommes de terre et nourrissait le projet d'engraisser un peu Miles, qui avait maintenant quinze ans mais restait maigre comme un clou.

– Ça m'a l'air sympathique. Il me faut juste terminer ça et je vais me préparer.

Il l'embrassa. Josephine n'avait jamais été très impliquée dans l'éducation de son fils et faisait donc confiance à l'opinion d'Alexei au sujet de Miles. C'était un garçon timide et réservé, profondément affecté par le caractère dominant de sa mère et le divorce de ses parents. Il avait de ce fait commencé à bégayer et à perdre confiance à l'âge de treize ans. Josephine ne comprenait pas son état et lui intimait souvent l'ordre de cesser les bégaiements, ce qui ne faisait qu'empirer la situation. Maintenant qu'Alexei faisait partie de la famille, celui-ci tentait d'aider cet adolescent à retrouver confiance en lui et lui servait de planche de salut. Les admonestations d'Alexei concernant le traitement sans cœur de Josephine l'avaient émue. Elle lui cédait, en particulier du fait du manque d'intérêt de Jon

Blake maintenant qu'il était remarié et avait deux enfants de son côté, ce qui la rendait amère, elle qui avait autrefois placé tant d'espoirs en lui.

Miles, quant à lui, avait nourri des soupçons vis-à-vis de ce bel homme qui lui avait ravi l'affection de sa mère, et peu de temps après le mariage, lors d'un dîner du dimanche soir, avait eu un élan de rébellion jamais vu jusque-là, adressant une remarque caustique à Alexei. Furieuse, Josephine l'avait entraîné dans son bureau et lui avait ordonné de s'asseoir tandis qu'elle ouvrait son coffre-fort derrière le portrait de Dora Maar par Picasso. Elle fit la combinaison et mit une liasse de papiers sous le nez de Miles.

– Sais-tu ce que c'est ? dit-elle en haussant le ton, Miles se recroquevillant sur sa chaise. C'est un contrat de mariage signé par Alexei. Cela nous protège toi et moi, tu m'entends ? Alexei n'obtiendrait rien si nous divorcions ou si quoi que ce soit m'arrivait. Toi, jeune homme trop gâté, tu hérites de tout par le simple fait que tu es mon fils. Il ne veut rien d'autre que ton amitié. Il veut juste t'aider. Si tu es impoli avec lui, tu es impoli avec moi. Maintenant, va t'excuser, et si tu es encore impoli avec lui, je peux t'assurer que je changerai mon testament pour faire de lui mon héritier, ordonna-t-elle. Tu m'entends ?

– Oui… m-m-maman, répondit-il en baissant les yeux.

– Maintenant, cesse de bégayer et va présenter tes excuses, dit-elle fermement.

Le discours et les réprimandes de sa mère semblaient avoir fonctionné. Peut-être Miles avait-il eu besoin de voir noir sur blanc qu'il était l'héritier et l'objet de toutes les attentions de sa mère après tout, car au cours des semaines qui suivirent, il s'adoucit sensiblement. En l'espace d'un mois, Miles et Alexei se rapprochèrent et devinrent complices, pour le plus grand bonheur de Josephine. Alexei refusant tout ce qui ressemblait à de l'argent émanant d'elle, elle prit l'habitude de lui déposer une nouvelle montre Cartier Tank ou une paire de boutons de manchette étriers en or soulignés de cabochons de saphirs sur sa table à dessin. C'était sa façon de lui montrer son affection, de lui dire qu'il était apprécié et aimé et qu'il possédait lui aussi des actifs. Alors qu'ils arrivaient chez Lüchow's installés à l'arrière de la limousine, Miles se confia sur ses études et ses examens, et Josephine s'enorgueillit de voir une légère amélioration de ses notes.

– Parfait. Je n'accepterai rien de moins qu'Ivy League ! ordonna-t-elle.

Ils furent accueillis à l'entrée par Victor Eckstein, le directeur de l'établissement, où elle figurait au rang des clientes célèbres, alors que toutes les têtes se tournaient vers le couple de conte de fées qu'elle formait avec Alexei.

– Ah, prince et princesse Orlove ! Je suis ravi de vous revoir.

– Dis bonjour à M. Eckstein, Miles. Voici mon fils, dit-elle.

Miles lui donna une ferme poignée de main.

– C'est un magnifique jeune homme, dit Victor en observant le garçon en uniforme d'école privée.

– Il nous faut des *schnitzels* pour le faire grossir, proclama-t-elle avec un rire.

– Je vous envoie le serveur immédiatement, *Madame** Herz, avec plaisir.

Il appliqua un baiser à l'européenne sur sa main et les conduisit jusqu'à une table de choix. Le dîner fut très convivial. Les silences gênés d'antan entre mère et fils avaient disparu, au profit d'une conversation animée et ponctuée de rires, et les repas en semaine étaient agréables lorsque Alexei faisait la conversation. « Il ne lui reste plus que deux ans avant d'aller à l'université, alors profite de lui tant qu'il est encore à la maison », disait-il.

L'opulent chariot des desserts arriva avec ses pièces montées et sa farandole de tartes, telle une avalanche de friandises dans un bazar turc. Josephine commanda une *Linzer Torte* puis une portion généreuse de crêpes à la compote de pommes cannelle accompagnées de crème chantilly pour les garçons. Soudain, un homme très mince et chauve se dirigea vers leur table et exécuta une révérence sommaire mais élégante. Cet inconnu avait l'expression d'un homme de son pays, et ses traits de Juif polonais lui semblèrent rassurants.

– Vous êtes *Madame** Herz, n'est-ce pas ? J'ai entendu le directeur dire votre nom.

Il manquait d'assurance et son physique émacié flottait dans un costume deux fois trop grand pour lui. Josephine commençait à se demander pourquoi cet homme était venu à sa table. Peut-être était-il une connaissance lointaine de son enfance, se dit-elle.

– C'est un plaisir de faire votre connaissance. Je m'appelle Izaak Frydman. Pardonnez-moi cette intrusion durant votre dîner, mais je voulais vous transmettre ce numéro. Je suis certain que cela vous sera utile, dit-il dans un anglais approximatif teinté de polonais.

Il tendit à Josephine un petit morceau de papier froissé sur lequel figurait un numéro de téléphone, inscrit en caractères très petits à l'encre bleue, à peine lisible.

– Oui, puis-je vous être utile ? Ce papier, de quoi s'agit-il ?

Josephine fixa l'homme, perplexe.

– Ma… Ma sœur Sarai était dans le même camp que votre sœur Chana. Elles sont restées toutes les deux jusqu'à la fin. Je suis vraiment désolé, dit-il, une larme se formant dans le coin de ses yeux.

– Le… camp ? demanda Josephine, prononçant le mot imprononçable.

– Elles étaient ensemble à Bergen-Belsen, lorsque votre Chana est morte du typhus. Je suis tellement désolé. Je suis sûr que vous voudrez parler à Sarai, qui est encore en convalescence. Elle a dit que Chana était un ange.

L'homme plaça doucement une main sur l'épaule de Josephine en signe de commisération lorsqu'il vit l'effroi et le courroux s'afficher sur son visage. L'instant suivant, Josephine Herz, une des femmes les plus riches et puissantes du monde et princesse Orlove, s'évanouissait.

48

PROMESSES BRISÉES

New York, 1946

Le vase Lalique opalescent s'écrasa avec une telle force qu'un morceau de cristal s'incrusta dans le mur. Mais le fracas du verre brisé avait été moins assourdissant que les cris.

– Espèce de fils de pute, menteur et bon à rien ! hurla Myra Heron. Tu es un moins-que-rien, tu le sais ?

Elle se tenait fièrement, droite, en face de Mickey. Tout ce que lui voyait, c'étaient deux lèvres gigantesques recouvertes de gloss. C'était comme si la bouche était une machine à crier, détachée de son corps. Le timbre de sa voix était habituellement fort lorsqu'elle parlait, mais lorsqu'elle criait, sa voix était aussi puissante que si elle avait un porte-voix en main. Mickey fit tout son possible pour la calmer, prétextant qu'ils étaient dans un hôtel chic au sud de Central Park et que, si les voisins se plaignaient, on pourrait leur demander de quitter les lieux. Mais cela ne fit que la faire enrager davantage.

– Tu n'es qu'un vendeur de fruits et légumes de bas étage ! Comment ai-je pu t'épouser, une merde comme toi ! Regarde-toi. Il y a du rouge à lèvres sur ton tee-shirt et tu n'essaies même pas de le cacher.

Elle était comme sur le point d'exploser et le ton de sa voix ne faisait que monter, monter.

– Myra, ces traces viennent d'un nouveau rouge à lèvres que nous sommes sur le point de lancer. J'ai manipulé un des spécimens et il a taché mes vêtements. Je travaille dans les rouges à lèvres, merde !

Il tenta de la raisonner, mais le bébé se mit à crier à son tour.

– Bravo, tu viens de le réveiller à force de gueuler comme ça !

– Quel homme normal travaille dans les rouges à lèvres ?

Elle se rapprochait de lui de plus en plus, lui criant au visage, proférant des accusations.

– Peut-être que tu es une vraie folle, accusa-t-elle. Tu devrais avoir honte. Ma cousine Essie s'est mariée à un docteur, Sarah Kaplan a épousé un avocat, et toi... Le grand *macher* Mickey Heron... Tu es le roi du rouge à lèvres. Tu es une source d'embarras. Un mafieux a plus de respectabilité que toi. Toi, tu traînes avec tes mannequins et tes putes. J'ai entendu que tu aimais aussi les noiraudes.

– Je ne te...

Mickey était sans voix, ne pouvant croire qu'elle mette sur le tapis le sujet de CeeCee. Comment avait-elle pu l'apprendre ?

– « Tu ne me » quoi ? Ou peut-être que tu aimes les hommes, puisque le maquillage t'intéresse tant. C'est peut-être la raison pour laquelle tu ne me touches plus, parce que tu es homo !

Sa voix tremblait alors qu'elle lui envoyait ces accusations infondées comme des balles de tennis, l'une après l'autre, sachant bien qu'elle fabulait.

Mickey tentait de contrôler sa colère, mais elle cherchait vraisemblablement la guerre. Et elle semblait faire en sorte de le bombarder avec une quantité écrasante d'épithètes dévastatrices, comme si la blitzkrieg était contre lui seul.

– Tu te moques de moi ? J'adore les femmes ! Mais est-ce que tu crois vraiment que je suis attirée par des boudins comme toi ? Regarde-toi un instant ! hurla-t-il en retour, le venin débordant de ses lèvres. On dirait une putain de baleine, Myra. Tu as eu le bébé l'année dernière et depuis, tu passes ton temps à bouffer. Tu penses que j'ai envie de faire l'amour avec toi ? Ta mère est plus attirante. Continue à te gaver de donuts ! dit-il en pointant le doigt vers les boîtes de beignets à moitié mangés, éparpillées çà et là dans la chambre d'hôtel.

– Mon père avait raison. Il aurait dû te buter quand tu m'as mise enceinte. Comment j'ai pu finir comme ça ?

Elle leva les yeux au ciel, gémissant et pleurant sur son sort, la graisse de ses bras ballottant de droite à gauche, offrant une vision désolante.

– Tu as de la chance qu'il ait cassé sa pipe avant de te voir aussi grosse qu'une maison ! cria Mickey, rouge comme une tomate.

Moe Stein, un costaud dont la taille était extensible, n'avait pas fini sous les balles des mafieux, mais avait expiré six mois plus tôt d'une crise cardiaque, à force de s'adonner aux plaisirs de la table, après s'être accordé une ration déraisonnable de poitrine de bœuf. Mickey se serait enfui dès le lendemain s'il n'y avait eu Mickey Jr.

– Mon père était un saint. Ne t'avise pas de parler de lui !

Elle lui asséna une gifle, lui balafrant la joue avec ses ongles taillés en pointe. Mickey Jr. hurlait dans son berceau d'hôtel, effaré par tous ces cris. Obsédé par son apparence, Mickey enragea à la vue du sang sur ses mains.

– Tiens, avale encore un donut ! lui dit-il.

Il prit un des beignets glacés puis, dans un accès de colère, se précipita sur elle et le lui écrasa sur le visage.

– Et tu sais ce qu'il m'a dit, ton père ? Eh bien, il m'a dit qu'il était content que je le débarrasse de toi, rétorqua Mickey en riant. Tu n'es qu'une grosse tranche de lard.

– Ne me touche pas !

Elle le poursuivit et le roua de coups de poing. Mickey fut impressionné un instant, ses coups se rapprochant de ceux d'un boxeur professionnel. Puis il émit un gros rire lorsqu'elle toucha son estomac.

– Tu sais que tu devrais vraiment monter sur un ring. Quelles sont les femmes capables de décocher une frappe comme ça ? Tu es une grosse bête qui sait cogner.

– Je mange parce que je te déteste ! hurla-t-elle à pleins poumons. Et je te déteste encore plus que je me déteste moi-même. Je vais grossir autant que je peux, comme ça, tu seras le Beau Mick qui a une femme grosse et moche. Voilà ce qui te pend au nez !

Son visage était décomposé par la rage.

– Bien. Tu as réussi ton coup, parce que je ne te sauterai plus jamais, même pas en empruntant la bite de mon oncle Irv !

Il prit un lourd cendrier en cristal et, d'un mouvement souple, le lança tel un quart arrière de football américain, tout droit dans la cheminée en onyx.

– Et tu crois que j'ai envie d'être mariée avec toi, espèce d'animal poilu et laid ? Et pour arranger le tout, tu es con comme un balai, lança-t-elle, poussant la provocation.

– Con comme un balai ? Je suis con, moi ?

Il se précipita sur elle et la poussa de ses deux mains.

– Et toi, tu as un bagel en guise de cerveau. Tu es une truie. Tu me dégoûtes. Je mets les voiles.

– Tu mets les voiles ? Si tu t'en vas, tu ne reverras plus jamais Mickey Jr. Jamais !

– Ne me menace pas.

– Tu vois ça ?

Elle dévissa de son doigt une bague surmontée d'un diamant rond de cinq carats.

– Ça, ça n'a aucun sens. Tu sais ce que je vais en faire ?

Elle s'élança vers la fenêtre face à Central Park.

– Tu es *folle* ? s'exclama Mickey. Cette bague m'a coûté un billet de vingt-cinq. Tu es certes laide, mais tu as aussi ta dose de stupidité !

Il saisit son bras et le tordit. Elle hurla de douleur.

– Quel idiot, quelle brute épaisse tu fais ! Tu penses que je suis impressionnée par ton diamant d'entrée de gamme, probablement trafiqué et tombé d'un camion ? C'est un faux comme toi. C'est sûrement du verre. Tu penses que je vais prendre soin de ce putain de diamant de pacotille ? Voilà ce que j'en pense ! aboya-t-elle.

Elle se rapprocha de la fenêtre tandis qu'il lui saisissait le coude… puis tordit de nouveau son bras. Il la gifla du revers de la main et elle s'écrasa contre la fenêtre, gémissant de douleur.

– Police ! Aidez-moi ! Il me bat, soupira-t-elle.

Elle atteignit le loquet métallique de la fenêtre et l'ouvrit.

– N'essaie même pas ! hurla-t-il.

Elle le fixa, ses yeux remplis de haine, puis lança sa bague de fiançailles tout droit au-dessus de Central Park, à douze étages en dessous d'eux. Il la gifla pour le principe… juste au moment où la police faisait irruption dans la pièce, après avoir enfoncé la porte.

Le vent soufflait en bourrasques, hurlant comme un chien errant à la lune. Mickey remonta le col de son manteau en cachemire jusque sous son menton pour faire rempart au froid. Il toucha la pommade qu'il avait appliquée sur sa joue et gémit. L'entaille était profonde et à vif. Le souvenir de l'ongle de Myra lui déchirant la peau ne fit qu'ajouter à sa colère. Il n'était que sept heures du soir et Central Park était sombre, immense et vide. Personne, semblait-il, n'avait l'idée saugrenue de braver les éléments. Mickey se contenta de marcher, le choc de ce qu'il avait vu, de ce qu'il avait découvert, encore frais dans sa mémoire. Il savait ce qu'il avait à faire.

Il savait que la demande de divorce de Myra allait venir. Il savait que ce serait pénible, que cela lui coûterait cher, et que Mickey Jr. serait utilisé comme un pion dans la balance, la partie de bras de fer entre les deux factions opposées. Que son propre fils serait dressé contre lui par sa mère, amère et peu encline aux concessions. Il s'y attendait. Mais depuis la mort de Moe, il n'avait plus rien à craindre. Nul dans ses connaissances ne doutait du fait que Mickey était un type correct qui avait tenu ses engagements, et le jour de l'enterrement de Moe, on lui avait tapé sur l'épaule à de nombreuses reprises, en signe de compassion vis-à-vis de l'incontrôlable prise de poids de Myra. On ne pouvait exiger de quelque homme que ce soit qu'il vive dans ces conditions, ou tout du moins sans aller voir ailleurs, s'agissant du Beau Mick en particulier. Des paris avaient même été pris sur le temps que Mick pourrait tenir avec un lutteur de sumo dans son lit. Toute la troupe gloussait et se moquait. « Pauvre Mickey, ça doit être encore plus dur, après tout ce qu'il a connu. » Ce qu'il ignorait, c'était qu'il allait devoir assister à la scène de la veille, et il se sentait ébranlé. Il disposait d'une bouée de sauvetage et avait décidé de s'en servir. Il avait appelé CeeCee au beau milieu de la nuit et lui avait demandé de le tirer de ce pétrin. Il lui avait dit que Myra et lui en étaient venus aux mains et que le divorce se profilait. Il avait imaginé qu'elle allait peut-être se montrer mesquine, se réjouir ou au contraire le repousser. Elle avait été triste et silencieuse. Elle acceptait de venir, avait-elle dit, et ferait pour lui ce qu'il avait fait pour elle : le sortir de l'embarras. Mais elle lui avait demandé de ne rien attendre de plus et l'avait prévenu qu'elle lui présenterait quelqu'un, juste pour qu'il ne soit pas choqué ni surpris. Puis elle avait raccroché. Il avait attendu dans la cellule de détention et, lorsqu'on était venu le chercher, il s'était déjà préparé mentalement à voir Cee accompagnée d'un élégant petit ami ou mari, agacé et jaloux, fulminant d'avoir été réveillé au beau milieu de la nuit et convoqué au commissariat. Rien de tout cela ne s'était avéré, il allait le constater. C'était une magnifique petite fille de quatre ans et demi, à la peau claire, aux yeux verts et au visage surmonté d'une mèche de cheveux noirs, qui tenait la main de CeeCee.

– Layla, je te présente mon ami Mickey. Mickey Heron, Layla Lopez.

– Je suis ravie de te rencontrer.

Il prit la petite main dans la sienne et tenta d'être charmant, malgré ses yeux injectés de sang, malgré son visage éraflé et sa barbe de deux jours. Il ne sentait pas bon non plus et était confus de se trouver face à CeeCee dans de telles conditions. Comme s'il avait été un bon à rien. Un véritable clochard.

Quel homme, quelle que soit sa colère, lèverait la main sur une femme et finirait au poste de police ? Il s'en voulait à mort. CeeCee, quant à elle, était aussi resplendissante et merveilleuse que toujours, et avait eu un bébé. Il regarda le petit minois de Layla et lui dit à quel point elle était jolie.

– Ma petite Layla, toi, tu es aussi belle que ta mère et, mon Dieu, tu as des fossettes !

Il s'interrompit.

– Oh, et tu as une fossette sur le menton, comme moi !

En une fraction de seconde, il sut. Immédiatement, il se fit la promesse solennelle de faire tout ce qui était en son pouvoir pour reconquérir CeeCee et Layla.

49

MIRIAM

New York, 1947

Constance secouait, soucieuse, ses parfaites mèches blondes, à la lecture du journal du matin, accablée par les nouvelles du jour. *Où va le monde ?* se dit-elle, une terreur sourde lui glaçant les sangs. Devant elle se trouvait la photo en noir et blanc de dix personnalités de Hollywood placardée dans le *New York Times*, et la liste des personnes soupçonnées de sympathies et de liens avec le Parti communiste. Elle y lut les noms de plus de cent cinquante acteurs, auteurs et metteurs en scène accusés par la House Un-American Activities Committee[1], la commission d'enquête de la Chambre des représentants, et effectivement placés sur une liste noire. Elle vit immédiatement que le nom de Marilyn Rollins, et non M. Rollins, son amante occasionnelle, détentrice de la carte du Parti

1. La commission McCormack-Dickstein fut appelée « Special Committee on Un-American Activities Authorized to Investigate Nazi Propaganda and Certain Other Propaganda Activities », soit « Commission spéciale sur les activités antiaméricaines autorisée à enquêter sur la propagande nazie et certaines autres activités de propagande ». En 1934, la commission tient des sessions en public ou à huis clos dans six villes, durant lesquelles elle interroge des centaines de témoins. Les investigations anticommunistes de la commission sont souvent confondues avec celles du sénateur Joseph McCarthy.

communiste, y figurait. Constance pâlit en pensant aux risques de scandale à tous les niveaux, pour avoir été associée à elle, et d'instinct elle sut ce qu'elle devait faire. Son visage s'obscurcit et elle sourcilla, prenant acte tout autant des changements rapides qui s'opéraient dans ce monde que des conflits intérieurs dans sa vie. Elle avait eu le même ressenti quelques mois auparavant, lorsque Jackie Robinson avait été le premier joueur de base-ball afro-américain à être admis au sein des équipes sportives de première division. Cette décision controversée lui rappela CeeCee. Elle semblait dans l'incapacité d'échapper à ses passions, en conflit direct avec ses vues ouvertement conservatrices. Mais ses liens avec Marilyn étaient encore plus inquiétants. Il y avait eu cet appel affolé au beau milieu de la nuit, suivi d'une période de silence durant laquelle Marilyn avait véritablement disparu. Constance n'avait aucune idée de l'endroit où elle se trouvait, jusqu'à ce qu'elle reçoive un appel de Mercedes de Acosta l'informant que Marilyn avait été placée sur la liste noire officielle et convoquée devant la commission d'enquête à Washington. Marilyn s'était réfugiée dans son appartement dans la 12e Rue dont elle lui avait donné son numéro de téléphone. Constance avait décidé d'attendre, certaine que Marilyn finirait par refaire surface au moment opportun. Celle-ci l'appela le lundi suivant et lui demanda de la retrouver dans un petit bar de Greenwich Village. Constance ne l'avait pas voulue, mais elle estimait qu'elle devait gérer cette situation potentiellement explosive avec prudence. Il fallait « faire le ménage ». Cette visite dans Downtown lui causa une certaine anxiété teintée de nostalgie alors qu'elle se remémorait l'appartement de James sur la 9e Rue. Ce qu'ils étaient jeunes, candides et pleins d'espoir à cette époque ! Ce jour-là, elle avait la sensation de se rendre à une veillée, pour rejoindre non pas son amante mais une morte-vivante.

Marilyn avait déjà pris place dans une alcôve du Cedar Tavern de University Place et buvait avec des garçons. Elle portait le même uniforme : un col roulé noir boulochant, un jean à revers et des ballerines de danse plates… tirant sur sa cigarette comme un bédouin privé d'eau aurait bu au puits et avalant cul sec un whisky dans un verre pas très net, flanquée de deux amis, artistes locaux qu'elle avait recueillis, Willem de Kooning et Franz Kline.

De l'art moderne jetable. Constance secoua la tête, se souvenant des toiles empilées contre les murs de la maison de campagne de Marilyn à Santa Monica. « Un enfant pourrait faire la même chose », avait-elle déclaré en apprenant que Marilyn avait acheté ces toiles à un groupe d'hommes irrespectueux qui se faisaient appeler « expressionnistes abstraits ». Toujours à la pointe, Marilyn était en quête de nouveauté et achetait des œuvres d'art à cent dollars pièce ou en échange de boissons lorsque les artistes n'avaient pas les moyens de payer la note et qu'elle avait vendu un scénario. L'une des toiles de Jackson Pollock, un artiste peu connu qui réalisait des peintures coulées et retouchées de grandes dimensions, avait déclenché la colère de Constance.

– Un gamin de maternelle pourrait faire ça ! avait-elle sifflé.

– Et seul quelqu'un de *puéril* n'apprécierait pas cela, mademoiselle Je-n'aime-que-les-natures-mortes ! avait répliqué Marilyn, puis la dispute s'était prolongée au lit.

Constance trouva que le Cedar était un choix comme un autre, en dehors des sentiers battus et indéniablement à l'écart des zones en vue du Village. Elle était certaine de ne pas risquer d'y rencontrer ses amis des quartiers chics, du moins l'espérait-elle ! Elle salua Marilyn, qu'elle trouva encore plus séduisante dans ses vêtements défraîchis. Celle-ci se leva et se dirigea vers Constance qui ne se départit pas de son allure formelle et lui adressa un baiser peu satisfaisant sur la joue. Elle refusait de ressentir quelque attirance pour cette femme. Après des présentations sommaires des artistes, dont elle savait qu'elle ne les reverrait jamais, notamment Pollock, totalement ivre, qui cria : « Les débutantes nous envahissent ! » causant l'hilarité générale et des rires caverneux, ils s'installèrent dans une alcôve en bois. Lorsque Constance lança négligemment son vison derrière elle tel un paquet de linge sale, tous la dévisagèrent comme si elle venait d'une autre planète, en ensemble Chanel et trois rangées de perles autour du cou.

– Merci d'avoir pris ton passeport pour venir *downtown*, se moqua Marilyn. Je vois que tu t'es habillée décontractée pour l'occasion.

– Je te précise que j'ai habité dans la 9e Rue, à deux pâtés de maisons d'ici.

Puis, trouvant entêtante la combinaison de l'odeur de bière éventée et de cigarettes, Constance leva les yeux et fit le tour des artistes et auteurs dégénérés présents dans l'assistance pour voir si elle connaissait quelqu'un. Elle fut soulagée de constater que non.

– Ouais… du temps où tu mangeais ton pain noir ! fit Marilyn en levant un sourcil, faisant tourner son whisky dans son nouveau verre. J'ai pris la liberté de te commander un gin-tonic, puisqu'ils ne servent pas de Lillet ni de caviar ici.

– Nous avons décidé d'être particulièrement piquante aujourd'hui, n'est-ce pas ? rétorqua Constance. Eh bien, c'est mieux ici qu'à Manhattan.

– Ouais. Mieux pour *toi.*

– Peut-être. Comment vas-tu ?

– Tu sais, je ne suis pas d'humeur très enjouée, depuis que j'ai été virée de ce film avec Gable et que je suis officiellement sur la liste noire. Impossible de trouver du travail. Personne ne me rappelle, pas même mon agent. Je suis ce qu'on appelle du poison à Hollywood. Oh, et n'oublions pas ma convocation à Washington, où on va me traîner dans la boue en public : « Êtes-vous actuellement ou avez-vous été membre du Parti communiste ? »

– Et est-ce le cas ? demanda Constance en épongeant ses lèvres avec une serviette.

– Tu parles, Charles ! Je suis aussi rouge qu'un homard du Maine en plein été. Avec beurre fondu. Tallulah avait raison : la seule chose qui est rose chez moi, c'est ma chatte.

– Ne sois pas vulgaire, dit Constance dans une expiration. Je t'ai dit que tes activités politiques allaient t'attirer des ennuis, mais tu n'as pas voulu m'écouter.

– Très bien, madame Lindbergh 1939. Qu'as-tu d'autre dans ton chapeau pour moi ? Lindbergh se fait rembarrer par FDR[1] pour ses opinions durant la guerre et vit une vie de prince à Darien[2] et moi, je ne peux pas me faire arrêter ? Peut-être que si, en fait ! ricana-t-elle. Ils nous mettent aussi en prison, tu sais.

– Tiens.

Constance lui lança un sac estampillé Gardiner Cosmetics.

– Voilà des rouges à lèvres, des fards à paupières et des crayons contour des yeux. Peut-être que quand tu feras tes débuts à la House Un-American Activities Committee, tu devrais tenter d'avoir l'air un peu plus féminine. Je peux t'assurer qu'ils seront plus coulants avec toi si tu portes une robe et du rouge à lèvres. Et pas si tu ressembles à une poétesse à la Ginsberg ou à une gouine.

– Oh, alors tu veux que je joue le rôle de la lesbienne au rouge à lèvres, c'est bien ça ?

– Marilyn, je t'adore et j'adore ce choix de terminologie. C'est très fin. Et je dirais sans hésiter que tu es l'une des femmes les plus intelligentes que j'aie jamais rencontrées. Mais tu es têtue comme une mule et tu ne fais que t'enfoncer. Il faut que tu repenses ta stratégie si tu veux retrouver du travail un jour.

– Peut-être que je ne le veux pas. Peut-être que je ne veux pas vivre dans un monde où je ne peux pas être moi.

---

1. Franklin Delano Roosevelt, président des États-Unis de mars 1933 à avril 1945.

2. La propriété de Charles Lindbergh située au 21 Tokeneke Trail, à Darien, dans le Connecticut, aux États-Unis.

Elle marqua une pause.

– Ne dis pas des choses comme ça, Marilyn. Contente-toi de mettre du rouge à lèvres et du fard à joues, porte une robe et sois polie. Et oublie les flammes et la folie de l'enfer et tu retrouveras du travail.

– Ouais, peut-être que si j'étais comme toi, blonde, républicaine et…

Elle recracha la fumée de sa cigarette en faisant une moue de côté.

– … chrétienne.

– Attends… lui intima Constance, les yeux écarquillés face à une telle révélation. Ne me dis pas que tu es juive, par-dessus le marché ?

– Si. Et Marie aussi. C'était d'ailleurs la première mère juive à devenir célèbre. Mais qu'est-ce que ça peut bien te faire ?

– Rien. Tu ne m'as jamais rien dit, c'est tout.

Constance tentait de conserver son calme en digérant la nouvelle. Son monde était en pleine mutation. Après tout ce temps, elle était tombée amoureuse d'une Juive !

– Nom de naissance, dit Marilyn en plaçant une main devant elle, Miriam Goldstein. Tu as un problème avec cela aussi ? fit-elle sèchement.

– Si tu veux mon avis, oui. Je n'aime pas les menteuses, lança Constance en tirant sur sa cigarette.

– Et toi ? Miss Palm Beach et son mariage blanc et son garçon aryen adopté qu'elle ne voit jamais. Tu te trouves sincère ?

– Je vais prendre un whisky aussi, indiqua Constance au barman qui passait.

– Tu as du mal avec la vérité, peut-être ?

– Nous ne disons pas des choses comme ça au Canada, dit-elle en cherchant son souffle.

– Et tu penses que tu es si différente, toi la fausse blonde ? La couleur du tapis n'est pas assortie aux rideaux, mademoiselle Gardiner avec un « i » au lieu d'un « e ». Par pitié. Tu voulais Palm Beach et Locust Valley et tu les as obtenus. Et tout ça avec des « i » aristocratiques placés exactement là où il faut. Et moi, je voulais être prise au sérieux et travailler à L.A. Tu penses que j'aurais été sélectionnée pour une récompense comme l'Academy Award pour *The Gentle Path* s'il avait été écrit par Miriam Goldstein au lieu de M. Rollins ? Tu penses que oui ? demanda-t-elle, élevant la voix.

– Comment l'as-tu su ?

Constance faisait tourner nerveusement l'alcool dans son verre.

– Eh bien, ce n'est pas trop difficile de voir que tu es brune quand je suis tout en bas, chérie…

– Non. Pour mon nom.

– Oh, tout le monde sait et parle. Imagine-toi que ton frère James n'a pas trouvé d'autre sujet de conversation avec les *choristes*… Le monde est petit, Constance. Et si, dans ton cas, la transformation a été, disons… « plus subtile », cela ne veut pas dire que tu ne l'as pas faite pour les mêmes raisons qui m'ont conduite à me faire refaire le nez et à changer mon nom. D'accord, Gar*di*ner ?

Constance ne bronchait pas.

– D'accord ? demanda Marilyn à nouveau.

– D'accord. *Touché**. Tu as gagné. Tu te sens mieux maintenant, mademoiselle Goldstone ?

– Goldstein, répondit-elle en riant fort.

Elles rirent ensemble.

Les deux femmes s'assirent et réfléchirent en silence à leurs révélations et à leurs vérités sans fard.

– Malgré nos différences, commença Marilyn en commandant un autre Jameson. je voulais que tu saches que j'aime ton esprit et ton corps. Tu es très *attachante, chérie*, dit-elle en tirant une bouffée sur sa cigarette. Mais tu ne sais pas y faire avec la vérité.

– Peut-être que non, dit Constance entre deux nuages de fumée. Mais je t'informe que… moi aussi, j'ai des sentiments pour toi !

Marilyn éclata de rire et fit de nouveau un geste pour signifier qu'elle faisait un rempart à ces mots.

– « Flash spécial… La grande Constance Gardiner a… »

Elle imita le spectaculaire jeu de scène de Tallulah Bankhead et écarta les bras dans un grand geste à la mode de Broadway.

– « … des sentiments ! »

– Bien sûr, il fallait que tu ries. Mais c'est le cas.

– Eh bien il semble qu'il y aurait une pénurie de sentiments entre Park Avenue et la 5e Avenue, ces jours-ci.

– C'est parce que tu détestes ce quartier et n'y as jamais vécu. Écoute… commença Constance, fouillant dans son sac pour en sortir une enveloppe remplie de billets.

– Qu'est-ce que c'est ? Un pot-de-vin ?

Marilyn rit à nouveau.

– C'est de l'argent pour aider mon amie Miriam Goldstein à traverser cette période difficile. Prends-le, tu vas en avoir besoin.

– C'est aussi un au revoir, n'est-ce pas ?

Constance baissa les yeux.

– N'est-ce pas ? Dis la vérité, pour une fois, satanée chatte !

– Oui, fit Constance, élevant la voix. C'est un au revoir parce que tu es têtue et brillante, et que tu ne pourras jamais, jamais devenir une autre.

– Changer mes couleurs ?… Les rouges, les cocos, les Juifs, les marxistes, les lesbiennes, l'élite des médias, siffla-t-elle, lui rendant brutalement son enveloppe. Je comprends. C'est une chasse aux sorcières, et ils vont s'attaquer à l'assemblée des sorcières.

– Ce n'est pas mon monde. Je dois m'en aller.

Les yeux de Constance étaient gonflés de larmes.

– Oh… Une nouvelle réunion produits. Un produit couvrant anticernes, peut-être ?

– Je dois y aller. Tiens, prends ça.

Constance se leva, lui jetant l'enveloppe.

– Garde-la ! Moi, je ne saurais pas mieux faire que de la donner aux… bolchéviques ! Marilyn gloussa.

Constance secoua la tête, interdite.

– Avant que tu ne partes… J'ai juste une question pour toi, dit Marilyn en terminant son troisième whisky.

– Oui, vas-y.

– « Vas-y » ? Attention, je ne suis pas une de tes employées… Seras-tu, une seule fois dans ta vie si bien régentée, sincère ? Juste une fois ? Penses-tu pouvoir y arriver ?

– Oui. Oui, je pense, dit-elle, faisant un effort visible pour se montrer à la hauteur.

– Est-ce que Constance Gardiner avec un « i », la déesse blonde et froide, a déjà eu des sentiments pour Miriam Goldstein, c'est-à-dire de vrais sentiments pour Marilyn Rollins la caustique, la cinglante, la *rouge* ? Lorsque nous étions au lit ensemble, était-ce juste du sexe ou as-tu ressenti quelque chose pour moi à un moment donné ? Des sentiments pour moi vrais, intenses, de la même façon que j'ai pu en ressentir pour toi ? Des sentiments d'amour et de passion. D'une nature qui ne se manifeste pas souvent, mais prend sa racine dans le corps et l'intellect. Comme lorsque nous avons fait l'amour et ri ensemble et que tu m'as parlé de tes stupides lancements et que j'ai prétendu m'intéresser au rouge…

Elle étrangla soudain un sanglot dans sa gorge et écrasa sa cigarette dans le cendrier.

– Je… J'ai besoin de savoir. Si c'était… vrai comme je le pensais, ou si j'ai encore été une putain d'idiote à propos de tout ce qui arrive dans ma vie, implora-t-elle.

Constance hésita, puis lui répondit en s'avançant doucement.

– Tu auras peut-être du mal à le croire, mais je t'aime, Miriam Goldstein.

Elle se releva, les yeux fixant le sol.

– C'est juste que je n'aime pas… Je n'aime pas qui tu es.

Et au beau milieu des expressionnistes abstraits, elles s'embrassèrent le plus tendrement du monde. Marilyn rendit l'enveloppe à Constance lorsqu'elles se séparèrent, Constance secoua la tête en signe de contestation, avant de la ranger soigneusement dans son sac en crocodile Hermès. Puis elle et son vison fuirent le bar. Constance, chancelante, s'efforçait de garder la tête froide, de faire la part des choses. Tous les morceaux du puzzle étaient là, mais le résultat n'avait aucun sens.

Durant les deux semaines qui suivirent, elle décrocha le téléphone pendant la journée, ou en pleine nuit, pour appeler Marilyn à plusieurs reprises, rien que pour entendre sa voix et ses sarcasmes, et lui dire que les choses allaient se calmer, la rassurer. Mais chaque fois, la peur la paralysait et le courage de faire tourner le cadran du téléphone lui manquait. Elle ne voulait pas, ne pouvait pas être associée publiquement à une lesbienne de gauche, se répétait-elle en boucle. Il n'y avait aucune place pour elle dans sa vie, malgré les sentiments.

Le ciel était dégagé ce mardi matin et elle arriva de bonne heure pour préparer une réunion d'architectes pour le Salon Lavender Door commençait de Detroit. Elle commençait toujours par lire la section affaires du *New York Times*, puis passait à la première partie en sirotant son thé. Elle aimait et se sentait rassurée par sa routine du matin, immuable. Mais aujourd'hui serait un jour différent. Elle prit en main le *Times* et ces mots lui sautèrent brutalement au visage : « Disparition d'une célèbre dramaturge le jour de l'audience Un-American ». Son cerveau refusait de lui obéir, faisait barrière à l'information : « Marilyn Rollins, scénariste de dix-huit films et auteure de cinq pièces de théâtre présentées à Broadway, sélectionnée pour un Academy Award, née Miriam Goldstein et originaire du Bronx, a été retrouvée sans vie le jour de sa parution à Washington devant la House Un-American Activities Committee. Elle se serait suicidée en se jetant sous un métro. » Son visage devint blanc comme un linge. Et, pour la première fois depuis des années, Constance Gardiner pleura.

Plusieurs semaines plus tard, elle apprit, par les choristes qui l'avaient eux-mêmes appris par le médecin légiste gay, que lorsqu'on l'avait trouvée sur la voie ferrée, Marilyn ressemblait à un ange. Elle portait une robe en mousseline de soie et était parfaitement maquillée. Une véritable dame.

50

OUR LOVE

New York/Palm Beach, 1948

C'était une journée aussi limpide et vivifiante que ses prises de décisions. Josephine ressemblait à un général en ordre de bataille, ferme et résolue. Elle était prête pour le lancement de Our Love by Princess Orlove, dont elle verserait à Alexei l'intégralité des bénéfices. Un matin, elle s'était éveillée dans sa chambre tendue de satin mauve après un songe dans lequel elle avait vu Alexei vaporiser le nouveau parfum sur une statue en marbre veiné d'Aphrodite, des billets verts flambant neufs tombant des arbres. Cela avait suffi à la convaincre. Depuis qu'elle l'avait rencontré, elle avait toujours désiré que son prince soit à l'abri financièrement, en son nom propre. Sachant qu'il refusait toutes ses propositions financières, cela semblait la solution parfaite, d'autant plus qu'il s'agissait de son nom de famille. Il aima beaucoup l'idée, lorsqu'elle la lui présenta pour la première fois, bien qu'il fût un peu réticent d'utiliser son titre à des fins commerciales. Il pensait aussi que cela prêterait le flanc à ceux qui prétendaient que Josephine s'était mariée avec lui pour son titre. Les yeux de sa femme se brouillèrent immédiatement.

– Si je me souciais de ce que les gens pensent, je serais toujours à Melbourne en train de travailler pour mon oncle, le vieux bougre ! Et je vais être très claire dans la presse en disant que toi, mon cher mari, es détenteur de la marque, et non moi.

Et pour entériner l'idée, Josephine eut la finesse d'inviter une vieille amie à l'un de ses salons du jeudi soir : Norina Matchabelli, la princesse de Géorgie qui, avec son ex-mari, avait créé la marque de parfums à succès Prince Matchabelli à la fin des années 1920. Après sa rencontre avec l'élégante et très royale princesse, Alexei se déclara convaincu que cette entreprise commerciale n'avait que renforcé sa réputation et sa qualité de vie. Il n'ignorait pas qu'une fois sa décision prise Josephine ne ferait pas machine arrière. C'est ainsi qu'elle instruisit rapidement Felix de dresser un projet de contrat établissant que son époux détiendrait la marque et la marque déposée, et que dans l'éventualité de son décès, s'ils n'avaient pas d'héritiers, et seulement dans ce cas, la marque et la marque commerciale retourneraient dans le giron de la société mère Herz. Ce serait donc sa marque, et lui reviendraient la conception, le marketing ainsi que les bénéfices, Herz se chargeant du financement, de la production et de la distribution de la gamme.

Le jour de leur anniversaire de mariage, Alexei se leva de bon matin et apporta à Josephine son petit déjeuner au lit – des pancakes en forme de cœur – sur un plateau d'argent, après qu'ils eurent fait l'amour passionnément. Josephine était chancelante de bonheur lorsqu'elle insista pour lui bander les yeux avant de lui offrir sa surprise.

– Voici le présent que je vous fais, mon beau prince, dit-elle alors que le liftier les transportait dans le vestibule, d'où elle guida Alexei jusque dans la rue.

Elle lui enleva avec précaution son bandeau et il tomba littéralement sur le trottoir, les bras ballants. Elle s'était imaginé qu'il rechignerait à accepter la Maserati A6 1500 qu'elle avait fait envoyer d'Europe et avait préparé ses arguments : « Je ne peux pas la reprendre. Ils ne font pas d'échange sur ce genre de modèles… Alors, profites-en bien. » Le bolide attendait sagement devant l'immeuble telle une soucoupe volante en argent agrémentée d'un énorme nœud rouge. Alexei ne pouvait se remettre du choc de l'alliance de la forme et du design ; ce n'était rien de ce qu'il avait imaginé pouvoir posséder. Il accepta avec grâce et, submergé par l'émotion, il embrassa Josephine et lui présenta son propre cadeau, dissimulé dans sa poche. Il regardait admiratif sa belle et sensationnelle épouse, émue aux larmes à la vue de l'écrin de joaillier en velours marine. Il avait demandé à son ami Fulco di Verdura de façonner une bague toute spéciale reprenant son propre dessin pour le parfum en cours de création. Le duc de Verdura avait traduit avec panache le rendu créé par Alexei, une couronne inspirée du blason de la famille Orlove surmontant un cœur en rubis, dessin qui apparaîtrait sur les flacons de parfum et aussi en relief gaufré sur son écrin crème en carton épais.

Our Love by Princess Orlove serait lancé en même temps qu'une ligne de cosmétiques de couleurs, de magnifiques ombres à paupières inspirées des portraits des familles royales russes et européennes exposés au Met. Le produit phare serait un rouge carmin royal repris d'un portrait de la Grande Catherine. Alexei apprécia le processus de conception en particulier et resta des semaines enchaîné à sa table de dessin à peaufiner le concept du flacon parfait pour leur fragrance, *Princess Orlove*. Josephine était médusée par ce talent qu'il renfermait et la beauté et le succès qu'elle anticipait pour ce parfum. Elle savait d'instinct que *Princess Orlove* s'annonçait comme un succès bien plus grand que le parfum *Impératrice Josephine*. Le jus lui-même, associant iris, vanille, bois de santal, jasmin et fleur d'oranger, était tout aussi unique et moderne à la fois. Il possédait une note de fond pure et fraîche, si délicieuse qu'il procurait l'envie d'embrasser et de « goûter » celui ou celle qui le portait. C'était exactement le ressenti de Josephine vis-à-vis de son beau et jeune mari.

Ils travaillèrent de façon acharnée durant les mois qui suivirent, puis les cosmétiques Our Love by Princess Orlove furent enfin présentés au public le dimanche précédant Noël au salon vedette Herz Beauty de la 5ᵉ Avenue.

L'inauguration sur le thème russe impérial fut un grand moment pour la presse, avec une longue liste de membres du *Who's Who*, les célébrités côtoyant les visiteurs mondains. La *pièce de résistance** fut lorsque Josephine et Alexei sortirent devant le tapis rouge d'un carrosse impérial tiré par des chevaux. Le prince Orlove arborait les médailles de son arrière-grand-père sur le revers de sa veste de smoking en gros-grain et Josephine, dans une robe Empire en dentelle dorée, était couronnée de la tiare en diamants de taille vieille mine de l'ancienne impératrice Josephine, qu'elle avait acquise au prix d'une partie de bras de fer aux enchères après que les premiers bénéfices du Lashmatic eurent commencé à affluer. Des milliers de personnes s'étaient rassemblées à l'extérieur des salons pour regarder la procession, les invités célèbres et les mondains emprunter le tapis rouge. Dans son édition du mois, *Town & Country* avait écrit « *Princess Orlove* est un couronnement pour Herz Beauty » et le *New York Times*, « Princess Orlove elle-même, la déesse de la Cosmétique, est l'équivalent de P.T. Barnum dans son secteur. Chaque lancement est un coup d'éclat commercial et suscite un rare intérêt. » Les stocks du parfum furent épuisés en quelques heures, et une liste d'attente, mise à la disposition des clients importants. Le seul accroc dans cette parfaite orchestration fut pour Josephine de ne pouvoir accompagner Alexei que dans cinq des dix villes où la promotion devait se faire. Ils n'avaient jamais été séparés depuis les premiers jours où ils s'étaient rencontrés. Elle avait hélas trois autres apparitions importantes, planifiées par son agence de publicité et de relations publiques, pour le lancement d'un mascara Lashmatic waterproof récemment élaboré à partir d'ingrédients tels que la cire d'abeille. Avant son départ pour l'aéroport, ils consumèrent leur amour passionné, puis se résignèrent à se séparer pour leurs voyages d'affaires.

Au Sud, en pleines vacances de Noël à Palm Beach, Constance suivait le lancement de *Princess Orlove* pendant son déjeuner dans la loggia qui surplombait la piscine.

– Cette femme transformerait sa défunte mère en parfum si cela pouvait augmenter ses chiffres de ventes… Je sais !

Elle marqua une pause afin de ménager son effet dramatique pour les invités mondains et autres héritiers de vieilles familles qui étaient présents à ce déjeuner en plein air.

– Le nom de son prochain parfum ? *Babouchka* ! », s'exclama-t-elle.

L'assistance se tordit de rire.

– *Dahling*, je suis obligée de vous exprimer mon désaccord, dit la princesse Paley. Alexei, que je connais très bien, m'a dit qu'elle lui avait cédé le parfum. Il en détient intégralement les droits, dit-elle pour défendre son ami.

– Je suis d'accord, dit August Wheeler, l'héritier des pneus en caoutchouc. Vous savez, ma chère, les princes déchus doivent continuer de gagner leur gîte et leur couvert, en dehors de leurs… services, dit-il d'un air guilleret.

– Qui sait si son titre est même authentique ? D'après ce que j'ai entendu, si vous possédez trois moutons en Géorgie, cela fait de vous un prince.

– Il faut dire qu'il est vraiment séduisant, ajouta un autre invité.

– Voyons, voyons, mes chers amis. Je suis mariée à un Russe blanc, déclara la princesse Paley. Et la grand-mère du prince Orlove était une cousine du tsar. Ce n'est pas un titre usurpé. Et on ne peut ignorer le fait qu'Alexei Orlove est l'un des hommes les plus beaux de sa génération.

– Traître ! rit Constance. Vous savez que je me contente de m'amuser aux dépens de cette femme. Mais elle est très intelligente ; vous savez comment sont *ces gens-là*.

Elle s'interrompit soudain, consciente d'avoir prononcé des mots un peu trop aigres.

– Bien sûr, il est évident que ce qui s'est passé durant la guerre est vraiment affreux, s'empressa-t-elle d'ajouter pour se donner meilleure figure, le ressenti dans le public étant en train de changer du fait des horreurs rapportées au quotidien par la presse depuis les camps de la mort. Oh, regardez, dit Constance, changeant promptement de sujet. Voilà les garçons !

Constance faisait son possible pour endosser le rôle de la mère aimante et sembla s'intéresser au groupe des garçons qui revenaient de leur plongeon de l'après-midi. Elle accueillait Van Jr. pendant les quelques jours où il était revenu de son pensionnat pour les vacances, en compagnie de ses amis, tous grands, minces et bronzés, et affichant la nonchalance et la confiance des riches privilégiés. Depuis le divorce et la mort de Marilyn, Constance s'était quelque peu adoucie, consciente d'être trop sanguine et de la nécessité d'intégrer une approche plus tolérante. Elle tenta même de se rapprocher de Van Jr. ; tous les deux savaient que la démarche était un peu forcée, mais l'effort était apprécié par son fils. Il lui était également reconnaissant de le laisser désormais inviter ses amis dans la résidence de Palm Beach à Noël et durant les vacances de printemps sans trop se plaindre du désordre et du chahut. Après tout, elle ressentait le sens de la normalité et moins de solitude lorsqu'elle se réveillait aux bruits des échanges de ces jeunes déjeunant sur la terrasse. Le lendemain matin, elle prit son café avec le groupe, mais partit rapidement se faire coiffer. Elle avait accepté l'invitation des Winston Milford, dans leur villa *Lysis* bordant l'océan, à un dîner organisé en l'honneur du duc et de la duchesse de Windsor avant leur départ pour la France. Elle trouvait certes la conversation invariablement aussi ennuyeuse que la pluie, mais était honorée d'être conviée en tant que femme célibataire. Les sujets abordés étaient immuables avec la duchesse, elle s'y attendait : les carlins, la couture et autres trivialités du même genre, et chacun était censé boire ses paroles et manifester son intérêt comme si elle était dotée de l'esprit d'Oscar Wilde. Mais l'attraction exercée par l'ancien roi et la femme pour laquelle il avait abdiqué était telle que cela consolidait admirablement son statut social, et elle savourait le simple fait de figurer parmi les convives – ce que n'étaient pas Lally et Van. Elle se plaisait à avoir davantage de prestige que l'héritière du pétrole de Seward County et ce quelconque Wyke, car elle avait quelque chose qu'ils n'avaient jamais possédé : le succès et le sens du glamour ! C'était sa propre justification sociale et elle savait que la liste des invités figurerait dans la presse mondaine. Son frère James, toujours pimpant, l'accompagnerait ce soir-là et viendrait la chercher, car il demeurait avec Gregg au Colony, récemment ouvert, dans deux chambres séparées. Elle ne tolérait en effet jamais la présence de l'oncle et de son ami homosexuels lorsque Van Jr. était en vacances chez elle.

Elle avait choisi avec grand soin sa tenue pour le dîner : une robe en mousseline de soie Mainbocher cintrée à la taille. Elle avait toujours aimé la combinaison des diamants et des aigues-marines, lesquelles flattaient idéalement ses yeux bleus, et son chignon blond et ses longs gants fourreaux blancs faisaient d'elle une véritable déesse grecque. Hervé, son coiffeur, la convainquit d'ajouter une touche de folie avec une fleur de gardénia fraîche dans ses cheveux. Elle attendait dans son grandiose vestibule en lumachelle, lorsqu'elle entendit le crissement de la voiture de James sur le gravier. Greta, sa domestique, lui tendit son étole de vison avec l'efficacité teutonique à laquelle elle s'était accoutumée. Constance savait que son allure était fabuleuse et était ravie de faire partie de l'univers des Windsor durant leurs séjours à Palm Beach. Le couple royal, sympathisants fascistes, assurait un triomphe mondain à ses hôtes sur l'île, dont ils attendaient qu'ils les logent, les sustentent et les divertissent en échange du privilège de leur compagnie.

James était un peu somnolent après cinq soirées consécutives en célibataire.

– Eh bien… dit-il en levant les yeux au ciel. Tu fais très star de cinéma, ma chère sœur ! J'ai des nouvelles pour toi. Je me sens très mal de dire cela, car cela me peine, mais j'imagine que toi, au contraire, tu vas danser la gigue.

– Dis-moi vite, de quoi s'agit-il, mon frère ?

Elle se glissa à ses côtés dans la voiture, cherchant une cigarette dans son sac de soirée, tandis que le chauffeur refermait la portière.

– Bien, c'est partout dans la presse. Je suppose que tu ne le sais pas encore ?

– Que je ne sais pas quoi ? Assez de suspense, maintenant !

– Son prince est mort, dit James, déroulant sa phrase d'une seule traite.

– Qui est mort ? De quel prince parles-tu ? L'île en est pleine, qu'ils soient authentiques ou non.

– Orlove, le prince de rêve. Il était à Chicago pour le lancement de son parfum et, apparemment, il a eu une crise cardiaque. Il semble, d'après ce que j'ai lu, qu'il avait eu une fièvre rhumatismale lorsqu'il était enfant et qu'il a fait une infection à streptocoque qui s'est aggravée. Il vient donc… de rendre l'âme.

– Mais ça n'est pas possible ! Nous étions justement en train de parler et de plaisanter à leur sujet ce matin.

Constance parut soudain visiblement sonnée. Tout cela était totalement irréel. Elle repensa brutalement à Marilyn.

– Quelle honte, ma chère. J'espère que tu n'as pas souhaité qu'il lui arrive du mal, dit-il en secouant la tête, sachant que sa sœur avait une langue de vipère.

– Non, c'est tout à fait l'inverse. J'espère que tu ne penses pas que la nouvelle me réjouit.

– Ce n'est pas le cas, alors ?

– Je sais ce que c'est de perdre quelqu'un…

Constance s'était montrée dernièrement un peu plus loquace avec James au sujet de Marilyn, car leur liaison n'était plus un secret.

– Tu veux dire quelqu'un qu'on aime ? s'enquit-il, observant une faille chez la reine de glace.

– On peut dire cela, oui, ou quelqu'un qu'on apprécie beaucoup. Je ne peux qu'imaginer ce qu'elle ressent en ce moment.

– Tu sais ce qui est vraiment fou ?

James descendit la fenêtre arrière et laissa échapper la fumée gris cadavérique dans l'air humide.

– Quoi donc ? dit-elle, se redressant vers l'avant de son siège, dans un silence glacial.

– On dirait que vous faites toujours tout en même temps, toutes les deux.

51

FACE-À-FACE

New York, 1950

C'était le cinquantième anniversaire de Josephine et, bien qu'elle n'eût pas l'envie de les fêter avec une soirée d'envergure, ni de les fêter tout court, elle décida d'emmener Miles au restaurant Le Pavillon, l'adresse gastronomique d'Henri Soulé sur la 55ᵉ Rue. Miles était en ville pour les vacances de Noël de l'université de Pennsylvanie. Il avait maintenant vingt ans, et était devenu un beau jeune homme aux cheveux clairs, en dépit d'une certaine faiblesse de caractère et d'un manque d'ambition dont Josephine déplorait qu'elle lui rappelât son père. Mais elle aimait son fils et s'enthousiasmait de dîner et de discuter avec lui. Henri lui-même conduisit Josephine et Miles jusqu'à l'une des meilleures tables, une banquette placée stratégiquement pour mettre en valeur la liste du *Who's Who* en représentation ce soir-là, les plébéiens étant regroupés au bar ou dans la salle principale. La philosophie d'Henri pour le placement de ses clients était simple : les grands de ce monde montaient en première classe, les clients sans nom, en seconde, et la populace, sur l'entrepont au bar et dans l'arrière-pays de la salle de restaurant. Henri mentionna sa joie de voir que sa « princesse sortait de nouveau », Josephine s'étant transformée en recluse après la mort d'Alexei, se contentant d'aller au travail et de rentrer chez elle. Il n'y avait plus de salons festifs du jeudi soir ou de dîners en ville. Les deux années passées n'avaient été autres qu'un sombre naufrage. Tout lui avait semblé irréel, et elle émergeait à peine du brouillard. Perdre était quelque chose que Josephine n'avait jamais véritablement appris, mais la mort d'Alexei avait été si soudaine et douloureuse qu'elle avait l'impression d'être une sorte d'amputée émotionnelle. Elle avait mille fois revécu le moment où Alexei l'avait appelée de sa chambre d'hôtel, malade et toussant. Chicago avait connu des records de froid, et il avait travaillé très tard pour une réunion tardive et à l'accueil des clients et de la presse. L'inauguration du salon de prestige de North Michigan Avenue avait enregistré des records d'affluence. Il était sorti dans le froid en costume de soirée paré de médailles, sans manteau, pour prendre une rapide photo pour la presse devant le magasin. Le jour suivant, il s'était réveillé avec des douleurs de gorge, toussant, et Josephine l'avait pressé d'aller voir un docteur, ce qu'il n'avait pas fait, car il n'avait pas voulu annuler ses rendez-vous presse matinaux avec le *Chicago Daily Tribune*. Le Midwest s'était enflammé pour le jeune et beau prince, et les femmes étaient venues en masse pour acheter *Princess Orlove*, faisant disparaître les stocks en quelques heures. Il était si fier et heureux à la perspective d'un succès commercial, et de pouvoir rencontrer ses clients ! Deux jours plus tard, une infection à streptocoque avait été diagnostiquée aux urgences. Il avait appelé Josephine depuis sa chambre et l'avait rassurée sur son état, puis lui avait dit qu'il l'aimait. Vingt-quatre heures après, il avait été déclaré mort, l'infection ayant atteint son cœur déjà affaibli par la maladie infantile qu'il avait contractée. Josephine se trouvait dans son bureau lorsqu'elle reçut l'appel téléphonique. Elle avait hurlé un long « Non ! » déchirant et angoissé. Tous ceux qui l'avaient entendue comprirent sur l'instant. Josephine avait versé des rivières de larmes et avait passé trois journées entières dans son lit, incapable de se lever. Totalement immergée dans son deuil, elle pouvait à peine se tenir debout aux funérailles et perdit connaissance plusieurs fois. Il y eut tant de larmes et de convulsions à l'intérieur de l'église russe orthodoxe de la 97e Rue que les journaux rapportèrent qu'une telle démonstration d'hystérie collective ne s'était pas produite depuis la mort de la famille du tsar. Puis s'installa un brouillard monotone et détestable, les heures et les jours et les semaines se succédant, sans vie et voilés de gris, dans une vide continuité.

Josephine écrirait plus tard dans ses mémoires que ses affaires l'avaient sauvée, littéralement. Miles faisant ses études, sa solitude avait été encore plus grande. Ce soir, elle se sentait un peu mieux, assise à la meilleure table de ce restaurant français tellement en vue, vêtue de soie noire et de diamants, le personnel – qui leur apporta à tous les deux une coupe de champagne avant les menus – particulièrement à son écoute. Elle fut submergée par l'attention de Miles, qui lui présenta une broche en forme d'étoile en diamant de chez Tiffany, accompagnée d'une carte sur laquelle il avait inscrit en jolis caractères : « Parce que tu brilles toujours. » Elle était si touchée que, dans un moment rare, elle l'embrassa chaleureusement. Elle lui prit la main tendrement et regarda dans ses magnifiques yeux bleus. Comment avait-il pu grandir si vite ? C'était comme si le jour où elle lui avait donné naissance à Londres était hier. Elle l'examina, tentant de rester objective. Il était charmant, intelligent, beau, avait de bonnes manières et elle l'aimait profondément. Puis elle envisagea sa faiblesse, son manque de volonté. *Il a le menton fuyant, comme son père, ce bon à rien.* Mais ce soir, elle tenterait de minimiser le négatif et d'accentuer le positif, exactement comme une femme qui maquillerait son visage. Elle appliquerait sa propre philosophie à son fils. Dans la salle, elle salua de la tête quelques capitaines d'industrie et dames de la haute société. Tous lui firent signe en retour, s'exprimant avec révérence et murmurant des commentaires empreints de respect. Isolés dans les régions « sibériennes » de la grande salle et du bar, des touristes et de purs inconnus montraient du doigt en chuchotant cette femme qu'ils avaient vue dans les publicités dans les magazines.

– C'est Josephine Herz, la princesse Orlove !

Tous acquiesçaient. Ceux qui savaient, quant à eux, étaient heureux de la voir parmi les vivants.

Les têtes se tournèrent soudain lorsqu'une grande blonde chic en costume Chanel bleu marine sur mesure entra dans le restaurant, soufflant une bise glacée, causant la plus grande agitation au sein du personnel, un adolescent lui emboîtant le pas. La responsable du vestiaire emporta sa fourrure d'antilope dans un mouvement étudié, indiquant qu'il s'agissait d'une habituée parmi les clients importants. Il ne fallut que quelques secondes à Josephine pour concevoir que la blonde glamour, c'était *elle*. Elle n'avait pas vieilli, mais s'était ossifiée, se muant peut-être en une version plus élégante d'elle-même.

Madame Gardiner-Wyke, c'est un tel plaisir de vous voir. Et qui est ce beau jeune homme ?

Les révérences et politesses les amenèrent jusqu'à une banquette bordeaux, directement en face de la table de Josephine, selon une symétrie parfaite. Elles occupaient l'avant et le centre, assises aux postes de pouvoir. *C'est tellement approprié*, constata Josephine. Elle la regarda brièvement, et perçut une réaction dans *ses* yeux, indiquant qu'elle aussi l'avait vue et avait pris conscience de sa présence dans la pièce. Elle épia son expression glacée de déception, le malaise et le sourire forcé. Josephine savait que le garçon blond était son fils, son fils adoptif. Elle l'avait appris par CeeCee. Elles évitèrent les regards, et chacune se tendit dans la conscience de l'autre. Elles partageaient le même espace, respiraient jalousement le même air. Entourées du même personnel, elles étaient avides de savoir laquelle des deux était la mieux servie, assise à la meilleure table, et dégusterait le meilleur *soufflé**. Lequel serait le plus gonflé et parsemé de la plus généreuse quantité de *fromage** ? Lequel serait le plus doré, le plus délectable ? Puis elles virent que les têtes se tournaient et que les yeux se braquaient sur elles deux, les chuchotements contrôlés confirmant que leur vendetta avait acquis le statut de légende. Et maintenant qu'elles avaient vieilli, s'étaient enrichies, que leur réputation était faite, qu'allait-il se passer ? C'était tout ou rien. La salle laissa échapper un soupir collectif lorsque Constance et Van Jr. furent installés. C'était bien là le génie d'Henri. Il œuvrait pour que ses clients se sentent uniques dans une même pièce, y compris s'ils étaient des ennemis jurés. Quoi qu'il en fût, ceux qui dînaient ce soir-là avaient conscience d'être les témoins d'un moment d'anthologie. La présence des deux plus riches et plus célèbres femmes d'affaires au monde, lesquelles n'avaient jamais pu, n'avaient jamais voulu se reconnaître l'une l'autre. La soirée s'écoula et les clients commencèrent à s'en aller. Certains se dirigèrent vers l'une ou l'autre des tables, les autres leur adressant un sourire discret et un geste de la main. La grande salle se vida après la mousse au chocolat et les cafés et thés. Nulle ne pouvait être la première à quitter les lieux ou à faire un geste. Soudain, Miles s'approcha et murmura quelques mots à sa mère, après avoir consulté à deux reprises sa Patek en or. Il avait un train pour Philadelphie, car un examen l'attendait de bonne heure le lendemain.

– Pars, mon chéri, si tu as un examen. Je comprends, proclama Josephine pour ménager son effet.

Elle leva les yeux et l'embrassa, le remerciant pour la broche en étoile, qu'elle avait fièrement fixée sur sa robe. Il se leva pour l'embrasser à nouveau et elle passa la main dans les cheveux soyeux de son fils.

– Joyeux anniversaire, mère. Au week-end prochain.

Il lui envoya un baiser en quittant la salle à manger. Elle était maintenant assise seule lorsque le *maître d'hôtel** lui apporta une autre coupe de champagne offerte par la maison. La soirée avait été très agréable, malgré *sa* présence. Mais elle tiendrait bon.

Puis le jeune de l'autre côté de la pièce se leva aussi et elle se dit qu'elle bénéficiait d'un sursis. *Il doit avoir un match, un examen ou un rendez-vous*, pensa-t-elle. Il donna à sa mère un baiser quelque peu distant et précipité sur la joue. Il avait de bonnes manières et jouait le rôle du parfait étudiant en école privée. Puis, après son départ, elle aperçut le coin d'un œil ennemi derrière un voile de blond. Le *maître d'hôtel** lui apporta à elle aussi une coupe de champagne.

– Avec les compliments de *monsieur** Soulé, *madame**, entendit Josephine.

Elles restèrent là, dans la salle de plus en plus vide. Toutes deux sortirent leur poudrier, Josephine, une petite boîte ronde et plate en or, Constance, un boîtier carré en platine. Opérant un tour d'horizon de boîtier maquillage, elles vérifièrent d'abord leur rouge, leur ombre à paupières, leur mascara et leur fard à joues. Toutes deux satisfaites, elles replacèrent leur attirail dans leur sac. Elles observèrent les détails de la décoration, les moulures dorées et les opulentes compositions florales subtilement renouvelées. Il n'y avait plus qu'elles deux, maintenant, après les attentions du personnel, des riches et puissants de ce monde et de la société dans son ensemble. Chacune saisit son verre de bulles dorées devant elle. Et comme cela s'était produit plusieurs fois dans leur vie, elles firent le même geste exactement au même moment, cette fois pour lever leur verre et, avant d'y apposer leurs lèvres, chacune regarda l'autre, pour la première fois, droit dans les yeux. Puis, d'un geste léger et gracieux, chacune leva sa coupe, l'émeraude en cabochon de Josephine et la bague en diamant de Constance livrant tout leur éclat, chacune… en l'honneur de l'autre.

ÉPILOGUE

Palm Beach, 1993

Les jours à Palm Beach peuvent être délicieux, langoureux, mais quelque peu monotones. Être confronté à l'excellence à chaque instant, jour après jour, peut finir par vous taper sur les nerfs : les palmiers royaux qui vous saluent, le soleil éblouissant contre les façades en stuc blanches, jaunes et ocre, et les haies taillées à la perfection peuvent s'avérer totalement déprimants au fil des jours. Sans parler de l'effet de toute cette beauté sur la vitesse du trafic aux feux de circulation et la conduite des automobilistes. Quoi de plus exaspérant qu'une blonde au brushing impeccable de quatre-vingt-cinq ans dans une Rolls-Royce Corniche jaune citron quelque peu cabossée roulant à quinze kilomètres à l'heure sur South Ocean Boulevard ? De tels phénomènes peuvent vous encourager à boire, mais je m'efforce toujours d'envisager le verre à moitié plein, cela me permet d'optimiser mes Martini. Ici, ouvrir les hostilités à quinze heures permet de ne pas être en retard pour le premier Martini de dix-sept heures. *Bien sûr**.

Certes, il existe de pires endroits sur terre. S'y exiler en hiver permet d'échapper aux matinées glaciales et à la neige fondue de février à New York, ainsi que Charlene le souligne régulièrement de sa voix chantante. Je suis le programme familial de voyages annuels depuis quelque temps maintenant, de New York à Southampton, puis

Palm Beach, et en été le Cap-d'Antibes. Tout bien considéré, « ce n'est pas trop mal[1] ! », comme on dit dans le bayou.

Après le décès malheureux de *Madame**, constatant que j'avais les traits tirés en regardant mon reflet dans le miroir, je décidai de faire ce que je n'avais jamais encore envisagé auparavant : prendre trois mois de vacances à Bali, en Thaïlande et à Singapour. Mon compagnon de voyage était un entraîneur, mannequin pour des marques de sous-vêtements à ses heures, dont le corps remportait une note de dix sur dix, le Q.I., un sur dix, et plus jeune que moi. Il répondait lui aussi au nom de Bobby. Je dois dire qu'il n'existe à mon avis rien de plus agaçant que deux « célibataires » portant le même nom qui voyagent ensemble. Nous étions Bobby et Bobby, ou encore « les deux Bobbies », selon le surnom dont nous fûmes affublés par quelques individus moqueurs parmi mes connaissances. Quoi de plus affreux ? Je vous le demande. Je m'accommodai de ce désagrément, bien évidemment, en raison de son charme indéniable, jusqu'à ce que Bobby trouvât un compagnon plus jeune et plus riche que moi à Phuket (la rencontre eut lieu autour de la piscine, bien évidemment) et me laissât planté là sans transition, comme un lion sans sa crinière. Totalement désœuvré, déprimé, je ne trouvai rien d'autre pour me consoler que de me gaver de *pad thai*.

C'est à ce moment qu'un fax de Miles arriva. Il y disait à quelque chose près :

Chers Bobby et Bobby,

Bonjour de Palm Beach. Nous espérons que vous appréciez la Thaïlande et passez des vacances largement méritées. J'hésite à vous contacter depuis quelque temps, de peur de perturber votre idylle, et me contenterai donc de citer Josephine : « Les vacances, ce n'est rien d'autre que TRAVAILLER (*TRAFAILLER*) dans un endroit plus agréable. »

---

1. *« It ain't too shabby. »*

Alors voici le but de ma missive : en mémoire de Mère et de l'amour que vous lui portiez, nous vous implorons de revenir auprès de nous aux États-Unis, afin de nous prêter main-forte ainsi qu'à l'équipe des juristes pour la préparation de l'action en justice qui se profile. Nos avocats surpayés estiment que Constance n'a aucune chance de gagner, mais je ne fais pas confiance à cette vieille rombière rusée et j'ignore totalement ce qu'elle est capable de sortir de son chapeau d'hermine. Si vous acceptiez d'écourter votre voyage, le conseil serait disposé à tripler votre salaire. En ce qui me concerne, à titre personnel et en signe de reconnaissance pour vos services et votre dévouement à notre famille, je souhaiterais vous offrir le portrait de Josephine par Van Dongen, lequel va nous être retourné par le musée du Judaïsme. Vous m'avez toujours dit que vous adoriez la façon dont il illustrait parfaitement son profil unique, et je sais qu'elle aurait voulu qu'il soit à vous. J'ajouterai que le fait que vous nous apportiez votre aide pour donner une leçon à cette maléfique Constance aurait énormément compté pour Josephine. Mais vous savez cela mieux que quiconque. Vous n'avez qu'un mot à dire et un billet en première classe vous attendra.

Dans cette attente.

Votre dévoué, Miles

Bien évidemment, ma décision prit moins de temps qu'il n'en faut pour dire *Thea hir shrabkar nwd ?* (« Combien pour un massage ? ») avant de me rendre au comptoir première classe de Thai Airways et de voler à destination de New York.

Curieusement, malgré toute l'agitation causée, le dossier de Constance n'alla jamais en justice, car elle fut emportée à son tour, par un cancer de l'utérus, trois mois avant l'enregistrement des dépositions. Ses avocats admirent qu'elle n'avait fait ce recours que pour le spectacle, pour passer à la postérité et, plus encore, ne sachant plus quoi faire de son argent, pour le dépenser afin de répandre le malheur autour d'elle. Son fil, Van Gardiner-Wyke Jr., un véritable demeuré, préférait consacrer son temps à courir les jupons à Saint-Tropez que de se soucier de quoi que ce soit et le procès fut abandonné en moins de temps qu'il n'en faut pour dire « honoraires d'avocat ». Le système juridique est clairement brisé quand de vieilles lesbiennes excentriques telle Constance Gardiner peuvent s'en servir pour poursuivre des gens en justice pour le plaisir. Cela dit, bien que l'affaire n'ait pas fait long feu, j'ai pu m'accorder un peu de bon temps. J'avais insisté auprès de Miles pour rendre visite à la désormais légendaire CeeCee à L.A., qui vivait dans un nid d'aigle de Pacific Palisades, non loin de chez Layla, la fille qu'elle avait eue avec Mickey. Connie, sa petite-fille, est mannequin et actrice de la nouvelle génération.

CeeCee, qui en prenant de l'âge ressemble de plus en plus à l'actrice Diahann Carroll, m'a accueilli dans son oasis remplie de soleil et s'est montrée plus que disposée à partager les menus détails de sa relation avec Constance.

– Cette femme était d'une méchanceté redoutable. Elle était superbe à trente ans lorsqu'elle m'a couru après. Aujourd'hui, ce qu'elle a fait serait considéré comme du harcèlement sexuel. Mais que pouvait faire une pauvre jeune fille mulâtre telle que moi à l'époque ? Je me suis contentée de me servir de l'attention qu'elle me portait pour sortir de la pauvreté et de l'obscurité. J'étais un peu sauvage à l'époque, et ma chatte la rendait folle, dit-elle en riant. Elle avait un gode-ceinture sur mesure rose-pastel, me révéla-t-elle sans la moindre gêne. Je sais qu'elle travaillait sur un mascara au même moment que Josephine, observa-t-elle.

– Comment l'avez-vous su ? insistai-je.

– Parce que c'était mon idée. Elle me l'a volée. C'était cela, Constance. Et elle s'était convaincue que c'était bien et bel son idée. Cela dit, ces deux vieilles coquettes lançaient toujours le même produit en même temps, comme lorsque deux films à succès sortent en même temps à Hollywood. Mais si vous voulez vraiment parler de rythme insoutenable, il faut que je vous raconte la vie de Mickey. Vivre avec lui revenait à essayer de suivre tous les membres du Rat Pack[1] en même temps. C'était vingt-quatre heures sur vingt-quatre de sexe, de Martini et de paris illégaux. Et tout ce qu'il avait à faire, c'était se la couler douce et « piquer les idées des deux mégères ». Je lui disais ce qui était dans les tuyaux chaque fois que j'en avais l'occasion, et il faisait fabriquer les produits en Asie pour la moitié du prix. Ce qui ne manquait pas de le faire jubiler. C'était toute une arnaque. Mickey est amusant. Pendant des années, peu de gens ont su que Layla était sa fille. Comme les temps ont changé ! Aujourd'hui, ma petite-fille Connie est une *it-girl*[2]. Elle est noire, blanche et juive, elle est actrice et diva ! J'adore. Niles, son frère, reprend l'entreprise. Queen CeeCee ne sera jamais aussi important que Herz Beauty, mais nous sommes dans les dix premiers, nous exploitons un marché de niche et nous nous préparons à ouvrir notre capital ! Eh oui, nous sommes tous obligés à un moment ou à un autre de faire du zèle et plus encore pour gravir les échelons.

Elle rit de son rire rocailleux. En fin de compte, ce qui différenciait le plus CeeCee de Josephine et de Constance, c'est qu'elle avait un incroyable sens de l'humour que ni l'une ni l'autre n'avait jamais eu. Elle m'embrassa après m'avoir raccompagné à ma voiture.

– Je veux que vous soyez le premier à le savoir. Après toutes ces années, Mickey et moi, nous avons décidé de nous marier.

– Vous allez vous marier ?

Sous le choc de la nouvelle, je présentai mes félicitations à CeeCee.

– Bonne chance !

– J'en aurai besoin, répondit-elle en riant.

---

1. Le Rat Pack était à l'origine composé de Frank Sinatra, Dean Martin, Joey Bishop, Sammy Davis Jr. et Peter Lawford.

2. Fille qui suscite l'attention des médias, littéralement une « fille *qui a ça* ».

Je ris aussi. CeeCee m'avait fait un merveilleux cadeau. Et cette entrevue était si croustillante qu'elle justifiait à elle seule mon déplacement.

Une fois le procès abandonné, Miles nous quitta très vite, emporté par un cancer de la prostate. Miles avait toujours été un homme très agréable, mais pour paraphraser Josephine, il était un peu terne. Elle n'avait jamais toléré les caractères en demi-teinte, et cela avait affecté leur relation, bien qu'elle ait fait de lui son héritier.

Ce genre de scène, classique chez Josephine, est gravée dans ma mémoire à jamais : elle est en robe de bal, installée sur un canapé Louis XIV et regarde Lawrence Welk[1] à la télévision en fumant des Lark.

– J'*atore* le duo de Cissy et Bobby[2], ils ont tellement de talent, ces deux-là. J'aurais voulu savoir danser, mais j'ai les deux pieds dans la même bottine, disait-elle, formant des ronds parfaits avec la fumée de sa cigarette pour illustrer son amertume.

Puis elle se laissait emporter par un vent de mélancolie, ajustant sa rivière de diamants autour de son cou. Est-ce mon imagination ou portait-elle sa tiare ce jour-là ? Peut-être que oui.

– Je suis une princesse juive, comme Diane ! s'exclamait-elle, faisant référence à son amie belge Diane von Fürstenberg. Elle est juste plus jolie et mariée à un von Fürstenberg. Et aussi, son titre est bien plus prestigieux que le mien ne l'était, mais mon entreprise a un meilleur chiffre d'affaires. Pfft, disait-elle, haussant les épaules. Et Orlove était l'amour de ma vie, continuait-elle, les yeux soudain gonflés de larmes. Si seulement Miles avait une vraie profession, comme ce Bobby et cette Cissy, murmurait-elle en mangeant du pop-corn caramélisé directement dans la boîte, caressant ses diamants en même temps. Ça peut faire sourire, disait-elle en pointant un doigt sur moi, mais je préférerais cent fois qu'il soit

1. « The Lawrence Welk Show ».
2. Cissy King et Bobby Burgess.

devenu danseur pour la télévision, plutôt qu'un… tire-au-flanc.

Puis elle soupirait.

– Pauvre Miles. Il est comme son père. Que celui-là aille au diable. Bel homme, mais tu sais… J'aurais dû me rendre compte de tout ça tant qu'il était encore temps. Il avait le menton fuyant des faibles, lançait-elle. Bobby De Vries, poursuivait-elle en me passant au crible de ses yeux noirs, ton menton est passable, mais tu as de la chance, car tu es doté d'une mâchoire puissante. Sache-le, soupirait-elle, le temps de retrouver sa verve, frappant la table : si tu avais eu le menton fuyant, tu n'aurais jamais travaillé pour moi.

Après la mort de Miles, j'envisageai de prendre ma retraite. Je participai à l'organisation de ses funérailles, également au Temple Emanu-El. Peu de temps après, je reçus un appel téléphonique de Jonny et Charlene (le léger froid entre Jonny et moi s'étant alors dissipé), lesquels souhaitaient me maintenir en tant que membre du conseil d'administration, Charlene me proposant par ailleurs de devenir son assistant personnel. Charlene, que j'apprécie particulièrement maintenant que je la connais bien, a tout de Josephine, à la différence près qu'elle est originaire du Nevada, et sa soif de réussite est admirable. Je saisis immédiatement ma chance, comprenant qu'à ce stade de ma vie où je me trouvais, Charlene souhaitait bénéficier de mes conseils et n'attendait aucune obséquiosité de ma part. L'opération fut donc un succès. Au cours des quatre dernières années, je l'ai donc aidée à se fondre dans le moule et à trouver sa voie, mettant à profit la fortune considérable de Herz pour réussir son lancement dans la société, en puisant dans les mêmes techniques que si nous avions effectué un reconditionnement de produit. Votre fidèle serviteur a donc pris part à chaque aspect de sa campagne, de son identification à la famille jusqu'à superviser les décorateurs et les couturiers les plus raffinés pour mettre en valeur sa chute de reins digne des shows de Las Vegas mais en respectant un certain sens de la mesure. Il a aussi fallu conseiller de ne pas autant décolleter, l'objectif étant ici de ne pas contrarier les dames qui déjeunent dans les restaurants « tendance ». Grâce à l'arrivée dans sa garde-robe de la fabuleuse boîte à bijoux de *Madame**, Charlene Herz est devenue l'icône de la nouvelle société. Honnêtement, on ne peut faire mieux que d'associer le patronyme et la silhouette, sans parler du chéquier en accès illimité. Notons cependant qu'aujourd'hui encore il demeure quelques clubs à Palm Beach qui bannissent le pain de seigle pour ne servir que du pain blanc.

Je dois l'admettre, je suis moi-même devenu le parfait poseur. J'espère ne pas froisser mon cher ami Jérome en disant que nul autre que moi-même ne porte mieux le smoking, n'a de meilleures manières ou ne s'est fait une meilleure réputation de compagnon de table idéal. Il m'arrive même de régaler ces dames de mes anecdotes sur les stars de Hollywood ou les regrettés membres de la haute société auxquels j'ai prodigué mes services et généreuses attentions, entre deux parties de squash, bain de vapeur inclus. Hmm… « Ça, c'est du *difertissement* ! » ainsi que l'aurait assurément dit Josephine, avec son fameux accent.

Quoi qu'il en soit, je déplore le terrible ennui qui s'empare de moi à P.B. Certes, je me réjouis toujours d'avoir pour partenaire un jeune décorateur et de dîner au Ta-boo. Mais je suis bien davantage moi-même lorsque je suis en ville. Cette année néanmoins, j'ai consacré mon temps à aider Charlene et Jonny à réaliser un tour de force, lequel nous a apporté à tous beaucoup de satisfaction, a fortiori parce que nous savons que Josephine nous applaudit certainement depuis sa résidence céleste.

C'est l'un de mes plus beaux coups à ce jour. J'ai prêté main-forte à Charlene et Jonny dans l'acquisition de l'ancienne propriété de Constance Gardiner, l'un des grands domaines des Mizner, qui depuis le départ de Constance n'avait en réalité jamais été mis en vente sur le marché officiel.

L'affaire a été traitée par le biais du discret réseau des « célibataires », et la maison, achetée au nom d'une entreprise, en maintenant la plus grande opacité jusqu'au moment où la presse fuita l'information : « M. et Mme Jonny Herz, le petit-fils de Josephine Herz, indéfectible rivale de Constance Gardiner de son vivant, prennent aujourd'hui possession de la gigantesque demeure à Palm Beach de l'ancienne baronne de la beauté et figure proéminente de la haute société. » Il s'agit indéniablement d'un triomphe pour la famille Herz, lequel n'est pas passé inaperçu auprès des sociologues et des défenseurs du patrimoine historique, en particulier maintenant que la véranda à rayures s'est parée du rose et du vert très Palm Beach du Lashmatic, et des imprimés de Lilly Pulitzer. Le nom de la propriété a été immédiatement modifié, *Constant Gardin* balayé d'un revers de main au profit du très chic et bien pensé *Malmaison*. Nul besoin de le rappeler, *Château de Malmaison** était la demeure de la première impératrice Josephine, Josephine de Beauharnais. Ce nouveau nom de baptême est donc tout à fait approprié – j'en suis moi-même à l'origine. Et le fait que le Lashmatic soit toujours un best-seller et dispense des billets au même rythme qu'un distributeur automatique constitue un triomphe en soi, les recettes permettant de financer des « frais de représentation » pharaoniques. Il y eut, bien sûr, un tollé lorsque la rumeur rapporta le projet de Jonny et de Charlene de retirer la statue du cheval de course le plus primé de Constance, Constant Gardiner, pour la mettre au rebut. J'entrepris, bien évidemment, de calmer la rumeur, en conseillant à Jonny et à Charlene d'adopter une approche bien plus intéressante. Nous plaçâmes le célèbre buste de Josephine en bronze de Jacques Lipchitz directement en regard de la statue équestre, dans le jardin topiaire. Ainsi, lorsqu'ils font faire le tour de la demeure à leurs invités, Jonny a coutume de dire à peu près ceci : « Ce jardin est conçu comme un hommage aux deux femmes qui ont fondé le secteur d'activité de la beauté, ma grand-mère Josephine, sans l'intelligence de qui rien n'aurait été possible, et la précédente propriétaire de cette maison… » et d'accompagner ses dires de gesticulations théâtrales en direction de la sculpture équestre, avant d'ajouter : « … qui était une vieille mule ! » Cette diatribe déclenche généralement des rires ou des gloussements nerveux.

Tout cela était vraiment *très amusant** et bucolique jusqu'au mois dernier, lorsque nous avons eu vent du retour aux États-Unis de Van Gardiner-Wyke Jr., en compagnie de son épouse, l'actrice Nicole Moiret, après vingt-cinq ans de vie en France. Leur pendaison de crémaillère samedi prochain marquera l'ouverture de la saison mondaine à Palm Beach, et nombreux sont ceux qui frétillent à l'idée d'être invités dans leur nouvelle demeure, *Gardiner's Bay*. *Le Tout-Palm Beach* est convié. Mon invitation m'a été délivrée personnellement par un de leurs employés de maison. En revanche, Jonny et Charlene n'en ont pas reçu. Maintenant que les Gardiner-Wyke font de nouveau partie de la vie locale, j'ai la sensation que les choses vont cesser d'être tranquilles et monotones autour des plages de Palm Beach, contrairement à ce que j'avais anticipé. Peut-être que ma vie est sur le point de redevenir intéressante…

Remerciements

Durant l'été 2015, je reçus un appel surprise de l'incomparable Liz Smith, que je ne connaissais pas personnellement. Elle me révéla qu'elle faisait partie des admiratrices d'une rubrique que j'écrivais pour le *New York Observer* intitulée « The 1 Percent[1] » et souhaitait me rencontrer. « Dépêchez-vous, j'ai quatre-vingt-douze ans ! » avait-elle ajouté. Mon frugal déjeuner en compagnie de Liz chez Michael's fut un enchantement, en particulier lorsqu'elle déclara : « Il ne vous reste plus qu'à mettre en œuvre votre talent. Moi, je les ai tous connus : Truman, Dominick et Tom. Je sais que vous êtes très doué pour l'observation. » Liz m'offrait là tout ce dont un auteur en herbe pouvait rêver : une citation pour son livre et carte blanche pour écrire en toute confiance. Alors, ma chère Liz, tout cela fut – oh ! – si rapide, mais j'ai adoré nos échanges. Je souhaite également remercier mon agent, Laura Yorke, qui m'a soutenu à chaque moment charnière et pour laquelle j'éprouve de l'adoration, de l'amour et du respect. Je suis éternellement reconnaissant à la merveilleuse Elizabeth Beier, directrice générale des éditions St. Martin's Press, que je salue pour son œil visionnaire et ses encouragements. Elizabeth a véritablement su faire de l'édition un art. Toute ma gratitude va également à Sona Vogel pour ses prodigieux talents de relecture d'épreuves.

1. Rubrique consacrée au « 1 % » des individus les plus riches du monde.

Merci à la légendaire Sally Richardson, présidente de St. Martin's Press, d'avoir cru en moi.

Je me réjouis d'avoir la chance d'être entouré des auteurs de talent les plus influents, grâce à la générosité, aux conseils et à l'inspiration desquels j'ai pu devenir romancier. Je remercie Galt Niederhoffer pour ses précieux conseils, et Marisa Acocella Marchetto pour toutes les facettes de son talent. Wednesday Martin, Risa Mickenberg et James Patterson m'ont à leur tour énormément inspiré. Enfin, mon ami et partenaire en affaires, le légendaire Chris Blackwell, m'a beaucoup apporté dans le domaine de la créativité.

Je souhaite aussi remercier mes grands amis dont les encouragements m'ont donné la force d'écrire ce roman. Tout d'abord la famille que je me suis choisie : Jamie et David Mitchell, Jordan et Stephanie Schur, Patty et Danny Stegman. Merci aussi à Muffie Potter et à Sherrell Aston, à Kevin et Susie Davis, à Fairfax Dorn et Marc Glimcher, à Chip et Susie Fisher, à Mark et Karen Hauser, à Susan Krakower, à Jay et Amy Kos, à Stephanie et Ron Kramer, à David Lauren et à Lauren Bush Lauren, à Rabbi Adam et à Sharon Mintz, à Mark E. Pollack, à Meg Blakey et à Glenn Pagan, à Robert Serena Perlman et à tous ceux qui ont participé à cet incroyable voyage à mes côtés. Merci à David et à Chip de me permettre de citer leurs pères de légende, Jan Mitchell et Avery Fisher. À ma sœur, Susan Kirshenbaum Perry, et à Rob Perry, avec tout mon amour.

Merci à mon assistante, Carol O'Connell, qui s'est révélée la meilleure relectrice critique du monde, et à mes associés chez NSG/SWAT, Brian Riordan, Joseph Mazzaferro et Woody Wright.

À mes enfants, Talia, Georgia et Lucas : vous êtes extraordinaires, alors travaillez dur et réalisez vos rêves ; n'écoutez jamais ce qui est négatif. À ma femme, Dana, ma meilleure amie, mon amour et ma muse ; ce livre est dédié à ton incroyable intelligence, ton humour, ta beauté et ta force. C'est grâce à toi que j'ai donné le meilleur de moi-même et mon amour pour toi n'en est que renforcé.

Ce roman a été écrit en grande partie dans mes endroits de prédilection dans le monde : le GoldenEye en Jamaïque, où j'étais assis au bureau d'Ian Fleming pour débuter l'histoire, le Beverly Hills Hotel Bungalows and Cabanas, le Quisisana à Capri, l'Hôtel de Russie à Rome, le Claridge's à Londres, l'Hôtel du Cap-Ferrat, l'Edition Pool à Miami, Ashford Castle en Irlande, Nobu, Candle 79 et Cipriani et enfin le Thirsty Scholar à New York. J'ai trouvé l'inspiration dans ces lieux favoris, sans oublier les bonnes tables, et grâce à l'émulation des individus merveilleux que j'ai rencontrés sur mon chemin. Il est important pour moi de dire que tout cela a véritablement compté dans le résultat final.

Mise en pages
PCA - 44400 Rezé

IMPRIM'VERT® PEFC 10-31-1510

Imprimé en France
par Corlet Imprimeur
14110 Condé-en-Normandie
N° d'impression : 20020617
Dépôt légal : mars 2021
ISBN : 978-2-7499-4276-6
LAF 2893 M